満洲を故郷《ふるさと》とする子どもたち

石森延男の戦中・戦後満洲児童文学考

磯田一雄

てらいんくの評論

満洲を故郷《ふるさと》とする子どもたち

――石森延男の戦中・戦後満洲児童文学考――

目　次

第Ⅱ部　『日本に来て』――「日本のすばらしさ」を求めて

第Ⅲ部　『スンガリーの朝』——白系ロシア人との出会い

第Ⅳ部　戦後の石森児童文学における満洲

写真提供：共同通信社

凡例

一、満洲・満洲国をはじめ、地名や国名には原則として引用符を付けないことにする。

二、旧仮名の文献は、表題は原書どおりとし、本文を現代仮名に改めて引用する。ただし教科書は表題・本文ともに旧仮名のまま引用する。

三、難読字には適宜ルビを付し、読みにくい箇所や意味の取りにくい箇所は括弧で補う。

四、年号は原則として西暦とし、適宜和暦を補う。

五、敬称は省略する。

はじめに　石森延男とわたし

1　満洲は「故郷」か

満洲とは、日本の支配下に置かれていた満洲国と、敗戦時まで一貫して日本の直轄植民地だった関東州とを合わせた地域を指し、中国ではこれを「東北」と呼んでいる。本書は満洲児童文学の代表的作家・石森延男の、日中戦争～太平洋戦争下の満洲にかかわる主要作品、少年小説『咲きだす少年群』（一九三九年）・『日本に来て』（一九四一年）・『スンガリーの朝』（一九四一～一九四二年雑誌連載、一九四二年単行本）の三作品と、戦後満洲から帰還した子どもを主人公とした、少年少女小説、『わかれ道』（一九四八年）・『秋の日』（一九四八年）・『親子牛』（一九六九年）の三作品とを中心に考察したものである。

第Ⅰ部の『咲きだす少年群』は、関東州・大連の日本人小学校五年生の主人公と、異民族を含む子どもたちとの交遊を中心とした物語である。第Ⅱ部の『日本に来て』は大連で小学校をおえて、日本内地の中学校に入るために東京に移る主人公が、大連から神戸までの船の中で出会った人々と、東京移住後の様子を描いている。第Ⅲ部の『スンガリーの朝』は、小学校低学年生の主人公が、東京から北満洲のハルビンに移って、異民族異文化との接触をはじめとするさまざまな新しい体験をする様子を描いている。石森は『スンガリーの朝』（単行本版）の「まえがき」で、これら三作品のことを、「満洲と日本とを結びつけるお話の『三部作』のような形になりました」と言っているので、これらを「戦中三部作」と略称する。なお『咲きだす少年群』と『スンガリーの朝』には、それぞれ初出版（新聞ないし雑誌連載版）・改訂版（単行本版）・戦後版（『石森延男児童文学全集』掲載版）の三つの版がある。

石森は、これらとは対照的に、いわば戦後満洲児童文学三部作を書いている。これらをまとめて論じた箇所を第Ⅳ部としている。『わかれ道』は、戦後長春から引き揚げて広島に移った子どもの家族の物語である。『秋の日』は奉天（現・瀋陽）から引き揚げて、北日本のある港町に移った少女の物語である。『親子牛』は、遼東半島南部の熊岳城《ゆうがくじょう》で果樹園を営んでいたが、戦後引き揚げて、北海道の石狩原野で酪農を営んでいる家の子どもの物語である。

第Ⅴ部は戦中三部作の背景となる満洲の社会的・教育的背景を考察している。

これらの作品に登場するのは、みな満洲を故郷あるいは郷土とする子どもたちだけれど、戦中三部作と戦後三部作とでは「故郷」に対する思いに、かなりのちがいがある。戦中三部作の子どもたちは、だれも満洲をはっきり故郷として意識しているようには見えない。そもそも三作とも故郷（あるいは、郷里・郷土・ふるさと）という言葉は出てこない。『咲きだす少年群』と『スンガリーの朝』は、それぞれ大連あるいはハルビンで現に暮らしているのだから、あえて故郷という意識がないのはまだしも、『日本に来て』の主人公も、日本に来たばかりの子ではあるが、小学校を卒業するまで暮らした大連を、故郷として懐かしがる様子は見られないのである。

それに対して、戦後三部作では、どれもレベルや様相に差はあれ、みな自分が暮らした満洲の地を故郷として懐かしがっている。故郷とは離れることによってはじめて意識されるものであろうが、戦時下の日本内地移住と、戦後の止むを得ざる日本への引き揚げとは、全く満洲に対する意識が異なっている。端的に言って「故郷」と思うか思わないかの差である。

だが、第Ⅴ部で考察するように、石森は子どもたちに「郷土満洲を肌で理解させ愛着を持たせなければ」と思って戦前の満洲に赴任し、補充読本の編纂や満洲児童文学の創作など、多くの仕事をしているのである。それがこういう結果になっているのはなぜであろうか。一つには「植民地意識」の有無による違いだといえよう。戦前・戦中期は、満洲に行くにせよ、住むにせよ、離れるにせよ、絶えず「日本」を意識していることが要求されていた。満洲は植民地だったので、祖国の日本帝国を忘れることは許されなかった。これは以前からあったことだが、特に満洲事変以後顕著になった。戦後はそんな束縛がなくなったので、素直に満洲を「故郷」と思えるようになったのではなかろうか。

2　子どもの頃知った石森作品

筆者は小学生のころ石森の作品を愛読していた時期がある。小学校低学年の頃毎月書店から取りよせていた児童雑誌『幼年倶楽部』（大日本雄辯会講談社、以下講談社）に、三年生になった一九四一年四月から翌年三月まで一年間（十二回）にわたって、石森延男作『スンガリーの朝』が連載されていたのである。当時筆者と同じ小学三年生の男の子が、日本の母親から離れて、単身満洲国のハルビンの叔父・叔母の家まで旅して、大河スンガリーや白系ロシア人との交流をはじめ、さまざまな新しい、珍しい体験をする物語だった。筆者にはちょっと真似できないようなことばかり出てくるので、今でいえば『星の王子さま』を読んでいるような気分であった。

筆者のように、太平洋戦争敗戦までの昭和戦前・戦中期に物心ついた子どもたちは、まず『幼年倶楽部』から物語をはじめ、児童文化の世界に入ることが多かった。この雑誌は講談社により一九一三年に創刊された『少年倶楽部』、一九二三年に創刊された『少女倶楽部』に次いで、一九二六年（大正十五年＝昭和元年）に、小学校中学年生くらいまでを対象として創刊された雑誌である。この雑誌の登場によって、子どもたちはまず『幼年倶楽部』の定期購読者となり、それから『少年倶楽部』または『少女倶楽部』へ。これを卒業すると『キング』（発行部数一〇〇万部を超えた講談社の看板雑誌。敵性語排除で一九四三年（昭和十八年）「富士」と改題）などの大人向けの雑誌に移っていくことが多かった。いついつまでも講談社の雑誌とともに、というわけである。

筆者はこの連載された物語のほかに、満洲に関する石森の創作や読み物が多く刊行されていたことは全く知らなかったが、石森の書いた満洲に関する国語教科書の教材をいくつか読んでいる。筆者が三年生になった一九四一年度から小学校が国民学校になり、教科書も新しくなったが、「大連から」（四学年用『初等科国語　四』一九四二年）・「『あじあ』に乗りて」・「大地を開く」（五学年用『初等科国語　五』一九四三年）や、「愛路少年隊」・「胡同風景」（五学年用『初等科国語　六』一九四三年）などの、満洲や「支那」（中国）を題材とした教材があったのである。作者名は知らされなかったが、高学年になっていたせいもあり、教科書教材としてはどれも特色があり印象深かった。しかもこれらの教材は教科書の末尾の「付録」に入っていたものが多かったため、授業では扱われず自発的に読んだのである。今にしてみれば日本の植民地主義を反映した面はあったが、太平洋戦争下の軍国主義教材が全盛だった時期にあっては、まだしも平和な、新鮮で楽しめる教材だったと思う。こうした教科書教材が満洲や支那（中国）への親しみを生んだことは間違いない。

戦後ずっと後になって、これらの国語教材が石森の作だということを知ったのだが、石森の児童文学や教科書教材の面白さとは何だったのだろうか。一口にいえば、そこには人間がいてドラマがあったということではないかと思われる。特に教科書教材は平板で、血の通った人間が出てこなかった。そこに人間のいるドラマのある文学作品を持ち込んだのが石森だったといえよう。筆者の子ども時代の体験とも重なるが、日本のファシズムが最高潮に達した時期に、彼が如何に児童文学において対応していたか、石森のいう（戦時下の）「三部作」を中心に、彼がそこに盛り込もうとしていたメッセージは何であったかを、まず読み解いてみたいと考える。

筆者は児童文学の研究者ではなく、教育史――それも植民地で作られた教科書の研究分野――で、たまたま満洲で編纂された、在満日本人用の『満洲補充読本』というユニークな教科書に出逢い、その縁で偶然にも、老年に達してから、再び石森延男の児童文学を知るようになった。そこでこの教科書と石森の満洲児童文学との関わりを研究し、その成果の一部を拙著『「皇国《みくに》の姿」を追って――教科書に見る植民地教育文化史』（皓星社、一九九九年）にも入れた。その後この研究を通じて何人かの石森満洲児童文学の研究者と出会うことになった。しかも日本の研究者だけでなく、石森の戦中三部作に関心のある、中国の研究者にも出会うことになったのである。そこでまず『満洲補充読本』と石森が満洲で始めた児童文学との関係を最初にまとめておきたい。

3 石森延男の系譜

石森延男（一八九七〜一九八七）は北海道札幌に生まれ、札幌師範学校付属小学校に入学、付属小学校高等科を経て札幌師範学校に入学する。卒業後二年間札幌市の小学校に勤めた後、一九一九年東京高等師範学校（現・筑波大学）文科第二部（国語・漢文・教育）に入学、一九二三年卒業、愛知県の中学校に勤めるが、翌一九二四年香川師範学校（現・香川大学）に移る。一九二六年四月、東京高等師範学校の恩師・諸橋轍治の勧めにより、関東州大連の南満洲教育会教科書編輯部に赴任した。在満日本人の子どもたちのための、国語の補充教科書『満洲補充読本』の編纂に従事するためである。大連に移ると同時に、石森は補充教科書編纂の仕事と並行して、児童読物を生み出す活動を精力的に展開した。同時に何人もの満洲児童文学関係者がその編集室に集まっていたこともあって、『満洲補充読本』は満洲児童文学活動の起点ともなったのである。

石森は一九三二年に教科書編輯部を去って、大連民政局地方課学務係視学官になり、その後大連弥生高等女学校教諭を経て、一九三九年に帰国するが、その間にも石森の児童文学活動は発展していく。彼は正味十三年間の大連在住中に、教科書編纂に従事するとともに、精力的に創作活動を行うと同時に、仲間を糾合して満洲児童文学運動のカリスマ的リーダーとなった。寺前君子によれば「石森は、満洲の教育・児童文化育成に全面的に関わった。石森を核に集った初等教育者たちの児童文学グループは、大連で在満の日本の子どものために創作を中心とした文学活動を展開し、常に、満洲児童文学を牽引した」という（寺前君子「植民地満洲における児童文学活動について――石森延男を中心として――」『児童文学研究』第49号、日本児童文学学会、二〇一六年、六九頁）。

石森が帰国すると、現地での満洲児童文学活動は下火になった。河野孝之は『満洲年鑑』の一九三四年（昭和九年）から一九四一年（昭和十六年）までの「児童文学」の項の記事を参照して、「石森延男によって『満洲児童文学』は成立し、石森延男が離れることによって『満洲児童文学』は終焉したと見ることができる」と言っている（河野孝之「植民地児童文化～『満洲』研究から――石森延男の満洲児童文学活動を中心に――」、『植民地教育史研究年報』第13号、二〇一一年三月）。石森もこれを裏書きするように、彼が大連を去るころは、「童話の同人雑誌などは、あたかも無用の長物のように思われ、新聞紙上などにもあまりとりあげてもらえなくなった。わずかに口演童話が残るくらいになる。」と言っている（石森延男「満洲児童文学回想」『児童文学研究』No.2、一九七二年秋季号、日本児童文学学会、三三頁）。

一九三九年春、石森は新しい国定国語教科書の編纂に従事するため、文部省図書局図書監修官になり帰国すると同時に、長編小説やエッセイなど、満洲児童文学を次々と発表する。大連時代の最後に『満洲日日新聞（夕刊）』に連載した小説「もんくーふおん」（「蒙古風」の中国語読み）を同年加筆・改題して『咲きだす少年群（もんくーふおん）』として一九三九年八月新潮社より出版、第三回新潮社文藝賞を受けている。これは石森の小説処女作となった。その後創作としては『日本に来て』（石森によれば「童話」）を一九四一年十二月、新潮社より刊行、それと前後して『幼年倶楽部』一九四一年四月号から一九四二年三月号まで『スンガリーの朝』を連載し、これも改訂して同年八月講談社から（長編童話と題して）単行本を刊行している。そのほか敗戦までに、『東亜「新満洲文庫」』（全七篇十四冊、一九三九年）、『満洲一日一話』（満鉄総裁室広報課編、一九四一年）、『ひろがる雲』（三省堂、一九四〇年十月）・『マーチョ』（成徳書院、一九四四年三月）等の満洲よみもの、その他数編の読物を刊行している。

戦前・戦中期における、石森のこうした仕事は、『わかれ道』・『秋の日』・『親子牛』など、満洲から引き揚げた子どもを主人公とした、いわば戦後の満洲三部作はじめ、彼の戦後の児童文学活動や国語教科書編纂にもつながりがあると見られる。なお『咲きだす少年群』と『スンガリーの朝』は、戦後の改訂版が『石森延男児童文学集』（学習研究社、一九七一年十二月）の14巻と7巻に、『わかれ道』と『親子牛』は同8巻に、『秋の日』は同14巻に、それぞれ収録されている。

このように戦前期だけを取ってみても、スケールの大きな児童文学作家であるが、今は主として、在満期の活動を背景に、帰国後の戦時下と戦後初期の満洲に関わる作品を対比して考察したい。

4　時代の証言としての石森作品

筆者は旧著の第I部「石森国語の成立と満洲」で、植民地教育＝在満日本人教育とのかかわりの視点から石森の満洲児童文学の成立を考察したことがある（前掲『「皇国《みくに》の姿」を追って――教科書に見る植民地教育文化史』）。その第五章「戦時下の石森の児童文学作品と『満洲』」の冒頭で、「一九三九年から一九四二年にかけて、次々と発表された『咲きだす少年群』・『日本に来て』・『スンガリーの朝』という作品群は、満洲の諸民族に対する石森の立場をよく示している」と書いている。この章の前半の「1　日本と「支那」のために働こう――『咲きだす少年群』」・「2

「日本のよさ」とは何か――『日本に来て』」・「3　離れて見てわかるよさと白系ロシア人への親しみ――『スンガリーの朝』」の三節は、わずか二十六ページ分に過ぎないが、本来教育学が専攻であった筆者が初めて行った「文学評論」である。

石森の満洲児童文学は満洲（中国東北）の大地に基づきながらも、主として在満日本人の生活を中心に、ヒューマニスチックな温かいタッチで描いている。彼の作品には、白系ロシア人やモンゴル人・朝鮮人、時にアメリカ人も登場するが、圧倒的多数の（当時「満人」と呼ばれた）中国人はあまり登場せず、また彼等を温かく見つめ、その生活を写生風に描いているが、その社会的背景を掘り下げようとまではしていない点が多く批判されている。それは石森自身が植民地主義を認識し、克服しえていないからであるとされている。筆者も「石森は一見軍国主義的、超国家主義的色彩が乏しいように見える。しかし石森はじぶんが植民地主義に陥っていたことの自覚がないようである。」と指摘している（『「皇国の姿」を追って』一四三頁）。

この点をめぐっては、既に多くの論考がなされているのだが、管見にして、まだ十分に納得できる論に接していないので、このもっとも緊迫した時期に書かれた石森の創作の狙いが果して何であったのかを、子どもの頃接した初心に還って、改めて究明してみたいと考える。特にこれまで戦中三部作の中では、もっぱら『咲きだす少年群』だけが「代表作」とみられてきたように思われる。確かに内容的に目を引く点があるし、賞を受けたこともあるし、戦中三部作の中では一番充実した作品であるといえよう。しかしそのことによって石森の評価が一面的になることはなかったろうかが気になる。戦中三部作の中には、『咲きだす少年群』とは対照的な側面を持つ作品もあるからである。そう考えると、やはり戦中三部作全体、さらには戦後三部作をも捉えてみることが必要ではなかろうか。その企てが本書である。「別にどうということないじゃないか」という結果になるかもしれないが、一度試みる価値はあると思っている。

筆者とほとんど同じ範囲で、戦中の石森満洲児童文学を考察しているのが、中国人研究者・季頴である。季頴の著書『日中児童文学交流史の研究――日本における中国児童文学及び日本児童文学における中国』(風間書房、二〇一〇年二月)は、「Part 1 論文」と、「Part 2 書誌」からなるかなり包括的なもので、論文部分の第Ⅱ部「日本児童文学における中国(中国を素材とした書籍)」の第1章「古典作家における中国」には石井研堂・巖谷小波・芥川龍之介などの児童文学作家が扱われ、第2章「中国と関係が密接である作家における中国」に、第1節「山中峯太郎」と並んで、第2節「石森延男」が出て来る。

石森を対象とした部分は、満洲ないし植民地児童文学の流れの中で位置づけられており、独自の石森解釈をしている。季頴の対象としている石森の満洲児童文学作品は、在満中に出された『(少年少女よみもの)まんちゅりあ　春夏の巻』(一九三〇年)、『同　秋冬の巻』(一九三〇年)、『(第二)まんちゅりあ』(一九三三年)の三冊と、石森の帰国以後敗戦までに刊行された『咲きだす少年群』・『日本に来て』・『スンガリーの朝』の戦中「三部作」と『マーチョ』（一九四四年）である。『まんちゅりあ』三冊の扱いはごく簡単だが、後の四冊はかなり詳細に検討しており、またごく簡潔ながら、石森の戦後の満洲三部作にも言及している（季頴前掲書二〇〇―二一四頁）。ことに石森の戦中「三部作」に関する季頴の論点は、ほぼ完全に筆者の考察する範囲と重なるし、拙著にも言及している。もっとも季頴のこの著書全体は第一部の「論文編」だけでも三〇〇頁を超えるが、石森に関する箇所は二十四頁に過ぎない。この点も、また石森の戦中三部作を中心に論じている点も拙著の場合とよく似ている。

一方季頴は、石森の児童文学の基本思想について、「石森延男の満洲に関する作品はヒューマニズムと植民地主義の二面性を持っている」と明確に指摘している。

石森延男の満洲児童文学は善意あふれるヒューマニスティックなものと言えるであろう。／しかし、石森延男は日本が満洲を植民地として占領する正当性を疑うことなく、国語教育と児童文学の創作に精力を傾けた。彼の戦前の満洲についての児童文学作品は当時の日本の国策と一致するもので、植民地主義的なものに他ならない。（季頴前掲書、二一七頁）

これは具体的な作品の検討を通しての論述の結果として述べられており、説得力がある。またこれは、戦中三部作を中心にした論考だから、(少なくも植民地主義に関する限り)筆者の論考とほぼ完全に重なっている。これは石森のヒューメインな人格に負うところが大きいであろう。彼は人間の善意を信じている。彼が大連の視学時代に解雇された教員は一人もいないという。特に教師たちの恋愛を「尊厳な姿において、いくつも解決したことは、石森視学でなければ、できないこと」だったと言われている(松岡定春「石森視学」、喜田滝治郎・代表編『石森先生の思い出』石森延男先生教育文学碑建設賛助会、一九六七年、八九頁)。

さらに重要なことは、彼のヒューマニズムが時に反戦的な性格を帯びることもあるのに注意しなければならない。彼は戦争を厭っていた。彼が文部省図書監修官として戦時下に執筆した国語教科書には、交戦にかかわる教材は含まれていない。児童読み物も同様である。だが植民地に関する意識は希薄であったといえよう。

季顒は「石森延男の中国(石森の表現では満洲)に関る作品は在満日本人社会を中心とするもので、中国人のイメージが希薄である」という。確かに季顒が石森の文学作品の内で論じている、戦中三部作と戦後三部作については、大人に関する限りその通りであろう。白系ロシア人の大人は登場して結構活躍するのだが、中国人の大人は、『咲きだす少年群』の王という誘拐魔じみた怪しげな男と、手紙でのみ交流のある、『親子牛』の「チンさん」だけである。しかし子どもに関しては、『咲きだす少年群』の「満洲人」の子ども・志泰（その妹桂英）は、かなり積極的に日本人の子どもたちと交流しており、生活活動や性格のイメージも明確で、日本人の家庭に引き取られるなど縁が深い。また『日本に来て』の「支那人」の子ども・チョンイは、前半部の主役と言ってよいほど活躍している。

いっぽう季穎は石森の満洲児童文学作品を「ヒューマニティーと植民地主義の混合物」としつつも、同時に「……時代と社会に制限された限界性はあるが、在満日本人児童の生活と世界を如実に反映し、その時代のありさまを記録する歴史的価値がある作品である」と評価している点は、注目されてよい（季穎、前掲書、二一八頁）。中国人児童の生活と世界に石森はあまり踏み込んでいないにしても、在満日本人児童の生活と世界を如実に反映していれば、それだけでも「歴史的価値」があるという季穎の評価は、石森の満洲児童文学を見ていくうえでの重要な視点と思われる。いいかえれば、これらの作品は「時代の証言」であり、石森がその限りで「時代の証人」になっているということであろう。満洲の子どもの社会に植民地性が現れているとすれば、その植民地性を隠そうとしなかったこと自体に意味があるとさえいえよう。

そもそも「時代と社会に制限された限界性のない作品」などありうるだろうか。そんな作品を書いた作者は存在するのだろうか。存在したとしても、そんな作品が無事に世に出ることは可能だろうか。たちまち「反軍的」などと告発されて社会的生命を奪われたのではないだろうか。

第Ⅲ部でも触れるが、石森の編纂した『東亜新満洲文庫』（修文館、一九三九年）に収録された、平方久直「軍人の子」が「反軍思想」ではないかと疑われて、石森と平方が二人とも憲兵隊のきびしい取り調べを受け、掲載書が発禁処分を受けたことがある。理由は、軍人の家庭はたのしいものだということを、子どもらに大いに鼓吹すべきであるのに、軍人の子が淋しがっている童話を書いたのはけしからんということだった。（平方久直「軍人の子」、前掲『石森先生の思い出』、八六頁。なお「発禁」については諸説がある。）またこれは「おわりに」で紹介するが、石森は教科書の編纂過程でも、自作の唱歌の歌詞について似たような問題に出会っているのである。

石森の描こうとしたのは、植民地体制下にある子どもたちの姿である。植民地体制は子どもたちの責任ではないが、その影響を免れることはできない。そうした状況の中でいかに子どもたちは主体性を発揮できるのか、それをリアルにとらえようとしたところに石森のヒューマニズムの核心があると思われる。植民地主義に囲い込まれたヒューマニズムという限界内で、時に「反戦的」ともとれる表現を、そこかしこにちりばめているのである。これは石森の満洲児童文学の分析概念に留まらず、日本の植民地における人間性や人間関係を貫く基本的な問題ではないかと思われる。

第Ⅰ部　『咲きだす少年群』

――満洲・満洲国を超えて中国大陸へ

1 『咲きだす少年群』のあらすじ

『咲きだす少年群』は、一九三九（昭和十四）年八月三十日に新潮社から刊行された、石森の筆になる最初の長編小説である。かつて満洲の一部とされた、日本の租借地・関東州の大連における、異民族を含む小学校高学年の少年群を描いており、日中戦争、さらには「東亜新秩序の建設」という当時の国策を反映している点に特色がある。昭和十五年度の「第三回新潮社大衆文藝賞」を受賞しており、文部省推薦図書にも指定されている。石森の戦前・戦中期の作品では、これまでいちばん注目され、多く論じられて来た作品であろう。文字通り石森の出世作である。

かなり長い小説だし、個々に検討する箇所も多いので、まずそのあらすじを簡単に述べておこう。冒頭に主人公の少年、小学五年生の小田洋が現れる。スケートリンクからの帰りである。

そこで親友の真ちゃんと出会って、また一緒にスケートをしたり、いろいろ話しこんだりする。時は一九三七年（昭和十二年）七月に起こった「支那事変」（日中戦争）のさなか、場所は大連の街である。この小説は全体として洋の視点から描かれている。

洋には麻子という姉がいる。彼女は洋の世話をよくしてくれていたのだが、近く結婚して北京に行ってしまう。麻子には以前定夫という婚約者がいたのだが、折から始まった日中戦争で一年ほど前に戦死しており、後輩の啓二に嫁ぐことになったのである。啓二は北京で中国人に対していわゆる「宣撫活動」のような仕事をしている。子どもを中心に中国民衆に日本語を教えているのだが、慈善活動のようなこともしており、自分では本心から支那（中国）のために働いているのだと信じている。その一方で、日中戦争は中国に対する「愛の鞭」だと言って正当化している面もある。啓二は洋に、大きくなったら北京に来て、一緒に働かないかと勧めるのだが、洋はあまり気が進まないようである。

洋の通っている日本人小学校には、モンゴル人の子どものチャクト、白系ロシア人の子どものユリヒーが同級にいて、個人的には仲がいいが、学校で雪合戦の折、日本人の子どもたちが集団でチャクトをいためつける場面があり、必ずしも「民族協和」を描いた小説とは言えない。洋の親友・真ちゃんとの交流には興味深いものがある。彼等は近所の満洲人（漢民族系中国人。満洲国では通常「満人」と呼ばれた。）の子ども志泰とも付き合っているが、志泰は日本人小学校ではなく、満人小学校に通っている。朝鮮人の子どもは登場しない。

洋と異民族の子どもとの交流は常に日本語で行われている。洋も満洲語（中国語）を習ってはいるのだが、あまり得意ではなく、いざという時に役立たない。一方ユリヒーの妹はやはり兄と一緒に日本人小学校に通っているのだが、近所の満洲人の子どもと遊んでいるので、日本語よりも満洲語（中国語）のほうが得意だという。それに対し、洋や真ちゃんは、異民族の子どもと遊びながらも、中国語にせよモンゴル語にせよロシア語にせよ、その言語を習得するような場面はない。やがてチャクトはモンゴルへ、ユリヒーは山東半島の芝罘《チーフ》に去る。志泰とその妹・桂英は、もともと父親が行方不明だったが、さらに母親も病気で亡くなり、孤児になった。そこで危うく怪しげな中国人に誘拐されそうになったのを、間一髪啓二が気づいて取戻し、啓二と麻子の新婚家庭に引き取られて、北京へ行くことになる。洋が日本語で付き合えた、異民族の友だちがみないなくなるのである。

時は一九三八年十一月に「東亜新秩序宣言」が出されて間もないころで、登場する大人たちは好戦的ではないが、洋にはやや軍国少年的な所がある。これは当時の社会状況の反映であろう。春休みになって、恒例の大陸からの春の嵐・蒙古風《モンクーフォン》が現れると、飛行機ならこんな風に負けないぞ、ぼくは航空兵になるんだと、洋が軍国少年的な気分を高揚させる場面が現れて、この小説は終わる。

以上があらすじだが、合間には、定夫の死に臨む決意、麻子の友人たちとの会話、啓二の演説調の主張、洋の学級担任・南先生の「生きたいという願い」の話、洋の抱くさまざまな夢や幻想、詩的な情景描写など興味ある場面が含まれている。なおこの小説には『もんくーふおん』という名の前身があって、それとの関係がややこみいっている。また『モンクーフオン』という戦後版もあるので、以下論ずる『咲きだす少年群』は戦中版とする。各版の関係は次節(「2『咲きだす少年群』の成立過程」)で検討するが、ここを飛ばして、「3『大陸に巨歩を印した』とは」からお読みになられても内容の理解には差しさわりがない。

2『咲きだす少年群』の成立過程

この小説は、「はしがき」の冒頭にこうある。

二月の初であった。満洲日日新聞社の横田氏から、「満洲の子どもを主題としたものを書いてほしい」と頼まれて、三週間ばかりの間に書きあげたのが、この「咲きだす少年群」である。

実は題目は、「もんくーふおん」として発表し、夕刊に四十回にわたって連載したものである。

これで見ると、『もんくーふおん』が『咲きだす少年群』に題名が変わっただけで、両者は同じ作品のように受け取れる。またこの本の扉には「咲きだす少年群――モンクーフオン――」と表示されている。だが両者の関係は深いが別の作品である。まず『もんくーふおん』は「短篇小説」と予告され、大連で発行されていた日本語新聞『満洲日日新聞』)に、一九三九年三月十四日から五月三日まで、四十回にわたって連載された作品である。一方、『咲きだす少年群』は、『もんくーふおん』に大幅に加筆し、日本の読者に分りやすいように改題した上、同年八月に単行本として刊行した作品で、明らかに長編小説である。「はしがき」によれば、『もんくーふおん』は新聞連載開始以前の二月中に書きあげたことになるから、加筆は連載と並行して、ことによるとそれ以前から行われていた可能性がある。

満洲児童文学の研究者・寺前君子によれば、形の上では『もんくーふおん』と『咲きだす少年群』は別の作品であるが、「両作品の枠組み、物語の展開に大きな異同はない」、「両作品は、章立てはともに同じである」。そして、「物語の大筋は、『もんくーふおん』と変わらないが、……骨組みに、様々な肉付けを行い、一つの完成作品に仕上げたものといえる」という

（寺前君子「石森延男の『満洲観』を探る――「もんくーふおん」から「咲きだす少年群」へ――」、『梅花児童文学』第28号、二〇二一年三月、一七―一八頁）。絵画にたとえるなら、下絵と彩色を施した完成品との差ともいえようか。連載の始まる前から、あるいは連載と並行して加筆すれば、当然そういうことになるであろう。

寺前は、最初新聞に連載された『もんくーふおん』と、その改訂版である単行本の『咲きだす少年群』、さらに戦後これを改訂して『石森延男児童文学全集 14』に収録した『モンクーフオン』の内容の違いを一覧表にしている（寺前君子博士論文『満洲児童文学研究』の「資料編上」）。これによると『もんくーふおん』と『咲きだす少年群』の違いは、大幅な加筆による違いであって、削除された個所は見られず、作品全体の構成にも変化がない。加筆の内容は、台詞の増加、人物や事件の詳細な説明、時局に関する内容の増加などであるという。

石森はなぜ改題・加筆したのであろうか。「もんくーふおん」とは、「蒙古風」の中国語読みであって、日本内地では分りにくいということが改題の理由である。また夕刊に連載された『もんくーふおん』は、一回約一七〇〇字の四十回分という「短篇」で、一冊の単行本にするには分量的に足りなかったろう。さらに、『もんくーふおん』の連載が始まって半月後の三月二九日、石森は電報辞令で文部省図書監修官を命じられて、大連を離れ帰国するというあわただしさであった。連載終了後わずか三か月ほどで単行本として『咲きだす少年群』を刊行していることからしても、両作品はほぼ同じ構想のもとに書かれたとみるのが自然であろう。大幅な加筆をすれば、当然内容的・思想的な発展も生まれるが、連載と加筆はかなり並行していたのではないかと考えられることからしても、それはむしろ初めから目指されていた（石森の構想のうちにあった）と考えられよう。帰国後石森は、香川師範以来の友人西原慶一に大きな風呂敷包みの原稿を持ち込んだ。西原は近所のドイツ文学者高橋健二にこれを見せ、高橋の斡旋で新潮社から『咲きだす少年群』として刊行されたという（西原慶一「石森児童文学のいかにもすぐれた二面性」『石森延男児童文学全集　12』学研、「第12巻のしおり」、一九七一年）。加筆はかなり早い段階で行われていたのではなかろうか。

したがって、成立過程史の研究ならともかく、独立した作品として『咲きだす少年群』を考察する限り、どこが加筆された箇所かを一々考慮する必要はあまりないと思われる。むしろ、これに続いて刊行された、『日本に来て』（一九四一年十二月）や『スンガリーの朝』（雑誌版一九四一年四月～一九四二年三月、単行本版一九四二年八月）の両長編、さらには『ひろがる雲』（一九四〇年）や『マーチョ』（一九四四年）などの子ども向け満洲よみものとの、内容の関連や異同点を考察する方が意味があるのではなかろうか。

もっとも、『もんくーふおん』は大連で発行された新聞に載ったから、対象となる読者は在満日本人の子どもたちに限らず、大人も含まれていたであろう。『咲きだす少年群』は東京で発行されており、子どもを主題とした「小説」として、主に日本内地の子どもたちに読まれただろうという違いはある（満洲にも持ち込まれたであろうが）。それに伴って、満洲と日本内地のそれぞれに相応しい表現の違いも若干あるのだが、今は不問にしよう。

この作品の表示は、一九三九年八月三十日刊行の初版の原本を見ると、表紙と奥付は「咲きだす少年群」だが、背表紙には「小説　咲きだす少年群」、扉には「咲きだす少年群」の左脇に片仮名の小活字で「――モンクーフォン――」と添え書きしており、本文第一ページに相当する箇所では「咲きだす少年群――もんくーふおん」と平仮名の小活字で添え書きしている。これは『咲きだす少年群』が『満洲日日新聞』に連載した『もんくーふおん』を包括している、あるいはこれこそが完成形の『もんくーふおん』であるという意味であろう。図書館の蔵書リストには、書名が「咲きだす少年群　モンクーフォン」と記されていることがあるし、「咲きだす少年群（モンクーフォン）」と表記されることもある。本書では以下「咲きだす少年群」に統一する。

なおこの作品は戦後、『石森延男児童文学全集　14』（学研、一九七一年）に収録されているが、この版の書名は、片仮名の「モンクーフォン」である（以下これを「戦後版」とする）。内容的には、文体の簡略化と、時勢の変化に合わせた、不適切な個所の改訂・削除による違いがみられる。両者の公刊された時期には三十年以上の隔たりがあり、これは戦中期と戦後期の違いの反映でもあるから、当然両者を比較検討する意味があるので、「15」で検討する。第Ⅲ部で検討する『スンガリーの朝』の初出版（雑誌連載版）と改訂版（単行本版）と戦後版（『石森延男児童文学全集　7』所収）にも類似した問題が見られる。

3　「大陸に巨歩を印した」とは――この小説のねらい

刊行までの経緯が長くなったが、『咲きだす少年群』の「はしがき」は次のように続く。

「もんくーふおん」というのは、「蒙古風」の支那音であって、大陸の春の魁と呼ばれている大きな風である。三月の中旬、蒙古の奥から吹きだして、満洲支那全土を吹きわたり、黄海を越え、日本を通り、太平洋にでていって、そこであばれて消えてしまう。「咲きだす少年群」に書かれた時期は、ちょうどこの「もんくーふおん」の起る時頃のことで、日本の少年をとりまいて、蒙古やロシヤの少年、満洲人の子どもなどが、いっしょになって、自然に憧憬し、なじみ、おそれ、疑い、争い、親しみあい、思い思いの動き方をして見せる。

今や日本は、大陸に巨歩を印した。

その足もとには、こうした見えない小さな花が咲きだしたのである。

日本の子どもたちよ、萎《しぼ》むことなく豊かに伸びてくれ。蹟くことなく、まっすぐに育ってくれ。この念願が、「咲きだす少年群」を書かせた。

同時に、子どもをまもるべき親たちに、師たちに、新しい時代の宿題が課せられていることを思わずにはいられない。

この創作の発表中、私は官命によって、上京しなければならなかったが、たとえどこで、どんな仕事をしていようとも、日本の少年たちへの切なるこの念願に変りはない。


一見子どもたちの「五族協和」を思わせるが、「五族」の一員のはずの朝鮮人の子どもへの言及がなく、作中にも出て来ないし、石森も「五族協和」とは言っていない。子どもたちを育てる側の責任にも触れているように、『咲きだす少年群』はあくまで日本の子どもがどう育つか、育てるかを目標とした作品であって、単純に「民族を超えた友情」を描いた作品ではない。民族を異にする子どもたちが相互に助け合う場面もあるが、「おそれ、疑い、争う」部分もある。例えば子どもたちが雪合戦する箇所で、仲間はずしにされた日本人の少年を、モンゴル人の少年が助けようとするが、そのため同級の日本人の子どもたちに傷つけられる、というような箇所が出てくる。一方それはいけないことだ、というお説教的な言葉もない。子どもたちの世界の実態を、あるがままに捉えているような描き方である。そして要はあくまで「日本の子どもたち」がどう伸びているかにある。

「今や日本は、大陸に巨歩を印した」とは、石森の関心が明らかに同時代の「支那大陸」（中国）で日本が起した出来事に向いていることを示している。一九三二年（昭和七年）傀儡国家満洲国をでっちあげた日本は、これを基盤に、蒙古や支那大陸に手を伸ばしている。蒙彊地区に成立していた察南自治政府・普北自治政府・蒙古連盟自治政府が、一九三九年（昭和十四年）九月日本軍の主導のもとに統合されて、蒙古聯合自治政府が樹立される。一九三七年（昭和十二年）七月七日盧溝橋事件により、日中戦争が起こり、七月二十九日北京が陥落、同年十二月中華民国臨時政府が北京で成立し、当時日本占領下にあった華北を統治する。蒙古聯合自治政府は名目上この臨時政府の主権下に置かれる。またこの臨時政府は一九四〇年三月南京の汪兆銘政権と合流している。

一九三八年一月一日、近衛内閣は「爾後国民政府を相手とせず帝国と真に提携する新興支那政府の成立発展を期待し……更生新支那の建設に協力せんとす」と言明した。同年日本軍は中支（華中）の武漢や、南支（華南）の広東（広州）にも侵入、占領している。そういう情勢下、総理大臣・近衛文麿は同年十一月三日に、「東亜新秩序の建設」声明を出した。その要点は、まず中華民国国民政府は既に地方の一政権に過ぎないとして、「東亜永遠の安定を確保すべき新秩序の建設」が今の戦いの「究極の目的」だとする。そのためには「日満支三国相携へ、政治、経済、文化等」にわたり「相互連環の関係を樹立するを以て根幹とし、東亜における国際正義の確立、共同防共の達成、新文化の創造、經濟結合の実現」を期さねばならない。日本帝国が支那に望むのは、この東亜新秩序建設の任務を分担してくれることである。「支那国民が能くわが真意を理解し、以て帝国の協力に応」えてくれることを期待するというのである。対中国政策を軍事侵攻から占領地の治安確保を中心として、日本・満洲国・支那の提携を唱える方向へ転換したのである。これは国民政府内で蒋介石と離反した汪兆銘に親日政権を作らせることを狙ったものである。そしてこの「新秩序の建設は、我が肇国の精神に淵源し、これを完成するは、現代日本国民に課せられたる光栄ある責務」だというのであるから、あくまでも日本が指導者でなければならないということである。比喩的に言えば、これらは第二、第三の「満洲国」をアジア大陸に作って広げていこうとするものだといってよい。山室信一はこう指摘する。

……もし日本の侵略が満洲国よりさらに外に拡がっていかなければ、中国は満洲国を承認しないまでも、関東軍が長城線まで撤退するならばそれ以上問題にしない姿勢をとった。

しかし日本はその外の内蒙や華北に侵略をはじめ、中国としては満洲国を問題にせざるをえなくなる。というのは、満洲国の波及として日本の侵略が拡がっていくからです。そのため日中の和平交渉で中国は満洲国の否認、満洲国の撤廃を要求しつづけることにならざるをえない。（山室信一「（インタビュー）満洲・満洲国をいかに捉えるべきか」『環』第10号、二〇〇二年夏）

このように満洲国を造ったのと同じように次々と傀儡政権を作っていく手法が、やがて東アジアを越えて東南アジアにも及ぶと、「東亜新秩序」を超えて、「八紘一宇」の精神に基づく「大東亜共栄圏」が形成される、ということになる。こうした動きが、石森のいう「巨歩」――「今や大陸に巨大な一歩を踏み出した」ということの意味だと考えられる。問題は親や教師たちが、この問題をどう捉え、子どもたちをどう導いていくか、ということになる。

『咲きだす少年群』が単行本として刊行される直前に、石森は『文部時報』661号（一九三九年七月二一日）に「日本の子どもと大陸」という文を書いている。この論文は出された時期からして『咲きだす少年群』に通ずるところが多く、一種の解説のような観がある。これを見れば

「巨歩を印した」とは「東亜新秩序の建設」だということが明瞭である。石森はまず冒頭で次のように言う。

日本の子供、これは私の心の中にひろがり去来する群像である。日本の子供をどうすれば強くなるか、どうすれば大きな心もちになるか。どちらを向かせて歩かせるか。今のうちに日本の子供を、強い体、大きな心に育てておかなければ、東亜の新秩序建設はおろか、祖国を守ることすら容易でないと信ずるからである。

これは『咲きだす少年群』の「まえがき」にそっくり通じるであろう。「大陸に巨歩を印した」とは、この作品の書かれる前年に出された「東亜新秩序の建設」を指しているのである。この作品は当時の時局――中国大陸における日本の侵略状況――と深い関係がある。この作品が新潮社大衆文藝賞を受けるなど江湖の注目を惹いたのも、一つにはそのためであろう。一方これに続く戦時下の石森の少年小説、『日本に来て』や『スンガリーの朝』には、そのような時局の反映がほとんど見られない。その点にこの作品の独自性がある。

次に石森は意外にも、つい最近まで「大陸」の大きさを知らなかったと言っている。帰国直前の三月に、「満洲移民地」を、満洲里からハルビン、牡丹江、佳木斯《チャムス》と、北満地方を旅してみて、その限りない広さを不思議にさえ思っている。さらにその少し前の正月、揚子江を遡ってやはり中国大陸の広さに驚嘆したと言うのである。石森は十三年間「在満」したはずなのに、住んだのは準日本ともいうべき大連で、後は南満洲の一部くらいしか知らなかったかのように見えるが、これはどうも疑わしい。大連赴任後間もなく、石森は在満日本人の子どものための副教科書『満洲補充読本』の材料を集めるために、「蒙古のパインタラをはじめ、シベリヤ線のハイラルからチチハル、ハルピン、吉林、洮南などを廻って、その土地の自然、生活様式、伝説、民話をつぶさに調査したり、観察したりした」といっているのである（石森延男「あのころの満洲」『柑人間讃歌』第2号、一九七四年一月）。これは今さらのようにそう感じたということであろう。問題は国土の広大・狭小のような「自然から受ける感じ方の相違は、かなり深い性格を国民性に与えこむと思う」という指摘にある。俗にいう「大人」的風格と「島国根性」との対比であろう。「日本の子どもと大陸」はまだ続く。

支那事変以来、日本は国をあげてこれが達成に進んで来たのであるが、いわばこの推移は日本は小さな島国から脱け出して、大陸のどまん中に踊りでてきたことになる。しかもこの推移は島国に再びもどるというのではなくて、大陸に踏みこんでいったが最後、一歩もひけないことになったのである。島国と大陸、これは切っても切れない運命の絆に固く結ばれたとでもいおうか。

日本国民は今や大きな宿命を課せられた。かかる仕事の第一階梯は現時の成人たちが仕《ママ》初めたわけであるが、更らに第二の階梯に引あげてくれるものは成人ではなくて、むしろその問題は次の世代、今の日本の子供達の背にのしかかってきたのっぴきならないバトンである。日本の子供よ、どうか強くなってくれ、大きくなってくれと念じないわけにはいかない。（「日本の子どもと大陸」二一—二三頁）

この作品には、東亜新秩序建設に貢献しようとする啓二という人物が登場して、特に後半で事実上の主役のように活動しているし、主人公の少年にも働きかけている。この作品が出るとすぐに新潮文学賞を受賞した理由を、中国人研究者・季頴は「この作品が『東亜新秩序の建設』という国策にぴったりと応じるものであったから、気運に乗じてデビューしたのではないかと考える」と指摘しているが、的を射ていると思われる（季頴『日中児童文学交流史の研究——日本における中国児童文学及び日本児童文学における中国』風間書房、二〇一〇年、一二二頁）。

長期建設と覚悟をきめたからには、日本は「大陸」と離れることはできなくなった。しかも「東亜の新秩序をうちたてるに当って、その中心とならねばならぬ民族は大和民族の他にはない。したがって、漢人・蒙古人・満洲人・朝鮮人・ロシヤ人などを率いるだけの力を持たねばならぬ。盟主たるだけの襟度と識見を備えねばならぬ。」ということになる。誠に気宇壮大であるが、問題は日本の子どもがそれに応えられるかということである。

日本の子供には、日本の子供としての誇りはあろう。偉さもあろう。またあるべき筈だ。しかしそれだけで安易な優越感などを持っては大変な思い上がりである。満洲人の子どもの根強い体力はどうだ。支那の子供の鷹揚な考へ方はどうだ。ロシヤの子供の規則的な生活〈の〉仕方はどうだ。蒙古少年の熱情、朝鮮の子供の柔軟さ、いずれもよきものを持っている。日・支・満・蒙・ロの五人の少年が並んでマラソン競争のスタートに立った。……すでにスタートを切って走りつづけている。日本少年少女は、いつもトップに立って走っていなければならない。（「日本の子どもと大陸」三頁。「朝」が抜けているが、これは原文通りである。引用者）

「いずれ〈の民族の子ども〉もよきものを持っている」のに、日本の子どもだけが「いつもトップに立って」走るようなことが、果たして可能か？　日本の子どもは指導者になるだけの力を持たねばならぬが、しかし実情はどうか？　ということを、石森は問題にしているように思われる。それぞれ優れた資質を持っている、他民族の子どもたちに負けはしないだろうか？　そもそも、時局の要求を子どもたちは素直に受入れてくれるであろうか？　そういう疑いが出てきてもおかしくないだろう。この小説に出てくる子どもたちは将にそういう視点から描かれている。さしあたり体力と並んで語学力、さらに大陸に相応しい生活の仕方を身につけているだろうか。「満洲人」（中国人）と並んで、白系ロシア人やモンゴル人の子どもが出てくるが、彼らとの交わりはどうか、などと。後で見るように、この点で主人公の洋はかなり頼りなげに描かれている。むしろその点にこそ、季顥のいう「在満日本人児童の生活と社会を如実に反映」しているという「歴史的価値」があるであろう（季顥前掲書）。
「日本の子どもと大陸」の論調はまだ続く。次に石森は、日本人の子どもが、新秩序達成にふさわしい力をつけるのを妨げるような状況が日本の側にあることを示唆している。かなり悲観的だとさえ思われる調子である。

次の時代を思うならば子どもを思わねばならない。しかるに現代の社会制度・施設・教育の仕方が、果して日本の子供をしてより強くより大きくさせるだけの十分な用意と、同情と、理解とがあるだろうか。甚だ心もとない状態である。（中略）小国日本から飛躍して大国日本の子供にならねばならない。しかしこれは言うべくして実に行い難いことである。ところが少年少女たちは物資愛護などという大きな概念を、あやまって些細なものにおきかえられるようなことはなかろうか。鉛筆がへって指で持てないほどにちびたのを使用することが、物資愛護の精神だと考えてはいないだろうか。……お弁当のお菜を梅干だけにしたり、ごま塩だけにして辛抱したり、裸足で歩いたり、……分別のまだ乏しい子供達には、どうかするとこんなことがいわゆる国策の線に乗っているのだと信じ、そうすることが奉公だと考えられる向きがある。誤解だけで済むのならまだしも、そのために伸びねばならぬ大切な日本児童のおおらかであるべきものが、何時の間にか傾いていって、遂には萎《しぼ》んでしまいはしないか。（「日本の子どもと大陸」四頁）

これはまさに、『咲きだす少年群』の「はしがき」にあった「子どもをまもるべき親たちに、師たちに」課せられている課題である。当時の日本の子どもたちが、些細なこと、何か節約すること、「物資愛護」が国策に沿うことだと考えさせられていたのは確かであろう。その典型は、弁当のお菜を梅干だけにする「日の丸弁当」である。一九三九年九月から毎月一日を「興亜奉公日」と定め、この日は学校でも昼食は日の丸弁当にするということになった。実施はこの作品の刊行直後からのことであるが、石森はそうした動向を以前から感知していたのであろう。そのため生活の仕方が消極的に陥っていないか。もっと度量の広い進取的な性格を子どもの内から養っておく必要があるのではないか、と石森は課題を提起しているのである。

限りもない広い大地に生れ、空にかかえられ、海のような河を眺めて成長した大陸の支那の少年少女と伍していかねばならぬ日本の子供たちにも、遠大な魂をふき込みたい。どうしてそれをふきこめばいいのか、じっとしていられない焦燥を感じるのである。入学試験でいためられ、自由研究の場所、時間もなく、徒に準備教育で歪められていてはどうなることだ。(「日本の子どもと大陸」五頁)

以上が石森の「日本の子どもと大陸」の要旨である。指導的民族にふさわしく成長するのは容易なことではない。実情は日本の子どもが「トップに立って」どころか、「伍していく」ことさえ容易ではないのではないか、と思わせるようなことが、『咲きだす少年群』では主に主人公の洋を通じて描かれている。そもそも、それを達成させられるような状況が、受験体制に制圧された日本の教育には欠けている。こういう戸惑いないし疑念を、石森は『咲きだす少年群』の執筆当時抱いていたのではないかと思われる。「東亜新秩序の建設」という国策そのものに、国家の使用人である石森が疑義を抱くことはありえないが、日本の子どもたちを通してそれを実現することは容易ではない、いや今のままでは不可能に近いとさえ、石森は自覚していたのかも知れない。そこに植民地性を前提としながらも、子どもたちの主体性を重んじなければならないという、石森のヒューマニズムに基づく子ども観——何よりも教育実践の実態に即した、やさしさや愛と善意があるのではなかろうか。また、こうした問題が、石森のこの作品を初め、他の創作やエッセイでは、どのように現れているか、ということも見ていく必要があるだろう。

翌一九四〇年（昭和十五年）に出された、満洲を背景とした、石森の『少年少女よみもの　ひろがる雲』の「ほんとうの力を」では、以上のことを子ども向きに解説したような箇所がある。

……時勢が移り変って、日本はますます力強い立派な世界の大国となり、その間に、満洲事変があって、満洲国ができ上り、支那事変が起って、新しい支那の政府が南京にでき上りました。そうして、日本はこれらの新しい国々の手を取って、東洋の旗頭となって、その幸福と平和のために、東亜新秩序建設という大きな仕事を手がけているのです

今日本は、このように大事な時に当っているのですから、……少年少女の皆さんの心構えも余程しっかりしていてもらわねばなりません。殊に、日本が東洋のためにはかる大事業というものは、五年や十年の短い間に出来上るものではありません。そうするとなおのこと、今の少年少女の方々がしっかりしているかどうかは、之から先、日本の大

きな仕事がうまく成し遂げられるかどうかということにもなるのです。（石森延男『少年少女よみもの　ひろがる雲』三省堂、一九四〇年、二六一頁。ルビ省略）

読みものならお説教をしておけば済む。しかし小説となると生きた子どもたちの姿を描かねばならない。その関係がどうなっているかが作品の中で問われることになる。

ところで、「日本の子どもと大陸」には、さらに戦中第二作『日本に来て』の構想に関わるような箇所が二箇所ほどある。詳しくは第Ⅱ部で述べるが、その一つは「本年度あたりから、満洲生れの子どもが、初等教育を卒へて、中等学校に入学するようになった。これらの子どもは、日本内地を知らない」という箇所である。『日本に来て』のあらすじは、大連で育った子どもが、小学校を終えて日本の中学校に入学するため、東京に来て生活するまでの間に、数々の「日本内地」を発見するという話である。

もう一つは石森が、青島・上海・南京を旅した時、車中で出会った「支那の女」の話である。彼女は幼い子どもを連れて、夫を探しに南京へ行くところだった。「自分とこの子だけはうまく逃げられたのだが、夫は行方不明になった」というのである。説明はないが日中戦争初期の日本の攻撃による災難に違いない。石森は戦後『石森延男児童文学全集　8』（学研、一九七一年）の「あとがき」で、「日本人は、中国へ侵入したときもずいぶんひどいことをしました。そのあとすぐ、わたしはそこへいってきました」と書いているが、この時のことを指すのであろう。『日本に来て』では、主人公の少年二郎が大連から日本に渡る船中で、支那人の少年が朝鮮人の少女を連れて、朝鮮の慶州に行くところに出会うことになっている。その少年から聞いた長い話の中に、上海空襲後行方不明になった父親を一人で探しに行くという、この「支那の女」の体験がヒントになったのではないか、と思われるような出来事が出てくるのである。『咲きだす少年群』には直接出てこないが、この執筆当時から、石森が日中戦争における中国人の犠牲者にも関心を寄せていたことは間違いない。

「日本の子どももと大陸」は、「東亜新秩序の建設」を手放しで褒め称えているのではない。そうなってしまった以上、どんなことが子どもたちの上に降りかかってくるか、それをめぐって大人たちはどうすべきかを問題にしているのである。それでは、石森のいう「大きな仕事」「巨歩」のもとにある大人たちや、やがてはそれに参与すべき子どもたちは、どのように描かれているのだろうか。

4　子どもの生活に落とす大人の影

この小説は主人公・小学五年生の小田洋の、スケートリンクの帰り道の場面から始まる。場所は満洲の最南端、関東州の大連である。

洋は、すべるだけすべって、ロングを背なかにかついで、スケートリンクから帰ってきた。途中こ高い岡があって、満人小学校の赤い壁が、いつもになく目だって見えた。くぼんだ低い校庭では三人の満人の子どもが、フットボールを、めちゃくちゃに蹴って遊んでいた。ボールは蹴られるととび上るが、地面に落ちるとそのままくちゃんと動かなくなるようにふやけたものだった。それでも子どもたちは、自分がそれを蹴ろうとして、三人が押しあいへしあいして団子のようにかたまって動いていた。その一人が志泰君に似ているので、洋は、

『志泰君』

と呼んだ。しかし三人の子どもは、一人もこちらを見なかった。一人がフットボールを踏みつぶした。もう一人もその上を踏んだ。あとの一人がそれを拾ってすばやく走り出した。他のものはそれを追って、校舎のかげにかくれていった。

岡を下りかけたところに、楊の樹が、一本背のびをしてまっすぐに立っている。洋はそれを見上げると、ふと明日の理科考査のことを思い出した。石炭のところから問題がでるといったっけ。（『咲きだす少年群』三一四頁。以下作品本文の引用は戦中版＝単行本版の頁数のみ示す）

「満人小学校」があって、「満人」の子どもたちが遊んでいるということから、「ここは満洲だ」ということがわかる。洋に「志泰」という中国人の友人がいるらしいことも分る。日本の読者に「これは満洲での話だ」ということを知らせるのにふさわしい出だしであろう。スケートも冬の満洲らしさを現わしている。「ロング」とは、高速の出るスケートのことである。石森は『マーチョ』の「スケート遊び」で、「ロング」というのは、練習用にくらべてずっと長く、しかも、先の方が、まるく曲ってはいません。ちょうど刀の先のように尖っているのです。これをはいて、すべると、たいへん早く走ることができます。」と解説している（石森延男『大東亜こども風土記　マーチョ』成徳書院、一九四四年、八八頁。「マーチョ」は馬車の中国語読み）。洋がかなりの腕前、いや脚前であることがわかる。満洲では冬のスポーツとして、スケートが盛んだった。これは、第V部でふれるが、満鉄地方部学務課長の保々隆矣が奨励した影響が大きいようである。

いっぽう満人（中国人）の子どもたちが、フットボールに熱中している様子は、石森が「満洲国では、大人も子どもも、フットボールはきちがいのように好きだということは、みなさん（在満日本人）がいつも見ていることでしょう」と書いていることに対応している（石森延男『まんしうの子供「東亜新満洲文庫」尋常一・二・三学年用』修文館、一九三九年、二九頁）。それにしてもロング・スケートと、ふやけたフットボールとの対比は、日満の貧富の差を感じさせるかもしれない。

満洲（満洲国と関東州）では、民族ごとに学校が違っていた。日本人の子どもは在満日本人のための小学校で学び、数の上では圧倒的に多い漢民族系の子どもの初等学校は、この小説が書かれた一九三九年当時、満洲国では国民学校（五・六年生は国民優級学校）、関東州では公学堂と呼ばれていた。「満人小学校」とは在満日本人による通称か、あるいは石森の説明であろう。

知り合いの志泰を見つけられなかった洋が、岡を下りかけると、楊《やなぎ》の樹が一本立っている。楊は満洲独特の風物である。洋はそれを見上げて、明日の理科の試験が石炭のところだと思い出す。それから、「かつ　かつ」と鳴いている親子の鵲《かささぎ》を見ながら考える。カササギも楊と同じように、満洲を連想させる風物である。

たった一人の麻子姉さんなのに、いっしょに暮らすのも、あと一と月だなんて、つまんないな。北京なんかにいってしまうんだもの。なぜ、お嫁入りなんかあるんだろな、麻子姉さんのおいしいお得意のオムレツも喰べられなくなるし、それより算術の宿題、困ってしまうな、書取だって言ってくれる人がいなくなるし。（七頁）

洋は、これまでなにくれとなく、姉の麻子に面倒を見てもらっていた。洋にスケートを教えてくれたのも麻子である。そこから必然的に麻子の身の上が洋に関係してくる。麻子は以前蒙古語が得意だった定夫と婚約していたのだが、定夫は一年前に戦死してしまったのである（説明はないが、当然日中戦争下のことであろう）。そして最近、定夫の二年後輩で、彼と仲のよかった、啓二との縁談が、親同士の間で進められているのである。啓二は北京で「支那人」（中国人）の家に住み込んで、中国語や中国の習俗などを学びながら、日本語を教えるなど熱心に宣撫活動をしている。東亜新秩序建設の申し子のような存在で、この物語の後半は、彼が事実上の主役のような形で進行する。麻子はこれまで啓二を何となく知ってはいたが、結婚など夢にも思わなかったという。啓二は北京に住んでいるから、結婚すれば麻子は北京に行ってしまうことになる。

そこへ友人の真ちゃんが、通りがかって、これからいっしょにスケートに行かないかと洋を誘う。洋は既にかなり滑って疲れていたのに、意地を張って同行する。スケートリンクを七回も廻るレースにも同意したのだが、最後は二人とも縺《もつ》れあって決勝線に入り、勝負がなくなる。その後はとりとめのない会話が続くうちに、洋がこう話しかける。


「君のお父さん、今も黒河にいるの。」

「ん、黒河の宿舎。」

「やっぱり鉄道の仕事かい。」

「ん、忙しくって夜も昼もないってさ。それに危険で、まるで戦場とかわらないって。」

(一七頁)


短いながら、見逃しえない会話である。当時の満洲、いや満洲国ならではの話である。既に以前から反満抗日の気風はあったが、一九三一年(昭和六年)の九一八《チューイーパー》(満洲事変)以後、中国共産党の呼びかけと愛国の情熱に励まされて、抗日の烽火が本格的に燃え広がった。抗日ゲリラ活動は、南満地域では比較的穏やかだったが、北満地域では激しかったとされる。一九三二年には、既に盤石・海龍・延吉・汪清・琿春・巴彦・湯原・珠河・寧安・密山など北満の各県に武装抗日隊があったという(滕健「反満抗日教育運動の展開」『「満洲国」教育史研究』No.1、東海教育研究所、一九九三年、九三—九四頁)。戦時下でなくても日本人が死に曝される危険な場所が、特に北満地域にはあったのである。黒河は満洲国でも最北端、当時のロシア（ソビエト連邦）と黒竜江一つ隔てて対峙する、大連からは鉄道で千五百キロ余りも離れた僻地である。兵隊でもないのに、戦場のような命の危険にさらされる、そんな話が、何気ない会話の中にひょっこり現れる。特に鉄道の修築に対しては反抗が強く、実際に列車がゲリラに襲われたこともあるという。しかも真ちゃんの父がしている「鉄道の仕事」とは、乗務員や駅員などではなく、路線の建設である。それなのに少し後に、次のような会話が出てくる。子どもらしくおよそ屈託がない。

（真）「うちのお父さんも線路工事なんかやらないで、機関車の運転手になればいいのになあ。」
（洋）「君、なったらいいじゃないか。お父さんが鉄道線路をしいて、君がそこを試運転する、新らしい童話みたいで、すてきじゃないか。」（五一頁）

危険な鉄道線路敷設の話は石森の作品に繰り返し出てくる。次作『日本に来て』には、「お隣のおじさんは、鉄道会社にでていて、いつも満洲の奥地に行っては、測量をしているじゃないか。今までに危険な目に会いながらも、働きとおして来たではないか」という箇所がある

（石森延男『日本に来て』新潮社、一九四一年、一四八頁）。また『マーチョ』には、「新しく鉄道をしくために測量しながら、ふいに匪賊におそわれた従業員もいます」という箇所がある（『マーチョ』、一九四四年、一一四頁）。満洲事変後、一九三一～一九四五年に満鉄が建設した路線は五三〇〇キロにも及ぶという（原田勝正『満鉄』岩波新書、一九八一年第一刷、一九四頁）。この中には東部の「対ソ作戦鉄道」ではないかと思われるものがかなりあったようである。これは、スケートやカササギやペチカなどをはるかに超えた、傀儡国家・満洲国の本質を象徴するものであろう。それが子どもの世界にも反映していることを、石森は見のがさなかったのであろう。いっぽう、洋の父は道路建設に従事しているのであるが、技術者ではないのか、あるいは地位のせいか、いつも大連にいるように描かれている。

抗日ゲリラ（いわゆる「匪賊」。「馬賊」ともいう）に襲われるようなことは、北満に派遣された、満蒙開拓青少年義勇軍や、いわゆる開拓団の農民も、覚悟せねばならなかった。加藤武雄『饒河の少年隊』（『少年倶楽部』、講談社、一九四三年一月号～十月号連載、一九四四年同社より単行本刊行）や、周郷虎雄『亜細亜《アジヤ》の柱《はしら》』（『子供の科学』、誠文堂新光社、一九四一年一月号～十二月号に連載、単行本にもなっている）などには、そういう状況が描かれている（『饒河の少年隊』については、第Ⅲ部末尾「付録」参照）。

5　死の意味を考える――「お国のため」に命を捨てよ

この小説は子どもたちを主役としながら、しょっちゅう背景として大人の問題が出てくる。先ず当時「支那事変」と呼ばれた日中戦争である。この小説が書かれたのは開戦三年目で、避けがたく起るのは、若者の徴兵・出征・戦死の問題である。召集されて戦地に赴き、戦死する若者が続出する。日本は一九三七年（昭和十二年）七月の日中戦争開戦から同年十二月の南京占領までの第一段作戦で、すでに一万八千人の戦死者と五万二千人の負傷者を出している。一九四一年末までの日中戦争による軍人軍属の死者は十八万五千余名にのぼるという（遠山茂樹・今井清一・藤原彰『昭和史』岩波新書、一九五九年、一五八頁）。若者の戦死は、当然ながら適齢期を迎える女性に大きな影響を与える。

スケートを終えて暗くなってから帰宅した洋が、夕食を済ましてラジオのスイッチを入れると、偶然、機関銃の音やラッパの響きが聞こえてくる。姉の麻子は編み物をしながら、ニュース映画で見たさまざまな戦場の場面を思い浮かべる。その中で「（婚約者だった）定夫さんもあんな烈しい音の中で、敵弾をうけたのであろう」などと考えさせられている。それに次いで定夫が出征する時に言った言葉が思い浮かぶ。この言葉はかなり長いので、要点を抜粋して引用しよう。まず出征兵士の心情（真情）が語られる。

こんど出征することになったが、僕というものをほんとうに鍛えられる時だとありがたく思っている。生れてから今まで、これがほんとうの試練だと思ったことも、この出征からみれば本物ではなかった。生命を的にしないような試練は偽物だ。（中略）

自分というものは、国という大きな力の一粒であるというつながりを、悟らない以上、自分は空しいものだということを深く教えられた。いわば日本は個々の力が、かたまりかたまって、国を挙げて大きな一つの力になって、回転し初め、鳴り初め、燃え初めようとしているんだ。個人が推進力となるのでもない、みんながみんな推進力、回転力となって動くんだ。僕が赤襷《たすき》をかけて自分の姿を鏡にうつしてみた時、僕の体であって、僕の体ではないという小学校で習った格言を、そのまま悟ったような気がした。こうして皆に送られて出征するからには、再び帰ろうとは思わない。ただ一つ気になるのは、君との縁談のことである。（中略）親たちは、式だけはすませていったらどうだとすすめてくれた。そうすれば安心して戦地に行けるだろうし、親としてもかたがついて気が楽になるという。でも僕はそれをことわった。（中略）

他の人はどんな風にきめるかしれないが、僕は次のように考える。破約はしないが、縁談のことは、そのままにしておきたいのである。仮に、いや仮にではない、僕が戦死したならば、たとえ式を挙げておいたにしても、これは形ばかりが残ることになるのではないか。君はそうなると未亡人ということになる。（中略）今の僕としては……ただ君を知っていたというだけの軽い印象を持って、戦地に行きたい。これでは、君はあるいは満足しないかもしれないが、それ以上に形式や絆というものを持って行きたくない。

僕が戦死したなら、君は、何も独身で暮らすなどということをしなくともいいのだ。新しい家庭を作るべきであり、よき妻となり、よき母となって、よき子どもを育てあげることこそ、今の日本が求めている若い女性の道なんだ。このことは、すでに僕の父にも母にもようく話してある。（一二三—一二五頁。傍線引用者）

定夫は懸命に自分を納得させようとしている。その論理は、当時の軍国主義・全体主義社会の論理そのものである。個人が「国という大きな力の一粒」に過ぎないとは、全体の利益を個人の利益に優先させ、大義を掲げて、個人の私生活を——その個人が自発的にするか、強制的にさせられるかは別として——全体に従属させることである。それは必然的に死をも当然のこととせざるをえない。

この風潮は、日中戦争勃発直後、一九三七年八月に発表され、流行した軍歌「露営の歌」

（藪内喜一郎・詞、古関裕而・作曲）を連想させる。同年九月にコロムビアレコードから発売されたが、六〇万枚以上も売れて、当時を代表する歌謡曲となったというが、歌詞は「死」に満ちている。関連個所の詩句を抜きだしてみよう（長田暁二編『戦時歌謡全集　銃後のうた』野ばら社、一九七一年初版、三六四頁）。

勝って来るぞと　勇ましく／ちかって故郷《くに》を　出たからは／手柄たてずに　死なりょうか（一番）

馬のたてがみ　なでながら／明日の命を　誰が知る（二番）

夢に出て来た　父上に／死んで還《かえ》れと　励まされ（三番）

笑って死んだ　戦友が／天皇陛下　万歳と／残した声が　忘らりょか（四番）

東洋平和の　ためならば／なんの命が　惜しかろう（五番）

母も負けてはいない。「露営の歌」ほど流行らなかったようだが、同じく一九三七年八月、日中戦争勃発直後に素早く世に出た、「軍国の母」（島田磐也　詩、古賀政夫　曲）の、三番の歌詞にはこうある（前掲『戦時歌謡全集』一一一頁）。

生きて還《かえ》ると　思うなよ
白木の柩《はこ》が　届いたら
でかした我が子　あっぱれと
お前を母は　褒《ほ》めてやる

むろん国民の全てがこのような風潮に同意していたわけではない。『咲きだす少年群』刊行の、一九三九年（昭和十四年）に発表された司法省（今の法務省）の調査によれば、「御上はなんのためにかように人命を犠牲にして、大金を要してまで戦争をなさるか」、「大事な人の子を連れていって、幾年も幾年も無駄奉公させられてたまったものではない」、「戦死に際し、戦死して芽出《めで》たしと祝辞をのべたる村民あり、親として芽出たきことなし」などという不満や批判が徐々に出始めていたという（半藤一利『昭和史』平凡社、二〇〇四年、二〇四頁）。

不満や批判までいかずとも、肉親者を失った家族の心情は推測するに余りある。石森はそういうことに気づいていたと思われる。『咲きだす少年群』の翌一九四〇年（昭和十五年）に刊行された、前掲『ひろがる雲』の冒頭の「息子と柿」にこうある。日露戦争の時、旅順の東鶏冠山の激戦中に息子が戦死したというおじいさんが、出征する時息子には「きっと生きて帰るなよ。御国のために死んで来い」といったのに、鎮守の神様には「どうぞ、息子が生きて帰って来ますように。どんなけがをしてもいいから、生きて帰りますように」とお祈りをした、という話である。典型的な「建て前」と「本音」の使い分けである（『ひろがる雲』七―八頁）。

このおじいさんの話とそっくりな箇所が『日本に来て』にも出てくる。主人公の二郎が、神棚を拝む時、戦地の病院に行っている父のことを「おたのみ」する言葉である。「どうぞ、神さま、お父さんをお守りください。どうぞ、お父さんを凱旋させてください。」と毎朝いうのである。だが、これは誰にも知らせない、「自分だけの大事な大事なことば」なのである。「よその人に向っては、いつも『お父さんなんか、名誉の戦死をするんだぜ。』と大きなことをいっていばっている」のに、神棚に向っては、ひたすら父の無事をお願いしているのである（『日本に来て』二二八―二二九頁）。

こうした庶民の感情を典型的に表現した、いわば「反軍歌」ともいうべき歌が、日露戦争当時に歌われていたようである。「ラッパ節」というのだが、五番まである歌詞のどこを見ても軍を揶揄しており、ことに三番が痛烈である（前掲『戦時歌謡全集』三六〇頁）。

名誉名誉とおだてあげ　大切な倅《せがれ》をむざむざと
砲《つつ》の餌食に誰がした　もとの倅にして返せ

これに比べれば表現がずっと柔らかではあるが、脈々として続いているこうした国民感情を、二度も取り上げているのは、これは無視できない大きな問題であると、石森が認識していたからではあるまいか。

定夫の言葉は、一見自発的に見えるが、当時の状況の中では、実際には強いられた自発性であることは疑いない。自分が戦死したら、独身で暮らす、あるいは未亡人になるのではなく、新しい家庭を作るべきだ、という言葉は、当時似たような状況に在った二人の間で、数多く交されていたかも知れない。また、「よき妻となり、よき母となって、よき子どもを育てあげることこそ、今の日本が求めている若い女性の道なんだ。」というそれに続く言葉は、「産めよ殖やせよ」というこの当時のスローガンを連想させるものがある。このスローガン自体は『咲きだす少年群』が刊行された直後の、一九三九年（昭和十四年）九月三〇日に厚生省が掲げた「結婚十訓」の最後にある「産めよ殖やせよ国のため」に基づくが、これはそれまでほぼ順調に増えていた子どもの出生数が、前年の一九三八年に突然激減したことが発端となっている。このままでは兵隊になる人手を確保できなくなるのでは、と恐れられたのである。そこで一九三九年九月に厚生省の「結婚十訓」が生まれ、翌一九四〇年一月二二日に「人口政策確立要綱」が、近衛内閣により閣議決定されたのである。同年二月二三日付の『朝日新聞』は、「一家庭に平

均五児を　一億めざし大和民族の進軍」という記事を掲げている。
女性にとって結婚するとは子どもを産むことだ。戦力の立場からいえば、誰の子どもであってもよい、人数の増えることだけが問題なのだ。ただそれが定夫の口から出たということが、麻子に強烈な違和感を与える。しかし、定夫としては生きて帰ることが約束されない以上、自分を納得させるために、とらざるをえない発想法であったといえよう。だが定夫がこのように自分を納得させたとしても、麻子がこういう定夫の言葉をそのまま信じて気楽に振る舞えたわけではない。理屈の上ではあらがいようのないことであっても、感情の上では満たされないのである。麻子のためらいの気持ちがあちこちに繰り返し出てくる。

麻子は、たとえ婚約者であっても、気持からいえば結婚したも同じで、定夫さんの身の上に、どんなことがふりかかって来ようとも、この気持はただちには失せるものではないし、失わせてはならないとも考えていた。定夫さんのこの言葉は一々分るし、不合理でもない、が、今となってそれをふりかえってみると、間違いがないだけ、理論どおりであるだけ、あっけなく思われてしかたなかった。不満に思うかもしれないと定夫さんがいわれたとおりいかにも不満であった。（二五頁）

このように悩む麻子に対して、定夫の父親は「あなたはあなたで、新しい気持ちになって欲しい。いいところがあったなら、ためらわずに嫁いでほしい」といってくれたのであるが、その言葉を聞いても、言葉通り素直には受けとめられなかったのである。このように石森は丹念に麻子の心を描いている。

定夫の残した言葉――まるで手紙のような長い話――は、物語の中では、麻子に定夫との婚約をめぐるわだかまりを解決し、その後訪れた機会に麻子が結婚に踏み切る決意をするための重要な伏線になっていると思われる。仮に定夫が浮世への未練を捨てきれずに戦地に臨んでいたとしたら、麻子はとても簡単には諦めきれないであろう。ここまで「死の意味」を悟って死んでいったのなら、本人は勿論後に残されたものにとっても、幸いなのではなかろうか、と考えられたのかもしれない。

それにしてもこうした事例を長々と入れることは、余り児童小説にふさわしいとは思われない。しかし石森としては、子ども（小学生）といえども、今の時代、こうした大人の真情を理解することが必要だと考えたのではないか。戦後の回想ではあるが、石森は「大人の文学と子どもの文学とを本質的に区別しない立場に立つ」と言っている（石森延男「戦前・戦中・戦後の国語教育を歩む」『近代国語教育の歩み　2』新光閣、一九七〇年、一六五頁）。この作品が『小説　咲きだす少年群』となっているのは、童話と表記するには、内容がいささか大人の問題に深入りしているためかもしれない。それにしても、ここまで大人の世界の微妙な問題に立ち入ったことを、よく児童小説に書きこんだと思われる。これも時勢のなせるわざであろうか。

定夫の持ち出した死の論理は、ここだけで終わるわけではなく、子どもの世界にも反映している。子どもなりに「死」の意味を考えるという問題が、洋と真ちゃんの次のような会話に出てくる。


「死ぬときが、真ちゃん、人間と植物とちがうよ。」

「どんな風に。」

「どんな風って、植物は、自然に山で枯れて倒れるんだけど、人間は、死ぬときに、自分の心で死ぬことがあるんだよ。」

「たとえば。」

「そうだな。生きていようと思えば、生きていけるんだけど、死なねばならぬと覚悟するとあっさり死ぬのさ。人間の方がずっと偉いよ、植物よりも。」

「戦争なんかでかい。」

「そうさ。自分の飛行機が火を吐いたときなんか、もうこれまでと決心して、敵地の飛行機めがけて、自爆するなんて、とても立派なんだぜ」（一〇一―一〇二頁）

これは当時中国空軍を相手に戦っていた、日本空軍の活動をイメージしているのであろう。日清日露など明治期の戦争は陸戦と海戦であったが、第一次世界大戦になると空戦が登場する。日本の最初の空戦は、一九一四年（大正三年）の青島爆撃とされる。日中戦争期になると戦闘機の活躍が目を引くようになる。洋のイメージする飛行機も、もっぱら戦闘機である。折しも、この作品の出る前年の一九三八年（昭和十三年）八月十三日に、中国江西省南昌上空の戦闘機による空中戦で、南郷茂章大尉の「自爆」があった。同年発表された軍歌「ああ南郷大尉」にはこうある（前掲『戦時歌謡全集』一九頁）。

一　あゝ南昌《ナンショウ》の空中戦／壮烈くだく敵八機
　　逃ぐるを追いて驀進《まっしぐら》／新手《あらて》を目指《めざ》す一刹那《せつな》
二　焼けて落行《ゆ》く敵の機と／ハッシと翼《つばさ》打ち触《ふ》れて
　　あなや機体は砕《くだ》け散る／あゝ南郷機砕け散る

当時、この種のニュースがラジオや新聞をにぎわせていたし、さらに『咲きだす少年群』刊行前後には、空中戦を宣伝する軍歌が次々と発表され、レコードにもなっていた。既に一九三二年（昭和七年）の上海事変の時、「肉弾三勇士」とカップリングで出た「空中艦隊の歌」をはじめとして、一九三七年（昭和十二年）には「南京爆撃隊」、一九三八年には「あゝ南郷大尉」のほか、「荒鷲の歌」・「航空決死兵」、一九三九年には「荒鷲を慕いて」・「空の勇士」、一九四〇年には「加藤隼戦闘隊」・「燃ゆる大空」などが出て、子どもたちにも愛唱されていた。殊に「空の勇士」の、二番の歌詞などは、子ども心に訴えたことであろう。一番の歌詞には「明日は死ぬぞと決めた夜は」とあるのだが、三番では南郷機とは逆に、こちらから体当たりして相手を撃墜したが、自分は無事だったというのだから（前掲『戦時歌謡全集』二〇三頁）。

二　すわこそ行けの命一下《めいいっか》／さっと羽ばたく荒鷲に
なにを小しゃくな群すずめ／腕前見よと体当たり
敵が火を噴く落ちて行く

三　機首をかえした雲の上／いまの獲物を見てくれと
地上部隊に手を振れば／どっとあがった勝鬨《かちどき》の
中の担架《たんか》が眼に痛い

「あゝ南郷大尉」は現実の空中戦を歌っているのだが、「空の勇士」はプロパガンダに近いのではないか。こうした軍歌の影響は、ラジオやレコードを通じて大連でも大きかったのではないかと思われる。何しろ地続きのすぐ南の大陸の出来事を歌っているのだから、むしろ日本内地とは格段に違った実感があったであろう。このような軍事歌謡の流行は、学校教育の軍国主義化と並んで、子どもに大きな影響を与えたのではなかろうか。

この作品には、飛行機、特に爆撃機が上空を通過していく様子が、数多く――七、八回――出てくるが、子どもにとって一番イメージしやすい戦争は戦闘機による空中戦だったのではないか。クラスの子どもたちとの雪合戦で、洋が多勢に無勢で闘う場面にも、戦闘機のイメージが出てくる。戦争は大人と子どもの世界を近づけるのである。

どっとみんなが、洋に向って、雪を投げつけてきた。なにくそ一機で十機に向うんだ、火を吐かしてやるぞと洋はいきりたったとき、固い雪球が、肩でぱちんとはじけた。

（三六頁）

この小説の末尾には、「大きくなったら何になるか」と、学級担任の南先生に訊かれて困っていた洋が、激しく吹き寄せる蒙古風《モンクーフォン》に立ち向かって、飛行機ならこれに負けないと思い込み、「少年航空兵になるんだ。荒鷲になるんだ」と興奮して体を震わせる場面がある（三三四頁）。抽象化・一般化されたような形で出された「死の意味」であるが、飛行機（戦闘機）というわかりやすい兵器を媒介にして、当時の軍国主義的風潮に子どもが同化されてしまうことを示している。

満洲事変以後、社会が好戦的になったためか、子どもたちの遊びでも戦争ごっこがはやるようになった。それ以外の遊びにも、すぐ戦争が出てくる。「支那正月」明けに洋は志泰から爆竹をもらうのだが、それを鳴らすのを、「爆竹ではなくて、洋には手投爆弾に思えた」といい、火をつけた爆竹が続けざまに鳴って、右手がぐいぐいひかれるのを「機関銃をうちまくっているみたいだ」といっている（九二―九四頁）。

これに対して石森は、この小説と同年に刊行した前掲『まんしうの子供』で、満洲人（中国人）の子どもは戦争ごっこをしないと指摘している。満洲人（中国人）の子どもたちがする「オ城トリ」といって、土を盛り上げた一番上に争って上る遊びについて、「見ていますと戦争ごっこかと思いますが、戦争ごっこではありません。満洲の子どもは、日本の子どものように、刀をもったり、鉄砲をかついだり、旗をつくったりしてやる戦争ごっこはちっともしません」と書いている（『まんしうの子供』二八頁。原文は片仮名）。

植民地教育史研究者の野村章（一九二六～一九九四）は、奉天（現・瀋陽）で育ち、満洲事変の翌年小学校に入学し、四年生の時ボーイスカウトに入ったのだが、「この頃、私の心はしだいに軍国少年への道を急ぎ始めたように思います」という。当時野村は講談社の『少年倶楽部』を読んでいたが、特に「毎月掲げられていた「少年倶楽部の宣誓」一〇項目の第一項「一、皇室を尊び、御国を愛します」のように忠君愛国がその基底に流れており、その中の軍事小説、記事から受けた影響はとても大きかったと思います」といっている（野村章『植民地そだちの少国民』岩波ブックレット、一九九一年）。講談社の読み物は、雑誌なら小学校低学年向けの『幼年倶楽部』から成人向けの『キング』にまで及ぶが、その社会的影響は非常に大きかったというのである。学校の教科書にも、一九三三年（昭和八年）から年度ごとに改訂のすすめられた国語教科書にも、「ススメ　ススメ　ヘイタイススメ」や「タラウサンガ　グンカンノヱヲカキマシタ」（一学年用「巻一」）とか、「海軍のにいさん」や「ニイサンノ入営」（二学年用「巻四」）のように、低学年から軍事教材が入るようになった。また洋が真ちゃんと一緒に、白系ロシア人の級友ユリヒーの家に遊びに行って、ロシアの曲を聞いた後で「ニッポンノウタヲウタッテクダサイ」といわれて、みんなで「愛国行進曲」を歌ったというのも、子どもたちが日ごろ軍歌漬けになっていたことの反映であろう。洋に時折見られる軍国少年的な面は、読み物をも含めた社会的な影響を表現しているのではなかろうか。

ところが石森は、これと全く対照的に、生を重視する場面を、物語の中ほど、洋と真ちゃんが学級担任の南先生の宅を訪問した場面で描いている。南先生は、興安嶺に棲んでいる、スインホーガラという小鳥が、零下四十度もの寒さを乗り切るのに、靴下に似た半毛製の巣をつくるなど、どんな工夫をしているか説明した後で、スインホーガラだけではない、植物でも、虫でもなんでもきびしい寒さにまけないために、人間の思いもつかない巧妙な方法で、自然の暴力と戦っているという話をいくつもしたうえでこういった。

「生きたいということは、生きものに与えられたじつに大きな願いなんだよ。」

（中略）

「……生きたいという願は、どんな見方をしてもでてくることなのだから、生きものからきりはなされないのさ。いつか、君たちの討論をきかしてもらうかな。」（一三七頁）

そして以前、関東州に近い遼東半島の瓦房店から送ってもらった、四百年も前の蓮の実は、化石みたいに固くなっていたが、「やっぱり生きたがっている」。水に漬けてやると芽が出て来る。「命がそこに与えられている貴いものだという気が、自然とおきてくるんだ」というのである（一三八頁）。石森はこの二つの実例を、『生きようとする姿（其の二）』（尋常四・五・六学年用、新満洲文庫、一九三九年二月）の、「スインホー・ガラの巣」と「石炭化した蓮の実」で詳述している。

生きものに与えられた、生きたいという大きな願いという、南先生の言葉に続く言葉は、「まして、人間は……」だろうか、それとも「だが、人間は……」だろうか。これは、「御国のために死んで来い」と息子には言ったのに、鎮守の神様には「どうか生きて帰りますように」と祈ったという、おじいさんの気持にも通ずるものであろう。ひょっとすると、この作中で石森にいちばん近い人物は、南先生なのかもしれない。

いずれにせよ、死を恐れないことと、命の貴さと、相反する価値観がここに現れている。これがどう止揚されるのか、石森は示していない。「はじめに」で引用した季顗が指摘する、植民地性とヒューマニテイをめぐる、石森の一見どっちつかずの態度がここに見られるともいえよう。あるいは、これを石森の秘められた「反戦文学」と見る向きがあるかもしれない。この疑いは、次の麻子たち若い女性の会話を見ると一層募ってくるであろう。

6　戦時体制とアメリカ文化への憧れ

麻子は、戦死して既に一周忌になる定夫の後輩啓二と出会い、やがて結婚することになるのだが、この間にも、麻子の気持や父親の説得などをめぐって多くのいきさつがある。啓二はこの度東京のＵ博物館の勤めをやめて、北京に行って働くことになり、その途中で洋の家に立ち寄ったことが、話のきっかけになったというのだから、麻子が前々から知っていた人ではあったが、ほんとに偶然だった。定夫への深い思いを持ちながらも、麻子は次第に、新しい婚約者となる啓二に魅かれていく。一つには、啓二も定夫もともに文学部東洋史科の卒業で、定夫のほうが二年先輩であり、二人は仲がよかった。しかも二人とも大陸で日本と中国とのために働こうと決意していた点も共通であった。これは麻子にとっては慰めであったとされている。

麻子と啓二との結婚が、もう目の前に迫ったある時、麻子は女学校の同窓生、保子と直枝と三人で、啓二との結婚をめぐって次のような会話を交わしている。まず保子が麻子に向ってこういう。

「……定夫さんがああして戦死なさってしまったのだから、前の話はそれきりでいいわけなんだけど、なんだか、わたし、まだこだわりがあるのよ。麻子さん、今ごろこんなこといってわるかったわねえ。でも、お友だちの心もちを、少しでも悩ませたくないと思っていいだしたことなの。清算しておけるものなら、できるだけさっぱりしておいた方が、ほんとうに、あなたのためと思ったからなの。」

「よくわかるわ。わたしも、それについては、何度も考えさせられたわ。」（六四―六五頁）

麻子はここまでは答えられたが、定夫を、たとえ今となっても、忘れようなどとは思っていないし、それどころか、身近に定夫に対する感情が生き生きしているのである。第一の男性に心の思慕をよせていながら、第二の男性に嫁いでいくことは、どうしても割り切れない心のわだかまりがあって、麻子はそれに悩んでいた。そこを、保子に図星をさされた形だった。次いで直枝がいう。


「このあいだ新聞で、婚約中の人が、戦死したのをきいて、女のかたは、殉死のつもりで自殺をとげてしまったんですってね。」

「わたしもあれ読んだとき、ひどく感動してしまったわ。ちょうどわたしの場合に、あてはまるんですもの。人ごとのようでなかったの。偉《えら》い女のかただとおもったわ。」

「でもね、麻子さん、あれはあんまり美しすぎると思うわ。心の夫に対する愛情というもの、純情というもの、それは立派なものだけれど、自殺をするということについては同意しかねるの。わたしは許婚の女みんながみんな、戦死を知るたびに、自殺をしていったならば、今のような場合、国家から見た場合、はたしてどんなものかしら。

こうして長い期間戦時体制に処さねばならない若い女性は、しのぶべからざる感情をある時には、きれいさっぱりとふりすててしまって、そのかわり、新しく生きねばならぬ道を発見して、ね、ひたむきにそれに向ってつきすすむ、こんな大乗的な立場にたたなくては、と思うのよ。

どう、人情主義にほだされたり、温情主義の板ばさみになったり、自由主義の捕虜になるよりは、単純な制限で、ごく手近なところから歩きだす方が、人間らしいものが生まれでてくるのかもしれない。」

「すると保子さんは、情は情としておいて、生き方は生き方、形は形として、きまりをつけるっていうことだわねえ。」

「そういえばそうね。だからじつは、わたしは、麻子さんのやり方がとっても気に入っているの。私の考えどおりをずばりとやったかたちなので、わたしはかえって、その反対の心持がでてきてしまって、定夫さんへの愛着のことなんか心配しただけよ。ごめんなさいね。」

「あら、ごめんなさいなんて。」（六五―六六頁）

結婚をめぐる三人の会話はこれで終わっている。戦時下ののっぴきならぬ問題に立ち向かう女性の心理が、かなり微妙な次元に立ち入った形で追及されているのである。戦時体制下においては、戦死の問題と並んで、若い女性の立場からどういう深刻な問題があるかにまず迫ろうとしている点にも、石森のヒューマニズムが認められるといってよいのではなかろうか。

もっとも、こうした戦時体制下の庶民に関わる深刻な問題が最初に出てしまっているが、一方でまだ生活の中に派手さも残っている。その背後には華やかなアメリカ的消費生活がある。それが彼女らの話題や服装や、街中での行動に表れている。極めつけは、彼女らが麻子のお別れの会のことを相談しながら歩いていると、不意に現れた自動車の中から出て来たすみ子の話である。ニューヨークの石油会社に勤めている叔父から、「万国博覧会を見においでってきたの。女学校を卒業した記念に旅費を下さるんだって」という。

一九三九年の四月から、途中閉館期間があったが、翌一九四〇年一〇月までニューヨークで万国博覧会が開催された。テーマは「明日の世界の建設と平和」。会期中の九月一日にドイツがポーランドに侵攻、イギリスとフランスがドイツに宣戦布告するなど、第二次世界大戦がはじまっているが、それはこの作品刊行直後のことである。

アメリカへ招待されるなど、「銃後の女性」としては少々場違いに思われるような話だが、それに関連してこんな話が出てくる。

「……わたしね、こんどあちらにいったら、着色写真を研究するつもり。」

「天然色漫画《ママ》なんかもいいわ。あっちが本場だもの。さしずめ、日本で最初の女流映画監督は、すみ子さんになってもらわなくちゃ。ドイツでやったオリンピックの競技映画監督だって、女性なんだもの。」（「漫画」は多分「映画」の誤りであろう＝引用者。）

「わたしも、そうなりたいわ。写真でも、映画でも、もう、娯楽や趣味でやっている時代ではないと思うの。……R工大の教授にこのあいだお逢いして、高速度撮影のお話をうかがってきたのよ。そして教授自身の撮影された砲弾が銃口をとびでるところの映画を、見せてもらったの。ね、銃のひきがねをひいてから、弾丸がでてくるまでは、ずいぶん時間があるのよ。銃口の空気が波うって、煙があらわれて、そのあとから弾丸が悠々と飛行船のようにでてくるの。」（七八―七九頁）

R工大とは、関東州で唯一の官立大学だった、旅順工科大学のことであろう。工大教授の「高速度撮影」の話は、第三作『スンガリーの朝』にもそのまま出てくるが、ここではアメリカで進んでいる、映画や天然色写真などの写真技術への関心が語られている。しかもそれを女性が研究しようというのである。アメリカ文化に対する憧れの一端であろう。次作『日本に来て』では、アメリカのテレビジョンの話が出てくるが、最初の白黒テレビが公開されたのもこのニューヨーク万国博である。アメリカのカラー映画やテレビの話が、戦中石森三部作の共通話題になっているのである。

7　日本語による宣撫活動――啓二の人物像

ところで、女性たちの話に出てくる啓二とは、どんな人物なのか。

「何をなさっている方なの、啓二さんという方」と訊かれても、麻子は「わたしもはっきりわからないのよ。なんでも定職についているわけじゃないらしいわ」と、おかしいくらい曖昧な返事しかできない。「ルンペンじゃない」とは言っているものの、一定の収入があるわけでもない。（ルンペンとは「ぼろ」を意味するドイツ語に由来、この時代「失業労働者」「浮浪者」の意味で広く使われた。戦後版では「ルンペン（失業者）」となっている）。そんなことで生活できるのか。啓二は以前ドルメン（新石器時代から鉄器時代にかけて作られたテーブル状の石の墓）の研究をしていて、かなり認められていたというのに、と友人たちに問い詰められることになる。先の三人にさらにすみ子が加わって、四人で次のような話をしている。

「そしてね、啓二さん、このごろ暇があれば、外科医の仕事を見習っているんですって。簡単な手術くらいはやれなければって。」

「そんなことおぼえて、どうするのかしら。」

「腫物や、皮膚病の多い支那人たちを治してやりたいんですって。みんな貧しくて治療もできないものだから、そのまま放っているのが、かわいそうだっていうのよ。啓二さんたら、朝から晩まで支那人のことで、いっぱいらしいの。支那人の家にたのみこんでそこで支那人の習慣や風俗をすっかりおぼえこむつもりらしいわ。支那語も、どうやら使えるようになったって喜んで手紙が来てよ。支那人が自分の家に異国人を住まわせるなんて、今まで殆んどないことらしいの。よほど啓二さん、支那人の人から慕われてるのね。」（八二―八三頁）

「支那人が自分の家に異国人を住まわせるなんて……殆んどない」には、顕著な実例がある。奉天（現・瀋陽）にあった満洲教育専門学校（一九二四年（大正十三年）四月創設、八期生まで出して一九三三年（昭和八年）三月廃校）は、在満日本人教育における主導的な教員を養成したユニークな学校であるが、これと思う学生をロシア人の家庭に下宿させて、三度の食事も一緒にとりながらロシア語を習得させていた。ところが中国語のばあいには、同じ方法をとろうとしても「困ったことに、ロシア人のように開放的でない満人には、日本人を同居させてくれるような家庭が見当らない」というのである（満洲教育専門学校同窓会・陵南会編『満洲忘じがたし』、一九七二年、二〇五―二〇六頁）。人口比からすれば、奉天は圧倒的に中国人が多く、ロシア人がはるかに少なかったことはいうまでもない。（満洲教育専門学校閉校後の統計だが、一九三六年の奉天の人口は、「満人（漢族・満洲族）」は四十五万千三百七十五人、白系ロシア人はわずか九百二十五人だった。これは漢民族の民族性によるもので、「反満抗日」とは関係ないといえるであろうか。満洲と華北とでは、中国人の対応が違っていたかもしれないが。）

麻子はさらに、啓二は定まった収入などはなく、あちこちで日本語を教えて、いくらかのお金を得ている。余分のお金があれば、貧しい支那の子どもたちに、メリケン粉を買って与えてしまう。四、五人の支那人が、物をもらおうとして、いつも後からついてくる、時には、街道で、神の恩恵を説いたりして、信仰に目ざめた支那人が、ぞろぞろ集まってきたりするので、支那の政府から誤解をうけて圧迫されたり、又、日本人からも白眼視されたようなことまで詳しく話した。友だちはみな共感してくれたようだ。

「ちょっとかわった方ね。でも、そこまでぶちこまなくちゃ、親善という道が、生まれてこないと思うわ。」

「教養はあるし、信念はあるし、民衆にくいこんでいって、それをひきあげていく仕事、なみたいていじゃないわ。麻子さん、大丈夫？　内助の功は。」
「麻子さん、心配いらないわ。ぐんぐんやっていくことよ。日本のインテリたちが、今、足場を失っているのは、大衆というものに握手してないからだわ。啓二さんなんか勇敢で正しいわ。麻子さん、ぶらさがって大丈夫。」
「文化普及の潜行運動を身をもってやっているわけね。たのもしい方ね。」（八三―八四頁）

女性たちの会話にあるような、日本語の普及を通じての「文化普及の潜行運動」という啓二の活動は、軍の宣撫活動のそれを思わせる。啓二の仕事とは、まず日本語を教えることであったが、外科医療にも手を伸ばしていたというのである。宣撫工作は医療、映画、教育など多方面にわたる、同化・懐柔活動であるから、これも自然な成り行きであったろう。いずれにせよ、啓二は主観的には日本と「支那」のために一身をなげうって働こうとしていたということになる。

日中戦時下の中国における日本語の普及について、東條操は次のように説いている。

今度の事変の一つの特色は戦争した後を宣撫班が立ち回って文化工作を施し日支の真

の融和を図るという点にあります。さればこそ長期戦は同時に長期建設を意味する事となります。この為には日本人も支那語に通じる必要があると同時に、支那人の中に日本語を教えるという事が更に必要です。幸いに北支、中支の支那人の中に日本語熱が盛んに起こって来ていますのでこの機会こそ日本語の大陸進出の絶好の時期です。日の丸の後を日本語が進軍するのです。（東條操「此頃の国語問題」1938・10より。田中寛「〈東亜新秩序〉と〈日本語の大陸進出〉――宣撫工作としての日本語教育」『植民地教育史研究年報 05』皓星社、二〇〇二年より再引用）

啓二のやろうとしていることは、まさに、「日の丸の後を日本語が進軍する」ことによって「更生新支那の建設」を計ろうとしているのだといえよう。ただ、啓二の活動は宣撫活動そのものであるが、啓二がどんな組織に属してこの活動をしているのか明らかではない。麻子たちの会話の中で触れられている、貧しい人たちに、献身的に世話をしたり、施しをしたり、神の恩恵を説いたり、「信仰にめざめた支那人」が集まってきたり、という箇所を見ると、啓二は宗教団体の宣撫班に属しているかのような印象を受ける。ひょっとして啓二はキリスト教徒では、という感じがしないでもない。実際仏教諸教団と並んで、日本基督教団もかなりの宣撫員を送り出している。この作品には、麻子が街角で馬車を見ているうちに、自分が盲目の娘になって、牧師に救われて、曠野を滑って行く幻想に変り、牧師が啓二になって、馬の鈴の音が響いて、ジイドの『田園交響楽』のジェルトリユウトに自分をなぞらえているのに気がつく場面もある（七〇頁）。また持ち物を処分して、貧しい人たちに与えよ、という「よきサマリヤ人」の勧めが新約聖書の「ルカ伝」（ルカによる福音書）の第十章にある。しかし「神」といってもその名がはっきりしない以上、何教と判定はできない。宗教的な背景のあることは確かなようだが、物語の末尾では、麻子との結婚式を神社で挙げている。さらに麻子たちの話や啓二の語り口からすると、何か一匹狼の活動のようにも見える。果してそんなことが可能だったのだろうか。

8　洋の級友たち——モンゴル人・白系ロシア人の子を含めて

それにしても、こういう話題は子どもたちの生活の背後にある出来事で、小説の主体はあくまで子どもたちの活動状況の活写である。ただその子どもたちの活動が、大人とかかわっていることが多い上、大人たちの活動が、無視しえぬ時代的状況とかかわっているものだから、ついそちらが中心になってしまいがちになるが、麻子と友人たちが啓二について語り合う前に、洋の学級で次のような出来事があった。

小学校の戸外運動場は、すっかり雪でおおわれ、まぶしくかがやき、陽のほとぼりが、雪をしめっぽくさせ握りやすかった。

洋の組のものが、ひとかたまりになって、雪投げの真最中だ。（中略）洋もすぐとんでいった。

『おい、いれてくれないか』

『おまえは、あっちだよ。』

とんがり口をした佐藤が、横むいていった。

『じゃ、あっちにいくぞ。』

洋が駆けていって、入ろうとすると、

『君は、あっちだ。』

と栄養不良の佐志が、とっぴな声で、排斥した。

『なんだ、蝙蝠《こうもり》じゃあるまいし、あっちについたり、こっちについたりできるもんか。そんな意地わるするんなら、両方ともやっつけてやるぞ。』

誰も返事をしてくれないので、

『おい、どっちも、いれてくれないんだな、ようし。』
両方にかまわず雪球を握っては、投げつけてやった。（三三―三四頁）

洋が勝手にあちこち雪玉を投げていると、「なまいきな、あいつ、やっつけろ」と、みんなが洋に向ってどっと雪を投げつけてくる。そのうち誰かがうしろから飛びついて来て、洋は倒れて雪の中に埋め込まれそうになり、気が遠くなってきた。「組いちばんのでぶの玉田」が大威張りで洋の背中に馬乗りになった。そこへ「よさんか、よせったら」と大声がして、玉田の五体が横倒しになった。モンゴル人の子、チャクトがしたのだった。チャクトは去年の春から洋の学級に編入してきた。父は蒙古聯合自治政府（以下蒙疆政府）の役人で、日本式の生活をさせるためにチャクトを在満日本人の学校に入れたのである。短兵急で情熱的なところがある。

みんなが洋の上に乗っかろうとするのを、チャクトが仁王立ちになって止めようとすると、今度はチャクトが玉田によって倒され、馬乗りにされてしまった。その時始業の鈴が鳴った。みんなが一斉に引きあげていくのに、玉田はチャクトの身体から下りないので、洋が頬を殴りつけると、ようやく玉田は起き上がったが、今度は洋が顎を殴られて一時気を失いかけた。気がつくとチャクトはまだ起きられないで、鼻血を出していた。「民族協和」などとは、およそほど遠い話である。

二人が遅れて教室に入ると、授業が始まっていた。南先生は二人が遅れた理由を訪ねようとしたが、チャクトが鼻血を出していたので、うやむやになってしまった。席に着くと親友の真ちゃんが後ろから洋にささやいた。

『またあのでぶが、あばれたんだろ、あいつが。僕、先生にいいつけてやろうか。な、洋君。』

洋は、遅刻したわけを、はっきり申しひらきもせずに席についてしまったために、おちつけなかった。幸い真ちゃんが味方してくれて、わけをいってもらえば、一番この場合、自分たちのことがはっきり南先生にわかってもらえる。頼もうかと考えたが、やっぱりやめることにした。同じ組の行状を、あばいておいて、それで自分がいい子になるのは、男らしくない。自分がいわずに、友だちにいってもらうなんて、一層男らしくない。（四五頁）

授業は歴史（国史）だった。南北朝時代の名高い「筑後川の合戦」で、南軍の菊池武光が北軍の少弐頼尚に勝利した場面である。

南先生は、竹鞭で床板をどんどんとつきながら、声を大きくした。
『そこでだ。武光はこの時とばかり、賊軍の少弐頼尚の軍と、筑後川をはさんで、陣をとった。多勢に無勢ではあったが、武光はそんなことにはくよくよしなかった。孤軍奮闘、斬りまくり、斬りまくり、敵軍を追い散らしていると、困ったことがおきてしまった。』（四七頁）

時に少弐軍は六万、菊池軍は四万だったというから、それほど「多勢に無勢」でもないと思われるが、「困ったこと」とは、武光の愛馬が傷つき倒れ、さらに兜が裂けてしまったことだという。「こんなとき、もし君たちならどうするかい」という南先生の発問に対する、子どもたちの答が面白い。

洋やチャクトをいじめた玉田が指名されると、頭の後の方をかきながら、「僕なら、倒れた馬の腹のところにかくれます。」といった。真ちゃんが後ろから、「あんなでぶが、かくれたって、すぐわかるぜ」と冷やかした。

「ほかに、誰か。」と先生がいうと、白系ロシア人のユリヒーが、ぴょこんと立ち上がった。ユリヒーは一年生からこの学級に入っており、日本語が得意で、発音が美しく、大きな澄んだ声である。社交的で、理知的な感じがする。

こう答えた。

「それも、よかろう」と先生がいうと、「先生、僕はちがいます。」とチャクトが怒るように、

「そして、新しい馬と兜とを用意してきて、また突撃します。」と思慮深い。

「そして。」と先生。

「僕ならひとまず退却します。」


「僕は馬を乗りすてて、敵のいい馬をぶんどって、それに乗るのです。」

「それから兜は」と先生。

「兜なんか、僕はいりません。」と、いかにも直情径行のチャクトらしい。

「生きたいという願い」を洋たちに語った時も「いつか、君たちの討論をきかしてもらうかな」と言っていたが、南先生は子どもたちにさまざまな意見を言わせるのが好きらしい。皇国史観の核心、南北朝の対決の一場面だが、こういう授業運びなら他民族の子どもも参加できるし、楽しめたであろう。もっともこの授業ではないが、いつか南先生が歴史の話をしていたとき、「日本ほど、美しい感じのする歴史は、ほかにはあるまい」といったことがある。自由教育者ではないかと思われる南先生も、皇国史観からは抜け出していないのである（この箇所は戦後版では削除されている）。


それにしても、日本人の玉田は指名されての発言だが、白系ロシア人のユリヒーと、モンゴ

ル人のチャクトが、自発的に発言しているのが印象的である。

授業が終ると、ユリヒーが妹のロシア語の絵本を持ってきて、洋たちに見せようかという。洋は絵本なんかどうせ薄っぺらな赤ん坊臭い物だろうと思ったのだが、見ると型が大きく、表紙もどっしりとした立派な本だった。題は「幸福な人」、王様よりも農夫の方が幸福なのだという話である。ある国の王様が病気になった。国中の医者が総がかりでも治らない。そこへ一人の爺さんが現れて、世界中で一番幸福な人を見つけて、その人のシャツをもらってきて、王様に着せれば治るという。そこで王子が「世界中で一番幸福な人」を探しに出かけるがいっこうに見つからない。あきらめて帰る途中で、ある山の麓の百姓家からこんな声が聞こえてきた。

「あゝ、わしはなんといふ幸福ものだろう。体は丈夫で、よく働けるし、心配ごとなんか一つもないし、あゝ、ほんとうに楽しい暮しだ。わしは世界で一ばんの幸福者だ。」

そこで王子はその百姓に、「あなたのシャツをいただかせてください」と頼んだのだが、農夫はただからからと笑っていた。よくみるとその農夫はシャツも着ていないような貧しい人だったという。

9　満人（中国人）の友だち・志泰

志泰は洋のただ一人の満洲人（中国人）の友だちである（戦後版では「シータイ」と表記されている）。父親は志泰がまだ小さい時に芝罘《チーフ》へ行って、その後音信不通になり、いまだに行方がわからず、病身の母親と妹の桂英と三人で暮らしている。兄妹二人とも「満人小学校」に通っている。志泰は洋と同年齢で日本語がよくわかるが、桂英はほとんど分からない。大分温かくなって来たので、洋が外で遊んでいると、志泰の家で飼っている鶏が犬に追われて逃げてきた。犬に石を投げて洋がその鶏を助ける。そこへ志泰と桂英が来て、鶏小屋に納める。雄鶏が一羽、雌鶏が十羽いるという。産んだ卵はたいてい売って、生計の足しにするのだが、今は母親が体が弱っているので卵を食べている。鶏の世話は主に桂英がしているのだという。

そこで、支那正月に鳴らそうと思っていた爆竹がかなり残っているので、洋に呉れると志泰がいうのを、真ちゃんや雪ちゃんもいっしょにみんなで鳴らすことになる。長くつながった爆竹を鳴らすのを、洋は始め内心怖がっていたが、機関銃を打ちまくっているみたいだと度胸を決めた。このあたりに洋の軍国少年的な面がちらりと見える。

それから鶏を襲った犬が歩いていたのを追いかけて岡の方に出ると、土饅頭のお墓が三つある。ここで「お骨《こつ》」や魂に敬意を表す雪ちゃんや志泰と、何とも思わない真ちゃんとの論争が始まる。

『この三つのお墓、親子三人のかしら。』

『大きさが同じだから、三人兄弟かもしれないね。』

『ミーラって、何か用にたつかい。』

『いやねえ、もったいないわ。』

『植物がミーラになれば、石炭になるんだろ。石炭は、とてもいろいろ役にたつんだぜ。な、洋君。アニリン、ナフタリン。それから……。』

『石炭は、そうだけど。』

『人間は役にたたないんだろ。死んだら人間なんか植物よりだめなんだな。』（一〇〇―一〇一頁）

洋は確かに役には立たないが、人間はどこか違ったいいところがあるように思える。でもはっきりと云えない。前に引用した洋の「死ぬときが、人間と植物と違う」という論はこの時に出てきたのである。

さらに「魂」の有無について、真ちゃんと志泰や雪ちゃんと対立が明白になる。三つのお墓は、まん中のが子どもで、親たちが両側から守っているのだと雪ちゃんがいう。

『まもるって、魂同士で、守るんかい。』

『そうよ。魂よ。』

『魂なんてあるもんか。』

真ちゃんが、またそれを笑ってひやかした。

『そんなら、雪ちゃん、魂見たことあるか。』

『まだ、ないわ。』

『見なくちゃ、わかるもんか。ないから見えないのだよ。』

『いや、あるんだってさ。』

志泰君も、雪ちゃんに同意した。

『ぢや、志泰君、君みたことあるのかい。』

『見たような気もするけれど、はっきりしないんだ。ずっと前にきいたお話にあったのかも知れない、夢に見たのかもしれない。魂って青いんだってね。ふわりふわり、空をおたまじゃくしみたいな恰好で飛ぶんだってさ。』（一〇二—一〇三頁）

志泰の言うのはいわゆる「人魂」のことであろう。これは日本内地でもよく似たようなことが言われていた。子どもたちの間では、なおしばらく論争が続くが、死んだら、それきりだ。魂なんかあるものか。火葬されて、煙になって、灰になるだけだ、と信じている真ちゃんは、お墓の上に腰を下ろしてしまう。「罰が当たるぜ」と言われてもやめない。そこで志泰が真ちゃんの手を引っ張って、お墓の上から連れ出してしまった。

魂の存在を、雪ちゃんは素直に受け入れているが、真ちゃんは拒否、洋はどっちつかずの態度である。だがその夜、洋は魂や土饅頭の夢を見た。はじめ牝鳥が飛んでくる、よく見ると兎だった。その背中がふくれ上がって築山ほどになる。「築山じゃないわ。お墓でしょう。」といつの間にか来た雪ちゃんが云う。「きっと、魂が帰ってきたんだわ。」と土饅頭を拝む。お化けかと思って足元を見ると、支那靴を履いている。なんだ、桂英さんかと思って立ち上がると、それは麻子姉さんだった。――洋の夢の中に出て来た、こうした一連の幻想は、子どもたちに、「満洲人」の土俗的な生活や信仰に迫らせるものがあったであろう。

ある朝、ラジオの支那語講座を聴きながら、洋がご飯を食べていると、玄関の鈴があわただしく鳴って、志泰が「僕のお母さん、病気が悪いです。誰か来てください。」とお辞儀しながらいう。麻子はすぐ行ってあげるといい、洋は志泰の学校に行って受持ちの先生に知らせるようにといわれる。
洋はすぐ志泰の「満人小学校」に行ったのだが、まだ始業時間に間があるので誰もいない。たった一人満人の小使さんがいたが、日本語は通じない。幸い登校してきた小さな女の子が日本語がよくできて、志泰や受持ちの先生も知っていて、「承知しました」と丁寧に引き受けてくれたので助かったのだが、支那語を学校で正課として習っているのに、こんな大事な用がうまく足せないなんて、洋はなさけなかった。

……あんな小さな満人の女の子に負けたようで、洋はくやしかった。こんどから、(ラジオの)支那語講座を御飯たべながらなんかきかずに、テキストを見ながら一心に覚えてやろう。満洲に住んでいて、満洲人と話ができないなんて、ほんとうに恥かしいことだ。ふだん支那語の時間に、支那語をばかにして、ただ鸚鵡《おうむ》がへしに、口真似していたことが、こんな恥をかくようになったんだ。(一一六頁)

石森は、日本人は「はにかみや」だから外国語を覚えるのが遅いのだ。それに対して、満洲の子どもたち(中国人)は日本語でも、英語でもドイツ語でも日本の子どもたちより不思議なくらい早く上手になる。これはそらで覚えるのがうまく、しくじってもはにかまずにどんどん稽古するからではないかと言っている（前掲『まんしうの子供』六九頁）。

洋はそれから医者に寄って志泰の母の往診を頼んで登校する。授業が終ると、掃除当番だったのをチャクトとユリヒーに代わってもらって、真ちゃんと志泰の家に行くと、もう母親が亡くなった直後だった。遺体を拝んで帰る途中、真ちゃんはお墓に腰かけたのが悪かったのかなと悩む。洋ははっとしたが、罰が当たるなら真ちゃんに当るはずで、志泰君にあたるのはおかしい。「心配するなよ。僕だって、へんな夢をあの晩みたんだもの。誰ってことないよ。」となだめるのである。この辺りは、日本人の子どもが異文化と出会う入り口ではなかろうか。

10　洋と啓二の出会い

洋は、近く姉の新しい婚約者の啓二が家に来ることを知って、どう対応したものか悩んだ。これまで麻子にいろいろ面倒を見てもらっていた洋は、麻子を取りあげて北京に連れていってしまう啓二にはじめ強い反感を抱いていた。啓二が初めて洋の家を訪ねた時も、洋は家族といっしょに出迎えに行くことを拒んだ。家で啓二と初対面の時も、自分のほうから先に挨拶しなかったのを母にとがめられている。

だが、洋はあっさり啓二にひかれていくことになる。家に来たとき、「君、勉強してたんだね、どれ、どんな本。」などと話しかけられて、教科書のことなどいろいろ話しあっているうちに、母が啓二にご飯前にお風呂に入るようすすめに来た。そこで啓二が、「洋君、君もいっしょに入らないか」と勧めると、「ん、僕も、入ろっと」ということになったのである。風呂のなかで、二人は次のような話をしている。かなり打ち解けた感じである。


「北京って、いいとこ?」

「そりゃ、いいとこさ。りっぱな城門があるし、宮殿もあるし、きれいな池もある。ずっと昔、アラビア人が、北京の都市設計したんだってさ。内城と外城と二つになっていてね。名高い天壇もあるし。」

「絵葉書で、天壇見たよ。」

「そうか。大きくなったら、北京にくるさ。そしていっしょに働こう。支那は、いくら日本人が来ても、足りないほど広いんだから。日本は、これから支那大陸を足場にして、東亜を立て直さねばならないんだよ。」

「(洋はこれには応えず)啓二さん、北京で何してんの。」

「僕かい。僕はね、今のところまあ、先生だな。ちょうど君くらいの子供たちを集めてね、日本語を教えているんだよ。」

「日本語？」

「そう、日本語、一時でも早く日本語をひろめようとしているんだよ。一人でも多く日本語がわかるようにと思ってね。いまに、東洋は、日本語を共通語にするようになろう。いやきっとなるぜ。」

「支那人たち、日本語を、よくおぼえるかい？」

「それは、熱心だよ。なぜ、あんなに熱心なんだろうと、こちらが思うほど熱心なんだ。それに、支那人の青少年は、忍耐強いし、辛抱強いぜ。だから、めきめき日本語が上手になってくる。上手になると、気持がわかるもんだからなついてくるのさ。とてもかわいくなってな。人情には、ちっとも変りはないよ。どうだ、洋君は、支那語、勉強してんの？」

「学校で一週間に、一時間だけ習ってるの。」

「少しは支那語で、話せるかい。」

「ちょっぴり。」

「そうか、ちょっぴりでもいい。覚えておくんだよ。支那語を知っているといないで、どのくらい支那で働く人が、助かるかしれない。これから、うんとやるんだね。じゃ、ロシヤ語は知っているかい。」

「いや、なんにも。」

「したことないんだな。」

「ん。」

「できればロシヤ語もやっておくことだな。君のクラスにロシヤ少年がいないかしら。」

「いるいる。ユリヒーっているよ。」

「じゃ、それに、ロシヤ語を習うんだな。そのかわり君が、ユリヒー君に日本語を教えてあげたらいいじゃないか。」

「ところが、ユリヒー君は、とてもよくできて、日本語なんかに、不自由していないんだよ。」

「それはまた感心な子だな。子供の時が一ばん、外国語を覚えるのにはいい時なんだから、ぜひやるんだな。日本がこんなに大きな仕事をし初めた以上、他国語を知ることが必要なんだ。」(二〇六―二〇九頁。傍線引用者)

なんでもない風呂場での会話に、いきなり啓二の本心が現れている。啓二の言葉の中には、先の東條操の語っていることが、そのまま出ている。日本語はいずれアジアの共通語になるだろうが、だからといって、日本語で通ずるようになることに、日本人が甘えていてよいと、啓二は言っていない。むしろ「こんな大きな仕事」を手がけた以上、外国語を知ることが必須だと言っているのである。事実、定夫は蒙古語が堪能だったし、啓二も「支那語」がかなりできるようになっている。また洋にしても、志泰の学校で話が通じなかった苦い経験から、もっと「支那語」を熱心に勉強しなければいけない、と考えてはいるのである。

少し後に、再び洋の家を訪ねた時、啓二は自分の信念を父親に次のように語っている。まず「都会は、ほっておいても、日本人が多く住みこむし、次第に日本らしいものが植えつけられ、日本というものも分ってもらえると思うのですが、田舎には、全くそれがないのです。それに、田舎の人ほど、淳朴なんですから、その美しい人情のあるうちに、日本の正しい美しいものを示してやりたいのです。」と言った後で、次のようなことを付け加えている。

自分のようなものは、いくら働いてみたところでしれたもので、この大きな国家的運動から見れば、一つぶの水泡にもならぬことではあるが、どうしても、じっとしてはいられない信念であること、直接支那人の中にわりこんでいって、日本の面目をはっきりと示したい。いわば自分は、一本の蝋燭《ろうそく》のつもりで生きている。自分の体を燃やしてその焔《ほのお》で、あたりを明るくする。それだけでも生きている甲斐があると思っている。焔は、ただちに日本語となって、口を迸《ほとばし》りでて、支那人の心を温め、周囲を明るくし、暗い夜の道しるべになりたいこと、もっと大きくいえば、日本民族は人体における白血球のようなものだ。白血球は、身体中にもし化膿したところがあれば、身を殺しても、患部を治さねばならぬ運命を負わされている。日本民族は、世界中、たとえどこであろうと、化膿しそうに腐るところがあったならば、人類平和のために、聖戦をいとなまねばならぬ運命以上の運命を、負わされているのだということ、こんなことを次から次へと、(啓二は)父と話したが、(傍で聞いていた)洋にはわかるところもあり、わからぬところもあった。
(二一六―二一八頁)

啓二の活動は、子ども心にどう映ったろうか。洋は風呂場で直接啓二に働きかけられているし、啓二が父たちに熱心に自分の仕事の意義を語るのを聴いてもいるのだが、「北京に来て一緒に働こう」という、啓二の勧めに共感しているような様子は見られない。まだ小学生ということもあろうが、北京には行ってみたいし、啓二には魅かれているものの、洋は彼のいうことをすんなり受け止めているわけではない。啓二自身は「東亜新秩序の建設」と一体化したような人物であるが、それが直ちに洋に影響してはいないのである。それどころが、洋は最後の場面で「そうだ、航空兵になるんだ」と力むのである。戦争ごっこの影響もあろうが、そうなれば定夫の後を追って戦死する運命になりかねない。その点啓二のように「日の丸の後を追って日本語が進軍する」宣撫の仕事のほうが、安全かも知れない。もちろんそんなことを、啓二はおくびにも出さないが。

日本語の普及活動と対をなす、日本人の側が中国語やロシア語を学ぶ必要についても、洋の反応ははかばかしくない。学校やラジオで支那語を学んでいながら、肝心な時に話が通じず、簡単な用件もたせなかったことを反省はしている。しかしその反省は、ラジオの「支那語番組」をもっとまじめに聴こう、という程度のことで、啓二のいうように満人やロシア人の友だちとの交流で、生きた支那語やロシア語を学ぼうというところまではいかないのである。

それにしても、『咲きだす少年群』は、戦中三部作の中では、日本人が中国語を学ぶ必要を一番強く説いている作品である。志泰と桂英の間の、「倆把這個拿囘去（お前これをもっていきなさい）」とか、「在這児哪（ここだよう）」のような、中国語の短い会話の実例も出てくる。だが、次作『日本に来て』になると、親しい中国人の友人がいなかったことを、主人公が反省しているにすぎず、論語や漢詩の原典からの引用はあるけれど、中国人の少年が朗読しているのであって、中国語の会話などは出てこない。逆に英語そのものは出てこないが、アメリカ人と英語で会話する場面がある。『スンガリーの朝』になると、外国語を学ぶ必要は全く説かれなくなる。満洲の日常生活で日本語が通じるのが当たり前になっているのである。

定夫は日中戦争で戦死した。その後を継ぐ啓二は、戦争ではなく、一応平和な作業である宣撫活動を行っている。これは「東亜新秩序の建設」につながる作業であり、日本の国策が、表向き戦争から平和へと転換しようとしたことに対応している。もっとも中華民国政権が、南京の汪兆銘傀儡政権と、重慶の蔣介石抗戦政権に分裂したままで、日中戦争は日本の敗戦まで続くのだが、これが一応石森の言う「巨歩を印した」の中身である。問題はそのリーダーであるべき日本の子どもが、それに見合うだけのたくましさを持っているか、ということである（これは『日本に来て』や『スンガリーの朝』の主人公を見ても云えることである）。東アジアのどの民族とも「みんななかよくしよう」だけならまだいいのだが、「日本の子どもが中心となって」ということになると、果たしてそれが可能かという問題が出てくる。

結局、啓二との対面を通じて、洋にとって効果のあったことは、日本人の子どもの弱点を反省させられたことにとどまっている。それは、言葉の問題――外国語のできないこと、異民族の子どもは、チャクトにせよユリヒーにせよ、日本語を含めて、みんなよく外国語が出来るのに、――である。

11　大陸在住日本人批判

洋と啓二が風呂から上がると、夕食になり、四方山話が始まる。啓二は北京での生活を訊かれて、あちらでは畳に座るようなことはなく、生活様式は洋風に近い。食べ物に好き嫌いはないと云い、大陸における日本人のあり方を批判するようになる。

「日本人は、これから、どんどん異境にでかけていって、生活をしなければならないと思うんですが、どうも、どこへいっても、米の飯でなければ、いけないの、沢庵がなくては困るの、味噌、醤油、畳、なんでもかんでも、日本生活様式を身のまわりに持ってこないと、安住できないようでは、心細いことなんですよ。」（二一一頁）

その一方、支那の人たちもよく酒を飲むが、泥酔はせず最後まで乱れない。支那の子どもたちはよく勉強するし、なついてくる。満洲人もこの風土にすっかり慣れて、いいものを持っている。粗食のくせに身体も大きく、力持ちだ、などと中国人を評価したうえでこういう。

「日本の子どもが、これからどのようにして、大陸で育つかが、たいせつなことだね。国土は日本でないが、日本の心、日本人としての性格を持たせようとするんですからな。お父さん?」

「その通りだ。自然環境によくあうようにすることが第一だよ。それが、あわてて、短日月でやろうとしたら失敗する。自然力と人力とが、そんなに容易にくっつかるもんか。道路ローラーで、アスハルトの道を、すぐにこしらえるようなわけにはいかないぜ。」

「どうも日本人の中にはせっかちがいて困りますよ。北京あたりでも、支那人が早く日本の風俗習慣になれないといって、すぐ怒る連中がいましてね。」

「民族性を、まるで豆腐みたいに考えてだ、四角にでも、三角にでも切れると思っていたら、大間違いだからな。」

「洋君の時代、またその子供の時代になってみなければ、大陸進出の基礎は、固められないと思うんです。」(二一三—二一四頁)

ここには「日本の子どもと大陸」で石森が憂慮していたことがそのまま出て来ているように思われる。語学力もさることながら、そもそも体力で他民族の子どもに負けているようでは、「いつもトップに立って」いることなどできるはずがない。末尾の啓二のことばを文字通りにとれば、「大陸進出」など、掛け声だけで当分実現できそうにないことになる。さらに石森は、大人の日本人の姿勢（＝適応性のなさ）をはっきり批判している。

だが、「国土は日本でないが、日本の心、日本人としての性格を持たせよう」というのは、在満日本人教育の大前提（内地延長主義）であった。日本の子どもたちを、大陸の自然環境には適応させねばならないが、人文的な環境には合わせようとはしなかったのである。自然環境がこちらに合わせてくれることはあり得ないから、「現地適応主義」を取るしかないが、人文環境については「内地延長主義」をとって、日本的なものを保持しようとするばかりか、さらに相手を日本に従わせようというのである。「支那人が早く日本の風俗習慣になれないといって、すぐ怒る」日本人がいるゆえんである。しかし、それは容易なことではない、というより、不遜な要求といえよう。

また、ロシア人やモンゴル人の気宇壮大なのに比して、啓二のいうような大仕事を成就するには、日本人は一般的にあまりにも覇気がなく、自分のなかに閉じこもろうとする傾向の強いことが批判されている。まず日本人は概して言葉の壁が大きい。「大陸壮士」のような啓二は、「支那人」の家に入り込んで、懸命に「支那語」を習ってかなり通ずるようになっているが、そういう日本人は少ない。洋は「支那語」を習っているはずなのに、実際には簡単な用件でも通じない。言葉の点ではロシア人やモンゴル人の方がはるかにすぐれているのである。

話に出て来たユリヒーは、「筑後川の合戦」の授業の時進んで発言した白系ロシア人の少年である。日本語には全く不自由なく、発音は美しく、大きな澄んだ声を出す。洋は真ちゃんといっしょにユリヒーの家に招かれた時、妹のソーニヤも「まだうまく日本語を使えないけれど、小学（国語）読本なら少しくらいは読める」ので、今習っている（『小学国語』の）巻二の「ウグヒス」という課を朗読してみせるのである。二人は「えらいな」「僕たちなんか、ロシヤ語のロの字も知らないのに」と感心してしまう。しかもユリヒーは洋たちにこういうのである。

「ソーニヤは、日本語よりも満洲語（中国語）のほうがずっとうまいんだよ。……この裏にね、満洲人（中国人）の雑貨屋さんがあるんだよ。そこにさ、同じ年の女の子がいて、それと何時も遊んでいるものだから、上手になってしまったんだね。」（一五六―一五七頁）

外国語の習得には、その言語を話す人と直接交流するのがいちばんいいのではないか、という事例を石森は示している。それによって習俗や社会的感覚、思想まで習得できるのではなかろうか。これに対して洋は、学校での「支那語」の時間と、ラジオの支那語講座で「お勉強」することしか考えていない。それもあまり熱心ではない。志泰という中国人の友達がいるのに、彼が日本語の出来るのに甘えて、交流は専ら日本語だけになっている。

白系ロシア人のようにごく自然に言語や文化を異にする他民族の中に溶け込んでいくことが、在満日本人には乏しかったのではないか。「満洲人」の子どもと日本語を通じてしか遊ぼうとしない、洋のような子どもを含めての、在満日本人に対する批判とも受け取れよう。それは居住地域の違いと並んで、日本人は指導者（つまり植民者）意識が強く尊大で、彼らを蔑視していたことが基本的な理由であろう。さらにこの作品中でも強調されているように、「支那人」たちは「不潔・不衛生」で、生理的嫌悪感を覚えたということも大きな障害になっていたであろう。

しかし問題はそれだけではない。現に洋は志泰と遊んだり、ユリヒーの家に遊びに行ったりしているし、『スンガリーの朝』の主人公・一郎も、やはり隣のロシア人・マルハの家に遊びに行くのだが、そういう絶好の機会があっても、一向に中国語やロシア語の習得に結びつくような場面（あるいは啓二が洋に勧めたように、相互に自分たちの言語を教え合うような場面）が出て来ないのである。これはやはり日常的に日本語を他民族に強制的に使用させることを当然として、異言語・異文化を積極的に習得しようという姿勢が、在満日本人の側に欠けており、それが子どもの間にも普及していたためであろう。異土ではあるが、言語に関する限り満洲は日本なのだ。

もっともこれは、日本が領土視していた関東州の大連や鉄道付属地のような都会地だから起こったことのように思われる。筆者の参加した在満日本人教育体験者の会合で聴いたのだが、ある大連帰りの人は、「もっと沿線の奥地へ行けば中国人と混在しながら生活した人がたくさんいて、そちらから（大連の学校へ）転校してきた人は、中国語もできるし、生活も違います」と言っている。

また鴨緑江に近い臨江県の日本人小学校に、九歳十二カ月から十一歳三ヶ月まで通った人は、「満洲人の農民の家と満鉄の社宅は近く、李園（梨園か？）の老人も（日満）双方の子どもを招じていて、自然片コトの日本語と中国語の会話が生まれた。野菜の売買を通じて母親どうしの交流もあり、幾人かの友達が出来た。それは然し、学校外の事実であった」と言っている（鈴木慎一「旧満洲での植民地教育体験」、日本国際教育学会課題研究一九九八年度報告、宮崎公立大学）。そのような環境であったからこそ、日本人と中国人との交流が生まれたのであろう。その意味で貴重な証言である。

この点は青少年義勇軍や開拓地の文学にも通ずるものがある。加藤武雄『饒河の少年隊』（講談社、一九四四年）を見ると、少年たち（『咲きだす少年群』の少年よりは年上で、現在の中学校卒以上）は、現地・饒河で学科として満洲語（中国語）やロシア語を学んでいるが、ロシア語はなかなか覚え難かったのに、満洲語はすぐに覚えられた。それは町には満洲人ばかりなので、否応なしに満洲語を使わされるから、一週間もするうちに買物くらいはできるようになった、とされている。日常生活での交流のあることが、外国語を身につけるのに必須だということを、これらの事例は示しているといえよう。

12　もう一つの日本人の弱さ——他民族に学べ

言葉の問題だけではない。他民族の人々の生き方に学ぶべきだということも出てくる。例えば、蒙古人は、たくましく「日本人のように働く」し、白系ロシヤ人は固有の豊かな文化を持ち、自立して生きている点が評価されている。

洋は家庭生活のあり方についても、反省させられている。真ちゃんといっしょにユリヒーの家に招待された時、彼の父がコルネットを吹いた。それに合わせて家族のものが歌うこともあった。一家がいつも楽しく語り合っており、家族で合奏するなど豊かな生活文化を持っていることを、洋が一種羨望の目で見ていたのである。これは成り上がり者の日本人の、「リーダー」や「支配者」としての文化の低さ、貧しさを訴えたものとも見られる。洋は考える。

ユリヒー君の家の人たちは、なぜこんなにみんないっしょになって遊べるのだろうな、うちのお母さんは、口数も少なくて、黙っている方だし、お父さんはお父さんで、勝手に謡いばかりうなっているし、姉だって、唱歌なんか歌っていることは、めったになかった。何人いても、家の中は静かで、四本の竹が狭い庭に生えているように、いつもしんとしていた。（一六一―一六二頁）

（中略）

洋も、もの足りないとか、寂しいとか、つまらないとかいうのではなかった。が、ユリヒーのような、一家のものが、みんな一つのことをして遊びほうけることも、時には、ほしいなと思った。ユリヒーの家を真昼の賑やかさにたとえるならば、自分の家は月夜だ。

（一六五頁）

それればかりではない。ユリヒーの父は昔軍人で、日露戦争の時旅順で戦って負傷したという。また戦友が戦死しており、今でも年に一度旅順の墓地を訪ねているのだという。これとよく似た話が『スンガリーの朝』に出てくる。満洲国のハルビンに渡る主人公一郎が、大連行きの船のなかで知りあった学生は、祖父が日露戦争の時旅順で戦死したので、旅順の大学に入ることにしたのだという。またハルビンの叔父の家の隣に、白系ロシア人の幼い娘マルタとその祖母が暮らしており、一郎はマルタと親しくなるのだが、祖母は夫が旅順で戦死したので、子どもたちがロシアにいるのに、ハルビンを離れたくないのだというのである。日本人・ロシア人ともお互いに戦争による犠牲を体験していることを描いている。「昨日の敵は今日の友」を思わせるような話だが、現に起きている支那事変（日中戦争）では、冒頭にあるように日本側の戦死をめぐって詳細な物語があるものの、中国側の犠牲については『咲きだす少年群』は何も触れていない。次作『日本に来て』には、戦争による中国人側の一般市民の被害に関わる、中国人少年のかなり長い物語がでてくるのが、これに代わるものであろう。

やがてチャクトが洋の日本人小学校を去ることになった。チャクトの父は独立運動の始まる時から蒙彊政府の「盟主徳王の手足」となって働いてきたのだが、いよいよその本領を発揮できる仕事場にチャクトも引き込もうとして、モンゴルに戻るように言って来たのである。チャクトは、まだ小学五年を終える直前だというのに、蒙古の学校で、「日本語の先生をやる」ことになるのだという。まさに親子揃って、「第二満洲国」の担い手になって、「東亜新秩序の建設」に参与するのだといえよう。

チャクトの大連を去る日、組のものがみんな停車場へ見送りに行った。蒙古服を着たチャクトは、洋にはずっと年上に見え、背も高く、いかにも堂々とした態度になっていた。別れの挨拶の中でチャクトは、「みなさん、ありがとうございました。僕も、君たちのことは、忘れません。日本を、忘れることは、できません。みなさんと、手を握って、立ち上がる時が、いよいよきました。……」と言って大粒の涙を流した。洋よりもチャクトのほうが、啓二の願望に沿っているかのように見えるのが皮肉である。チャクトにとっては大連を去るのは、満洲を去るのではない、「日本を去る」のである。（一六七―一七〇頁）

それからしばらくして、ユリヒーも大連を去ることになった。啓二と麻子の婚礼が終った直後のことだが、突然ユリヒーがやってきて、一家で芝罘《チーフ》へ移って喫茶店を始めることになったという。芝罘とは渤海を隔てて大連の対岸ともいうべき山東半島の煙台のことである。春秋時代から既に賑わっていた港湾都市で、朝鮮半島や日本への玄関であり、遣唐使が通ったこともある。天津条約により芝罘島が開港され、多くの洋館が建てられて、街が芝罘と通称されるようになったのである。撫順の採炭労働者を募集するための、満鉄の招工出張所もあったという。白系ロシア人にふさわしい動きであろう。洋が、「また、淋しくなるな。チャクト君は、いってしまうし」というと、ユリヒーは「いいよ、洋君。それだけ君の友だちがひろがるんだもの、いいよ。こんど君が来たら、おいしいコーヒーごちそうするよ」と屈託がない（三〇四頁）。芝罘といえば志泰の父親が以前渡って行方不明になった地だが、その話は出てこない。

こういうロシア人や蒙古人のスケールの大きい活動ぶりを見ていると、日本人の内に引きこもった消極性がいかにも歯がゆく、石森には見えたのかもしれない。だがそれでも、日本が東洋の盟主であるという建前には、何のゆらぎも見られない。それは前掲の、風呂場での洋に対する啓二の言葉、「大きくなったら、北京にくるさ。そしていっしょに働らこう。……」、で知られよう。何のために「支那大陸」に出て行かねばならないのか。また、啓二のしているのは、「今のところ、まあ（日本語を教える）先生だな……いまに、東洋は、日本語を共通語にするようになろう。いやきっとなるぜ」、というのであるが、何のための日本語の普及なのか。実は、その裏に傀儡国家による中国の、東アジアの全土支配が隠されている。チャクトが蒙古に還って日本語の教師になるのも、大きく見ればその一環なのである。山室信一によれば、「満洲国の波及として日本の侵略が広がっていく」ということである。「日本は蒙古の側にも徳王の蒙彊政権をつくり、華北にも、満洲国をつくったと同じ手法で次々に傀儡政権をつくっていく」のだが、その支配のメディアは日本語である。端的にいって、啓二は第二・第三の満洲国を創る、そのお手伝いをしようと言っているのである。

こうした一見壮大な生き方が求められているのだが、さてそれだけの自覚や自信が、肝心の日本の子どもの側に果たしてあるのだろうか。その最たるものは体力の問題である。

（父）「いや、こちらの満洲でも、満洲人の子どもは、いいものを持っているね。何千年もここに育てられた民族だけあって、すっかりこの土地の気候風土になれてしまって、粗食のくせに、身体も大きいし、虫歯なんてほとんどないっていうじゃないか。」

（洋）「でもね、お父さん、満人は、とても不衛生的だよ。」

（父）「不衛生的、ずいぶんむずかしい言葉をつかったものだな、洋は。」

（洋）「露天市場なんかいくと、食物の上に蠅《はえ》がまっ黒くとまっているんだもの。それを手で追ってね、平気ですぐ食べるんだから、たまったものじゃないよ。」

（啓二）「支那人曰くさ、蠅がみんな、黴菌を吸ってくれるんだから、多くとまっているほど、いいなんてね。しかし、どうしてあんなに力があるかと思うことがあるよ。辛抱強くてね。」

（父）「いや、啓二君のいうとおりだ。満洲の苦力《クーリー》なんかもすばらしい力持だよ。あの豆粕板ね、あれを八枚から十枚を一人で背負うのがいるんだからな。一枚たしか、七貫っていっていたよ。」

（啓二）「とにかく、満洲や支那で育っていこうとする日本の子どもたちは、これから、ほんとうに、体を作らねばなりませんね。その点ロシヤ人の子どもは、生活が非常に規則的に訓練されているし、真冬なんかも、必ず外を散歩させられて鍛えられているし、支那人満人は昔からの伝統で体力ができているし、負けないようにしないとね。……」（二一二―二一三頁）

啓二のいう「体を作らねば」は、以前から問題になっていたことである。一九二〇年（大正九年）一月に着任した満鉄学務課長の保々隆矣《ほぼたかし》は、赴任するや、満鉄付属地に居住する在満日本人は大人も子どもも、衣食住のあらゆる面で、日本内地式の生活や思考から抜け出ていないことを問題視した。特に冬季、中国人の子どもは戸外で遊んでいるのに、日本人の子どもは内に籠っているし、内地の子どもに比べて病弱な子どもが多いので、補助金を出して防寒着を普及させ、戸外スポーツ、特にアイススケートを奨励したのである。満洲でのスケートの普及は、保々の奨励によるところが大きいと思われる。

無論体力・体位の問題は、啓二が語っている当時の日本の教育行政当局にとっても焦眉の関心事であった。在満事務局主事の白川今朝晴は次のように言う。

在満邦人は朝夕異民族と共に生活し、其の中堅となって之を指導し、満洲国の発展、日満不可分関係を具体化し、以て新東亜建設の推進力たるべき使命を持っている。（中略）山紫水明の故国を離れて大陸の酷烈なる気候と戦い、不潔極まる漢民族の中に生活する日本人は、動もすれば結核に侵され悪疫に殪《たお》れる。長い冬を密閉された西洋式家屋の中で過す在満邦人の第二世も、罹病率に於て耐久力に於て楽観を許さざる状況に在る。六尺有余の肥大漢や牛の如き露西亜人を率いて新東亜建設の第一線に立つべき在満邦人にとっては体位向上は一日も忽《ゆるが》せにすることの出来ぬ重大問題である。（白川今朝晴「満洲国に於ける現代の教育」『教育思潮研究――海外教育の動向』一九四一年七月）

ここでは自然環境への適応しか問題にしていないが、問題はそれだけにとどまらない。生活的・社会的・民族的なものへの適応こそが問題なのではなかろうか。このように、小説の後半では、かなりの長さで、そうした面での日本人の適応性のなさの批判が続く。特に日本的生活様式にこりかたまって、なんでも自分中心に処理しようとする点が批判されている。

前掲『マーチョ』の「みんなといっしょに」で、石森は「なかよく暮すということは、みんなを、かわいがってということ」なのに、「ややもすれば、日本人はすぐ、ほかの民族たちの前でいばりたがる」が、「日本人がいちばんの中心になって、ほかの民族をひきつけていくということになれば、なおさら、へりくだった大きな心を持つことが大事です。」と戒めた後、各民族の子どもの特徴を次のように描いている。

蒙古人の子どもは、あれでなかなかものに感じやすいところがあります。愉快なことがあると、まるで、おどるように喜びます。口惜しいことがあると、おいおい声を出して泣きます。また、一つのことを信じると、それをあくまで信じます。ほんとうに心がすなおで、一本気であります。(『マーチョ』一二四頁)

これはまさにチャクトのことであろう。次に、「朝鮮人の子どもたちは、外国語を大変よくおぼえこみます。語学の力というものが、おのずからそなわっているのでしょうか」というのだが、そういう場面は戦中三部作にも戦後三部作にも描かれていない。

白系露人たちは、なかなか体を大事にいたします。つまり規則的な生活をいとなんでいるのです。夏は夏で、日光を十分に利用して体をきたえ、冬は冬で、たとえ寒くても、散歩をして、いい空気を吸います。(中略)

それを日本人の家では部屋にとじこもったきり、なかなか一家中そろって散歩するなどということはいたしません。そのために、一と冬(ひとふゆ)のあいだに、からだをい

ためる人が、かなりたくさんいるということです。（『マーチョ』一二六―一二七頁）

これも『咲きだす少年群』の先ほどの箇所と一致する。それに対して「満洲人」の志泰兄妹は、結構生活力はあるように見えるのに、むしろいたわり助けるべき存在の象徴のようになっている。既に見たように、彼らの父親は志泰たちが幼い時から行方不明である。母親は病気で、やがて脳溢血で死ぬ。それから間もなく、洋は何か嬉しそうにしている志泰に出会った。母を失って孤児になってしまったのにと、洋は不審に思ったが、志泰によれば、こんど兄妹とも王というおじさんの世話になることになった。済南に行って好きな学校に入れてやる、稼がせるようなことはしないといってくれたという。明日の夜済南へ向かって出発するということだった。志泰は学校を卒業したら、もうその人の世話にならず、働いてお金を返す。それから桂英と二人で、お父さんを探す旅に出るつもりだという。

孤児になった志泰と桂英を引き取って、済南へ連れて行くと申し出た、王という「親切な」中国人の話を洋から聞いた啓二は、その様子がどうもおかしい、本当に義侠心から救うのか、誘拐しようとしているのか、わからないと不審に思った。啓二は「僕は、北京でだいぶこんな人に出逢って来たから、様子を見ればすぐわかる」といって、王に会いに行き、甘言を弄して連れ去ろうとするのを見抜いて、その夜大連を離れるという二人を間一髪取り戻してきた。救われた志泰と桂英は、しばらく啓二と麻子の家で預かって、北京に行くときに連れて行くことになったのである。

ここではからずも、在満日本人の適応性の問題にもろにぶち当たったのは麻子である。

思えば麻子は満洲で生れて、ここで育ったものの、みんな日本式に育てられ、日本内地の生活とすこしもちがっていなかった。そのために満人の生活の仕方については、知ることはなく、知ろうともせずに、きてしまった。迂闊《うかつ》といえば迂闊なことだ。満洲娘として、育った意味が、これではどこにもないではないか。（二三九―二四〇頁）

「満洲人」の二人の子どもを、新婚家庭でこれから世話しなければならなくなった麻子は、どう対応したらいいのかわからなくて困惑したのである。

13　日本語という「愛情」と日中戦争という「体罰」

麻子の母の発起で、麻子の友達を招いてお茶の会が開かれた。啓二の紹介と、間もなく北京に行ってしまう麻子の送別の会でもあったろう。そこで話しあっているうちに、正しい日本語を使おうということが問題になる。最初は「大陸花嫁」などという言い方は、花嫁を品物扱いしているようで嫌だというような話だったが、直枝が「ここのように、直接、満洲人やロシヤ人とおつきあいしなければならないところでは、一層、ただしい日本語を使うべきだと思うわ」といったのに対して、啓二は次のように応じている。

「直枝さんの意見に、僕も賛成、北京あたりでね。日本人の婦人が、支那人から物を買うときに、品のいい言葉をつかっている人は、ほとんどいないね。……それや聞くにたえない卑しい言葉をつかうんだ。日本語でもない、支那語でもない、不愉快な会話をしている。人力車夫なんか、日本人を見て、お前。車に乗らんかと平気でいうんです。これは、人力車夫にしてみれば、こういう言葉が、一ばん丁寧な立派な言葉と思っているから仕方がない。日本人は支那人を呼ぶのに、みんな、お前とか、きさまとかいうものだから、そういうことが対称語としてあたりまえなことと思うんだね。」

「啓二さん、それ、北京だけじゃないわ。満洲でもそうよ。日本人同志もね。あなたということをニーデといったり、私といふときにオーデといったり――」

「きれいな日本語をつかって、異国人にきれいな日本語を伝えるということは、異国に

住んでいる日本人の義務じゃないかしら。」（二五二—二五三頁）

「ニーデ」「オーデ」とは、中国語の「你的《ニーデ》」（あなたの）「我的《ウォーデ》」（わたしの）を「あなた」「わたし」の意味で誤用するということである。石森はこの問題を、『スンガリーの朝』や、『マーチョ』の「満洲のことば」でも繰り返し取り上げている。『スンガリーの朝』ではこれをめぐって、子どもたちの間にいさかいまで起っている。

ところで、啓二が問題にするのは、正しい日本語を使おうというだけではない。同時に相手を「かわいがらなくちゃならない」というのである。しかもその「愛情」は、「体罰」の代償として与えられるのだという。

「日本語を上手に、正しくつかえるということが、大陸に住む日本人の第一の心がけと思うんだ。そして、もう一つ、その言葉をつかうときは、きっと相手の異国人をかわいがらなくちゃいけないことだ。支那人が、あんなに間違った民族に陥ってしまったことは、諸外国から、叩きのめされてしまったから、いわばひねくれてしまったんだ。子供のひねくれるのなら、まだ直しようもあるが、あの古い老大国が、いじけてしまったんだから、始末がわるい。これを、もとどほり、至純なすなおな民族性にとりもどすのは、一体、誰がやる、誰がやるのです。世界中の誰が一体やるのです。日本人より他に誰もいないじゃないか。」

「まあ、あの声、演説みたい」

「支那人の飢えているものは、なんだろう。食物か、いや、食物ではない。……彼等の飢えているものは、人類の愛情なんだ。温かい人類愛をほしがっているんだ。しかしながら、この愛を与えるには条件があるのだ、ほんとうの愛情は、しばしばはげしい体罰を加えることがある。……今、支那人を何百人、何千人と失っていかなければならぬのは、その大きな日本国愛情の発現に他ならないのだ。」（二五四―二五五頁）

啓二の論理は現代の感覚からすれば意味が分からないであろう。「本当の愛情ははげしい体罰を加えることがある」とは、比喩的に日中戦争のことを指していると思われるが、日本人と支那人（中国人）の立場をこれほど対照的に描いた表現はないであろう。「文化普及の潜行運動」であれほど中国人を愛しているように見える啓二が、同じ中国人をこれほど見下げているのである。

だがこの論議は物語の中で共感を得ていない。啓二がこう大見得を切った時、ちょうど母が、「まあ、すこしお休みになっては、啓二さん、さ、おつまみなさい。」といいながら、ドーナツを菓子皿にもってきた。これは「まあ。演説みたい」と、まるで冷かしているような声に呼応して、そんなに向きにならなくても、と話を逸らせようとしているかにみえる。だが、啓二は構わず演説を続ける。


「ね、お母さん、そうじゃありませんか、ね。これからは日本は、東洋に於ける太陽になるんですね。お母さん、いや東洋のお母さんになるんですね。そして温かい手で、東洋人の頭をなでてやるんです。この仕事は、兵隊さんを先発隊として、あとからつづいていく日本人、みんなの仕事なんですよ、ね。愛情をふりまく武器は、ただ一つ、それは日本語あるのみなんです。麻子さんに、きてもらって、僕は、もっともっと支那人に近づいて行けると思って、とても心強いんです。何といっても、やさしい愛情は、女の方が、ゆたかに持っていますからね。」

「さ、どうぞ。」

「いただきます。」

「はやく、世界中も、みんなこのドーナツみたいに、円く仲よく一つ環になりたいものね。」

「麻子さん、大丈夫よ。がんばらなくちゃ。」

「そりゃ、がんばるわ。もう、二人子供ができたんですもの。」

「子供、二人？」

「え、そうよ。満洲人の子どもを、ね。二人とも北京につれてって、世話するの。」

「まあ、大変なこと背負いこんだのね。」（二五五―二五六頁）

みんなの関心はドーナツに集中してしまう。「円く仲よく一つ環になりたい」とは石森の本心のように見える。「本当の愛情ははげしい体罰を加えることがある」という、啓二の話に共感するものは一人もいない。それでも、二人の中国人の子どもを世話するようになったことを受けて、中国人に対する体罰（日中戦争）を正当化する啓二の熱弁は続く。

「二人や、三人のことで、とやかくいっている時代じゃないんだよ。こんどの事変で、親を失い、兄を失い、子を失ったのは日本人ばかりではないんだ。その何十倍、何百倍といふ不幸な人が、支那にもあるわけじゃないか。これは、支那民族の根性を立直すための折檻《せっかん》だ。いたしかたはない。しかし、叱った後は、さっぱりとして、温めてやるべきだ。不幸な支那人たちを、やさしくいたわってやるべきだ。二人や三人で重荷だと思う心が、日本人にあるようではどうして、この東洋を背負って立てるものか。」（二五八頁）

ここでも啓二の発言には誰も応ずるものがなく、叙述はいきなり結婚後の麻子の生活を思いやる母の気持に切り替わってしまう。

母にしてみれば、麻子が啓二のところにかたづいてから、その生活はどんなになるものか、おおよそ想像はついていた。住宅だって、どうせ支那家屋の、ごく粗末なところにしかはいれまい。着物だって、食物だって、不自由するにきまっている。金に、恬淡《てんたん》である啓二との生活は、一層貧しくなるだろう。しかも異郷で、あの変った仕事だもの、苦労は、絶えることはあるまい。（二五八頁）

母は二十三年前、ここの家に嫁いでくる夜、自分は悲しくないのに母が泣いてばかりいたことを思い出す。麻子は時折大笑いしながら友人たちとの話に興じているのだが、母はそれだけいっそう物悲しくなって、何度か目をおさえていた。このように突然話が折られ、展開が断絶しているのである。

つい先ほどの「正しい日本語を使え」という意見まではみんな活発に発言していたのに、啓二が「支那人を折檻した後で可愛がれ」といった途端に、誰も反応しなくなったのは、ドーナツが出たことだけが原因だろうか。啓二はすっかり無視されてしまった形だが、それは「支那人が間違った民族に陥ってしまったのは、諸外国から叩きのめされたので、ひねくれ、いじけてしまったのだから始末がわるい。もとどおり、至純なすなおな民族性にとりもどすのが日本人の仕事だ」という、啓二の論理についていけなかったからではないか。口には出さないが、女性たちは本能的に戦争を嫌っているのではないか。現に、定夫を奪ったのも「支那人の折檻」という戦争なのだ。みんなの楽しげな会話は、それからも延々と続くのだが、さすがに啓二も再び「間違った民族」論を持ち出すことはなかった。

啓二のいうことを文字通りに受け取ると、日本語を与えるのは愛情だが、その「愛」の手始めとして、まず日中戦争という体罰を与えるのだという意味になる。無数の中国人を殺すのが「日本国愛情の発露」だと啓二はいう。一体なんで中国人が罰せられなければならぬのか、その歴史的経過や社会的状況についてはー切触れていない。もっとも少しでもそのことに触れれば、必然的に日中戦争批判になるであろう。この箇所について季頴は、「一九三九年時点での石森の時局についての認識を反映していて、日本政府とマスコミの宣伝とまったく一致するものである。」と指摘する（前掲季頴『日中児童文学交流史の研究』二〇九―二一〇頁）。だが啓二の発言即石森の認識と捉えていいのだろうか。この当時、啓二のような意見を述べる人物は多々いたであろう。そういう人物の一人が小説に登場するのは、当時の社会状況をリアルに映し出したまでのことだ、ともいえる。またその人物の見解を、他の人物がすんなり受け入れることもあるだろうが、疑問や反論を出すこともあるだろうし、相手を気遣ってやんわりと無視することもあるだろう。この場合その無視が露骨にならぬよう、ドーナツがカムフラージュしてくれたのではないか。

「東亜新秩序の建設」という、一応平和を目指す国策に対しては逆らわないにしても、日中戦争をすんなり受け入れるのをためらっている面が石森にはあったのではないか。「日本の子どもと大陸」に出てくる「支那人の女」が戦乱から蒙る苦難を見て同情心を抱いた石森としては当然のことであろう。この一連の場面は明らかに、反戦とまでは言わずとも、厭戦の意思表示とみることができよう。創作中のある人物の発言の内容と、作者の見解との関係は、慎重に判断すべきであろう。

こうしてみるとこの作品は、中国人に対する愛の前提としての折檻（日中戦争）という啓二の「演説」の無視（拒否）と並んで、定夫の死に対する覚悟の表明、夫や婚約者の戦死に対する女性たちの悩み、生きたいという生きものの願いなど、作者の温かい心づかいが反戦性を帯びているのではないかと思われるような箇所が、ほかにもいくつかあると思われる。こうした個所が石森の戦争を厭う心情から出たことは容易に想像できよう。しかしそれはあくまで心情のレベルでのことである。「反戦」というからには、客観的に政治状況や歴史的文脈がしっかりとらえられていなければならないと思われる。

14　蒙古風《モンクーフォン》とともに

終末近くに、志泰と桂英をめぐってちょっとした事件が起こる。麻子の送別の茶会が長々と続いている途中で、志泰と桂英は遊びに行くと言って家を出た。終業式を済ませて帰宅した洋も、茶会の客が皆帰ると、啓二と一緒に遊びに外に出た。志泰と桂英を探したがみつからず、家にも帰っていない。そのうち暗くなり雨がどしゃ降りになった。交番に頼もうかといってているうちに、やっとびしょ濡れの二人が帰って来た。失神寸前だった。手当をして、やっと正気づいたのできいてみると、こんなことだった。

志泰の話によると、二人が岡の上まで、歩いていくと、桂英さんが、亡くなったお母さんが、見えたといふ。そしてどんどん歩いていく。お墓にいるというので、そこまでいった。こんどは、向うの家の塀を、いま、曲がっていったといってきかない。そこへ走って行く。自分もその後からついていく。塀を曲がってもいないと、こんどは、あの家の中に入っていったという。（中略）そのうちには、きっと、お母さんに逢えるという気になり、どこかで、ぱったりお母さんとであって、親子三人が、ひとかたまりになって、……ここまで話した時に、啓二は、今の話を止めさせてしまった。（二九七―二九八頁）

死んだお母さんが懐かしいんだ。死ということが桂英にはわからないんだ。いじらしい。当分あんな夢遊病みたいなことがあるかもしれない。北京に行く船でも気をつけなくちゃ。その晩、啓二と麻子、洋と母の四人がしんみり話しあったことである。彼らが植民地性抜きで、満洲人の心情に一番近づいた時かもしれない。

いよいよ終末になる。この小説は、スケートリンクから帰る洋から始まっているが、最後も洋で終る。北京に行く麻子と啓二、それに志泰と桂英の船出を見送った翌朝、激しい蒙古風《モンクーフォン》が起こる。いよいよ春が訪れる予告だが、春一番というような穏やかなものではない。ドアをあけると吹き飛ばされそうになる。南先生はもんくーふぉんが大好きで、「もし、先生に、何にでもなれる術を与えてくれたら、……もんくーふぉんになるんだ」といったのを洋は思い出す。もんくーふぉんとの一体化を志す南先生は、石森の言う自然美による満洲郷土論にいちばん近い人物かもしれない。生きものに対する愛情が深いところもある。だが、洋や真ちゃんにはそうした面はあまり見当たらない。洋はここでもんくーふぉんに対抗して飛行機を持ち出すのである。


　みんなこの風に負けてしまうんだな。この風に、負けないものはないか。……そうだ。負けないものがある。

『飛行機。飛行機だ。』

と大声で呶鳴《どな》った。空に向って、風に向って、天に向かって叫んだ。飛行機なら、もんくーふぉんに勝てる、勝てる。こう考えると、矢も楯もたまらないものが、胸にぐっとつかえた。飛行機乗りになるんだ。航空兵になるんだ。少年航空兵になるんだ。荒鷲になるんだ。……（三二四頁）

　洋はこんな幻想に酔いしれて、春休みを迎えたのであった。洋は孤独になってしまった。親しかった異民族の友人、チャクトもユリヒーも志泰も、相次いでいなくなってしまった。一番頼りにしていた姉の麻子も北京に行ってしまった。信頼できる人で残ったのは、親友の真ちゃんと、幸いにして持ち上がりになった学級担任の南先生ぐらいではないか。洋は六年生になるのだが、この一年間をどのように過ごすのだろうか。

啓二が風呂場で言ったように、他国語を学ぶには、日常的な遊び友だちにつくのが一番だが、そんな友だちは、相次いでいなくなってしまった。しかも啓二は、多くの軍事小説のように子どもの戦意をあおるのではなく、むしろ平和に貢献するように促しているのだが、洋は「荒鷲」になって、定夫の後を継いで戦死する決心をしている模様である。啓二は「洋君の時代、またその子供の時代になってみなければ、大陸進出の基礎は、固められないと思うんです」といっているが、彼の理念の実現は容易ではなさそうである。

この小説はやはり子どもたちの動きの活写が中心で、大人の問題は要所要所に挟まれて出てくるだけなのに、時局との関わりが強いので、その方についい目が惹かれがちである。しかし子どもたちから見れば、それはあくまで背景である。それにしても、この作品は、いったい大人の小説に子どもが出てくるのか、それとも児童小説に大人がしょっちゅう顔を出すのか、戸惑うほどである。満洲事変~日中戦争勃発以来、子どもが時局に無関心・無関係でいられなくなったのは事実だが、この小説に続く、『日本に来て』や『スンガリーの朝』には、大人の問題や場面がほとんど出てこないのである。

いずれにせよ、ここに描かれているかぎり、在満日本人の子どもが、他民族の子どもたちを先導する、あるいは将来先導できるようになるだろうと思われるような場面は出てこない。むしろそれぞれの民族によって、子どもたちの性格や能力に違いのあることが描かれている。この点は、『日本に来て』や『スンガリーの朝』も同様である。

15　各民族の子どもの位置

終りに当たって、この小説に登場する異民族の子どもたちの位置について考えたい。石森の作品に異民族が登場するのは、物語の中でその民族にふさわしい行動を期待するからであって、その民族の地域での人口比などには関係がない。各民族に対する石森の関心の程度によると見るべきだろう。この物語ではチャクトとユリヒーが目立つが、チャクトは「第二満洲国」ともいうべき蒙彊政府の役人である父の指示で働くなど、「東亜新秩序の建設」に最も直接的にかかわる存在といえよう。この作品の「まえがき」にある「蒙古やロシヤの少年、満洲人の子どもたち」とは、「東亜新秩序」への貢献度の順に並んでいるような感じがする。

石森の作品には、ユリヒーのような白系ロシア人がよく登場するが、人口比でいえば、「東のモスクワ」と呼ばれたハルビンを除けば、各都市ともロシア人は最も数が少ないのである。白系ロシア人は文化のレベルや宗教性を評価されているが、何よりも赤系ロシア（ソビエト連邦）からの難民であるから、日本人との民族的対立感情がなかったことも関係があるかもしれない。なお、石森のいう「ロシア人」は、原則として白系ロシア人で、ユリヒーが最初に出る時も「白系露人」と断っている。（白系ロシア人について詳しくは、第Ⅲ部『スンガリーの朝』の「8　白系ロシア人への接近」・「9　難民（エミグラント）白系ロシア人」を参照されたい）。

満洲では民族ごとに学校は違っていた。既に見たようにこの小説では、満洲人の志泰と桂英は満人小学校に通っているが、モンゴル人のチャクトと白系ロシア人のユリヒーにソーニヤは洋の通う日本人小学校に入っている。創作だから理由の解明をしてもあまり意味がないが、チャクトやユリヒー兄妹が日本人の小学校に入っているのは、親が日本語や日本人に親しむことの必要性を認めていたためと思われるのと同時に、大連に彼らの入れる学校がなかったか、少なかったためかもしれない。一方、中国人の学校は多数あったのである。（『昭和十六年度在満日本人教育施設概要』（在満教務部・関東局官房学務課）によれば、関東州内の公立初等学校として、日本人学校は国民学校（同年度小学校より改称）が二七校、満洲人（中国人）学校は、公学堂が一八校、普通学堂が一二四校あるのに、ロシア人の学校は、「大連露西亜学校」（生徒数七六名、教員数一三名）という小規模な私立学校が一校あるのみで、蒙古人の学校は記載がない。）

ところが川村湊は「『五族協和』の精神にふさわしく、その（洋の）学校には満人の志泰君、蒙古人のチャクト君、白系ロシア人のユリヒー君が友だちとして机を並べている」と書いている（川村湊『海を渡った日本語』青土社、二〇〇四年、一七一頁）。だが志泰が洋の学校ではなく、「満人小学校」に在学していることは、小説の冒頭でわかるし、志泰の母が亡くなったことを、彼の通っている「満人小学校」に、洋が知らせに行く場面もある。また川村は、洋が「チャクト君に雪合戦の時に助けてもらった」ことを指摘する一方、その直後チャクトがクラスの日本人の子どもたちに半ば気絶するほど痛めつけられたことは無視して、「人種差別、民族差別のない理想的な『五族協和』のクラスがそこでは作り上げられている」と断定している（川村前掲書一七二頁）。

実はこういう読み誤りを誘いだすようなことを、石森は戦後書いているのである。『咲きだす少年群』は、戦後『モンクーフォン』と表題を変えて、『石森延男児童文学全集　14』（学研、一九七一年。以下『全集14』）に収録されている。この『全集14』の「あとがき」にこういう箇所がある。

満州には、そのころ、いろいろな国の人が住んでいました。白系ロシア人もいたし、中国人はもちろんのこと、朝鮮人、蒙古人、ギリヤーク人、それに日本人など。

それで小学校でも、それらの国の子どもたちがいっしょになって、遊んだり学んだりしていた。子どもたちはみな同じように見えるけれども、やはり、その国らしい気質があって、そのころ、それぞれにおもしろい空気がただよっていた。

（中略）

こんな土地に生まれ、こんな土地に育った子どもは、たとえお国ががちがっていても、みんなおおらかになって、こせこせしていないし、自分のことばかり考えるような子どもは少なかった。（『全集14』三〇七―三〇八頁）

小説で描かれている子どもたちの印象とはかなり違っている。さらにこの「あとがき」では、『咲きだす少年群』という題について、「『少年群』はいうまでもなく、満州にいる白系ロシア人や中国人、蒙古人などの子どもをさしたもので、『咲き出す《ママ》』は、これから育ちのびていく子どもらの、明るい未来を暗示したつもりである。」と、「少年群」から日本の子どもを抜かしてまで、他民族の子どもに関心を寄せたかのように書いている。だがこれもやはり小説の内容の実態とはかけ離れている。「3」で見たように『咲きだす少年群』の「はしがき」では、「日本の子どもたちよ、萎むことなく豊かに伸びてくれ、躓くことなく、まっすぐに育ってくれ。この念願が『咲きだす少年群』を書かせた」といっているのである。石森論文「日本の子どもと大陸」がこれを裏書きしていることは言うまでもない。

そもそも中国人（小説の中では満人、または満洲人）は、人口が最大で、学校数も多いのに、石森の作品にはあまり登場しない。チャクトやユリヒーと同じように日本人小学校に在学する満洲人の子どもは描かれていない。これは日本人が漢民族に同化されることを恐れていた事情を反映しているように思われる。一九一二年（大正元年）という早い時期に、当時の満鉄附属地行政担当官によって行われた、中国人と日本人の共学問題にこれがはっきり表れている。ある教育関係者がつぎのように強硬に日満共学に反対していたことが紹介されている。

……日本人の小学校の中に支那人を入れて支那の生徒に依て悪い感化を日本人の児童に及ぼそうと云うのは頗る考物であります。（中略）

飽くまで満洲に於ける殖民者たる日本人は土人其者よりも支那人よりも優れたる者であると云う観念がなければ勝利を得ることは出来ませぬ。……日本人のような同化されやすい人間には益々離さして置く必要を感じて居ります。（伊豆井啓治「満鉄附属地に於ける日本語学校の創設」『満鉄教育たより』特輯・満人教育、一九三六年）

この意見は、満洲といっても大連や満鉄付属地での、中国語の苦手な日本人やその子どもたちの実態を反映しているともいえよう。日本人との関係は白系ロシア人の場合と対照的だったようだが、それは彼らの間に、日本の帝国主義的進出、特に「二十一箇条要求」以来強くなった反満抗日感情があったためではなかろうか。またここに登場する、孤児になった志泰と桂英兄妹が、「（主人公）洋の姉夫婦に引き取られ育てられることになるという結末には、「当時満洲で書かれた『五族協和』を題材にした作品の多くに見られる、庇護する日本人と庇護される満人・支那人という構図を指摘することができる」という（寺前君子、前掲「石森延男の『満洲観』を探る」一七一一八頁）。

確かに境遇としてはそのとおりであろうが、それはあくまで大人の視点からの見方である。志泰には、子どもとしては自立性があるという点は認めねばならないであろう。王という怪しげな中国人に騙されかけたという問題はあるが、将来は自立して、行方不明の父親を捜しに行くことまで考えている。この点洋には心細いところがある。麻子の結婚に対しても、世話をしてもらえなくなることばかり気にして、麻子の幸せなどは毛頭思い浮かばない自己中心的なところがある。航空兵になるんだということにしても、一時の幻想のような感じがする。これで東アジア諸民族のリーダーになどなれるのだろうか、と思わず言いたくなるだろう。

実は志泰によく似た中国人少年チョンイが、次作『日本に来て』に出てくる。曲阜の生まれだが、幼い時に母を失い、隣りの異民族・朝鮮人の養家に育ち、その家の娘が妹のようになっている点など、志泰によく似ている。チョンイは志泰以上に自立性があり、まだ年齢は十一なのに、爆撃で行方不明になった上海にいる父親を一人で探しに出かけるのである。しかし父親は見つからず、米人の医師の家庭の世話になり、そこで働いている。話せる言葉は、志泰は中国語と日本語だけだが、チョンイは中国語・朝鮮語・英語・日本語が話せる。そして世話になった人や、義妹に対する優しい態度など、思いやりが深い。こういった点が石森の描く中国人少年と、『咲きだす少年群』の洋や、『日本に来て』に出てくる、中国人の友人もいなかった日本人少年の二郎とは対照的にかけ離れている。大ざっぱに言うと、日本人の子どもは、たよりげなく、体力に乏しく、語学が苦手で、戦争ごっこが好きなのに対し、中国人の子どもは、たくましく、体力があり、語学が得意で、戦争ごっこは好まない、ということになりそうである。本当に憐れまれねばならないのは、いったいどちらなのだろうか。

ふり返ってみると、『咲きだす少年群』は、租借地・関東州の大連で生まれ育った子どもたちの生活を、大人たちの問題をも交えて描いている。しかも、「はしがき」にあるように、今や日本がこの「大陸に印した巨歩」のもとに、かれらが育っているということである。こうした制作意図から、この作品はいわゆる児童文学とは若干異質な部分がある。物語は全編、主人公の小学五年生・小田洋を中心とした、男の子たちの活発な動きと軽快な会話に満ちているが、それ以上に、姉の麻子、麻子の許婚者だったが戦死した定夫、麻子の友人たち、麻子の新しい婚約者・啓二が登場して、重要な役割を果たしている。戦死——さらには死そのものの意味、それらをめぐる姉の友人ら若い女性同士の会話、啓二の中国民衆の中での宣撫活動、それに立ち向かう在満日本人の態度など、差し迫った大人たちの問題が、ここまで子どもにぶつけるのかと思わせるほど出てくる。そして麻子と啓二が結婚式を挙げ、志泰と桂英の二人の中国人の子どもを連れて北京に去ると、間もなく物語は終る。

したがって、この小説を論評しようとすると、子どもたち自身の問題より、どうしてもその背後にある、東アジアの時局や戦況、さらにこれをめぐる「大人の問題」にこだわらざるを得なくなり、いきおいこれが論評の中心のようになってしまいやすい。さらに、子どもたちの生活舞台は大連だが、物語での重要な人物・啓二の活躍舞台は満洲ではなく北京だし、洋にも大きくなったら北京に来るようにと誘いかけている。大人の喋ることが子どもたちの中にじかに出てきており、物語の事実上の主人公はむしろ大人たちで、子どもたちはそれを脇で見ながら生活しているような感じがある。これは石森戦中三部作の第二作『日本に来て』や第三作『スンガリーの朝』には見られない特徴である。

こうなったのも、ひとつには、この小説の前身『もんくーふおん』が、「短編」として一般新聞に載ったことと関係があるかもしれない。『スンガリーの朝』のように子ども向けの雑誌に載った作品と異なり、初め大人が読むメディアに載る作品として書かれたため、大人の間に子どもがいるような構成になったのではなかろうか。単行本にするための加筆には、大幅に子どものことが出てくるのだが。
先に述べたように、この本の装丁には『小説　咲きだす少年群』とある。『日本に来て』や、『スンガリーの朝』が、発表当時「(長編)童話」とされているのに対して、『咲きだす少年群』は「小説」である。実際この本は、装丁からして子ども向きというよりは、むしろ大人向きの体裁になっているのである。このように、『咲きだす少年群』は、石森の作品としては時代に直結した、勇壮な雰囲気を持っているが、それにもかかわらず、

心ときめきするもの／ちごあそばするところの前／わたりする
(心をどきどきさせるもの、幼児を遊ばせている前を通りすぎる時)

という清少納言『枕草子』二六段の言葉で、「はしがき」を締めくくっているのは、石森の本領がどこにあるかを、暗示しているようにも思われる。大人の直面している課題と、子どもの世界とは違うのだということの自覚の表現ではなかろうか。

16　日中戦争の捉え方――戦後版はどう変わったか

最後に日中戦争のとらえ方がどう変わったかを中心に、戦後版（『全集14』に収められた『モンクーフォン』）を見ておこう。戦後版には、戦中版から削除・訂正された個所がかなりある。まず戦中版『咲きだす少年群』の「はしがき」がそっくり削除されている。この「はしがき」の削除によって、「大陸に巨歩を印した」とされた「東亜新秩序の建設」という当時の日中関係や国策と作品とのかかわりが消されてしまっている。その代わりに「あとがき」がある。これは戦後版と、戦後作品『秋の日』が収録されている『全集14』としてのあとがきなのだが、『秋の日』にはほとんど触れず、もっぱら『モンクーフォン』について語っている。

作品の冒頭から、洋が帰宅後夕食をとってラジオのスイッチを入れるあたりまでは、小さな変更はあるが大筋は変らない。大きな変更があるのは、まず麻子が編み物をしながら想いだす定夫の長い言葉である。「この出征から見れば本物ではなかった。生命を的にしないような試練は偽物だ」から「推進力、回転力になって動くんだ」までと、「こうして皆に送られて出征するからには再び帰ろうとは思はない」が削除されている。このような軍国主義・超国家主義的叙述を削除するほか、「戦える」を「働ける」に、「銃後の婦人」を「女性」にというように、多くの語句をなるべく刺激の少ない、平易な語句に変更している。また南先生の語った「日本ほど、美しい感じのする歴史は、ほかにあるまい」（一八七頁）という、皇国史観的な言葉なども削除されている。

次に重要と思われる変更は、啓二が洋と風呂に入りながら語る言葉である。「日本は、これから支那大陸を足場にして、東亜を立て直さねばならないんだよ」を削除し、「一人でも多く日本語がわかるようにと思ってね。いまに東洋は、日本語を共通語にするようになろう。いやきっとなるぜ」の「日本語」を「日本」に替え、「いまに東洋は」以下を削除して、「ひとりでも早く、日本がわかるようにと思ってね」としている。これは「東亜新秩序の建設」を否定し、従って日本語を教えるのも東亜の共通語としてではなく、単に日本を理解してもらうためという、戦後的な、平和な国際理解の一端に変更したことになる。

次に啓二が再び洋の家を訪ねた時父親に語った言葉のうち、「自分のようなものは」から「日本の面目をはっきりと示したい」までと、「人類平和のために聖戦をいとなまねばならぬ」が削除されているが、これも「東亜新秩序の建設」の否定である。

一番大きな改訂箇所は、啓二のほか麻子の友だちを招いてお茶の会を開いた時の啓二の発言である。戦中版の「支那人が、あんなに間違った民族に陥ってしまったのは……」以下の箇所である。だがここは語句が変っているものの、中味は本質的に変っていない。

「シナ人が、あんなにゆとりのすくない民族になってしまったのは、諸外国から、たたきのめされたからだよ。弱いものはひねくれてしまったんだ。子どものひねくれるのなら、まだなおしようもあるが、あの古い大国が、いじけてしまっちゃ、しまつが悪いよ。これを、もとどおりのすなおな民族性にとりもどすのは、いったい、だれがやる、だれがやるのです。世界じゅうでいったいだれがやるのです。」

「まあ、啓二さんのあの声。演説みたい。」

「シナ人のうえているものは、なんだろう。……かれらのうえているものは、人類の愛情なんだ。……しかし、この愛をあたえるには条件がある。ほんとうの愛情は、しばしばはげしい体罰をくわえることがあるというでしょう。……子供の性根をただすためにはこうしなければならぬ。いまシナが、いたみになやんでいるのは、だれかがしりぺたをたたいているからなんだ。」

「まあ、すこしお休みになっては、啓二さん、さ、おつまみなさい。麻子のおとくいの手製なんですよ。」と、母が、ドーナツを菓子ざらに盛って来た。

「休憩休憩、さ、どうぞ。」

「いただきまあす。」

「はやく、世界じゅうも、このドーナツみたいに、まるくなかよく一つの輪になりたいものね。」
（『全集14』一六〇—一六一頁）

戦中版と同じ個所に、「啓二さんの（あの声）」とか、「休憩休憩」とかが加えられているのは、啓二の「演説」を無視する姿勢を補強しているかのようである。また戦中版では母がドーナツを持って来たあとに、「ねえお母さん、そうじゃありませんか」に始まり、「愛情をふりまく武器は、ただ一つ、日本語があるのみ」と啓二の熱弁が続くのだが、この部分がなくなっている。ただし、みんなに無視されてもかまわず、なおも続ける啓二の弁は多少形を変えて残されている。

「こんどの事変《じへん》（満洲事変）で、親を失い、兄を失い、子を失ったのは、日本人ばかりではないんだ。その何十倍、何百倍という不幸な人が、シナにあるわけじゃないか。これは、シナ民族の根性をたてなおすためのチャンスかもしれないさ。しかし、その苦しみ悲しみのあとには、みんなでいたわりあたためてやるべきだよ。……」（『全集14』一六二頁）

この発言にも誰も応ずるものがなく、母がこれからの麻子の生活を思いやる場面にいきなり切り替わってしまう点は戦中版と同じである。一部省略はあるものの、周囲の反応にかまわず続ける啓二の演説はほぼ同じ内容だが、表現はかなり違っている。戦中版の「間違った民族」を「ゆとりのない民族」に換え、「日本人よりほかに誰もいないじゃないか」を削除し、「日本国愛情の発現」を含む箇所は、「いまシナが、いたみになやんでいるのは、だれかがしりぺたをたたいているからなんだ」に換えたのである。「だれか」とは一体誰か？「しりぺたをたたく」とは体罰、つまり日中戦争のことか？ 戦中版で大声で叫んでいた「日本人より他にいない」や「日本国愛情の発現」を抜かしたのは、状況が悪くなると、口を拭って「私（日本）じゃないよ」と言わんばかりである。戦後のことだから、刺激の強い軍国調をできるだけ避けようとしてはいるのだが、日中戦争という中国侵略の本質は変えようがなかったということであろう。またこの箇所そのものを削除したら、この作品は骨抜きになってしまうだろう。

さらに「だれかがしりぺたをたたいた」と言って、日本の戦争責任を回避するかのように見えることもさることながら、「こんどの事変」を「支那事変」ではなく「満洲事変」に替えてしまったことも驚きである。もっとも、『全集14』の「あとがき」では、「日支事変（日中戦争）」と書いているから、これはうっかりミスだろうと思われるが、そのまま読めば歴史錯誤（倒錯）もいいところである。また一番の決め手だった「愛情をふりまく武器は、ただ一つ、日本語あるのみなんです」を省いたのは、戦後の状況ではあまりにも時代錯誤的だからであろうが、その結果「みんなでいたわりあたためる」といっても、ではどうするのか、その具体的な手段は示しようがなくなっている。戦時下の作品を戦後の状況に合うように改変しようと企てることと自体に無理があるだろう。

『全集 14』の「あとがき」は、一緒に収められた『秋の日』にはほとんど触れず、もっぱら『モンクーフォン』について述べているのだが、その中でこういっている。


こんな土地に生まれ、こんな土地に育った子どもは、たとえお国がらがちがっていても、みんなおおらかになって、こせこせしていないし、自分のことばかり考えるような子どもは少なかった。

それなのに、そのころ日本人は、日支事変（日中戦争ともいう、一九三七〜一九四一年）というものをおこしました。

子どもたちが、こうしてみんなうちとけて、なんのこだわりもなく手をつないで、なかよくくらしているのに、どうしておとなたちは、こんな戦争みたいなものをおっぱじめるのだろう。いったいなんのために、いま、ここでやらねばならないのか。わたしなどは、現地にいても、そのわけはついにわからなかった。聞かせられもしなかった。説明もされなかった。わたしひとりだけではない。この土地に住む日本人は、ほとんどがそうであったろう。

（中略）

いったい、こんなあぶないことを、だれが計画するのだろうか。何人ぐらいの人がそれをきめるのであろうか。ひとにぎりの人によって、日本人がふりまわされていることに、大きな不安を感じた。不安よりもいきどおりを感じた。

『モンクーフォン』を書いたわたしの気持ちの中には、こうした感情があった。（『全集14』三〇八―三〇九頁）

これが石森の本心だったとすれば、ドーナツが来たとたんにみんなが啓二の「演説」を無視した場面の意味がわかるように思われる。やはり戦争の話は嫌われた、みんなが無視することによって、反戦の気分を表現したかったのではなかろうか。これは建前としては「名誉の戦死」を口にするが、本音では「無事に帰還」することをお祈りする事例が、『ひろがる雲』や『日本に来て』に出てくることにも通じよう。また「生きたいということは生きものの実に大きな願い」という、南先生の意見にも通ずるものがあるだろう。

中国人に対する、「本当の愛情」の前提としての折檻（具体的には戦争）という啓二の話にみんなが乗ろうとしない様子を描いたのは、戦時下として精いっぱいの、反戦あるいは厭戦の表明だったととらえれば、この作品を戦後再刊する意義も理解できなくはない。しかし、あちこちの主要な箇所をこれだけ訂正してしまうと、歴史的に批判されるべき重要な問題点が薄められ、あるいは見えなくなり、もはや別の作品になっているのではないかと思われる。

やはり一番問題なのは、日中戦争に至る歴史的経過や構造を石森が認識しているように思われないことである。ここで「現地」とか「この土地」と言っているのは大連のことであろう。日中戦争の起った理由は、日本内地にいては分らないが、大連あるいは満洲にいればわかるはずだ、というようなものではない。異民族の子ども同士が親密か疎遠かにも直接関係はない。石森のヒューマニズムや詩的感覚をあちこちで感じさせる作品ではあるが、それは民族的差別や植民地性を解決するものではない。東アジアの植民地化につながる「巨大な一歩（東亜新秩序の建設）」は削除したものの、この作品が戦後の平和な社会に育つ子どもたちにとって、アジアを中心とした国際社会の感覚を養ううえで、果してふさわしいか問題になるであろう。

第Ⅱ部　『日本に来て』——「日本のすばらしさ」を求めて

1　『日本に来て』のあらまし

『咲きだす少年群』刊行の二年三か月余り後、石森は『日本に来て』（新潮社、一九四一年（昭和十六年）十二月八日印刷、同十一日発行）を、新潮社・少年文化叢書の一つとして刊行している。「大東亜戦争」（太平洋戦争）勃発当日に印刷されたのである。これは石森にもかなり衝撃的だったと見え、こう述べている。「この本の扉に、わたしは次の文字をセピアインクで書きつけている。『上梓のこの日は日対米英宣戦布告の日にあたる。』」と（「満洲児童文学資料―その二」『児童文学研究』No.3、一九七三秋季）。

『日本に来て』は、『咲きだす少年群』の洋と同じように、満洲の入り口・関東州の大連で、生まれ育って小学校を卒業した少年・二郎が、日本内地の中学校に進学するため、母親といっしょに日本へ渡る物語である（この作品が刊行された一九四一年（昭和十六年）度から、関東州でも日本内地と同じく小学校は「国民学校」と改称されたが、ここでは以下「小学校」とする）。小学校を卒業して、中学生になる時期の二郎は、『咲きだす少年群』の洋の一年後の姿を見るようで、戦中期三部作の主人公では一番年長である。作品としては三部作中一番短く、『咲きだす少年群』のほぼ半分の長さである。

　この物語は挿絵を含め全部で二七一ページ、三十四の節からなっているが、一～一九四ページ（一～二十三節）が前篇、一九五～二七一ページ（二十四～三十四節）が後篇のように見える。前篇は二郎が大連から神戸に渡る汽船の中で、外国人を含むさまざまな乗客と出会っていろいろな話を聞くことが中心である。日本人としては「絵かきさん」との出会いが重要である。洋は乗船直後から下船直前まで多くのことを彼から学んでいる。印象的なのは、二郎とほぼ同年齢の中国人の少年・チョンイとの出会いである。二郎はチョンイから、日中戦争開始により上海にいた父が行方不明になったので、一人で上海まで探しに行ったが見つからず、アメリカ人医師の世話になるなど、二郎には想像もつかない体験をして来たことを聞かされる。そこで二郎が自分に何か誇れる部分があるだろうかと、反省した結果日本の国史にのめり込むところが興味深い。外国人としてはさらに中国からアメリカへわたる父子とも知り合いになっている。ここまでが全体の七割を超す長さである。

　後篇は日本（東京）に来てからの「宮城《きゅうじょう》」（皇居）や「靖国神社」を「参拝」するような体験

を通じて、当時国是となっていた「日本のよさ」（神国日本）を二郎が発見していく過程を中心に描いている。船中で出会ったアメリカ人父子と、街中で偶然出会う話も出てくる。太平洋戦争勃発＝真珠湾攻撃直後の刊行だから、アメリカ人と親しくなるのは、当時かなり違和感があったかもしれない。また来るべき空襲を予期したのか、耐火建築や防空壕の話も出てくる。後篇の長さは全体の三割弱である。

このように、『日本に来て』は『咲きだす少年群』と違って、登場人物は多いが主に偶然の出会いで、主人公二郎の恒常的な人間関係は、母と兄の一郎と東京の祖母だけである。時間的には、大連から神戸を経て東京に着くまでは四日間ほど、東京に着いてからはせいぜい四、五日ほどの内容である。石森は前書きに当たる「この童話をよむみなさんへ」で、「わずか十日間ばかりの二郎のことを書いた」と言っている。

2　なぜ小説でなく童話なのか

『日本に来て』は、新聞や雑誌に連載されたものの加筆・改訂ではなく、独立した作品であり、戦後の『石森延男児童文学全集』に収録されていない（戦後版がない）点で、戦中三部作の第一作『咲きだす少年群』と第三作『スンガリーの朝』と違っている。また、『咲きだす少年群』が「小説」とされていたのに対し、筆者は『日本に来て』を「童話」と呼び、以下のような前書きをつけている。

　　この童話をよむみなさんへ

けしきのよいところに住んでいますと、つい、そのけしきを見なれてしまいます。そうしてそのいいところに、気がつかなくなっていきます。

気候のいい、ながめのいい日本に住んでいるみなさんも、うっかりして、このいいところを忘れているのではないでしょうか。

けしきや気候だけではありません。

どうかすると、日本のりっぱな国がらのことさえも、ききなれてしまって、これが、あたりまえのように思いこんではいないでしょうか。

もし日本に生まれたために、日本でそだったために、かえって、日本のよさを見失うようなことがあっては、これこそ、たいへんざんねんなことでありましょう。


この童話「日本に来て」の中には、二郎という少年が出てきます。次郎は満洲で生れ、満洲でそだちましたが、こんど日本にうつることになりました。

初めて見た日本の山、川、町、家、なに一つとして、おどろかないものはありません。二郎は、日本という国の美しさと、日本の子どもとして生まれた幸せとを、しみじみと心に感じました。

そうして、日本の土地——東京に住むようになったことのありがたさを、いつまでも、忘れまいと深く考えました。

わずか十日間ばかりの二郎のことを書いたのですが、このあいだに二郎は、少年らしい心の苦しみを通りました。時には、がっかりしたり、時には、自分で自分をはげましたり、時には、まよったり。

どうぞみなさんも、二郎といっしょになって、ほんとうに「日本」のよさというものを考えたり、感じたり、求めたりしてください。

二郎に負けないだけの心をやしなって、このだいじな時代に、日本の子どもとして、はずかしくない道を見出してください。（後略）

本来なら「前書き」とすべきところを「この童話をよむみなさんへ」といい、さらに文中でもこれは童話であると、二重に断っている。『日本に来て』は内容からしても、童話というよりは小説に近いと思われるのだが、なぜ小説と呼ばなかったか。その理由は戦後刊行された『石森延男児童文学全集 14』の「あとがき」を見ると分るように思われる。石森はその中で「東京に来るといっしょに、（満洲日日）新聞連載の『モンクーフォン』（原題は「もんくーふおん」＝引用者注）は、中止することにした。役所で働くものは、小説など書いてはいけない、というきまりがあったからだ。つまり小説を書くことを、副職だとみなすわけだ。」といっている（同書三〇九頁）。ということは、「こども読み物」や「童話」ならさしつかえない、という意味だったのではなかろうか。

事実、石森は新聞連載の『もんくーふおん』を四〇回で中止し、これに大幅に加筆して、『咲きだす少年群（モンクーフオン）』として刊行したが、その後、この『日本に来て』を刊行するまでの間に、単行本だけでも『幼な児へのお話――母のために』（一九四〇年二月、横山書店、文部省推薦図書）、『生きようとする姿（満洲理科のお話）』（一九四〇年六月、修文館、文部省推薦図書）、『少年少女よみもの ひろがる雲』（一九四〇年十月、三省堂、文部省推薦図書）、『少年少女よみもの ふるさとの絵』（一九四〇年十月、三省堂）、『少年少女よみもの 燕たち』（一九四〇年十月、三省堂）、『ぶたにぼたん』（一九四一年六月、日本出版社）、『文章読本』（一九四一年十月、社会教育協会パンフレット）と七冊もの著作を刊行しているが、どれも「小説」ではない。『日本に来て』もこれらと同じように「童話」なのだ、と断ったわけである。また、三部作の第三作『スンガリーの朝』は最初『幼年倶楽部』に一年間にわたって連載されたが、これを改訂して単行本にする時、表紙と扉で『長篇童話・スンガリーの朝』とわざわざ二重に断ったのも、同じ趣旨であろう。

ところで、この前書き「この童話をよむみなさんへ」は、後篇（日本に来てから）にかかわること——日本のよさ・すばらしさの強調——を中心に書かれており、前篇（日本に来るまでの船中）のことにはまったく触れていない。ところが実際には前篇の方が量的にも質的にもずっと内容が充実しているといってよい。それなのに、表向きはあくまで「ほんとうに、『日本』のよさというものを、考えたり、感じたり、求めたりしてください」といっているのである。このいわば「食い違い」に石森の隠された意図があるのではないかと推測したくなる。

『日本に来て』という作品の何よりの特徴は、前作『咲きだす少年群』と違って、東亜新秩序の建設のような時局の問題や、それを体現した啓二のような人物が出て来ないことである。そのかわりに、子どもに対して啓蒙的な大人が出てくる。前半の日本へ行く船中に現れる「絵かきさん」がそれである。彼は芸術や教養・国際社会を体現したような人物で、戦後社会に出しても通用すると思われる。事実、洋は彼にかなり影響されている。

また『咲きだす少年群』は、「支那事変」（日中戦争）勃発による召集と戦死をめぐる定夫や麻子の想いや、さらに麻子の友人たちとの戦時下の結婚をめぐる話合い、さらに「北支那」で行っている啓二の仕事など、明らかに「大人の問題」がかなり含まれているのに対し、『日本に来て』には、そういう「大人の問題」は出てこない。その代りに、事変の戦乱によって行方不明になった身内の者を探しに出かけるという、大人にも子どもにも当てはまる大きな問題が前半に登場する。しかもそれが日本人ではなく、支那人（中国人）やロシア人・朝鮮人なのである。また満洲人（満洲の漢民族）は登場しないが、朝鮮人のほか、さらにアメリカ人が登場して、いずれもかなり存在感のある点が特徴である。

3　日本に戻るわけ

ところで、『日本に来て』の構想の一部は、『咲きだす少年群』の刊行以前に、その萌芽がある。第Ⅰ部で石森の論説「日本の子どもと大陸」の中に、『日本に来て』と関連のある個所が二つほどあると述べたが、その一つは次の個所である。

本年度あたりから、満洲生れの子どもが、初等教育を卒えて、中等学校へ入学するようになった。これらの子どもは、日本内地を知らない。いわゆる日本風土なるものには、育てられていないのである。……満洲のみならず、支那生れの日本の子ども、あるいは蒙古生れの日本の子どもが、ここ二十年たたずして、現れてくることであろう。

かかる異郷大陸に故郷を持つ子どもらに対する教育の仕方を改めて考慮するの用あるは、いうまでもない。一生一度日本への修学旅行をしたのみで、ただちに、本国日本への愛着が生まれるかのごとき錯覚を捨てねばなるまい。（「日本の子どもと大陸」『文部時報』661号、六頁）

第V部で詳論するが、満洲の教育では、いかにして在満日本人の子どもに「皇国民」（日本帝国臣民）としての自覚を持たせるかということと、いかにして満洲の風土に適応させるかということとが、「内地延長主義」対「現地適応主義」として絶えず問題になっていた。この物語の書かれた当時、政府部内で満洲に限らず「在外皇国民子弟に対して如何にして皇国の道に則る教育を徹底し、皇国民として遺憾なき人物を養成するか」という問題が討議されていた。『日本に来て』が刊行された約半年後、一九四二年五月二一日に決定された「大東亜建設ニ処スル文教政策答申」の中に「在外皇国民ノ子弟ノ為現地及内地ニ之ガ教育ニ関スル施設ヲ整備ス」という箇所がある。これについてもう敗戦の前年であるが、『文教維新の綱領』の「大東亜文教政策」の項で次のように論じている。

在外皇国民子弟に対して如何にして皇国の道に則る教育を徹底し、皇国民として遺憾なき人物を養成するか……その方策は在外皇国民子弟の教育の全部を現地でするか、それとも内地でするか、或いは其の教育の一部を内地或いは現地でするかの四つの場合しか考えられない。この中で前記各方面（大東亜建設審議会、帝国教育会、大政翼賛会、企画院などを指す＝引用者注）で論議されたところを概観すると、在外皇国民子弟の教育は、その学校教育の何れかの部分で必ず一度は内地に於てこれをなすべきであるというのが大体一致した意見のようである。然らば、それは何れの時期が比較的適当であるかと云うと、心身発達の最も著しい中等教育の時代であるとされている。（中略）実際問題として、満洲の如く二十箇年後五百万人の送出完了を目指して努力している所では、その中等教育を全部内地でやることは出来ない。そこで中等学校生徒中優秀な者を選抜して内地で教育するとか、中等学校の全生徒を在学中半ヶ年とか一ヶ年とか交代で内地で教育するとか、色々の方策並びにこれに伴う各種の施設が考えられる。（文政研究会『文教維新の綱領』新紀元社、一九四四年、三四九―三五五頁。傍線＝引用者）

『日本に来て』の主人公・二郎や、その兄一郎はまさにこの政策の目指すところを自発的に先取りして行っているかのように見える。もっとも彼らが日本に来る動機自体は別にあるのだが、作品の中で描かれている、日本に来てからの彼らの行動を見ると、何よりも「皇国民」にふさわしい心情や態度を身につけることが中心になっているのである。

『日本に来て』は、『咲きだす少年群』で啓二の示した方向とは、かなりかけ離れた作品である。主人公二郎は、大連で小学校を卒業した点では、『咲きだす少年群』の洋のその後の姿みたいだが、兄一郎の後を追って、日本内地の有名中学校に進学してしまうのである。将来どういう方向に進むのかについてもはっきりした見通しはない。満洲やアジア大陸との関わりは全く出てこない。もっとも内地の有名大学を出て、満鉄の上級社員や満洲国の高級官僚を目指すという可能性もあったろうが、そういうことには触れていない。

これは在満日本人の多くの家庭で行われていたことでもある。満鉄調査役の上田恭輔は、在満日本人教育における、満洲補充教材を重視した「現地適応教育」に疑問を呈して次のように述べている。

　在満邦人は、布哇《ハワイ》、亜米利加で産れ日本国籍を脱して外国人となる日本人とはワケが違ふ。飽くまでも忠良なる帝国臣民であり、母国の同胞と一分一点の相違の無い日本人に育て上げなければならない大責任を負ふものは即ち南満洲教育当局である。いくら満洲事情に通暁《つうぎょう》して居つても、偶《たま》ま母国に帰つて周囲の同胞から、彼奴は、満洲日本人だ、と指される様な人間が出来たならば、関東庁及満鉄の学事当局は将に慙死《ざんし》すべきである。（上田恭輔（満鉄秘書役）「満洲日本人小学校使用の教科書に就て」『南満教育』一九二六年七月号、二〇頁）

この上田の意見に対して、竹中憲一は、「上田が論拠とする点は、在「満」日本人の多くは永住を目的としているのでなく、大半が給料生活者で、いずれは「内地」へ帰国することになる。……多くの保護者は、機会があれば子女を「内地」の学校に入れたいという希望をもっており、「内地」の学校の受験科目と関係のない満洲補充教材は無駄であるという意見が強かったのである」と言っている（竹中憲一『「満州」における教育の基礎的研究・第4巻・日本人教育』柏書房、二〇〇〇年、二五六頁）。

この点では二郎の家庭もご多分に漏れないかのようである。もっとも二郎の父親は医者だが、戦地の病院に徴用されていて、二年半たっても一向に戻る気配がない。そこで母親が将来自立しなければならなくなった時――端的に言えば戦争未亡人になった時――に備えて、今のうちに実家のある東京で何か仕事を勉強して、父親が帰るまでに一本立ちになるくらいの力をつけておきたい。それに二郎も兄の一郎と一緒になった方が、お互いに励みになるだろう、という理由もある。二郎を内地の上級学校に進学させることだけが目的ではないということである。

次作『スンガリーの朝』は、逆に東京育ちの主人公の一郎が満洲へ移住するのだが、それは写真家である父親が戦地に徴用されて、なかなか帰ってこないので、母親が自立できるようにと、寫眞学校で勉強しに寮に入るので、その間ハルビンの妹夫妻に預かってもらうためである。この点では『日本に来て』の二郎と事情が似ているが、逆に満洲へ行こうという点では一見正反対に見える。だがこの作品で強調されているのは、日本を離れることによって日本のよさがわかる、ということである。関係は逆だが、満洲と対比することによって日本のよさがわかる、という点は両作品とも共通なのである。

このように、『日本に来て』と『スンガリーの朝』両作品は、啓二のような大陸志向から離れていると同時に、両者の中心的眼目は、一口に言って、アイデンティティとしての日本の焦点化である。在満日本人の教育は、ダブルアイデンティティ――「現地主義」と「内地主義」の対立――に悩むが、石森は結局「日本のそれに一元化」させることで「解決」――というよりは、「解消」したかに見える。『咲きだす少年群』では、子どもたちは「支那大陸を足場にして、東亜を建て直す」という壮大なことを期待されていたのだが、『日本に来て』での狙いは「現地」に適応する以前に、まず「日本的アイデンティティ」を確立せよ――日本のよさを見出せ――ということになりそうである。そうしないと「ミイラ取りがミイラになってしまう」かも知れない。ただしそれを、あでやかに、勇ましくではなく、穏やかに、内省的に行っているのが石森の手法の特徴である。

だが、この作品の前編、二郎が日本に到着するまでの部分は、日本的アイデンティティの発見とはちょっとかけ離れているように見える。冒頭にロシアの自然や人の美しさを語る絵かきが出て来たり、日中戦争下の爆撃で行方不明になった肉親を捜しに行く、中国人の少年や、ロシア人や朝鮮人の話、さらに行き先で危うく行き倒れになりそうになった少年を懇切に世話するアメリカ人医師の話などが、かなり大きなエピソードというより、むしろ物語の主体のようになっているのである。これは後で見るように、「日本の子どもと大陸」の中のもう一つの挿話がヒントになっていると思われるが、一見「日本のよさ」を見出すこととは逆のような話である。こういうことを先に出して、そのあとから「日本のよさ」を見出していくという構成は何を意味するのか考えさせるものがある。異民族との対等な交流を石森は重視していたからではなかろうか。そういうものに出会うことによって、二郎は日本独自のものを見出さざるを得ない所に追い込まれる。異民族異文化をめぐるリアルな体験が先にあって、そのあと東京に着いてからさらに「日本のよさ」を見出していくという構成になっている。

前篇　大連から神戸までの船旅で二郎が出会ったこと

（1）船中で出会った絵かきさん

物語は大連から神戸に向かう、汽船「ネ」丸の船中に始まる。前述したように、この本は題こそ「日本に来て」だが、実は物語の前半一九二ページ分が、大連で乗船してから神戸で下船するまでの話で、「日本の土地」に来てからのことは、その半分以下の後半七七ページ分に過ぎない。しかも目的地・東京に着いてから「日本のよさ」を発見する内容は、宮城（皇居）と靖国神社の参拝が中心で、当時としてはそれで十分意味があったのだろうが、現在から見ればまことに形式的で、内容に乏しい。船中の話の方がはるかに面白くて意味深いものがある。あるいはそこに、既に述べたように、この作品の狙いがあったのではないか、とさえ思われる。

船中で二郎は、まず同室の「絵かきのおじさん」と知り合いになる。この人からは、神戸で下船するまで、実に色々なことを教えてもらっている。まずおじさんの好きな色は緑だが、二郎の好きな色は黄色だということから、満洲に住んでいると自然に黄色と親しみ深くなる。満洲国の国旗は黄色が基調だし、満洲国の土の色は、日本の土のように黒くない、やはり黄色っぽいという話が始まる。二郎は土の色は世界中どこでも黄色だと思っていたのである。

次に教わったのは、人種の区別である。船中でたまたま出会った背の高い外国人を見て、二郎が「あの外国人、どこの国の人か、おじさんわかる?」ときくと「わかるよ」という。どこでわかるの、髪の毛で? 眼玉で? 鼻柱で?ときいても「いや」という。答えは「その人の使っている言葉を聞いてみれば、すぐわかるじゃないか」である。おじさんはその外国人と話して、アメリカ人だと確かめる。二郎にはできない芸当だった。

間もなくおじさんは絵かきだとわかり、母と一緒に彼の絵を見せてもらう。すると早速ロシアが出てくる。絵かきは川の絵を見せて、「これは、スンガリー(松花江)さ。その河をずっとくだって行って、ジャムス(佳木斯)へ出たときにかいたのさ。」という。母が、「これはかわいい絵ですこと。牛のお乳をしぼっているロシヤの少女でしょう?」と尋ねると、「まじめによく働いていたよ」と答える。さらにロシヤ人の墓にかざってあった天使の彫刻、教会堂の搭、ルパシカ(ロシア人の衣服)などの絵もあった。この物語にはロシア人婦人も一人登場するが、絵かきの描いた多くの絵を通じて、ロシア人に対する思い入れがまず強く現れている。だが、北満洲に行ったのに満洲人(漢民族)は出て来ないのである。

これらのやりとりに当たるものが、次作『スンガリーの朝』の初出版(『幼年倶楽部』掲載版)では、「ロシヤの人はよくはたらきますよ。そしてかみさまをたいせつにしますよ」という、おばさんのことばになって現れたり、お隣のロシア人の少女と親しくなったり、実景としてはロシア正教会のさまざまな行事が出てきたりする。『日本に来て』が刊行されたのは、ちょうど『スンガリーの朝』を『幼年倶楽部』に連載している最中だったから、自然にそうなったのかもしれない。もっとも『スンガリーの朝』の単行本版（＝改訂版）では、それがかなり変化しているが、それについては第Ⅲ部で触れることにしたい。

（2）上海まで父を探しに行ったチョンイの話

二郎はやがて二人連れで乗っていた、「支那人」（中国人）の少年・チョンイと朝鮮人の少女・シンリーと知り合いになる。シンリーは日本語がわからないが、チョンイは日本語がわかったからである。そして二日目に朝鮮半島南方の島々が見え出すころ、彼らの身の上話を聞くことになる。このエピソードは実に長く、この「童話」のほぼ前半を占めるほどである。この少年も孤児なのだが、『咲きだす少年群』の志泰に比べると実にたくましい。

チョンイの姓は隋で、年齢は後で分るが二郎より年下の十一才、山東省曲阜の出身である。父は茶商だが、生後まもなく母親が死んだので、隣で鍛冶屋をしている朝鮮人のリーさんの家にあずけられていた（彼の名前がチョンイと朝鮮語的に響くのもそのためかもしれない。漢字名は不明）。そのころリーさんの家では、娘のシンリーが生まれ、二人は兄妹のようになった。チョンイは生まれてからずっとリーさんの家で育ったせいか、「僕は朝鮮語が一ばん使いやすいんです」といっている。

チョンイが八つになって小学校に上がるころ、父は店をひろげるために上海に行くことになった。チョンイは父について上海に行ってもよかったのだが、リーさん夫婦はやさしかったし、シンリーもよくなついているし、馴染みの友だちもいることだから、小学校をおえて中学校に入る時に上海へ行くと約束して、リーさんの家に留まることになった。

だが、チョンイが十才の夏に支那事変（日中戦争）が勃発する。国内での戦争になれている中国人は、北京の附近での戦いにはそんなに驚きもしなかったが、やがて戦は上海に飛び火したのである。チョンイは父の安否を気づかって、手紙を書いたが返事は来なかった。上海では戦火によって、家が壊され人々が逃げ惑っているといううわさが流れてきた。チョンイはじっとしていられなくなって、一人であてもなく上海へ父を訪ねに行く決意をした。リーさんは、まずチョンイの父にいったんこちらへ帰ってもらって、一緒に上海へ連れていって欲しかったので、チョンイが一人で上海に行くのを初めのうち承知しなかったが、チョンイの熱心さにほだされて、ついに送り出すことになった。母親のように親切なリーおばさんは、マントーにつめの砂糖漬け、着替えの下着に、チョンイが父からもらった古い本二冊・『論語抄』と『唐詩選抄』など持ち物をまとめてくれた。

ここでいよいよチョンイは一人で上海へ旅立つのだが、これも「日本の子どもと大陸」にある、石森の体験がモチーフになったと思われるので、まずこちらを見てみよう。

さきに青島・上海・南京を旅行した時のことである。蘇州あたりから支那の女が乗りこんできて私の前に席を占めた。女は三つばかりの男の子を抱いていた。男の子は母に似あわず色が白かった。おそらく栄養不良のためではないかとすぐ察した。男の子は母に抱かれたまま車窓から外を見ていた。（中略）この女がどんな用で旅行するのか私はかたことの言葉で訊ねてみた。すると女は自分の夫を探しに南京に行くのだという。上海を自分とこの子だけはうまく逃げられたのだが、夫は行方不明になったのだという。それきり二人は話しも別にしないで何時間かすごした。（中略）もしも今、突然匪賊の襲撃があったとしたらどうしよう。私は誰よりもこの男の子を救ってやりたいと思った。私は旅愁の感傷からこんな同情心を起したのかもしれないが、この数日来大陸を旅し支那人の間に生活しているうちに、いつとはなしに彼らに親しみを持ち、憎めないものが芽生えたに違いない。私はそれっきりこの支那の女にも別れ、子供にも逢わずにしまったが、果たして夫にめぐりあったかどうか知るよしもない。（石森延男「日本の子どもと大陸」四―五頁）

石森は戦後『石森延男児童文学全集　8』の「あとがき」で「日本人は、中国へ侵入《しんにゅう》したときもずいぶんひどいことをしました。そのあとすぐ、わたしはそこへいってきました。」と書いているが、多分この時のことであろう。これが支那事変（日中戦争）の勃発が中国人にもたらした災害であることは明らかである。『日本に来て』には、チョンイの話を含めてこれに通ずる、というよりこれにヒントを得て創作されたような場面が現れる。そこには石森の中国人に対する同情のような心情が働いているように思われる。

チョンイは、曲阜からまず汽車で港（青島《チンタオ》）へ出て、船で上海へ向かった。船の中は、チョンイと同じように身内を尋ねに行く人でいっぱいだった。チョンイのそばには、ロシヤ人のおばさんと、朝鮮人のおじいさんが乗っていた。チョンイはまずおじいさんに話しかけた。おじいさんの子どもは上海の工場で働いていたのだが、こんどの事変で工場が壊れて、行方不明になったので、探しにゆくのだという。ロシヤ人のおばさんは、主人がやはり上海で洋品店を開いていたが、今回の事変が始まるとおばさんだけ大連に移り、主人は店があるので上海に居残った。それが音信不通になってしまったので、気になって出かけて来たというのである。チョンイは朝鮮語が分り、おばさんは支那語が少しできたこともあり、三人は互いに夫や子どもや父親のことを話し合った。

そのうちロシヤのおばさんが「誰が一番先に逢えるか」トランプの占いを始めた。だが、チョンイと朝鮮のおじいさんは「会える」と出たというのに、ロシヤのおばさんの夫については占いの途中で、おばさんは「縁起が悪い」といって、トランプを取り落してしまった。チョンイはおばさんを慰めようと思ったが、どうしていいかわからないので、風呂敷包みの中から『唐詩選抄』を取り出した。おばさんが「よんでちょうだい。どれでもいいわよ。」というので、チョンイは有名な杜甫の「岳陽楼に登る」を朗読した。

チョンイは、頁をぱらぱらとめくって、

「昔《シー》聞《オン》洞《ツン》庭《テン》水《シュイ》
今《コン》上《シャン》岳《ユオ》陽《ヤン》樓《ロー》
呉《ウ》楚《チュ》東《トン》南《ナン》坼《チ》
乾《チエン》坤《クン》日《ヂイ》夜《エー》浮《フ》
親《シン》朋《ポン》無《ウ》一《イ》字《ツー》
老《ラオ》病《ピン》有《ユー》孤《ク》舟《チョウ》
戎《ジュン》馬《マ》關《クアン》山《シャン》北《ペイ》
憑《ピン》軒《シイン》涕《ティ》泗《スー》流《リウ》」

と、よんだ。

（中略）

「どんな意味なのかしら。」

「景色のいい湖を見ながら、お友だちのことを思ったってさ。その頃も、やはり戦いがあって、国が乱れていたんだね。なつかしいお友だちからは、お手紙はちっとも来ないし、自分はもう年をとってしまって、おまけに病気になるし、こうして、いい景色を見ると、かえってさびしくなって、涙が流れたんだって。」

ロシヤおばさんは、この話をききながら、大昔にもやはり上海に近いところで戦争があったのかと思った。そのころも、今の自分のように、夫をさがしにあちこち歩きまわった人もあったろう。親をたずねたり、子をさがしたりした人もあったろう。そうしてみると、自分一人のことではない。同じような目にであった人々が、何百人何千人とも知れないほどあるのだろう。こう考えると、ロシヤおばさんも、少しは気がらくになってきた。

（『日本に来て』六七―六九頁。以下作品本文からの引用は頁数のみ示す）

ロシヤおばさんを慰められると思ってチョンイが朗読したわけではなかったが、結果は上々だった。こんなこともあって、「支那事変（日中戦争）」という共通の災難に翻弄されていることの三人はすっかり仲良しになった。

やがて船は上海に着いた。「ここに父がいるんだ」と思うとチョンイは嬉しくてならなかった。しかし、ロシヤ人のおばさんが、「きっと見つかるよ」とトランプで占ってくれたにもかかわらず、戦禍の上海では、やはりどうにもならなかった。

しかし上海という町は、そんな手がるにたずねる人をさがしだせるような小さな町ではない。それにふだんとはちがって、戦いのあったあとなので、町の様子もかなりかわってしまっていたし、人のいない家が多かった。城内にはいってから、通る人、通る人に、父のことをたずねてみた。けれども誰も知ってはいなかった。ほかの人のことよりは、みんな自分のことについて、どうしたらいいのか、それさえわからないような人たちであった。

(中略)

チョンイは、そのまま芝生の上に眠ってしまった。日がくれたのも知らなかった。月がでてくるのも知らなかった。

もしそこを人が通らなかったら、チョンイはそのまま死んでしまったろう。たとえ誰かが見つけても、ほっておけば、やはり死んでいったろう。しかしチョンイは、まだ命があった。夜がふけてから、そこを通ったロバートさんに救われた。ロバートさんは、医者で、

アメリカ人であった。（七二－七三頁）

それからチョンイは、医院の手伝いをしながら、ロバートさんの家で育てられることになった。『咲きだす少年群』では、余分の金があれば施しをするなど、人助けをする役を啓二が担っていたが、『日本に来て』では、アメリカ人のロバート医師夫妻がその役を果している。その後ロバート家の前で行き倒れになった人を、診察室に運んで手当をし、しばらく療養させてから送りだしたこともあるが、入院料を取るどころか、お金まで与えてやっているのである。まさに新約聖書に出てくる「善いサマリア人」を思わせるような話である。参考までに、「ルカによる福音書」第一〇章三〇節以下を見てみよう。

（「私の隣人とは誰ですか」という問いに対して）イエスはお答えになった。「ある人がエルサレムからエリコへ下っていく途中、追い剥ぎに襲われた。追い剝ぎたちはその人の服を剥ぎ取り、殴りつけ、瀕死の状態にして逃げ去った。ある祭司がたまたまその道を下って来たが、その人を見ると、反対側を通って行った。同じように、レビ人もその場所にやって来たが、その人を見ると、反対側を通って行った。ところが、旅をしていたあるサマリア人は、その場所に来ると、その人を見て気の毒に思い、近寄って傷にオリーブ油とぶどう酒を注ぎ、包帯をして、自分の家畜に乗せ、宿屋に連れて行って介抱した。そして、翌日になると、デナリオン銀貨二枚を取り出し、宿屋の主人に渡して言った。『この人を介抱してください。費用がもっとかかったら、帰りがけに払います。』この三人の中で、誰が追い剝ぎに襲われた人の隣人になったと思うか。」（聖書協会共同訳による。括弧内は引用者）

ロバート夫妻が苦難のさ中にあった中国人にとって、「善いサマリア人」のような隣人であることは疑いない。彼らはアメリカ人であるし、チョンイが去る時に新約聖書の「マタイ伝」（マタイによる福音書）を渡していることなどからしても、熱心なキリスト教徒ではないかと思うのが自然であろう。

石森はこの『日本に来て』を刊行した翌々年（一九四三年）の夏、キリスト教に入信している。娘の「のみち」はチフスに罹り同年八月六日病没する前夜、石森の妻の弟・岡藤丑彦の導きにより入信している。のみちの逝去の前日に、石森自身も入信しているのである（「年譜」『石森先生の思い出』二一三頁）。キリスト教自体が受難に遭遇していた戦時下のことであるが、義弟の岡藤は無教会派の伝道師であったということだし、内村鑑三の日曜講演会に誘われたが出なかったことを後で悔やんでいたとか、「お宅では、窓ぎわに立って、よく讃美歌の合唱をされた」

とか、伝えられていることから見ると、石森は以前からキリスト教への関心があったのではなかろうか（島津愛三「これくださいい」・芝村義邦「夏みかん」『石森先生の思い出』二四頁及び三九頁）。このロバート夫妻や『スンガリーの朝』における白系ロシア人の信仰の描写は、それを予示しているのではないかとも思われる。

さて、その行き倒れになった人と話して見ると、姓もチョンイと同じ隋で、しかも偶然父のことを知っているらしいことがわかる。「茶商の隋さん」の店の隣は薬屋で、隋さんのほっぺたにはほくろがあることまで知っていたので、チョンイは思わず叫んだ。


「ね、僕を、そこへつれてってよ。さ、すぐ、つれてってよ。」

チョンイは、隋の胸のところを両手で、しっかりとつかんだ。

「じょ、じょ、じょうだんではないよ。すぐなんて行けるもんか。行ったって、あのへんは火事のあとで、焼野原だよ。」

「火事?」

「あたりまえだ。飛行機から爆弾がおちりゃ、大火事になるじゃないか。わしは、おちてくる爆弾というものを、いくつもいくつもこの眼で見たんだよ。」

「じゃ、うちのお父さん、どこへ行ったの、どこへ逃げて行ったの、おしえてね、おしえて……」

こんどは、チョンイの方が、気ちがいのようになって、せがみだした。

「だめだよ、そんなにさわいだって。このひろい上海だ、わかるもんじゃないよ、でも、あの店は、ずいぶん大きかったから、すぐ火がひろがるまい。きっとうまく逃げたと思うよ。しんぱいしないで、よ。おれも、気をつけて、さがしてやるから。」

チョンイは、力なく両手をはなした。（八五―八七頁）

上海爆撃は、日中戦争の起きた年、一九三七年八月十四日、中国軍による租界爆撃があり、その後日本側も上海南駅などを爆撃している。隋は紡績工場で働いていたのだが、爆撃で焼けてしまったのだという。

元気を取り戻した隋がロバート家を出て行く時、チョンイは一緒について行って父を探したくなったが、また行き倒れになりそうな気がして諦めた。しだいに気が沈んで少しも笑わなくなり、涙もろくなっていった。ロバート夫妻はそんなチョンイを気遣って、二匹の飼い犬を散歩させたりして、気を紛らわして体を丈夫にさせようとしたりした。

ある朝風まじりの雨降りだったが、チョンイはやはり犬を連れて散歩に出た。雨にぬれるとかえって気が落ちついてくるのだった。しかし、ぐっしょり濡れて家に帰ると、「体を大切にしなければいけない。……おまえの体は、おまえだけのものではない。おとうさんのものではないか。」と、ロバートさんにきびしく叱られた。チョンイはそれから熱が続いて床についた。そこでチョンイは、風呂敷包みにしまっておいた論語抄をとりだし、相変らず難しくてよく分らないが、読むだけ読んでいった。

「言之不出《エンチープーチュ》、恥躬之不逮也《チイクンチイプータイエ》」ということも、すこしは、わかるようになった。ロバートさんは口かずがすくない。それは、このことばのように、へたに、口に出していっておきながら、そのことを実行しないようになってはいけないからなんだ。自分のいっていることと、やっていることとが、ちぐはぐになっては、いけないと考えているからなんだ。

（中略）

「見賢《チエンシエン》、思齊焉《スーローエン》、見不賢《チエンプーシエン》、而内自省也《ルヌイツーションエー》」というのも、これと同じことなのかも知れない。よいおこないを見て、ああしなければいけないということをおそわり、またわるいおこないを見て、あんなことをしてはいけないのだなとおそわる。ロバートさんが、ああして人に親切にしてやるのを見ていると、いつかしら、自分もそうしなければならないようになってくる。口でかってなことをいわないで、だまっていても、いいことをしていけば、それで、楽しい一日をすごすことができるんだ。でも、こんなことばもある。

「知之者《チーチーチエ》、不如好之者《プージュハオチーチエ》、好之者《ハオチーチエ》、不如楽之者《プージュローチーチエ》」

りくつでわかって、それをやるよりは、やらねばならぬと思って、やる方がえらいというのだ。それよりもっとえらいのは、だまっていられなくて、いいことをやりだすというのである。しかしほんとうのえらさは、やろうとか、やらねばならないとか、そんなことのためにやるのではなくて、しぜんにやりだすということにある。

昔の先生が、こういっていることは、チョンイには、どうもよくのみこめなかった。よくわからなくても、これらのことばが、いかにも大きくて深いものだという気もちがした。ありがたいその孔子先生が、チョンイのふるさと曲阜に祭られてあることは、誇の一つであった。（九二―九五頁）

ロバート夫妻の献身的な生き方に感動したチョンイは、自分の生き方を論語の格言によって問い直そうとした。正しい暮らしを自分なりに切り開いていくことが、「（孔子）先生にお礼を申しあげることになる」し、父にも喜んでもらえることになるはずだが、父は一体どこにいるのだろうか。いつまでもロバートさんのところで世話になっているわけにもいかないし、ロバートさんは「お父さんをさがしにでかけてみては」と言ってくれてもいるのだが、このまま出て行ってしまうと「恩知らず」といわれてもしかたがないと、チョンイは思い悩むのである。

ある日、やはり上海の「火事」のとき隣の家の煉瓦塀が倒れてきて下敷きとなり、両足をはさまれたのをロバートさんに助けられた、ハン・ウエンタという中国人の少年が礼を言いに来た。年齢はチョンイと同じ「十一」だという。ウエンタは叔父が茶商だというので、父のことを知っているかも知れないと思ったチョンイは、彼に連れられて、四馬路にあるウエンタのおじの家に行った。立派な茶商の店だった。ウエンタの取次で、チョンイの願いを聞いた叔父はこういった。

「隋さんは、わしも知ってはいるが、私のところとは、そんなに取引はしていなかったんだよ。何せ、上海だけでも茶店の数が、何十けんとあるんだからね。（中略）しかし、同じ商売なかまだ。君のような子どものいるということであれば、わしも、これから気をつけておいて、さがしてあげるし。まあ、しばらく、ロバートさんのところにいて、うちのウエンタと、いっしょに働いておくれ。」（二〇六―二〇七頁）

チョンイは観念せざるを得ない。

考えてみれば、こんどの事変で、何千という人、何万という人が、みるみるうちにこの世から消えていってしまったんだ。ちりぢりばらばらになってしまったんだ。してみると父の行方《ゆくえ》をさがして歩くなどということは、いくらでもあるかもしれない。

上海にくるときの船でも、みんな親しい人をさがす人ばかりが乗っていた。それもうまくさがす人が見つかれば、よほど幸運な方で、たいていは、みな別れてしまうのがあたりまえなのだ。みんなが親切にさがしてくれるといっていながら、さがせないのだから、ひょっとすると父は、ほんとうに、どこかで死んでしまっているのかも知れない。（二〇七頁）

石森は勇ましい戦闘場面や、手に汗を握るようなサスペンスのある場面は書いていない。これは一九四一年から刊行された、太平洋戦争下の第五期国定国語教科書の教材を執筆したときもほぼ同様である。ただし、『日本に来て』の一年余り前に刊行された『ひろがる雲』の「静かな古戦場」には、すさまじい白兵戦の様子が少し出ているが、むしろ日中戦争の結果、中国におけるふつうの市民に、どんな被害が及んだのかを淡々と描いている。別に戦争の批判はしていないが、こういう箇所だけ見ていると、一種の反戦文学ではないか、と思わせるようなところがある。

こうしてロバートさんのもとで働いているチョンイに、やがて曲阜のリーさんから手紙が来た。シンリーにふるさとの朝鮮の慶州をいちどみせてやりたい。慶州にはシンリーのおばがいて、ぜひ旅をさせてよこせ、といって来ている。だから慶州までシンリーについて行ってほしい。それにチョンイの父といちばん仲のよかった茶商の高という人がヨコハマにいるから、朝鮮から帰るついでに日本内地に寄ったらいいという、少年にとっては誠に壮大な旅の話である。

この手紙を見てチョンイは悩んだ。育ての親であるリーさんのいうことに嫌とはいえないが、曲阜から慶州、さらにヨコハマまでは遠いし、それにこのままでここを去るのは、難場を救ってくれたロバートさんに対して、恩知らずになってしまうのではないか、と。するとロバートさんは、「そりゃ、チョンイ君。行った方がいい。」とわけもなく言った。

「遠いには遠いけれども、小さいうちに、旅をするということは、一つの強みだ。わしなんかも、太平洋をこえて、ここにいるじゃないか。これからの子どもは、もう、できるだけ歩かなくちゃ。リーさんって、なかなかおもしろい人だ。」

チョンイは、いよいよ曲阜のリーさんのところにもどることになった。（一一四頁）

チョンイの持ち物は、やはり風呂敷包み一つで、あの本二冊と少しばかりの衣服、それにロバートさんから、旅をするなら写真がいちばんいい思い出になるからと、小型の写真機をもらった。ロバート夫人は、ごく薄い本「馬太伝」（新約聖書「マタイによる福音書」）を手渡してくれた。

「ロバートおばさん。この本なにが書いてあるの。」

「昔の古い本ですよ。ずいぶん古い本ですけれども、書いてあることは、いつもいつも新しいことなんです。どうか、なくさないで、持っていてちょうだいね。」

「いただいてまいります。」

まだ少年ではあるが、チョンイは石森がその生き方や教養を評価した中国人の、ほとんど唯一の事例ではなかろうか。『咲きだす少年群』では白系ロシア人のユリヒーやその家族は、その教養や文化が評価されているが、中国人で登場するのは怪しげな王だけだし、「満洲人」の志泰やその家族は、憐みの対象でしかない。それに対して、チョンイは主体的には儒教を基本としながら、僅かでもキリスト教（マタイ伝）に触れることになる。チョンイにマタイ伝をくれたロバート夫人の、「古い本だが、書いてあることはいつも新しい」とは、論語と聖書の両者に通ずることであろう。カトリック布教の最初の中国伝道者利瑪竇《マテオリッチ》（一五五二～一六一〇）は、四書五経を研究し、ラテン語翻訳・注釈をした上、孔孟の道（儒教）とキリスト教との融合を主張したという（平川祐弘「マッテオ・リッチと『敬天愛人』」『文明21』4号、二〇〇〇年三月、一三六頁。蘇冠維「異文化理解の（不）可能性」『跨境　日本語文学研究』第16号、高麗大学校GLOBAL日本研究院、二〇二三年六月より再引用）。これがチョンイにそのまま現れるとは考えにくいが、何となくそんなことを連想させるものがある。

チョンイは無事曲阜に戻って、リーさんに会い、シンリーを連れて再び旅立ち、青島から大連に渡り、今こうして日本に向う船に乗っているのだという。絵かきのおじさんが、お父さんはまだ見つかっていないのかときくと、チョンイは「そうです。今でも、きっとあえるような気がしているんです。」と答えて、身の上話を終えた。

(3) 二郎の反省——誇れるものが自分にあるか

チョンイの長い話を聞いて、夜も更けたので、めいめい船室に戻ったが、二郎はこれからのチョンイの身の上のことを考えると、中々眠れなかった。

二郎は……チョンイの……今までの身の上話が、自分などにくらべると、ずいぶんいろいろなことがあって、まるで大人のようなことを知っていたり、やったりしていたことにおどろいた。今までは、満洲人の子どもを見ても、支那人の子どもを見ても、なんだかのろのろとしていて、少しも自分で、ものを考えたり、進んでやったりすることをしないように見てきた。それはなかのいい満洲人も支那人もいなかったから、二郎に《ママ》はよく知らなかったのかも知れない。こんどチョンイにであって、その身の上話をきいて、感心してしまった。いくらお父さんをたずねるにしても、遠い曲阜から上海までよく一人でいったものだ。上海で、さびしがらずに働いていたものだ。こんどはまた、支那から朝鮮へ、日本内地へと、シンリーをつれてよく来られたものだ。その意志の強さとそれをどうにかこうにかやりとほす勇気にも感心した。シンリーをかわいがるそのやさしさもえらいと思った。

いったい自分は、チョンイにくらべて、どうだろう。自分は一人で旅行ができるかしら。大連から、東京まで行くにも、一人では、どうしても行けないので、お母さんが、ついてきているではないか。チョンイにくらべて、自分のすぐれているところは、いったいどこにあるのだろう。（一二〇―一二二頁）

これまで見下げていた「支那人」・「満洲人」の子どもに実は敵わないのだと知って、二郎は深い悩みに陥る。日本人は東亜諸民族のリーダーだと、いつもいわれているのに。実際、同じ漢民族の子どもでも、『咲きだす少年群』の志泰と、『日本に来て』のチョンイとでは、これがほぼ同じ年齢の子どもかと驚くほど異なっている。チョンイは何よりも行動力・生活力があるし、語学力もあり、親を探しに行く旅に、『論語抄』や『唐詩選抄』を携えていくなど教養も深い。

二郎の悩みは決して二郎だけの問題ではない。「満洲人」を見下げる偏見は、在満日本人の子どもたちにとって根深い歴史がある（もちろん大人たちの問題でもあるが）。遡れば、幣原坦が満洲の植民地教育に第一に求めた「母国人が土着人に卓越せる位置及品位を保持せねばならぬ」に発しているといえよう（幣原坦『満洲観』宝文館、一九一六年、一八頁）。

満鉄は「附属地小学校児童訓練要目」で「現地適応主義」による教育を行おうとしていた。その中心は「身体的・精神的鍛錬による土地への適応」と「満洲に親しむ感情の育成」である。だが竹中憲一によれば、これに基づいて付属地小学校の教師たちの建てた訓練要目では、「生徒に《現地》を理解させることを基礎として、中国人とどのように接すべきかという表面的方法は教えても、中国人との人間的ふれあいの必要性までは求めていない。実際、日本人生徒が中国人と接する機会は非常に少なく、むしろ遠ざける存在としてあった。（中略）日本人児童は、中国人に対し《不潔》《無知》《窃盗》《貧困》といった意識をもって遠ざけ、中国人児童も日本人に対して《傲慢》《不正》《暴力》《支配》といった意識をもって遠ざけ、お互いの交流はほとんど皆無であった。」と指摘している（竹中憲一『「満州」における教育の基礎的研究 第4巻 日本人教育』、柏書房、二〇〇〇年、一八七―一八八頁）。

二郎は、「なかのよい支那人や満洲人」がいなかったので、彼らの優れた点を見いだせなかったのではないかと反省しているのだが、それはこういうことと関わりがあろう。しかし租借地大連や満鉄付属地などでは、住居も学校も違っており、中国人と接触すること自体そう容易ではなかったのではなかろうか。

チョンイに圧倒された二郎は、自分のほうがすぐれていそうなことを、片端から思いめぐらし始める。体はチョンイの方が背が高く、体重もかなわない。学校の勉強はどうだろう。ことばにしてもチョンイは英語・朝鮮語・日本語・支那語が自在に使える。自分は事実上日本語しかできない。この点は多くの在満日本人のコンプレックスでもあったろう。

そこで二郎は自分が自慢できるようなことを挙げてみる。まず母がてほどきをしてくれたおかげで油絵が描ける。ピアノも幼稚園のころから習っていたからかなり上達している、とちょっと得意になりかけたが、思い直してみると、ピアノも油絵もどこから来たのか。弾く曲にしてもみな外国から来たものだ。つまり「よその国のまねごとにすぎないじゃないか。いくら上手になったところで、外国人のあとをそのまま追っていただけの話ではないか。そんなことで、日本の子どもとして、いばれるのか。……」と思い悩むのである（一二〇―一二六頁）。異民族異文化との接触によるアイデンティティ・クライシスともいえよう。

そこで日本独自の誇るべきものといったら、国語読本に出ていた、源氏物語とか、古事記とか、万葉集とかを思い出して、これこそ誰にも負けない立派なものだと考えた。だが身の上話の中で、チョンイはいつも論語と唐詩選という二冊の本を、たとえよく分らないにしても持っているといっていた。しかもどちらも日本に伝わって、大いに教えられた本だ。しかし自分は誇るべき本を何も持っていない。では城はどうだろうか、日本刀はどうだろうかと、日本の国にあるものと、支那の国にあるものとを、知っているだけ比べてみた。だが結論は出ない。そもそも自分とチョンイとを比べるのが、ことの起りなのだが、今のところ、チョンイの方が、なにかにつけて自分より実力がありそうな気がしてきたのである。

二郎はイライラして落ちつかなかったが、ふと「国史」に思いが飛ぶと、急に身も心も引きしまるような気がしてきた。

（前略）

僕は、日本の子どもだ。

りっぱな国史を持っている日本の子どもであった。

どの国にもない美しい国がら、
世界中どこの国にもない勇ましい国、
この日本に生れて来たのだ。
僕のその体の中には、日本人の魂が、ちゃんとはいっているんだ。
誰がなんといっても、僕のこの体を切れば、日本人の血が流れ出るのだ。
さくらの花を見れば、ほんとうにきれいだなあと思える日本人なのだ。
富士山を見ても、神々しいなと感じられる日本人なのだ。
「君が代」のうたを歌えば、しぜんに頭がさがってくるのだ。
ありがたい、天皇をいただいている国民の一人なのだ。
（後略）（一三五―一三六頁）

挙句の果てには、「自分は日本の国民であるということを心から喜ぶ心がすべての基になるのだ」と、いわば血統ナショナリズムに安心立命を得る、ということになるのである。もっとも、二郎が国史にひかれていく過程には何かわざとらしさがある。石森はそれを冷ややかな目で見ているように思われる。日本独自のものにはこんなものしかないのかと。
チョンイの直面した、儒教やキリスト教は時代や民族を問わず受容が可能だし、万葉集や源氏物語も輸出できる。だが、皇国史観は日本人にしか、さらに言えば戦時下にしか通用しない。むろん二郎はそんなことには考えが及ばない。これは学校における国史や修身の教育の成果、ということになるのであろうが、いささかとってつけたような感じがなくもない。これを見ると、石森の教科書編輯部着任後間もない頃、『南満教育』に載った次のような文を想起する。

在来の教育は国際的精神の涵養と云うことに非常に無関心であった。のみならず稍もするとこの精神を傷つける様な偏頗な愛国心を鼓吹せる傾向が強かった。

即ち、国史の教育においては国体の自慢であった。先ず第一番に、万世一系から、金甌無欠を説き、世界無比を高潮して、徒に児童の血を湧かし、愛国心の涵養に努力したものであった。然し、斯かる愛国心は稍もすると外侮の念を馴致するもので、単純にして無邪気なる児童の頭には独尊の感情のみ養成されて、戦争でもすれば何時でも神風が吹いて来て外敵を絶滅し得る事と考える様になる。

斯くして児童の国際精神は養成されぬのみか其の萌芽まで摘み取られて来た。

自国民を以て選ばれたる国民として自尊傲慢に陥ることは今後の国民教育の上に避けしめねばならぬ。（川村彦男（大連大正校）「親善への教育」『南満教育』一九二七年一月号）

これはまだ大正デモクラシーの影響下での論と思われるが、二郎の「国史」の発見は、この川村が憂えたようなものだったのではなかろうか。まさに万世一系から、金甌無欠《きんおうむけつ》を説き、世界無比を高潮して、児童の血を湧かし、愛国心を涵養する皇国史観が、一種の麻薬のように働いたのであろう。

（4）初めて見る日本――カルチャー・ショック

大連を出て三日目の朝、船は門司に着いた。チョンイとシンリーは、ここで降りて、下関に渡り、関釜連絡船で朝鮮へ行くのだという。二郎はこの先神戸まで行くのだが、初めての日本内地にちょっと上陸してみた。

……町にでると、バナナを売っている露店が、たくさんならんでいた。売っている人が、みな日本の女の人なので、二郎には、それがふしぎでならない。というのは、満洲では、露店などの売子は、たいてい満洲人であった。それもみな男の人であった。二郎は日本の人は露店などをするものではないと、いつのまにか思いこんでいたのである。

それよりもっとふしぎに思ったのは、人力車をひっぱっているのが、日本人であったことである。ふしぎに思ったというよりは、驚いてしまった。この人力車をひいているのは、どちらかといえば、おじいさんに近い人であった。

海に近い運送店で、大きな荷物を背負って、働いているのもやはり日本人であった、天びん棒をかついで、野菜を売りに歩いている人も、日本の女の人であった。

「みんな日本人ね。」

と、思わず二郎は、お母さんにきいた。

「そうですとも、ここは、日本内地なんですよ。」

お母さんは、こういったけれども、二郎には、少しもわけがわからなかった。日本人でもあのようにして働こうと思えば、男でも、女でも働けるのかしら。それだのに、なぜ満洲にいる日本人たちは、こんな働き方をしないのかしら。怠けているのかしら。遊んでばかりいるのかしら。（一四六―一四七頁）

いや、そんなことはない、と二郎は考える。自分の父は病院で働き、朝から晩まで研究していた。近所には鉄道会社で測量の仕事をしていた人、放送局に勤めて働いていた人もいる。みんな、国のためにやらねばならないことをしていたのだ、と思われる。働くということが、日本内地の日本人の場合と、満洲にいる日本人の場合と、少し違っているのではないか。満洲にはない日本人の働き方が、内地には思いがけないほどたくさんあるということが、二郎には不思議なのであった。日本と満洲との違いに初めて直面して、日本人ならあまりにも当たり前のことに、ショックを受けたのである。これは、修学旅行などで日本内地を訪れた、在満日本人の子どもによくみられたことだと言われている。

たとえば、一九二五年（大正十四年）のこと、ある小学五年生だった子どもが、「母国見学団」に参加して日本に行ったが、「人力車を引いている小父さん、ヨイトマケの小母さんら（肉体）労働に従事しているのがみんな日本人であることを知って、またびっくり。……大連の港で船に乗り込んできた中国人の顔を見、声を聞いて、ああ、やれ帰って来たのだとホッとした」という記録がある（満洲公主嶺小学校同窓会『満洲公主嶺――過ぎし四十年の記録』、一九八七年、一七九頁）。周囲を他民族で囲まれながらも、自分は労働をしない人種で、周囲の他民族がみんな代りに労働してくれているという環境に、見事に適応してしまったことを示している。そういう環境でないと落ち着けなくなっているのである。

二郎は門司の街を山の方まで上がってみて、「ネ」丸に引き返すと、上陸して受けたショックや疑問は、船中に戻って絵かきさんと話をすることによって、少しずつ解消されていった。満洲では力仕事は、満人の苦力が大勢いて、やってくれるから日本人がやらなくて済む。だが日本人も、満洲の奥地に行けば、力仕事をしながら、新しい農村を築いている。大人もいるが少年たちもいる。農作業をしながら、勉強もしている。頭の力と腕の力の両方なんだ。確かに力仕事では、日本人は満人に敵わない。その代わり、知的な労働は日本人が担当している。だからと言って、日本人が、満人より優れていると早合点してはいけない。それぞれ大事な職場をもって、全力を挙げているのだから、と絵かきさんは二郎が納得のいくように説明してくれたのである。（二五一―二五五頁）

実際には、開拓団や青少年義勇軍と、現地の農民との間には、土地をめぐってしばしば大きな問題があったのだが、労働そのものに関する限り、一応絵かきさんのいう通りだろう。そこで「修身」の時間に、労働に貴賤はないと習ったことが、二郎には初めて納得できるように思われたのである。これまで現地民族の肉体労働を、何となくさげずんで見ていたことを、日本の土地を踏んで初めて「反省」したというのだが、むしろ「発見」したというべきであろう。だがこのように倫理的な問題に解消してしまうと、植民地支配者と被支配者との間の差別の問題が、見えなくなってしまうのではなかろうか。

船は瀬戸内海に入っていく。二郎は、甲板を通る人を片端からクロッキーしている絵かきのおじさんと、様々なやりとりをする。まず国語読本の朗読をし、それからおじさんにクロッキーの要領を学ぶ。絵かきのおじさんは、二郎にとって一種の批判原理として現れている。今度東京の中学校に入って、何を勉強するつもりかときかれ、何ということはない、「うんと勉強するのさ」と二郎が答えると、「なんの目あてもなしに、勉強したって、そりゃ生きてこないぜ。……点取り虫みたいになって」と批判される。

それじゃおじさんは、何のために絵を描いているのか、と二郎が問うと、おじさんは、油絵で素晴らしいものを描き上げたい、油絵はもともと西洋のものだが、西洋臭くない、日本らしい油絵を描きたいのだという。それなら日本画ですればいいじゃないかと二郎が逆襲すると、日本画で日本らしいものを表すのは、当たり前だ。そこを西洋画でやるところに新しさがあるのだ、と絵かきは答えるのである。これは在満日本人のみならず、日本社会における教育の在り方への批判でもあったろう。(一六六―一六七頁)

二郎は東京に着いた後、兄の一郎からも勉強することの意義について説諭されるのだが、それは絵かきさんのそれとは似て非なるものだった。

(5) アメリカ人父子の話を聞いて

船は瀬戸内海を航海していた。戦地から内地へ送還されてきた負傷兵が、軍歌を歌っていた。それを聞きながら二郎と母がいろいろ想像しているところへ、絵かきのおじさんがやってきた。「ネ」丸の船中にはロシアの話は出て来たものの、実際のロシア人はいなかったが、アメリカ人の父子が乗っていた。二郎は残念ながら話ができなかったが、絵かきさんは英語が話せるので、息子のヘンリー君がこれからニューヨークの学校に入る、同行の父は息子・ヘンリーを学校へ入れたらまた満洲へ戻るのだということを聞きだしてきた。この一組のアメリカ人は、上海のロバート夫妻のキリスト教的献身とはまた違った、もう一つのアメリカ人の特質を現わしている。科学技術と気宇壮大さである。

ヘンリー君は科学技術に興味を持ち、ラジオの器械が大好きだが、今度はテレビジョンの時代にしてみせる、という希望に燃えているそうだ。絵かきが、テレビもいいが天然色にしなくちゃ、といったら、ヘンリーはにこっと笑って、それが何よりの研究目的だと答えたそうだ。「天然色のテレビジョンが生まれたら、世界のニュースというものがどんなに変るかしれないなどと、いばっていたよ。」と絵かきは言った。この辺は、『咲きだす少年群』の「すみ子」が、アメリカへ行って天然色写真を研究したいという話につながるものがあるが、ようやくテレビの元祖が生まれたばかりの段階でこういう構想を大まじめで持てる子どもと、親子が太平洋を隔てて住んでいても平気だという親と、これも日本人にはなかなか真似のできない、アメリカ人ならではの、先進的科学技術と気宇壮大さのように二郎には映る。このアメリカ人父子とは、後に東京の真ん中で偶然出会うことになる。

英語も話せる絵かきのおじさんが、西欧文明を消化して日本文化を相対化できたのに対し、二郎は即自的に日本的なものを絶対視する傾向をもっているように感じられる。これはあるいは太平洋戦争に向かって急転回していく時代の動きに対する、石森なりの危惧と憂いの表明だったのかもしれない。石森がどう思っていたかは別としても、実際に当時の日本は、B29爆撃機に対して竹槍と火叩きで立ち向かおうという、精神主義に陥っていたことは確かである。教育においては二郎のような子どもを育てようとしていたのではないか。好むと好まざるとにかかわらず、石森はまず、そうした当時の風潮の実態を考察していたのではなかったろうか。

後篇　日本に着いてから

(6) 神戸から東京へ——日本の「すばらしさ」を発見する

船が神戸に着いて、絵かきのおじさんと別れると、ちょうどよく東京行きの特急列車に乗ることができた。二郎は熱心に窓外を眺めた。「日本の土地を、今、走っている」と思うと、見るものが皆珍しく新しかった。朝の雲・畑・小路・野原も皆きれいだ。青々と伸びている麦は、この季節の満洲では見られない光景だ。

ときどき鉄橋を渡る。川には水が流れている。川だから水が流れているのはあたりまえの話なのだが、満洲にはそれがなかった。たまたま雨がふると、川に水が流れた。しかしその水は、泥水のように濁っていた。

そんな川しか見なかった二郎には、日本の川が、水道の水を流したようにすんでいるのがもったいないほどうれしかった。川の岸に生えている雑草も、光っていた。川も美しかったが、二郎が、どきもをぬかれたのは、富士の峯であった。富士の写真を見たこともあり、絵を見たこともあり、富士山をうたった歌をなんども読んだことはあった。しかし、目に見た富士山は、まったくすばらしくて、なんともいえない。(一九七―一九八頁)

だが東京について、市内電車に乗り、目指す街に着くと、こんどは逆の印象を持ったのである。

道がせまくて、歩いていったかと思うと、すぐどこかの道につきあたったり、道がまがっていたりする。どうしてこんなせせこましい不便な道をこしらえたのだろう。満洲

の町の通りのように、ずっと向こうまで見とおすことができるところから見ると、まるで鼻がつかえそうな気がする。(二〇一頁)

これが二郎の東京の第一印象であった。だが、おばあさんの家に着くとまた別の印象を受けた。第一縁側が珍しかった。冬もこたつや火鉢で間に合うのだという。大連のようにスケートは出来ないけれど。

おばあさんの家に落ちついた二郎が、まず兄の一郎と一緒に靖国神社を参拝に訪れると、また違った印象を持ったのである。

九段坂をのぼって行くと、お堀が下の方に見えた。どてには、青い草が生えていた。そばに立っている軍人会館のたてものが、美しく見えた。昨日、おばあさんの家に行くとき、東京という町は、なんとせせこましいところだろうと思っていたが、今、この九段坂を歩いて、あちこち眺めてみると、そんなせせまい気はしなくなった。(二三一頁)

東京の「よさ」の発見の始まりである。二郎はこれから次第に、東京の――日本のよさ、素晴しさに魅かれていくのである。

靖国神社の大鳥居を潜り、大村益次郎の銅像を見ていると、兄の一郎が「ここを拝んだら、宮城前へ行こう」という。この何気ない言葉が、二郎には大きく響いた。「一生に一どでいいから、靖国神社を拝みたいという人が、満洲にはたくさんいる。その上にまた宮城を拝むということはあんまり感動することが多すぎて、もったいないのである」と感じたというのである。まさに小学校優等生にふさわしい、「忠良ナル臣民」ぶりを示している。

この前後に書かれたと思われる、『スンガリーの朝』の初出版（『幼年倶楽部』一九四一年八月号連載分）には、主人公の一郎が満洲国ハルビンの学校に転入すると、東京のことをききながら、明治神宮も靖国神社も、どんなに神々しいお社だろう、という子がいたり、二重橋はどんなに立派だろう、写真では何度も拝んだことがあるが、一度本当に拝みたい、という子どももがいたりするのが、これに対応しているといえよう。もっとも、改訂版（一九四二年八月刊行の単行本）になると、「靖国神社の大鳥居は、大きいだろう。高さは何メートルあるの」といった、子どもらしい質問に変って、「神々しさ」などは消えている。

靖国神社の参拝をすまし、市電に乗って宮城（皇居）外苑を通って来ると、「青少年義勇軍」に出会った。二郎とは反対に満洲に行く人たちである。石森の戦中三部作で義勇軍が出て来るのはここだけである（『マーチョ』にもごく簡単に出てくる）。二郎は映画で義勇軍が家を造ったり、畑を起したりする所を見たという。そして「あんなにして力仕事をするということが、えらいんだということがわかった」というと、兄の一郎も「それは、やっとこのごろわかったのさ。満洲にいると、力仕事のありがたさということがわからなくなりやすい。日本でも、こんな都会にいると、なおさらそうなってくるね」と応じている。

ここで二人は、二郎が船中で逢ったアメリカ人父子と、偶然再会する。二郎は言葉が分らないので、ただ笑っていると、父親の方がこんなふうに日本語で話しかけてきた。

「ワタシモ　トーキョーニ　キマシタ。
コノ　コドモニ、ミセマス。」

と、ゆっくりといいながら、子どもを指さした。

（中略）

「ワタシ、アシタ　ヨコハマ　カラ、アメリカニ　イキマス。
アメリカノ　バンチ　ココデス。オテガミ　クダサイ。」

といって、一枚の名刺をだして、二郎にわたした。（中略）二郎は、その名刺を一郎に見せて、

「兄さん。この人たちね、船でいっしょだったんですよ。アメリカの人なんだって。僕

たちの住所もおしえてあげようよ。」

とたのむと、一郎は、英語で話しかけた。なんといっているのかわからないけれども、アメリカ人のお父さんも子どももにこにことした。そうしてさも昔から知っている人のように手をだして、握手をした。こんどは、二郎の手をにぎろうとした。（中略）

「アナタノ　ニーサンガ、オテガミヲ　オクルト　イイマシタ。ワタシタチモアゲマス。

ミンナナカヨクシマス。」

一郎が、子どもに、またなにか話しかけた。

（中略）

「兄さん。今、どんなお話をしたの。」

「日本の草花の種子を送ってあげようといったのさ。すると喜んでね、ぜひ送ってくれというんだ。アメリカの花の種子も。きっと送るってさ。」（二四七―二四九頁）

刊行された時期が時期だけに、アメリカ人のいう「ミンナナカヨクシマス」には重い意味が込められているかのように読めるだろう。この少し後に二郎と一郎はこんな話をしている。

「ね、兄さん。さっきのアメリカ人の子どもね、ニューヨークの学校にはいるんだって。

なんでも電気の学校だってさ。そうして、テレビジョンの天然色をやりとげるんだって、絵かきのおじさんが、いってましたよ。」

「テレビジョンか。そいつはいいな。

日本ではまだあまりテレビジョンはつかわれていないけれど、アメリカではかなりつかわれているし、その天然色の方もぼつぼつやりかけているからな。」（二五〇頁）

ここにも『咲きだす少年群』で、すみ子がアメリカで天然色の写真を研究したいと、いっていたのに通ずるものがある。軍国主義・超国家主義とアメリカの先進技術への関心との不思議な共存がある。石森の戦中三部作・戦後三部作を通じて、アメリカ人が登場するのはこの『日本に来て』だけである。しかもこの本は、太平洋戦争勃発の当日印刷されて、三日後に刊行されたのである。

実は太平洋戦争勃発までの日本社会は、アメリカ的なものに対してむしろ好意的だったのだ。昭和に入って生活はぐっとアメリカナイズされた。電化製品は生活を快適にし、デパート・カフェ・ジャズ・映画などのアメリカ文化が、なくてはならない娯楽となった。この『日本に来て』がアメリカとの激突がもう間もなく始まろうという時期に書かれたことは確実なのだが、アメリカに対する憧れのようなものが、戦前昭和の一般的な社会的風潮としてあった。これは児童文化でも同様だった。たとえば、太平洋戦争が起こるまで、漫画映画「ポパイ」のシリーズは、子どもたちに絶大な人気があった。

太平洋戦争がはじまると、突如「鬼畜米英」という政治的プロパガンダに、日本国民は戸惑った。昭和戦前期を通じて形成された親米感情は、途絶えることなく、日本社会の底流として存在しつづけたからである。作家の安岡章太郎は「一般の日本人には、アメリカ人を鬼畜として憎む気持ちはなかったのではないか。戦前から私たちは、むしろアメリカ文化に対する羨望の気持の方が強かった」と回想しているという（井上寿一『戦前昭和の社会1926―1945』講談社現代新書、二〇一一年、二二七頁より再引用）。

その背後には日中戦争がはじまっても、日米友好が演出されていたということがある。一九三九年（昭和十四年）の米艦アストリア号の訪日がそれである。同年二月にワシントンで客死した斎藤駐米大使の遺骨を移送してきたアストリア号を歓迎するセレモニーと斎藤の葬儀は、日米友好を訴求する機会となった。この時多数の乗り組員が靖国神社を訪れたという（前掲『戦前昭和の社会』二〇八―二〇九頁）。

このように太平洋戦争直前になっても、社会のアメリカニズムは残っていた。だがそれと「日本的なもののよさ」の発見とは別である。石森が、異民族・異文化との出会いをこれほどこと細かに問題視してみせたのは、この作が一番顕著のように思われる。

テレビジョンの話の後に映画との比較が出てきて、さらに二郎は船の中でチョンイに出会ったことを一郎に話した。すると一郎はチョンイのことを「えらいな」と褒めた後に、いきなりこんな説諭を二郎にしたのである。

「こんど、兄さんの学校にはいってくるんだが、しっかりやるんだよ。兄さんの学校の生徒は、みな勉強家ぞろいなんだ。勉強家といっても、本ばかり読んで、試験の点をとろうなんて、けちな勉強じゃないんだ。みんな、自分の思っている望みを、どうしてもやりとげねばならないと思ってやっている。自分の力をしっかりと養うことが、一ばんお国の力になるんだと信じているんだ。」

「――――」

「お国のために、この自分がいったい何の役にたつのか、それをよく考えて勉強しなくちゃだめだぜ。……」（二五五頁）

「自分の望み」のために努力することは、絵かきのおじさんと似ているが、一郎のいうところは完全に「お国のため」に一元化されているのである。ここは読んでいて一番違和感のある箇所かもしれない。だが、当時の社会風潮を考えると、これはむしろごく自然な現象のように見える。「お国のために」という殺し文句ほど、戦中期の日本を象徴する言葉はないだろう。これを端的に現しているのが当時の流行歌である。戦中期には「お国のために」を強調する歌が氾濫していた。古くは『戦友』(ここは御国を何百里/離れて遠き満洲の)の、「お国のためだ　かまわずに/遅れてくれなと　目に涙」から、「お国のためとは言いながら/人の嫌がる軍隊に/志願で出てくる馬鹿もいる/可愛いスウチャンと泣き別れ」(『可愛いスウチャン』別名「初年兵哀歌」)のようなざれ歌(兵隊ソング)に至るまで。さらに「御国《みくに》につくす女等《おみなら》は/輝く御代の山桜」(『愛国の花』)など報国・愛国を訴える歌は数限りない。なかでも一九三九年(昭和十四年)、朝日新聞社公募の、「お国のため」を繰り返し強調する子ども向けの歌『兵隊さんよありがとう』はその典型であろう。一番の歌詞は次のようである。

肩をならべて兄さんと
今日も学校へ行けるのは
兵隊さんのおかげです
お国のために
お国のために戦った

兵隊さんのおかげです

四番まであるが、二番の末尾は「お国のために傷ついた／兵隊さんのおかげです」、三番は「お国のために戦死した／兵隊さんのおかげです」、四番は「お国のために尽くされた／兵隊さんのおかげです／兵隊さんよありがとう／兵隊さんよありがとう」で終る。

この歌はラジオでよく流された。繰り返し現れる「お国のために／お国のために」を子どもたちも自然に覚えて歌っていたと思われる。小学校でも高学年は教育勅語の暗唱、さらに中等学校に入ると（特に男子の場合）軍人勅諭を暗唱させられた。どちらも核心が「お国のため」（報国）であることはいうまでもない。教育勅語では個々の徳目よりもそれに続く、「一旦緩急アレバ義勇公ニ報ジ以テ天壌無窮ノ皇運ヲ扶翼スベシ」が、軍人勅諭（陸海軍軍人ニ下シ賜リタル勅語）では、最初のほうにある「一《ヒトツ》、軍人ハ忠節《チュウセツ》ヲ尽《ツク》スヲ本分《ホンブン》トスベシ。凡《オヨソ》生ヲ我国ニ稟《ウ》クルモノ、誰カハ国ニ報《ムク》ユルノ心ナカルベキ。況《マ》シテ軍人タラン者ハ、此心《コノココロ》ノ固カラデハ物ノ用ニ立チ得ベシトモ思ハレズ。」がその核心であろう。こういう風潮の中で育てられた子どもたちが、二言目には「お国のために」を唱えるのに不思議はない。

では一郎は、どんなことで「お国のために」尽くそうと思っていたのか。日米開戦を予感していたかどうか分からないが、兄の一郎は、将来建築家になって、日本の住宅を空襲に耐えられるように改良したいのだという。「焼夷爆弾で、たちまち燃えてなくなるような家」じゃ困る。これからの戦争は戦地だけでやるのではない。敵の飛行機は遠慮なく銃後の都市へ飛んでくる。だが、「住宅を改良する」（火災に強い建物を作る）には、相当時間がかかるだろうから、「その前に、まず防空壕を作ろうと考えているんだ。……ゆうべ、その防空壕の図面をかいたから見せようと思った」のだが、二郎が寝てしまっていたというのである（二五六―二五七頁）。

一郎は一応現実に即して考えてはいるようだが、実際には、当時空襲に対応できるような防空壕はほとんど実現していなかった。

筆者が少年時代を過した東京都四谷区（現・新宿区の一部）には、小学校（昭和十六年度から国民学校と改称）が七校あったが、第一と第二は木造、第三～第七は鉄筋コンクリート造りだった。空襲で第一・第二は焼失、第三以下は無事だった。筆者の通った第二小学校は木造建築だったから、防火壁と言って外壁にセメントモルタルを塗り込めたのだが、空襲で焼失して、戦後廃校になった。住宅密集地区の防空壕は、ほとんど地面を掘り下げただけの塹壕のようなもので、そこに避難した人は多く焼死した。防空壕は蓋をして土をかぶせ、夜具や衣類を焼失から守るくらいがせいぜいであった。

一郎はさらに、空襲を予想してであろうか、爆音を聞けば、飛行機の種類や台数や距離なんか分るんだと云って、「今とんでいるのは、重爆機だ。三台だと思う」という会話が、この作品の最後に出てくる。実際、筆者の通っていた戦時下の東京の小学校で、音楽の時間に、アメリカ軍の飛行機の爆音を録音したレコードを聴かせて、ボーイングとか、ロッキードとか、カーチスとか飛行機の種類と高度何千メートルか、当てさせる訓練をしていたことがある。暫く後の、音も立てずに超高度を飛んで来るB29の大空襲には、何の役にも立たなかったのだが。
『日本に来て』が刊行された、即ち太平洋戦争の始った一九四一年十二月、新聞社や陸軍省の選定歌となった「なんだ空襲」という歌が発表されている（大木惇夫・作詞、山田耕筰・作曲）。歌詞は五番まであるが、二番が特に印象深い（『戦時歌謡全集　銃後のうた』野ばら社、一九七一年、二六四頁）。

警報だ　空襲だ
焼夷弾なら　慣れっこの火の粉だよ
最初一秒ぬれむしろ
　　かけてかぶせて砂で消す
見ろよ早業　どんなもんだ　もんだ
勝つぞ　勝とうぞ　何が何だ　空襲が
負けてたまるか　どんとやるぞ

一九四五年三月十日の、十万人もの死者が出た東京城東地区大空襲を始め、焼夷爆弾による大規模な被災を知る者にとっては、空襲を子どもの火遊びと間違えていたのではないか、としか思えない。

この作品の末尾直前で、二郎は大連の小学校で担任だった先生に、手紙を書いている。割に長い手紙だが、その中にこんな文句が出てくる。

満洲で、いつも遥拝していた靖国神社と宮城を、まのあたりに拝むことができて、こんなに嬉しいことはありません。（中略）

国旗掲揚を毎月の一日に学校でやりましたね。そのつど先生が「たとえ何ど国旗を見ても、なれっこになってはいけないよ。」といわれたことを忘れません。

天皇陛下のいらっしゃるこの都で、暮らすことが出来るのですから。私はこの幸福をいつも思って、いい子どもになります。（二六二─二六四頁）

東京に着いてから体験の中で二郎は、自分がどんどん天皇制ファシズムに同化されていく過程を、手紙の中で表している。だがそれは既に満洲の学校で教え込まれていた「内地延長主義」的なことを、現実に接して再確認する過程でもある。在満日本人の子どもたちは、中等教育ぐらいの段階で、一度内地で教育する必要があるという論が、戦中末期に出てきたゆえんであろう。ほぼ同年齢の子どもの成長体験として、チョンイのそれと比べると、あまりにも対照的である。二郎が日本人にしか通用しないものを必死に求めているのに対して、チョンイは人種を問わず当てはまりうる普遍的なものを悠然と求めている。この対比によって、石森は何を意味しようとしていたのであろうか。

(7)『日本に来て』のねらい

日本の素晴しさを発見しよう。これが『日本に来て』の基本的テーマである。日本の素晴らしさの強調は当時疑うことが許されなかった。これは次作『スンガリーの朝』においても、基本的に変りない。

『日本に来て』には、満洲(正確には関東州の大連)に在住していたと言っても、『咲きだす少年群』と違って、現地の生活そのものは出てこない。しかし満洲で小学校六年まで過ごしたことの影響があちこちに現れている。『日本に来て』とは、文字通りにとれば、主人公の二郎が(来る途中を含めて)「日本に来て気づいたこと、発見したこと」の意味であるが、実際には日本に来る途中で気づいたことの方が大きいように思われる。実際『日本に来て』を読んで、新鮮で印象的なのは、船中で出会った、チョンイの体験やロバート夫妻の慈善事業、絵かきさんの話などではなかろうか。

『日本に来て』の中心的眼目は、一口に言って、アイデンティテイとしての日本の焦点化である。繰り返しいうようだが、在満日本人の教育は、ダブルアイデンティテイ――「現地主義」と「内地主義」の対立――に悩むが、石森は表面的に「日本のそれに一元化」させることで「解決」というよりは、「解消」したといえよう。『咲きだす少年群』では、子どもたちは「支那大陸を足場にして、東亜を建て直す」という壮大なことを期待されていたのだが、『日本に来て』での狙いは「現地」に適応する以前に、まず「日本的アイデンティテイ」を確立せよ――日本のよさを見出せ――ということである。『日本に来て』には、中国人に対する「折檻」(日中戦争)のことも、日本語を東亜の共通語にすることを目指して大陸に進出することも出てこない。この点は、『スンガリーの朝』も同様である。啓二の「あとつぎ」はいないのである。

この作品には、チョンイの身の上話の中に出てくる慈悲深いアメリカ人夫妻と、船中で出会う満洲に住んでいたアメリカ人父子という、二組のアメリカ人が登場する点が眼を引く。特にアメリカ人父子は、父親が息子をアメリカで進学させるために送っていく途中だと、二郎とよく似た状況に設定されている。また二郎は彼等と東京で再会することになっている。まさに太平洋戦争に突入する前夜に、なぜここでアメリカ人がかなり重要な場面で登場するのだろうか。

アメリカ人が出てくるのは、石森の戦中三部作では『日本に来て』だけである。しかも中国人に優しいアメリカ人夫妻が登場する。啓二のように言葉（日本語）を教えることが愛することだというレベルではなく、彼らの愛は、往き倒れになった中国人を実際に介護し、金銭的にも恵んでやっている。彼等は「指導」的立場でするのではなく、献身的に奉仕し、恵んでいるのである。献身的に奉仕したうえ、別れ際にはチャクトに新約聖書のマタイ伝をくれている。彼等がキリスト教徒であることは間違いないであろう。

ロバート夫妻は、どこか援蔣（日中戦争におけるアメリカが主導する蔣介石の支援）を連想させないだろうか。当時アメリカやイギリスによる、仏印やビルマからの蔣介石への軍需支援が問題になっていた。太平洋戦争は、この蔣介石援助ルートを遮断することも目的の一つであったとされている。またアメリカでの将来の夢を語る、船中で出会ったアメリカ人の息子は、日本の科学技術の遅れを象徴しているかのようにも見える。

このように、アメリカ人の働きや生き方、交流などを何か所かで出して、夫々積極的な役割を担わせ、賞賛する一方、中国に対する攻撃による被害の大きさを描き出している。『咲きだす少年群』では、加害者側の日本人の死が大きく取り上げられているが、『日本に来て』では、被害者側の中国人の行方を捜している、という点で対照的である。このように見て来ると、石森を植民地主義的であると、一面的、一方的にきめつけられないのではなかろうか。季頴のいうように、それと対をなす、ヒューマニズムの面をもっと評価すべきでないかと思われる。『咲きだす少年群』では、軍事と民事の両方で、日本的なものの意義を強調して、大陸への進出を喧伝したが、『日本に来て』は、前半の日本に渡る船の中で、多様なものとの交流の意義を強調しており、「日本的」なものを孤立させて賞賛することを戒めている。船中で出会ったたくましい中国少年・チョンイを通じて、日中戦争の戦禍や、戦争で行方不明になった父親を探しに行くなど、上海での活動を詳しく述べており、あくまで批判的ではないが、日本の中国進出（侵略）のもたらした事態——問題点を具体的に描いていることが注目される。一種の反戦文学ではないかと思わせるゆえんである。

注意すべきは、チョンイは『咲きだす少年群』の志泰に相当する漢民族系の少年であるが、いわゆる「満人」（石森の表現では「満洲人」）ではない、ということである。チョンイは北支那（華北）の曲阜で育った「支那人」（中国人）で、満洲に住んだり、訪れたりしたことはない。主人公の二郎にしても、大連で育ったというだけで、作品中には「満洲的」なものが、直接にはほとんど出て来ない。石森は「満洲と日本とを結びつけるお話の『三部作』（の一つ）」と言っているが、『日本に来て』はこの点三部作の中でやや異色な存在である。

『咲きだす少年群』では、まだ将来の生き方についての明確なないメージを描いていない主人公・洋に対して、日本とアジア（実際には「支那」が中心）のために献身することを求めていた。そのため当然のことながら、「支那語」（中国語）や蒙古語などの言語の真剣な習得をはじめ、「不潔・不衛生」（と普通に日本人には思われている）彼らの生活習慣にも溶け込んでいくことが重要であることを描きだしていた。また異文化・異民族に対する寛容さも求められていた。孤児になった「満洲人」の兄妹を、新婚家庭に引きとることまで出てくる。

それに対してこの『日本に来て』では、主人公・二郎が、異民族・異文化に触れていったん自信を喪失したのち、最後に「自分は日本の国民であるといふことを心から喜ぶ心がすべての基になるのだ」と、「日本のよさ」を再発見する筋道を描いている。異民族・異文化の「よさ」を評価する視点は十分にあるのだが、植民地における日本人の態度に批判的な点がなくなり、理屈抜きで日本的なものの「よさ」を強調する点が出て来ているのは、当時の時勢を反映しているように思われる。

さらに「どうかすると、日本のりっぱな国がらのことさえも、ききなれてしまって、これがあたりまえのように思いこんでいないでしょうか」と言い、読者の子どもたちに、「ほんとうに『日本』のよさというものを考えたり、感じたり、求めたりしてください」と要求しているのである。この点は次作『スンガリーの朝』にも通じている。

この作品の主要な眼目は、日本が素晴しいことは当然の大前提であるけれども、問題はそれに「慣れっこになってはいけない」ということである。だから、日本に来て何を見たか、ということ自体はあまり重要ではない、ともいえる。事実この作品では、「日本で何かを見る」のは量的に少なく、あまり興味もそそらない。むしろ物語の前半の船中でのさまざまな交流体験の方がずっと重要だし面白い。しかも「なれっこにならない」ような態度を養うには、日本に来る途中で出会った、中国人・朝鮮人の子どもの体験を知ったり、さらに絵かきさんやアメリカ人と直接接触することによって、大いに触発される点が重要なポイントになっている。標題は「日本に来て」だが、実際は「日本に来るまで」が重要なのである。

さらに、この「なれっこになる」ことの戒めをめぐっては、『スンガリーの朝』で非常によく似たやりとりが、主人公「一郎」が「おかあさん」と交す手紙の形でなされている。そういう点でも、石森の戦中期三部作は個々の作品ごとに孤立させず、相互の連携や関係を丹念に見ていくことが重要だと思われる。

第Ⅲ部　『スンガリーの朝』

――白系ロシア人との出会い

1　この作品の概要と特徴

戦中期石森延男長篇三部作の第三作『スンガリーの朝』は、最初講談社の児童向け雑誌『幼年倶楽部』一九四一年（昭和十六年）四月号から一九四二年三月号まで連載された、小学校低中学年向きと思われる童話である（これを「初出版」と呼ぶことにする。なお昭和十六年度から小学校は日本内地のみならず満洲でも「国民学校」と改称されているが、以下小学校と呼ぶことにする）。

この作品の初出版は、主人公の少年一郎が、小学校二学年を終了して三年生になる春休みから物語が始まる。一郎の父親は写真家で写真店を経営していたが、軍に要請されて戦地に行ったまま長い間帰らない。そのため母は自分も寫眞技術を習得して自立することを決意する。そのためには写真学校の寮にしばらく入らなければならないので、家に居なくなる。そこで一人子の一郎を満洲のハルビンの親戚に預けることになる。東京からハルビンまでの一郎の長い一人旅や、白系ロシア人との接触をはじめ、ハルビンに着いてからのさまざまな新しい体験を描いた物語である。

題名の「スンガリー」とは、ハルビンを流れる大河である。この川の中国語名は「松花江」で、スンガリーは満洲語を語源とするロシア語名であるが、在満日本人には松花江よりスンガリーの方が親しまれていたようである。いわばハルビンの象徴で、一郎の「新しい体験」にはスンガリーに関するものがいくつかある。

『咲きだす少年群』や『日本に来て』に比べて、『スンガリーの朝』のまず目に付く特徴は、常体ではなく敬体で書かれ、特に初出版は漢字の使用を最低限に抑えていることである。低学年の読者向けの配慮であろう。

この作品は、連載終了後大幅に改訂されて、同じ「スンガリーの朝」の標題で一九四二年八月に講談社から単行本として刊行されている（これを「改訂版」と呼ぶことにする）。この点では『もんくーふおん』と『咲きだす少年群』の関係に似ているが、『もんくーふおん』は「短篇」という予告で『満洲日日新聞』に四十日間連載されただけで、石森はこれに大幅に加筆して連載終了後わずか三ヶ月で単行本『咲きだす少年群』として刊行しており、加筆はされているが構成には基本的に変更がないのに対し、『スンガリーの朝』は、初出版も『幼年倶楽部』に丸一年間にわたって連載されたので、それなりに内容の豊かさがあり、独立した作品として検討に値する。一方改訂版では、主人公が一学年上の四年生にされており、それに応じてか文体は変らないが漢字が若干増え、ルビが減っている。また改訂版は至るところに文の修正があり、名前を付けた節と章に分け、大幅に加筆されている一方、逆に初出版から削除された個所もある。さらに新しい節を大幅に増加して、全体を「第一章　門出」、「第二章　勝つ」、「第三章　ことば」と三部構成にしている点などに、『咲きだす少年群』の初出版（『満洲日日新聞』連載版）と改訂版（単行本版）の関係との違いがある。以下基本的には、『スンガリーの朝』の初出版（『幼年倶楽部』掲載版）を基に論考を進めるが、必要に応じて改訂版（単行本版）と比較することにする。

なおこの作品は、戦後『石森延男児童文学全集　7』（学研、一九七一年）にも収録されている。これを「戦後版」と呼ぶことにするが、題名はやはり「スンガリーの朝」である。この点でも『咲きだす少年群』の戦後版が「モンクーフォン」と再度改題されているのと異なっている。全体の構成も改訂版と戦後版とでは変らないといってよいが、文章が全体として簡略化されており、シーンにしても、削除ないし簡略化された個所が多い。特に会話で敬語が省かれていることが多い。これは戦後の社会的な状況の変化に応じているのであろう。

またこの時期に注目されるようになった、開拓地や満蒙開拓青少年義勇軍を対象にした満洲児童文学と、どのような異同点があるか考察することも意味があると考える。全般的な比較はできないが、参考までに、『スンガリーの朝』の少し後に雑誌に連載され、さらに単行本として刊行された、加藤武雄『饒河の少年隊』との対比を、付録として最後に取り上げることにする。

2 東京を発つ——家庭事情で満洲のハルビンへ

この物語は、一郎が一人で東京駅から東海道線の夜行列車に乗って神戸へ行き、それから大連行きの船で満洲へ渡って、ハルビンにいる叔父・叔母の家を目指す場面から始まる。まだ小学校二学年を終えたばかりの一郎が、そんな遠い「北満」の町に転居するため、たった一人で旅行するという構成には、満洲への移民が盛んだったころとはいえ、いささか違和感があるかもしれない。『日本に来て』の二郎は、小学校を終えているのに、大連から東京まで母親がつきそって旅しているのである。改訂版（単行本版）で一郎が一学年上の三学年終了になっているのはそのためかもしれないが、どんな事情があったのか。

一郎の父は技術の高い写真家で、人物を撮ることも得意だったが、風景を撮ること、特に夜景を撮るのにすぐれていた。白衣の兵隊が看護婦に守られながら、月光の映った湖の岸に立っている写真が、展覧会で賞をもらったことがある。その腕前が軍に見込まれ、選ばれて中国戦線へ行くことになったのである。初出版にはこうある（括弧内は引用者の付加）。

こんなことから　おとうさんは、あちらこちらの　ざっししゃ（雑誌社）から　たのまれて、口えのしゃしん（口絵の写真）を　うつすようになり、しんぶんにも出るようになりました。

ところが、ぐんたいのしごとで、南支那の方めんをうつす、りっぱなしゃしんか（写真家）がいるということになり、一郎のおとうさんが　えらばれて、いくことになったのです。それは、いまから　ちょうど一年はん前のことです。しゃしんを　うつすためには、時には　ひこうき（飛行機）にも　のらねばならないし、てきじんちを　こうげき（敵陣地を攻撃）するありさまも、うつさなければならないので、たたかいに出るのと　ちがいはありませんでした。

そのころは、一郎は　やっと学校に　はいったばかりでした。

「じぶんの　もっている　わざで、おくにのためにごほうこう（お国のために御奉公）ができる。こんな　うれしいことはない。」

と、おとうさんは　いって、つかいなれた　小がたしゃしんきをもって、わらいなが

らしゅっぱつ（笑いながら出発）しました。（初出版。『幼年倶楽部』一九四一年四月号。以下雑誌名略）

いかにも小学校低学年くらいの子どもを対象とした、文字や文体、そして長さの文章である。「戦いに出るのと違いはありませんでした」という箇所は、『咲きだす少年群』の「真ちゃん」の（ゲリラに襲われるおそれがあるため）「危険で、まるで戦場と変らないって」を思い出させる。この箇所は、改訂版ではこうなっている。

こんなことから、おとうさんは、あちらこちらから写真をたのまれて、それが、雑誌の口絵にでるようになり、ときには、新聞にものるようになりました。

それがこんど、軍隊のほうのしごとのことで、中支那へ行くようになりました。出征と同じようなかくごをもって、でかけなければなりませんでした。おとうさんは、写真班に加わったのです。

「じぶんのできることで、お国のためにはたらくことができて、こんなうれしいことはない。」

おとうさんが、大喜びで、出発したのは、一郎が、やっと二年生になったときですから、

今からちょうど二年前になります。（改訂版『スンガリーの朝』一九四二年、一二一―一二三頁。以下書名発行年略）

改訂版の方が、むしろ文が簡潔になっている。初出版の「戦いに出るのと違いはありません」は「出征と同じような覚悟を以て」とやや抽象化され、個人として行くのではなく写真班という組織の一員になるのだとされている。「国のために働けるのがうれしい」とは、『咲きだす少年群』の「国という大きな力の一粒」になろうという定夫――あるいは啓二――の生き方にも通ずるであろう。職種は違うが、『日本に来て』の二郎の父親が、軍属として上海の病院に行って、二年経っても帰って来ない、というのにも似ている。「お国のために」という戦中期の殺し文句は、さすがに戦後版ではなくなっているが、これに続く、見送る人の「ばんざい、ばんざい」と、これに応える「みなさんのお顔は、私の心の写真に、はっきりとうつっていますよ」という父の言葉は、小差はあるが、三つの版とも変らない。実は心の中にその人が映っているというのは、後にも出てくる重要なモチーフなのである。なお初出版では、父の行き先が最初「南支那」だったのが、末尾では「中支那」に変わっている。いっぽう、改訂版では終始「中支那」になっている。

戦地で写真を写すのは、戦いに出るのと違いはないためか、一郎の父はなかなか帰ってくる気配がない。一郎は母とこんな会話を繰り返すことになる。これは改訂版だが、母の説明が、初出版より若干詳しくなっている。

「おとうさん、いつおかえりになるの」

「さあ、おかあさんにも、わかりませんよ。ああして、飛行機にも乗られるんだし、兵隊さんといっしょに進軍もなさるんだもの、出征と同じことですから、おかえりを待つということはできないでしょう。」

「だって、おしごとがすんだら……」

「今は、中支那においでになるけれども、こんどは、もっともっと南の方へおいでになるかもしれませんよ。」

「――――」

「おかえりを待つより、さ、おとうさんのごぶじをおいのりしましょう」(改訂版。一三頁)

戦後版では、最後の言葉が「お帰りを待つより、さ、わたしたちはめいめいのことをしっかりやりましょう」となっている。もはや「御無事をお祈りする」必要がなくなったからかもしれないが、いかにも戦後の個人主義を思わせるような言葉である。

そこで母は考える。戦争がいつ終わるかわからない事態になっているので、父がいつ帰るかわからない、いつまでも少しばかりの貯金を当てに暮らしていくこともできない。一郎が大きくなれば中学校にでも入れなければならない。万一父が亡くなるようなことがあれば、自分の手で一郎を育てなければならない（この辺の説明は、改訂版の方がずっと具体的で詳しい）。自分が何とかして働かなければならない。洋裁や習字はやったことがあるが、それで暮らせるほどの力はない。速記とかタイプとか教師とかの資格もない。いろいろ思いめぐらした末、家は写真屋なのだから、自分も写真学校に入って写真師になって生計を立てようと決意する。だがそのためには寄宿寮に二年間入らなければならず、幼い一郎をその間一人で家に置いておくわけには行かない。そこで「満洲国のハルビン」にいる、妹夫妻の家に預けることにした。妹の家には子どもがいなかったので、一郎が来るのを歓迎するとのことだった。

つまり一郎のハルビン行きは、あくまで「家庭の事情」によるものであって、満洲ないし満洲国に対する憧れとか使命感とかがあったわけではない。さらに言えば、ちょっと遠いだけで、日本国内での移動と変わりないように見える。母からそのことを聞かされた一郎は、初出版ではすぐ承知するが、改訂版ではまごついている。わけはわかるが、二年間も母から離れるのは、思うだけでも嫌だった、というのである。そこで母が一郎の説得を試みている。

「ずいぶん遠くなるね、おかあさん。」

「遠くなりますよ、おかあさんとはね。でも、おとうさんとは、近くなるでしょう。」

この「お父さんとは近くなるでしょう。」ということが、一郎をどんなにげんきづけたかわかりません。そうだ、お父さんに近くなるんだ、だいすきなおとうさんの近くになるんだ。このことが一郎を喜ばせました。

「おかあさん。ぼく、行きます。ハルピンのおじさんのところに行きます。」（改訂版二六頁。なお初出版は「ハルビン」だが、改訂版と戦後版は「ハルピン」になっている。）


父のいる「中支那」までは、東京からでもハルビンからでも直線距離はあまり変わらないように見える。しかし飛行機で行ければともかく、日本からは大連にしても、上海にしても、いったん海を渡らなければならない。これには数日かかる。ハルビンからなら大陸で、地続きだから鉄道でも行ける。そんな含みがあるのかもしれないが、いずれにせよ、この一言が一郎を元気づけたのである。この箇所は初出版にはない。

「ハルビンのおじさんのところ」に行くことを承知した一郎は、三月の休みになると東京を発つ。『日本に来て』では、小学校を卒業した二郎が、母親といっしょに大連から東京に来るのだが、『スンガリーの朝』では、小学校二学年（改訂版では三学年）を終えたばかりの一郎が、一人で日本からハルビンまで旅をすべく、まず東京駅から神戸行きの夜行列車に乗ることになったのである。

これは小学校低学年の子どもにとっては、たいへんな冒険である。だが実は、神戸の波止場に着くまでは、所用で神戸に行く隣のおじさん（あとでラジオ屋とわかる）が、神戸から大連行きの船に乗って、大連でハルビン行きの列車「特急あじあ号」に乗るところまでは、たまたま旅順に帰る小山さんという大学生が、大連から途中新京（現・長春）までの車中では、これもたまたま小山さんの友人の妹の佐竹さんという女学生が、うまいことに、それぞれ付き添ってくれるという話になっている。一郎がたった一人で旅をするのは、新京―ハルビン間だけである。隣のラジオ屋さんとは、事前に打ち合わせがあったろうが、後の二人は全く偶然の出会いなのである。

3　船中で聴くラジオ

夜行列車で三ノ宮に着いて、神戸港に出ると、大連行きの大きな汽船が横付けになっていた。今日お昼にここを発つと、明朝は門司、それから二晩寝ると大連だという。船中まで見送ってくれた、ラジオ屋のおじさんは、たまたま一郎の席の横に来た学生に、大連まで世話をしてくれるように頼んでくれた。旅順の大学に帰る小山という人だった。

やがて神戸を出た船の上で、一郎が一人ぼんやり海を見つめて（改訂版では、さすがに心細くなったものか、涙ぐんで）いる所を、小山が見つけて会話が始まる。小山の兄は新聞記者で、今は従軍してやはり中支那へ行っているという。一郎の父の仕事も小山の兄の仕事もよく似ているから、ひょっとしたらあちらで会うかもしれない、などと話し合っているうちに一郎は寂しさを忘れていた。

そのうち船の中でどこからかピアノのいい音が聞こえてきた。小山に訊いてみると、あれはラジオだ、多分東京からのだろう、という。これに対する一郎の反応が、初出版と改訂版ではかなり違う。初出版は次のようである。

一郎にしてみれば、もうずいぶん東京を　はなれて来たように　おもっているのに、東京で　ひいているピヤノが、すぐ耳に　ひびいて来るなんて、ちよっと　おもえませんでした。こうなると、満洲国《まんしうこく》といっても、東京によほどちかい（近い）ように　かんがえられて来て、さっきまで　おかあさんのことを、大むかしのことのように　とおく（遠く）あきらめていたが、その　こころぼそさが、きゅうになくなったように　かんじました。

それといっしょに、もっと　とおくにいっても　へいきだ、大じょうぶだ。もっともっととおくにいけるぞ、というげんき（元気）が、おなかの中から　わいて来ました。（初出版、一九四一年五月号）

改訂版は次のようである。

東京の放送と聞いて、一郎はいっぺんに、おかあさんがこいしくなり、ラジオ屋のとなりのおじさんがなつかしくなりました。もうこんなにはなれてしまったのに、心は、まだ東京の空を、ぶらぶらしていてはなれていない。こんなことではしょうがない。汽車に乗って、船に乗っていれば、だれだって遠くはなれていくのはあたりまえじゃないか。遠くはなれていっても、東京のラジオが、ちゃんとこの海のまん中までもつたわってくる。ラジオってほんとうにふしぎでありがたいものだ。そんなことを一郎は思いました。（改訂版五三―五四頁）

表現は若干異なるが、どちらの版も、東京を離れて心細かったのが、ラジオ放送を聴いて、東京とつながっているような思いがして、これなら遠くへも行けると安堵するのである。ところが戦後版ではこう変わっている。前半は改訂版と同じなので省略するが、独白調で、末尾が正反対のように見える。

……汽車に乗って、船に乗っていれば、だれだって遠くはなれていくのはあたりまえじゃないか。東京のラジオがげんかいなだ（玄界灘）のまん中までもひびいてくる。ラジオって、ほんとうにふしぎなものだ。なんていじがわるいや。（戦後版『石森延男児童文学全集7』一九七―一九八頁、以下書名略）

改訂版では遠くの放送が聞えるので有難がっているラジオの働きが、戦後版では逆に呪われているかのようである。これも戦後の風潮を現わしているのであろうか。

実は、『スンガリーの朝』には、石森の関わった国定国語教科書の教材に直結するような部分があちこちに含まれている。これは『咲きだす少年群』や『日本に来て』に見られない、この作品の重要な特徴である。この作品とほぼ同時期の一九四一年に刊行された、第五期国定国語教科書『ヨミカタ　二』（一学年後期用）には、石森が作成した次のような教材がある（教科書は表題・本文とも原文通り）。

四　ラヂオノ　コトバ

日本ノ　ラヂオハ、
日本ノ　コトバヲ　ハナシマス。

正シイ　コトバガ、
キレイナ　コトバガ、
日本中ニ　キコエマス。

マンシウニモ　トドキマス。
シナニモ　トドキマス。
セカイ中ニ　ヒビキマス。

これは玄界灘を越えて、満洲をはじめ世界中に届くことになっている。もう一つ重要なのは、「正しいきれいな言葉」を使う必要を取り上げていることである。これは『咲きだす少年群』にもあるが、『スンガリーの朝』ではずっと拡大された、重要なテーマの一つになっている。これは石森の国語教育論に直結する問題でもある。この点は後で関連個所が出てくる。

ところで、子どもが一人遠い満洲まで旅をするというモチーフには、短い「よみもの」の前身がある。『スンガリーの朝』初出版の連載が始まる半年前に出た、石森延男『ひろがる雲』（一九四〇年一〇月）の「鳩と守備兵」である。小学校を卒業したばかりの、身内のいない少年が、ただ一人の友だちの見送りを受けて、神戸を出帆する船に乗り込むのである。一緒に船出した兵隊の一人が声をかけると、これから一人で満洲の奉天（現・瀋陽）の叔父のところへ引き取られに行く、というのである。この物語はそれだけで終わっているが、これに比べれば『スンガリーの朝』はずっと拡大され、主人公の一郎は、年齢こそ低いものの、ずっと恵まれているように見える。

4　爾霊山《にれいざん》を訪ねる

神戸で乗船した時から一郎に付き添ってくれた学生・小山の叔父は日露戦争で旅順の二〇三高地を攻めて戦死したという（改訂版では「祖父」になっているが、この方が時代に合うだろう）。旅順にはロシア時代の建物を使った、関東州内の唯一の官立大学・旅順工科大学がある。小山は祖父の戦死した所で勉強したかったので、この大学に入ったのである。小山は大連に着いたら、ちょっと旅順に行ってみないかと一郎を誘った。そこで三日目に船が大連に着くと、一郎はハルビンの叔母に、到着が一日遅れるという電報を打って、旅順に行き、爾霊山（二〇三高地）を案内してもらうことになる。一郎の感想を三つの版で比べてみよう。

一郎は、まだ小さくて　よく日露《にちろ》せんそう（戦争）のことは　わかりませんが、日本ぐんが、ここでほんとうに命をかけて、たたかった（戦った）のだということをきいて、ぼんやりと見てはいられないような　きがしました。

日本にすんでいると、うみや山を見ても、ただきれいだとか、しずかだとかいうことだけで、こんなおごそかな　きもちになる所はありませんでした。一郎は、じぶんも日本の子どもの　ひとりなんだということを、はじめて　ふかくかんがえ（深く考え）ながら、爾霊山《にれいざん》を　おりてきたのであります。（初出版、一九四一年六月号）

一郎が、まだ東京にすんでいたころ、よくあちこちの山を見たのですが、そのときは、山はしづかで美しいとか、形がきれいで、高いとかいって見とれていました。けれどもこの爾霊山を見て、はじめておごそかな気持にうたれました。

日本兵のせめた山、日本兵の占領した山、一郎は、自分が日本人であるということを、しみじみと考えました。自分も日本人の一人だ、日本少年の一人だ、昔の兵隊さんに負けないだけの、りっぱな人にならなければならない。（改訂版、六一頁）

初出版でもかなり日本精神にひたされているのだが、改訂版ではそれがいっそう深められている。戦後版は、この箇所をこう修正している。

一郎がまだ東京に住んでいたころ、よくあちこちの山を見たのですが、そのときは、山は静かで美しいとか、形がきれいだとかいって見とれましたが、この爾霊山はそれらの山とはたいへんちがっていました。

日本兵のせめた山、いのちがけで占領した山、一郎は、自分が日本人であるということを、しみじみと考えさせられました。じぶんも日本人のひとりだ、日本少年のひとりだという気持ちがわいてきたのです。（戦後版、二〇一頁）

若干穏やかな表現にはなっているが、戦後版でもやはり日本人としての自覚が強調されている。いずれにせよ、『日本に来て』で始まった、「日本人であることの自覚」の強調が、『スンガリーの朝』の大きな特色である。

5　特急「あじあ号」に乗る

旅順に寄ったため、予定より一日遅れたが、一郎は大連からハルビンに向うため、近代科学の粋を集め、夢の超特急とも呼ばれた、特急列車「あじあ号」に乗ることになる。大連・ハルビン間は九四三キロあるが、朝出発してその日のうちに着ける。

ところで、当時の国語教科書には、石森の手になる「『あじあ』に乗りて」という教材があった。大連に住む日本人の子どもが、ハルビンのおじさんを訪ねて、あじあ号で一人旅をする話である。この点は『スンガリーの朝』の一郎の場合と変わりないが、乗車中の出来事にかなり違いがあり、そこに満洲の植民地性も現れているので、まずこれを見てみよう。

「『あじあ』に乗りて」は戦前の第四期国定国語読本（いわゆる「サクラ読本」）の『小学国語読本　巻十』（第五学年後期用、一九三七年）と、第五期国定国語読本（いわゆる「アサヒ読本」）の『初等科国語　六』（第五学年後期用、一九四三年）に載せられていた。これは筆者も学習した教材であるが、先の「ラヂオノ　コトバ」よりは、習った人が多いだろう。この教材は『小学国語読本　巻十』と、『初等科国語　六』とでは若干語句の違いはあるものの、全体は変らない。

まず、大連駅のホームの母に見送られて少年が出発する。車掌が来て、関東州第一の高山・大和尚山や乃木将軍の息子勝典の戦没記念碑、金州城などの説明をする。少年が沿線の楊の木にカササギが巣をかけているのを見ていると、「なにを見ているの」と後ろからロシア人の少女に声をかけられる。「かささぎ」という日本語がわからないらしいので、「鳥の巣」と云ったらすぐわかった、というところから交流が始まる。母と新京（現・長春）へ帰るマルタという少女だった。やがて望小山が見えだしたので、「あの山の伝説を話してあげよう」と云ったら、マルタが「お昼御飯を食べながら、母といっしょに聞きたい」というので三人で食堂車へ行く、というあたり中々の社交ぶりである。その伝説というのは、昔母と子と二人暮らしの家があり、息子が勉強のため山東に渡ったが、帰ってくる頃になったので、老母は毎日毎日望小山に登って待ち続けた。息子は苦学の甲斐があって立派な身分になったが、帰郷の途中船が難破してしまった。しかし母はそれを知らず、山の上で待ち続け、ついにそこで亡くなった、という話である。

列車が奉天（現・瀋陽）に着くと兵隊たちがどやどやと乗りこんで来たので、今度は兵隊との交流が始まる。やがて夕方になり、マルタが「汽車の影が長くなった」という。新京ではマルタ母子も兵隊たちも下車する。後は少年が一人でハルビンまで旅をする、という構成で、ここは『スンガリーの朝』と変らない。

この教材について小森陽一は次のように論じている（［　］は引用者の挿入）。

この教材は満鉄の象徴的存在であった特別急行列車「あじあ」号で、日本の少年がおじさんの家へ一人旅をしているという設定になっている。日本語しか知らない少年が一人で旅ができるということ自体、満洲が日本語だけでやっていける地域に変貌したこと、つまり完全に日本の一部になってしまったことを暗示しているのでもある。（中略）日露戦争の記憶が喚起されたうえで、主人公の少年にロシア人の少女が日本語で話しかけてくる。そして、少年はこのマルタという少女［と母親］に熊岳城望小山の伝説を、日本語で語り聞かせることになる。（中略）直接的な会話文ではないが、ここには現地（中国）の伝説を、日本の少年がロシア人の少女［と母親］に語って聞かせるというきわめて意図的なしかけがある。一種おおらかで、インターナショナルな子供のかかわりの裏に、日本人が中国の伝説を日本語で外国人に紹介するという、文化の支配と被支配の構造が透けて見えてくるのである。（小森陽一「国語教科書における植民地教材」『成城学園教育研究所年報・第八集』一九八五年一一月、一一一―一一二頁。傍線部＝原文は傍点）

小森は「『あじあ』に乗りて」を、「他民族の言語を奪うことが、子供同士のコミュニケーションや友情の成立の裏に潜在化させられた教材の典型」だと指摘している。確かに『咲きだす少年群』や『日本に来て』には、日本人も外国語を学ぶ必要性を説いたり、主人公の少年が満洲にいながら支那語（中国語）の出来ないことを情けなく思う場面があるのに対して、『スンガリーの朝』では「あじあ号」での出来事も含めて、すべての場面が日本語だけで処理できるように設定されており、一郎が外国語で悩むような場面はない。

もっとも後で見るように、（白系）ロシア人とは日本語がよく通じたのは事実であるし、また石森にしても、はじめから植民地における日本語によるコミュニケーションを当然視していたわけではない。実は「『あじあ』に乗りて」の先駆的な作品ではないかと思われる、石森の手になる似たような教材が、「『あじあ』に乗りて」を載せた国語教科書の出る三年ほど前の一九三二年（昭和七年）に改訂された『満洲補充読本』の「三の巻」（三学年用）に載っているのである。「おかあさんへ」という、題名だけでは内容を推測しかねる作品だが、少女らしい子どもがたった一人で、田舎の普通列車のようなあまりぱっとしない感じの汽車に乗って、華々しいハルビンではなく、満洲国と朝鮮半島との境の安東（現・丹東）まで、おじさんの家を訪ねていく話である。ここにはロシア人は出てくるものの、「『あじあ』に乗りて」と違って、交流が成立していない（原文のまま引用）。

おかあさん。／出発の時、私のよこの席はあいてゐましたが、と中からロシア人の親子づれがのりました。そのおかあさんは小さなトランクをひざに乗せて、その上で何かお手紙らしいものをえんぴつで書きはじめました。お父さんは、あつい毛布をしいてよこになってねむるともなしに目をつむってゐました。こどもは頬づゑをついて、外ばかり見てゐました。

向かい合わせの席に、ロシア人が同席しているのに、そしてこの子はそのロシア人の親子の様子を詳しく観察しているのに、最後までコミュニケーションが成立していないのである。国定教科書の「あじあ号」の車中とは大きな違いである。子どもの性格にもよるだろうが、一般的にはこの方が現実の事態に近かったのかもしれない。

それが国定教科書になると、この教材の原案の作成を石森に依頼した、文部省図書審議官・井上赳が説明しているように、「尋常五年程度の子供一人で、大連からハルビンまで旅行するということは、内地では一寸考えにくい図であるかも知れないが、そこは、植民地的な大胆さ、幾分荒削りで進取的な、国際文化的な気性精神が現れていると見るべきである。ロシア少女と自由に語ってすぐ友だちになるなども、植民地における人種を超越した日常生活から、自然に導かれる現象である」ということになる（井上赳「要説」、国語教育学会編『小学国語読本綜合研究・巻十（上巻）』一九三七年、三〇九頁）。外国人とも日本語で通じるということと同時に、「望小山」の話のように、相手の母親まで含めて、日本人の少年が終始リードしている点が重要であろう。

本題に戻ろう。『スンガリーの朝』の一郎も、同じく特別急行列車「あじあ」号に乗ったのだが、列車の感じはずっと地味で、普通列車と変わりない。車内で起こる出来事は、「『あじあ』に乗りて」とも、「おかあさんへ」とも全く違って、日本人同士の交流になっている。一郎が小山さんに付いて車両に入ると、偶然小山の友人の妹で佐竹さんというセーラー服を着た女学生に出会う。彼女はこれから新京（現・長春）へ帰るので、それまで一郎の相手をしてくれることになったのである。

初めのうち、窓外に見える、黒豚や土の色やカササギのことなどを、二人で話し合うあたりは、国語教科書の「『あじあ』に乗りて」に似ているが、ロシア人はおろか、まわりの乗客との交流は全くなく、望小山のような伝説も出て来ない。その代りに出てくるのが満洲国の国歌である。初出版は次のようである。

なにかのおはなしのことから、満洲国《こく》の　こくか（国歌）のことになりました。一郎がまだ一ども、そのうたをきいたことがないというと、佐竹《さたけ》さんは、うたってくれました。そのこえをきいていると、星野《ほしの》先生のことが、また　おもい出されて来ました。（初出版、一九四一年六月号）

初出版での一郎は、佐竹さんの歌声を聴きながら、これまで習った小学校の優しい音楽の先生のことを回想していればよかったのだが、改訂版ではそんな気楽なことは許されず、一郎も歌うことを強制されている。


「一郎さんは、満洲国の国歌を知っていますか。」

「いいえ。」

「満洲国にすむようになるんだから、満洲国の国歌をうたえなくちゃだめよ。」

佐竹さんは、いいこえで、満洲国国歌をうたってくれました。それから紙きれをだして、それに文句を、カタカナで書いてくれました。その一節一節を自分で歌っては、一郎にも、それをうたわせました。なんどもうたっているうちに、一郎も、どうやら一人でうたえるようになっていきました。（改訂版、六六—六七頁）

お前はもう満洲国に来たのだぞ、満洲国民になるのだぞということを、否応なしに自覚させる効果があるだろう（満洲国には国籍法がなく、最後まで「満洲国民」は法的には存在しなかったが）。佐竹さんが教えたのは、多分一九三三年に制定された「満洲国国歌」であろう。歌詞は『スンガリーの朝』のどの版にも載っていないが、石森は小学校低・中学年の子どもには無理だと思ったからではないか。この箇所は、戦後版でも基本的に全く変わっていない。

なお、「18　付録　加藤武雄『饒河の少年隊』」にある『饒河の少年隊』の改訂版（単行本版）には、「満洲国国歌」の歌詞も意味も載っているので、参考までに十二連ある歌詞の前半と、その意味を紹介しておこう。佐竹さんが一郎に教えた様子が彷彿されるだろう。

天《ティエン》地《ティ》内《ネイ》有《ユウ》了《リャオ》新《シン》満《マン》洲《チョウ》
新《シン》満《マン》洲《チョウ》便《ビエン》是《シイ》新《シン》天《ティエン》地《ティ》
頂《ティン》天《ティエン》立《リイ》地《ティ》無《ウ》苦《クウ》無《ウ》憂《ユウ》
造《ツアオ》成《チョン》我《ウオ》國《クオ》家《チャ》
只《フウ》有《ユウ》親《チン》愛《アイ》無《ウウ》怨《ユアン》仇《チョウ》
人《レン》民《ミン》三《サン》千《チエン》萬《ワン》　人《レン》民《ミン》三《サン》千《チエン》萬《ワン》
……

歌の意味は、この世界に満洲という新しい国が生まれた。どこの国からも虐げられることもない、安らかな楽しい国がつくられたのだ。三千万の満洲国民は、ただ、したしみをもつばかりで、怨んだり、にくんだりするようなことはない。……というのである。（加藤武雄『饒河の少年隊』講談社、一九四四年、一八八―一八九頁）

この国歌は一九三三年二月二四日に制定されたが、歌詞がやや長い上、日本語の歌詞がなかったにもかかわらず、メロデイの響きがよいので、在満日本人に親しまれたという。しかし、カタカナで発音を書いてくれたとしても、このような中国語の歌詞で歌うのは、一郎には大変だったろう。

実は『スンガリーの朝』改訂版刊行直後の一九四二年九月五日に新しい国歌が制定されている。こちらはまず日本語の歌詞を作成し、それに作曲してから中国語の歌詞を付けたという。前の国歌を「儒教的民主主義の歌」だと評した、満洲国国務院総務庁弘報処長の武藤富男が、次のような日本語歌詞を作詞している（竹中憲一『大連歴史散歩』皓星社、二〇〇八年、一七八頁）。

おほみひかり　あめつちにみち
帝徳は　たかくたふとし（高く尊し）

とよさかの　万寿ことほぎ
あまつみわざ　おふぎまつらむ（仰ぎ祀らむ）

一九四〇年新京（現・長春）特別市の満洲国帝宮内に、建国神廟が建設された。天照大神《あまてらすおおみかみ》を満洲国建国の元神として祀ったのである。これに伴い皇帝溥儀は、「惟神の道《かむながら》」を国の基本とする「国本奠定詔書」を宣布し、昭和天皇と一体化して自身の権威を高めることを狙った（昭和天皇は満洲国が天照大神を祀ることにあまり気乗りがしなかったと言われている）。これは満洲の民衆の決定的な離反を招くことになったが、在満日本人にとっては、満洲国が精神的にも第二の日本帝国になったように感じられたであろう。この新国歌はまさに「君が代」の満洲国版である。しかも日本語で四連と短いから、時期的に間に合わなかったが、この国歌なら一郎も覚えるのに苦労しなかったろう。もっとも、「18　付録」の加藤武雄は一九四四年になっても『饒河の少年隊』（改訂版）に古い方の国歌を載せている。漢民族系の本来の満洲国民に、この新国歌はなじめなかったのかもしれない。

初出版では一郎が佐竹さんの歌を聴いているうちに、間もなく新京に着いてしまうのだが、改訂版では、国歌を歌う前に、佐竹さんは兄の仕事である映画のことについて詳しく話してくれている。映画を見に行くのではなく、自分で映画を撮ることに夢中なこと、それも研究のために撮っている。鉄砲の引き金を引いてから、弾が銃口を離れていくまでの様子を調べるために、高速度撮影で撮るのだという。これは『咲きだす少年群』に出てくる、「すみ子」がアメリカの天然色写真に抱いた関心や、「R工大教授」に聞いた高速度撮影の話と対応しているが、同じく写真撮影の技術ではあるものの、アメリカから離れて、軍事が対象となっている。改訂版のこの箇所には、明らかに太平洋戦争勃発の影響があると思われる。

なお、国語教科書の「『あじあ』に乗りて」では、日本人の少年がマルタ母子と昼食に、また一人で夕食にと、食堂車に二度行っているのだが、『スンガリーの朝』には食堂車が一度も出て来ない。食堂車での食事は「旅の楽しみ」のひとつだが、「贅沢は敵だ」という当時流行のスローガンに呑みこまれたのだろうか。そのうえ、当時の日本内地の特急「つばめ」が最高時速九五キロだったのに対し、あじあ号は最高時速一三二キロを誇っていたのだが、改訂版の刊行された一九四二年ダイヤ改正で新京（長春）―ハルビン間がなくなっており、翌年（一九四三年）には全区間休止に追い込まれている。食堂車は最後までやっていただろうか。

6　ハルビンに着いて

国語教科書の「『あじあ』に乗りて」に出てくるロシア人母子は、新京（現・長春）で降りるのだが、一郎に付き添ってくれた佐竹さんも新京で降りたので、一郎はこの旅で初めて完全にひとりぼっちになった。新京からハルビンまでは四時間ほどだが、外も暗くなって心細くなる。その間に一郎は佐竹さんからもらった本――満洲国の写真集――に見入っていた。広い広い野原の羊、実った高粱を刈り取っている「満人」、今自分の乗っている「あじあ」号など。

おとうさんも、きっとあちらで、こんな写真を　たくさん　うつしているにちがいないと、おもいました。おかあさんとは　とおくなってしまったが、おとうさんとは、ずっとちかづいたことに　なるんだとおもうと、一郎はうれしくて　なりませんでした。そうして、さみしいなどということは、すっかりわすれてしまいました。（初出版、一九四一年六月号）

母から言われたように、こちらへ来ると、日本にいるより、「支那」にいる父に近づく、という一郎の思い込みは、改訂版でも変わりない。

やがて列車はハルビン駅に着いた。駅にはおばさんが迎えに来てくれていたのだが、すぐには見つからなかった。無事おばさんに出会い、大きな馬車に乗って、ようやく一郎は安堵する。

おばさんの家に着いてみると、ブローという大きな犬がいたが、おじさんは今、ハルビンよりさらに一〇〇〇キロ近く北西にあるマンチュリー（満洲里）へ仕事で行っていて不在だった。もっとも、末尾では六〇〇キロ余り北の黒河から帰って来たことになっており、話の中には黒河が何回も出てくる。いずれにせよ当時のソ連（ロシア）との国境で、満洲国の中の僻地であることに変わりはない。こうしてみると、満洲国に来たにもかかわらず、一郎がハルビンに落ちつくまでに関係があったのは、すべて日本人である（改訂版では、ハルビン駅から乗った馬車の馭者がロシア人になっているが、話をしたわけではない）。

ハルビンに着いて早々一郎は、いろいろ珍しいものを見る。手始めは、東京ではもう桜が咲くというのに、ここではまだ大きなペチカで暖房していたことである。

ペチカは、ストーブのように、かっと、きゅうにあつく（急に熱く）はなりませんが、ほんのりと家の中があたたまって（暖まって）、それがしばらくつづくので、たいへんべんりなものです。

「ペチカって、こんなものか。おもしろい形をしていますね。ペチカっていうのは、満洲語かしら。」

「いいえ、ロシヤ語ですよ。こちらに来ると、いろいろなことばを耳にするようになりますよ。でも、日本語だけは、いつも正しい日本語をつかわなければいけませんよ。」

「なぜ。」

「なぜって、ことばのちがった国の人たちに、いい日本語をお知らせしなければならないからですよ。一郎さんは、東京生まれだから、そのてんは、いいわねえ、いいことばをおぼえているんだから。」（改訂版、八二―八三頁）

ここでいきなり「いい日本語を使え」という言葉の問題が飛びだしてくる。しかも、一郎は東京生まれだからいいと言うのだから、「いい日本語」とは東京語のことになる。初出版の相当箇所では、こんなことをおばさんはいっていない。戦後版では「正しい日本語」と言っている。満洲に限らず外地で、日本人は正しい日本語を使えということは、『咲きだす少年群』や『マーチョ』にも出てくるが、『スンガリーの朝』は、改訂版だけでなく戦後版でも、これが重要なテーマの一つだと言ってよい。

翌朝おばさんに連れられて町へ散歩に行くと、昨夜暗くてさびしいと思ったハルビンが、いかにも明るくて、おちついた美しい街だと分かる。目抜き通りのキタイスカヤでは大きなベンチがおいてあって、誰でも休めるようになっている。東京の銀座通りなど人が随分通るけれど、ベンチさえおいてないのはどういうわけだろう。東京に住んでいた時には気が付かなかったが、こうしてよその国に来てみると色々なことが分ってくるというのである。この部分は改訂版の付加であるが、戦後版もその通りである。建前としては満洲に来ると「日本のよさ」がわかるということなのだが、現実にはその正反対もあるということになるだろう。

そこでたまたまロシヤ人の母子に出会う。母は手かごに人参を入れて、女の子は牛乳瓶をもっていた。一郎はロシヤ人が珍しいので、その後姿を見送っていると、初出版では、おばさんが「ロシヤの人は、みんなよくはたらきますよ。そしてかみさまを大せつにしますよ。」といい、ハルビンにある「ロシヤのお寺」（ロシア正教会の聖堂か）をいつか見せてあげるといっている。おばさんのこの言葉は重要である。というのは、この言葉が改訂版と戦後版ではそっくり削られているのである。街路のインフラのことを長々と説明しながら、こんな短い会話を削除したのは何故であろうか。似たようなことが、後に出てくる一郎の手紙の文にもあるので、そこで考察しよう。

ハルビンの街も、道路も一郎にはみな珍しかったが、一ばん驚いたのは氷で白くなったまるで海のように見える大河・スンガリーだった。一郎は始め海だと思ったのだ。それまでに一郎が見た一番大きな川は、東京の隅田川だったから、目の前に見えている海のように広いスンガリーから見れば、隅田川などまるで「溝」のようにしか思えなかった、と初出版ではいっている（改訂版以降は「子どものようにしか思われません」と改めている）。

この川の中国語名は「松花江」である。スンガリーはロシア語名だが、これは満洲族古来の満洲語名スンガリー・ウラ（天の河の意）をロシア人が踏襲したのだという。戦前期奉天（現・瀋陽）で中学三年までを過した野村章によれば、「私の少年時代、ショウカコウはスンガリーと愛称され、私たちにとってスンガリーの結氷は冬到来の風物詩でもあった」というから、スンガリーは当時ハルビンだけでなく、在満日本人全体に親しまれていたのであろう（野村章『「満洲・満洲国」教育史研究序説』エムティ出版、一九九五年、二〇七頁）。おばさんはスンガリーを見ているると心が広くなるようだ、日本が懐かしくなるとスンガリーを見に来る。「だから、この川は、おばさんのおかあさんよ」という。そして冬には「クレスチェーニェといふおまつり」（ロシア正教の氷上洗礼祭）がここで行われるということや、夏のスンガリーの遊びの楽しさなどを一郎に語って聞かせるのである。

初めて朝のスンガリーに接したすがすがしい気分が、この物語のライトモチーフとなっている。その後も明け方に氷が融ける様子を見に行ったり、夏にはボートや水泳と何回もスンガリーが登場する。

7　ハルビンの学校

まもなく新学年が始まる。初出版では「一郎は、ハルビンの学校に、入れてもらいました」とあるが、改訂版では「一郎は、ハルピンの国民学校初等科四年に入りました」となっている（正式には一九四一年（昭和十六年）から、日本人小学校は満洲国では「在満国民学校」、関東州では日本内地と同じく「国民学校」と呼ぶようになる）。「建物は大きくて、どっしりしていて、生徒は、男の子も女の子も皆洋服でした」とあるのは、当時まだ日本内地の学校はみすぼらしい木造の建物が多く、特に地方では和服姿の生徒も珍しくなかったからであろう。これも「満洲に来ると日本のよさが分かる」の逆である。

一郎が入学すると生徒が皆寄ってきて、東京のことを聞きたがった。このこと自体はごく自然な現象と思われるが、この部分は初出版と改訂版とではかなり違いがある。初出版では、生徒たちが東京の大きなビルとか、地下鉄とか、隅田川に架かる橋のことなどを訊きたがるのは当然としても、「明治神宮も靖国神社も、どんなにこうごうしい（神々しい）おやしろだろう」とか、「二重橋はどんなにりっぱだろう。おしゃしんではなんどもおがんだ（拝んだ）けれども、

ほんとうにおがんだことがないんだもの、一どおがみたいな」とかいう子が出てくるのである。（初出版、一九四一年八月号）

これは『日本に来て』で二郎が東京で真っ先に靖国神社や二重橋を「参拝」に出かける時の様子に通ずるものがある。そこでは、靖国神社参拝後、宮城（皇居）に向う時の二郎の気持ちが、「靖国神社を拝むことだけでも、心がいっぱいになっていた。それでもうなにもかも、すんでしまうような気持なのである。一生に一どでいいから、靖国神社を拝みたいという人が満洲にたくさんいる。その上にまた宮城を拝むということは、あんまり感動することが多すぎて、もったいないのである。」などと書かれている（『日本に来て』二三三頁）。軍国主義・超国家主義の典型のような感情である。

ところが改訂版では、生徒たちの一郎への質問が次のように変わっている。

「靖国神社の大鳥居は、大きいだろう、高さは何メートルあるの。」

とたずねる人もいました。

「東京に、国民学校がたくさんあるだろうね。みんなでいくつぐらいあるの。」

……一郎が困ったことは、聞かれるごとに、はっきりしたことがいえないということでした。大鳥居の高さにしてもそうでした、国民学校の数にしてもそうでした。今まで十年あまりも東京に住んでいながら、そんなことまではっきりと知っていなかったということに気がつきました。ぼんやりとくらしていたことが、今さらなさけないとも思いました。いつか星野先生が、「こんど東京をはなれて、ほんとうに東京のことがわかりますよ。」といったことばを、なるほどと一郎は思いました。（改訂版、一〇六頁）

在校生の質問が、いかにも子どもらしい問いに変っている。同時に、一郎は真面目に受け止めようとしているのであるが、「どうせそんなことは知らないだろう」とからかわれているようにも見える。いずれにせよ、『日本に来て』にも出て来た体験が、ある場所をはなれて本当にその場所のことがわかる、という別のテーマに変えられている。つまり軍国主義・超国家主義から離れた一般的な問題になっているのである。うっかりしていると見過ごしそうな短い箇所ではあるが、これは本質的にかなり大きな変化といえよう。そしてこれは、後に指摘する、白系ロシア人や彼等のキリスト教信仰を扱った箇所での、初出版と改訂版の変化とも対応しているのではないかと考えられる。それはとも角、転校した当時は皆が仲良くしてくれるので、一郎は少しも淋しいとは思わなかったのだが、やがて言葉の問題を契機に、一郎と学級の仲間との間にいさかいが起こるのである。

ところで、『咲きだす少年群』で、主人公洋の通う小学校には、白系ロシア人のユリヒーが入っていたが、一郎の通うハルビンの小学校（在満国民学校）には日本人しか登場しない。これは大連にロシア人の学校がほとんどなかったためかもしれないと指摘しておいたが、それに対して、ロシア人の満洲進出の拠点で、「東のモスクワ」とも呼ばれたハルビンは、満洲でも一番ロシア人の人口も多く、当然ながら多数のロシア人の学校があったのである。

ハルビンの日本人小学校についてこういう証言がある。一九三五年（昭和十年）三月末から一九四〇年三月末まで「哈爾浜小学校」（ハルビンでは最も古い日本人小学校。後に哈爾浜桃山小学校と改称）に赴任していた、ある教師の回想である（括弧内は筆者の挿入）。

（この学校では）四年生以上は、中国語かロシア語か何れかを学んでいると大林校長先生からきいてうれしく思いました。

それから（ロシア語教師の）ワシリー先生の三角形のロシア語教室を時々のぞかせてもらいました。黒板にかかれたロシア文字の美しかったこと、今でも目にうかんできます。生徒たちの語学力は大したもので、私の下宿していた許公路の片岡さんの三郎君など、六年生でしたけれど、電話でロシア語だろうが中国語だろうが、自由に受け答えをしているのを見て、本当にうらやましく思ったものでした。町角で五、六年生の子供達が、ロシア人や中国人の子供たちとそれぞれの言葉でわたりあっているのを見かけては、子供たちは語学の天才だと恐れいった次第です。（中略。その後ワシリー先生の家に招かれて、ロシア革命で祖国を追われたエミグラント（難民）、いわゆる白系ロシア人だったことを知る。）

……その夜は、革命で祖国を追われたエミグラントの人たちの淋しさ、悲しみ、そして嘆きがせまってきてねつかれませんでした。（小嶋邦生「ワシリー先生のことども」『哈爾浜桃山小学校創立七五年記念誌』一九八四年五月、四九―五〇頁）

『咲きだす少年群』の洋とはえらい違いである。互いに言語を学び合う、多民族の子どもたちの自由な交流があってこそ、『ひろがる雲』の前書きにあるように、どの民族の子どもも「みんななかよく肩をくんで」いけると言えるであろう。植民地の日本人小学校でその土地の言語を教えることは、台湾・朝鮮などではなかったが、満洲では例外的に中国語（初めは「清語」次いで「支那語」最後には「満語」と称した）を教えることになっていた。ハルビンではさらに小学校でロシア語も教えており、洋の反省とは正反対に、中国語やロシア語を日本人の子どもたちが自由に話していた、というのは注目に値しよう。

しかし石森は、『咲きだす少年群』や『日本に来て』では、日本人の子どもが外国語、特に中国語の不得手であることを問題視していたが、『スンガリーの朝』では、もはや外国語のことは、中国語にせよロシア語にせよ、全くとりあげていない。日本語が通ずるのがごく当たり前のように、設定されているのである。まして、小学校でロシア語が教えられている様子など全く見られない。また白系ロシア人が「革命で祖国を追われたエミグラント」（難民）であることは、加藤武雄『饒河の少年隊』にも出ており、当時の常識だったのではないかと思われるが、石森は『咲きだす少年群』でも『スンガリーの朝』でもそのことに全く触れていない。

その一方で「東京を離れると東京の本当のよさがわかる」とか、「日本人であることを忘れるな」とか、「正しい日本語を使え」とかいう、日本中心主義が強調されている。既に『日本に来て』で始まったことではあるが、これも日満一体化が促進された時期の反映であろうか。それだけに目を引くのは、ロシア人の行事、特に宗教行事や彼らの信仰に関わることが、初出版ではかなり詳しく取り上げられているのに、改訂版では逆に削られていることである。これについては「10　キリスト教への関心――初出版と改訂版の違い」で検討しよう。

8　白系ロシア人への接近

間もなく叔父さんが出張先から帰ってくる。ある朝、日の昇らない中に、一郎はスンガリーの解氷の様子を叔父さんといっしょに見に行った。一郎はめまいがしそうになりながら、川の動きを見続けていた。ところが、初出版では、その日学校へ行って友達に解氷の様子を話してみると、それを見たという子がほとんどいなかった。もともと関心がなかったのであろう。一郎は思った。「あんなおもしろい、しかも大きな、自然の力というのを、どうしてここの人たちは、見逃してしまうのだろう。だんだん、こんなことになれてしまうのかしら」と。この「慣れっこになってしまう」ことを警戒するのは、この物語の重要な伏線になっているのだが、改訂版では、一時間目に先生が、解氷を見たかと子どもたちに問いかけている。すると一郎以外は誰も見ていない。そこで「これは、ひごろ心がけていないと、うまく見られるものではないのです、……これからは、みなさんも、この土地のことをもっとよく気をつけて見ることにしましょう」というお説教であっさり終っている。これでは石森の目指す「自然美に基づく郷土愛」は生まれないであろう。

ハルビンでの一郎の交遊はどうだったか。『咲きだす少年群』では、ユリヒーという同級の白系ロシア人の少年との交遊が眼を引くが、『スンガリーの朝』でも、具体的に描かれた、日常的な交わりは、やはり白系ロシア人とのそれである。しかもまだ小学校中学年の子どもとはいえ、ガールフレンドができたのである。マルハという隣家の少女である。

『スンガリーの朝』の顕著な特徴は、満洲の異民族の中でとりわけロシア人との関係が深いことである。満洲きってのロシア人の街・ハルビンを舞台に選び、そこを流れる大河を松花江という中国名で呼ばず、スンガリーというロシア名を用いることにもそれが表れている。ハルビンに着いてからの一郎は、満洲国で一番ロシア人の多い街であるから、よくロシア人に出会っている。

ハルビンに移り住んで出会うことは、東京生まれの一郎にとって珍しいことばかりだった。「白系《はっけい》ロシヤ人たちのおまつりは、ことに、めずらしくおもいました。」と一郎は母あての手紙に書いている。まず、おばさんもロシアに関心が深いことから書き始めている。

おばさんは、本をよんでいます。このあいだから、つづけてよんでいるのです。なんでもロシヤじんのかいた本で、『かりゅうどの日記《にっき》』だといっていました。『なぜ、そんな本をよむの。』って、ききましたら、『ロシヤじんがそばにいるし、ロシヤのたてものもあるので、ロシヤじんのことがしりたいの。』と、いっていました。（初出版、一九四一年九月号）

なぜ漢民族などほかの民族を差し置いて、まずロシア人を「知りたい」のか？　これはハルビンならではのことであったろう。ハルビンでは、一郎のおばさんの家のように、「お隣」が日本人でなければ、ロシア人だったことも多かったのではなかろうか。

この箇所は、改訂版では次のようになっている。

おばさんは、今、私と同じ机で本をよんでいらっしゃいます。……

「かりうどの日記」だということです。……

「なぜ、そんな本をよむの。」って、聞きましたら、「満洲国には、いろいろな人がいますから、その人たちのことをすこしでも知っておきたいのですよ。」とおっしゃいました。そのいろいろな人の中に、ロシヤ人もはいってるわけなのです。

「それに、おとなりが、マルハさんたちでしょう。どうしてもロシヤ人のことがわからなければ。」ともおっしゃいました。

こんばんも、マルハさんのうちから、おばあさんのひくピヤノの曲がひびいてきます。

（改訂版、一二八頁）

内容は同じだが、ずっと膨らまされている。ところで、「いろいろな人」がいるのは事実だが、これは多分に言いわけくさい。実際にはほとんどロシヤ人にしか興味がないことは、読み進めていけば明らかである。『かりゅうどの日記』とは、ツルゲーネフの『猟人日記』のことだろう。だがこの石森の書き方では、それがどんな本か分らないし、なぜこの本を読むのかも分るまい。子どもには「ロシヤじんのことが知りたい」とでも言っておくしかなかったろうけれども。

『猟人日記』は近代日本社会に大きな影響を与えている。帝政ロシア時代の美しい自然を背景に、上流階級に属する「猟人」が、優しい態度で貧しい農民に接する、その人間的な魅力におばさんは魅かれているのかもしれない。だが二五篇の、スケッチ風に描いたこの短編集は、農奴制下の悲惨な生活と、それにもかかわらず高貴な魂を持った農民の姿を描写して、アレキサンドル二世に大きな衝撃を与え、農奴解放に大きな影響を及ぼしている。作者のツルゲーネフは農奴制に反対したというので、逮捕されたことがあるともいう。当時の石森がどこまで認識して『かりゅうどの日記』を取り上げたのかはわからない。

おばさんの家の隣には、ピアノの先生をしているロシア人の老婦人が、マルハという八つになる孫娘と住んでいる。マルハは時々この家に遊びに来る。やがて一郎は日本人の校友以上にマルハと親しくなる。級友の病気見舞いにも、マルハを連れていったりして、物語のかなりの部分をマルハとの関係が占めている。またアレクセイというロシア人の少年とも、彼が時々マルハの家に遊びに来るので知りあったことになっている。

マルハの両親は、初出版では本国で働いているということだったが、改訂版では両親とも亡くなったとされている。おばあさんは日露戦争で戦死した主人の墓が旅順にあるので、満洲を離れたくないのだという。それを聞いて一郎は、ハルビンに来る途中で二〇三高地を案内してくれた小山が、旅順の大学に進むことにしたのは、祖父が旅順で戦死したからだといっていたことを思い出す。ロシア人も日本人もともにこの満洲で血を流したのだ。敵・味方の関係にあったとはいえ、人間の運命には国際的な共通性のあることがわかる。

日本人と白系ロシア人との子ども同士の交流については、既に『満洲補充読本　三の巻』に、石森の作ではないが、「マーシヤさん」という作品が、一九二六年（大正十五年）発行の初出版からずっと載っている（表題・本文とも原文通り）。

七　マーシヤさん

マーシヤさんはだれとも仲よしです。とりわけ私とは仲よしです。お家も近いところにあるので、毎日行つたり来たりしてゐます。今ではおかあさんたちまで、おつきあひをするやうになりました。

マーシヤさんは、せいが高くてにくつきがよく、さくら色のいきいきしたほゝに、いつもにこにことゑくぼを見せてゐます。ゆうぎやたいさうの時などは、誰よりもくわつぱつで、さうして唱歌が大へん上手です。

（中略）

「ねえ、ほんたうにふしぎではありませんか。私はロシヤ人で、あなたは日本人でせう。それが同じ組で、仲よしなんでせう。ほんたうにふしぎではありませんか。」

私はつい同じやうな心持ちになっていひました。

「ほんたうにふしぎですね。」

「同じ組」というからにはマーシヤさんは、『咲きだす少年群』のユリヒーのように、日本人学校に通っていたのであろう。子ども同士日本語が通じて当然である。この二人の子どもは女の子である。「三の巻」の掲載だから、三年生ということになる。『スンガリーの朝』の初出版の一郎と同じ学年である。「マーシヤさん」は、『スンガリーの朝』のマルハにも通じるのではないか。遊戯や唱歌が上手だという点もよく似ている。

一郎の入った学校は、『咲きだす少年群』の学校と違い、日本人の子どもだけで、他民族の子どもは出てこない。遊びとしては、後に出てくる冬のスケート場で満洲人や朝鮮人の子どもと知り合いになるが、それほど親しい関係ではない。またモンゴル人は出てこない。異民族の子どもとしては、マルハが最も親しい友人ということになっている。

大連を舞台とした『咲きだす少年群』には、たまたま主人公と同じ日本人学校に在学しているユリヒーとその家族しか、ロシア人は出て来ないが、ハルビンは満洲で最もロシア人の多かった都市だけあって、『スンガリーの朝』には、むしろ社会としてロシア人が登場する。街を歩けば必ずロシア人と行き交う。街頭の物売りやデパートなどでもロシア人の売り子に出会う。「お寺」と呼ばれているロシア正教会の聖堂がある。キタイスカヤのデパートにセーターを買いに行った時、飾ってあったペルシャ猫を一郎が眺めていると、「ボッチャン、カワイイデショー」と声をかけてきたのは、ロシヤ少女の売り子だった。街角に出ると、白系ロシヤ人のおばあさんが、きれいな造花を売っている。通りすがりの日本兵がその花を買ったのだが、後でそのおばあさんは「日本の兵たいさんたちには、ただで、この花をあげたいと思うのですが、もとでがかかっていますので、やっぱりお金をいただかなくてはならないのです」と言っている。これは白系ロシア人の日本人への親しみの表現であり、日本人の一方的な「ロシアびいき」や「白人コンプレックス」ではないことを示していると考えられる。明らかに白系ロシア人は日本人に対して好意的だったのである。後で詳しく述べるが、これには理由がある。もう一つ大事なことは、白系ロシア人とは、ほとんど日本語で交流できたということである。外国語の不得手な日本人には、絶好のお相手だったのである。

9　難民（エミグラント）白系ロシア人

当時の満洲におけるロシア人の置かれた状況――歴史的な背景――を考察しよう。先の、小嶋邦生「ワシリー先生のことども」にも垣間見えるが、白系ロシヤ人は、一九一七年のロシア十月革命が勃発したのち、国外に亡命した旧ロシア国民の総称とされる。従って民族的にはロシア人だけでなく、ウクライナ人やポーランド人、ユダヤ人まで含まれているという。ドミトリエヴァ・エレーナは次のように指摘する。

満州における中東鉄道敷設（一八九八〜一九〇三）とそれに伴う鉄道附属地のインフラストラクチャの進展は、帝国ロシアから各社会層の移住民をもたらした。その結果、一九〇七年、満州における帝政ロシア国籍者数は四万八千八百七十人に達した。その中には鉄道従業員（二万八千人以上）以外、事業家、インテリ、商人などがいた。さらに、一九一七年のロシア革命と内戦勃発後、ロシアから亡命した自衛軍兵士、官僚、インテリが増加した。大多数は家族連れであった。白系ロシア人はなぜ満州を定住地にしたのか。実は満州が気候的・自然的にロシアと似ていたファクターと、ロシア系のインフラストラクチャの存在というファクターの影響が大きかったからである。

一九二〇年一月に臨時全ロシア政府（一九一八年十一月〜）が転覆されると、ソビエト政権の形成が始まり、ロシアからまた新しい亡命派を及《ママ》ぼした。（中略）

一九二七年から実施されたソ連の農業協同経営化の結果、シベリアから家畜・農具連れの農家が満州へ密入国で逃亡していた。一九三〇年、満州のロシア人人口は約十一万人の内、白系ロシア人は約六万人であった。残りはソ連国籍者であった。

この在満ロシア人人口の中に白系ロシア人と呼ばれた者は、ロシア革命勃発前から満洲に住んでいた者と、革命後にロシア領土から亡命した者の両方が入っており、彼らはソ連政権（ボリシェビキー政権）を受け入れなかった。一九二一年十二月十五日付の全ロシア中央委員会・ソビエト連邦人民委員会の法令によって、一九一七年十一月七日までにソ連政権の許可を得ず、ロシア領土を出た者は国籍を剥奪された後、亡命した白系ロシア人は無国籍者になってしまった。（ドミトリエヴァ・エレーナ「『満洲国』と『白系ロシア人社会』――教育政策、技術者教育政策に見る五族協和の実態――」岡山大学大学院社会文化科学研究科学位論

文、二〇一八年三月、一四―一五頁）

まず抑えておくべきは、いわゆる白系ロシア人は、その多くが「難民（エミグラント）」であり、赤系ロシアに対抗して故郷を棄てて満洲に出て来たので、国籍を失っており、ソビエト・ロシアには帰れなかったことである。中でもハルビンは白系ロシア人が多く住んでおり、「東のモスクワ」とも呼ばれた。鉄路と（スンガリーによる）水路輸送の優れた交通条件のため、ハルビンは繁栄していた。またロシア式のインフラが整備されていたことも大きな理由であった。

満洲国の総務部文書科の『民政部調査月報』（康徳三年（一九三六年）十二月）によって同年七月末現在の主要都市の人口を見ると、ハルビンは奉天（現・瀋陽）に次いで、関東州・満洲国では人口の多い都市であったが、外国人の人口、特にロシア系の住民の人口は、満洲国全体のロシア人人口の約八割を占めていた。実数で見ると、ハルビンの総人口は四十六万二千六百二人、うち日本人（内地人）は三万千四百二十三人、外国人のうちソ連人は七千百人だが、白系露人は三万九百八十四人と、日本人とほぼ匹敵していた。（周秋利「『満洲国』における白系ロシア人の信仰と現実――竹内正一『夏の日の恋』『復活祭』を中心に」、『跨境　日本語文学研究』十二巻、韓国高麗大学校GLOBAL日本研究院、一四四頁に掲載の表による。）

さらに一時期日本と白系ロシア人との関係がよかった、という歴史的背景もある。一九二六年中国側の市政回収運動によりハルビンの自治権は中国人のものになったが、その情勢に乗じて、次第に特権と優勢を失いつつあった白系ロシア人に、日本側が彼らを助けることができると信じ込ませる一方、ロシア正教をも丸め込んだ。さらに以下のようなこともあったという。

……一九三二年二月五日、日本軍のハルビン入城の際に行われた「入城式」で、当時の白系ロシア人は日本軍に歓迎の態度を示した。また、竹内正一によって書かれた長編小説『哈爾浜入城』には、白系ロシア人の語る言葉として次のような描写がある。「日本の兵隊は強いんだものな。早く支那兵をやっつけて、それからボルシエヴイキもやっつけて呉れれば好いんだ…」とある。つまり、満洲における白系ロシア人は日本軍の力で、遠い昔のツアーリの国を再現して欲しいと願っていたのである。（周秋利前掲論文、一四六—一四七頁）

白系ロシア人は一時、ロシアの革命政権を日本が打倒してくれることを期待していたのである。だがソ連政体の強化とともに、帝政ロシアの復活の希望は薄くなり、在満白系ロシア人の多くは、満洲国建国に伴った新しい事情に順応するようになった。一方満洲国建国後、新しい政権は満洲国の国民形成を始め、在満白系ロシア人を国民として扱う方針を決定したのである（前掲ドミトリエヴァ・エレーナ論文、五頁）。白系ロシア人は九割以上がロシア正教徒で、教会を中心にまとまっており、倫理性や文化教養のレベルも高かった。これに対して、ロシアでは、「一九一七年の十月革命で無神論のボリシェヴィキ政権が生まれ、教会は「反動の牙城」とされて、聖堂、修道院は閉鎖され教会財産は没収、この社会から姿を消し」てしまった。また「シベリヤの旧教徒は都市を離れて生きて来たので、なおほそぼそと生命をつないでいたが、ソビエト体制下の第一次計画の農業集団化の波に一九二三年から巻きこまれ、徹底的に弾圧され追い払われた」のである（源元一郎『ロシア旧教徒の村　ロマノフカ』鳥影社、二〇一七年、五四頁）。白系ロシア人は政治的のみならず、宗教的にも難民であったわけである。満洲国では「五族協和」の建前と並んで信教の自由も一応保証されていた。

何より重要なことは、白系ロシア人は、「満人（漢族・満洲族）」と違って、日本によって本来の居住地で植民地支配されたわけではないから、日本人と直接支配＝被支配の関係にはなかったということであろう。したがって「反満抗日」のような意識にとらわれる恐れはなく、日本人と白系ロシア人は「対等」に付き合えたということになる。石森がこういう事情をどれだけ自覚していたかはわからないが。

『咲きだす少年群』では、チャクトは故国の父のもとに帰るが、ユリヒー一家は「北支那」山東半島の芝罘《チーフ》に行くことになっている。これは外国を転々としている難民の姿と受けとれる。

いずれにせよ故郷のロシアへは帰れないのだから。

石森は満洲に渡った当初から「ロシヤ人や支那人……」というように、ロシア人を最初に立てて重視するような姿勢を示していたが、これは多くの在満日本人に共通する態度でもあった。それは難民に対する同情などではなく、彼らの生活様式が清潔で、その文化が魅力的だった上、日本語が通ずることが主な理由であったろう。『咲きだす少年群』（二一三頁）で洋が、「満人は、とても不衛生だよ」といっているように、中国人に対して生理的嫌悪感を示す日本人が多かったから、これもロシア人を浮上させる要因であったろう。さらに当時の日本人にとっては、ロシア人の方が中国人より「開放的」だと感じられたこともあろう。マルハの行動にもそれが見られる。『咲きだす少年群』で見たように、満洲教育専門学校では、ロシア語習得のために生徒をロシア人の家庭に下宿させることができたが、中国語の場合には、日本人を同居させてくれる「満人」の家庭が見当たらなかった、ということに端的に現れている。

さらに、在満日本人が支配者顔をして、外国語の習得に熱心でなかったのに対し、ロシア人は日本語を熱心に学んでいた。『スンガリーの朝』（改訂版）には、一郎が花売りの老婆を指して「あのロシアのおばあさんは、よく日本語ができますね」と言っている場面があるが、当時の満洲のロシア人には、日本語の巧みな人が多かったのである。安東大和小学校の鳥居鶴美は、

「今や日本語習得熱は全白露人間を風靡している」という某白系ロシア人の有力者の言葉を紹介しながら、こう述べている。

近来ハルピンに於ける白露の人々の日本語熱は非常なものである。六十にもなる老人達の中でも熱心に日本語を習っている人があると聞かされた。又処々に日本語教授が行われている。生徒は約三四十の初老組から小僧に至るまで二、三十人の人々が熱心に「初等日本語教科書」なんかを勉強している。（中略）更にハルピンで発行するロシヤ新聞には新しく日本語欄が設けられたと云う。当にハルピンは日語の氾濫時代である。（鳥居鶴美「旅に拾う話題」『満鉄教育たより』第32号、一九三七年四月十五日）

これは日本特務機関により一九三四年十二月末に設立された「白系露人事務局」や、『ハルビンスコエ・ウレーミヤ』（ハルビン日報）紙が、一九三五年から日本語学習のメリットを宣伝しはじめたことにもよるだろう。一般学校に日本語の授業を導入したり、大人向けの日本語コースをハルビンに設置したりしたのである。『満洲日報』紙も「北鉄接収後白系露人の日本語研究はすばらしい勢いで流行している」と報じて、やはり白系ロシア人の有力者にインタービューしている。その人は「今は日本語を研究するものが激増した、それは就職ということはもちろん第一の理由だが、科学文明の発達した日本人は古い伝統を守っている満人よりも接し易いし、互いに理解も早いから日本語を通じて満洲国の仲間入りをしようという気持ちだ」と答えたという（前掲ドミトリエヴァ・エレーナ論文、五一―五二頁）。ロシア人の側からしても、日本人の方が満人（中国人）より近づきやすかったということであろう。

外国語の不得手な日本人にとって、これほど結構な話はないだろう。中国人は近づこうとしても言葉の問題があってなかなか容易ではないが、ロシア人とはロシア語を知らなくても日本語で難なく交流できるのである。さらに、恋愛関係ではないが、こちらが相手をどう見ているかだけではなく、相手がこちらをどう見ているかが、まず問題である。日本人の側が相手の民族を好いているか嫌っているかだけでなく、相手の民族がこちらをどう思っているか見据える必要があろう。

10　キリスト教への関心――初出版と改訂版の違い

石森はこうした白系ロシア人の歴史的・社会的背景には全く触れていないのだが、それにもかかわらず、あるいはその代りにというべきか、『スンガリーの朝』にはロシア人の宗教活動

——宗教行事が具体的に描かれていることが注目される。宗教に接近することは、その民族の核心に迫ることでもあるが、さらに注目すべきは初出版と改訂版の差が、この点に最もよく現れていることである。

初出版では、既に述べたように、一郎がハルビンに着いて、おばさんの家に落ちついて、キタイスカヤに散歩に出た時、ロシア人の母子を見かけると、おばさんは、「ロシヤの人は、みんなよくはたらきますよ。そしてかみさまを大せつにしますよ。」といって、ハルビンにある「ロシヤのお寺」（ロシア正教会の聖堂）をいつか見せてあげるといっている。またはじめてスンガリーを見に行った時、冬には「クレスチェーニェといふおまつり」（ロシア正教の氷上洗礼祭）がここで行われることも話している。ところがこれらの箇所が、改訂版では削除されているのである。ささやかなことのように見えるが、以下の一郎の手紙の内容と合わせて、当時の白系ロシア人の動向や、日本におけるキリスト教の置かれた状況を考えると、これは意外に重要な意味があるように思われる。

これに関連することが一郎の手紙の中に現れている。東京生まれの一郎にとって、ハルビンに移り住んで出会うことは、珍しいことばかりだったが、「満洲国内にいる、五族の一つである白系ロシヤ人たちのおまつり」を、ことに珍しく思ったのか、母あての手紙の中で、ロシヤ人の行事を多く取り上げている。

私が、こちらに来て、めずらしいとおもったのは、やはりロシヤじんのことでした。こちらに来てはじめて見たロシヤじんのおまつりは「パスハ」でした。これはキリストさまが、天にのぼられたのをおいわいするおまつり（お祝いするお祭）です。おまつりになる前に、にくの好きなロシヤじんが、にくをたべないで、からだをきよめます。おまつりの前のばんになると、みんな赤い　ろうそく（蝋燭）をお寺にもっていって、それに火をつけ、きえないようにして、うちにもってかえります。

うちでは、そのばんから、しょうじんおとし（精進落し）をします。子どもたちは、きれいなおかしをたべたり、赤くそめた　ゆでたまごをたべたりして、よろこぶのです。

おはかに花たばをかざって、そこでうたをうたったり、おどったりして、なくなったひとをなぐさめます。

（中略）

六月には「ツローイッツア」というおまつりがあります。この日は、ロシアじんはみなうちじゅうそろって、のはらや山にピクニックにいきます。これは長い長いふゆがいってしまって、みどりのうつくしさをよろこぶのです。（中略）

私は、まだ見たことはありませんが、一月といふさむい時に「クレシチェーニェ」というおまつりがあるそうです。この月は、スンガリーにはったこおり（張った氷）をきって、その中にはだかになって、ひたるのだといいます。こうしてかみさまにおいのりをします。このあいだそのしゃしんを見ました。

こんなおまつりをかんがえますと、ロシヤじんはたいへん、しんじんぶかい（信心深い）人たちだとおもいました。

おとなりのマルハさんが、ごはんを食べる時、しばらく手をくんでおいのりをするのを、なんども見ました。それからどんなくらいへや（暗い部屋）でもひとりでどんどんあるいていきます。「こわくないの」ってきくと、「かみさまがまもってくださるから、こわくない」といっていました。（初出版、一九四一年九月号。傍線および括弧内は引用者）

ここではかなりキリスト教に接近している。白系ロシア人の社会に接近することは、必然的に彼らの信仰・ロシア正教に接近するということでもあろう。確かに「バスハ」というキリスト昇天を祝うお祭りや、厳冬に行われる「クレシチェーニェ」（氷上洗礼祭）のことは印象深かったのであろう。ロシヤ人がたいへん信心深い人たちだと思ったのも道理であろう。これはおばさんが、キタイスカヤを散歩した時に、「ロシヤの人はよくはたらきますよ。そしてかみさまをたいせつにしますよ」と言ったことにも通ずるであろう。

この点は石森の思い入れではない。あるロシア人の研究者は、満洲に居住したロシア人と日本人の回想記を比較してこう言っている。

「白系」ロシア人にとっては、宗教は精神的なサポートとして、重要な役割を果たしていた。それに対して、日本人は、自分自身だけの能力に任せていた。「白系」ロシア人の信仰心の深さは、そのような日本人さえも感動させていた。（中略）

日本人においても信仰する心は見られたが、「白系」ロシア人のほうが日本人より人生における宗教の存在が重要であったと思われる。宗教的儀式に従うことは、日常性に新しい意味を与えていた。（ヤキメンコ・レギーナ「一九二〇―一九四〇年代の満洲におけるロシア人と日本人の「満洲経験」に関する思い出――一九二〇―一九四〇年代の満洲において居住したロシア人と日本人の回想記の比較研究」、大阪大学大学院言語文化研究科博士学位請求論文、二〇一六年）

おばさんが一郎に言った、「よく働きますよ」なら日本人も決して負けないだろう。しかし「神さまを大切にしますよ」となると、まったく事情は異なる。ロシア人は極貧の生活の中でもまず教会を建設した。当時満洲では、「ロシア人が千人寄れば教会を造るが、日本人が千人寄れば女郎屋を造る」とよく言われたという。ロシア人は教会によって、生活の根底が支えられていたのであって、日本人のいう「信心深さ」などという程度のものではない。そういう自己の存在自体を支える原理が、日本人には決定的に欠けている、という自覚が当時の心ある在満日本人の憂いでもあった。先の鳥居鶴美はこう述べている。

彼等が土地を開き部落をつくるとき其れが如何に小さな部落であっても教会を造る事を忘れなかった。斯くて彼等の行く処必ず信仰の鐘が鳴り渡った。殖民に先行する教会の鐘が民衆の守り本尊の様に彼等の生活につきまとうて来た。事実遠く故郷を離れた異郷にあり、而も広袤只草原のみの土地に生活の根を下す人々にとって教会は唯一最大の精神的慰安所であり、希望の対象でもあった。（中略）祈りに根ざした彼等の生活は堅実であった。彼等の開拓と建設の営みは地味ではあったが遠大であった。今こそ私共は現在の自己を三省してみなければならぬ。私共には彼等の祈りの生活があるだろうか。其処に根ざした堅実さと粘り強さがあるだろうか。（前掲鳥居鶴美、「旅に拾う話題」）

満鉄にゆかりの深い、しかも勤勉な石森のことだから、多分この鳥居の文を読んでいたであろう。石森の思想はこれに共鳴するところが多かったのではないか。その一端が『スンガリーの朝』に出ているように思われる。

ところが改訂版では、一郎の手紙での、白系ロシア人の信仰に関する箇所が大きく異なっている。「パスハ」のことはほぼその通りに載っているが、「私は、まだ見たことがありませんが」以下、「『かみさまがまもってくださるからこわくない』といっていました」まで、傍線部が全部そっくり削除されているのである（戦後版も同様である）。もっとも以下に示すように、「クレスチエーニエ」のことは、逆に詳しく出てくるのであるが、その意味付けとしてのロシア人の信心深さや、マルハの食前のお祈りのことなどが出て来ないのである。くり返すが、これは先の「ロシヤの人は……かみさまをたいせつにしますよ」というおばさんの言葉が削られたのにも通ずるものではなかろうか。改訂版には大幅な加筆のほかに、初出版を詳しくした個所や、逆に簡潔にした箇所は至るところにあるが、初出版を完全に削除した個所は他に見られない。ロシア人を賞賛することや、キリスト教信仰に熱心なことを評価すること、さらにそれに感動するのを、ためらったのではないか、という疑問が生ずる。

繰り返しになるが、改訂版では、一郎の手紙ではごく簡単に記されていた「クレシチェーニエ」が「氷上洗礼祭」の題で、形を変えて逆に詳しく出ている。それは初出版にあるような、話で聞いたことや写真で見たことではなくて、実際に見たことを綴り方に書いたかたちになっている。一郎は母への手紙で、「スンガリーの洗礼祭」を見たこと、それを綴り方に書いたら先生がたいへん褒めてくださったので、手紙のなかに一緒に入れておく、と書いている。洗礼祭の様子を具体的に描写した、かなり長い綴方であるが、一部を省略して引用する。

氷上《ひょうじょう》洗礼祭

一月十九日、スンガリーで氷上洗礼祭が行われるということを、おとなりのマルハさんから聞いていました。

それで、その日、おばさんと二人で、朝十時ごろからお祭を見にでかけました。

（中略）

やがて、白い布を着たロシヤのお坊《ぼう》さんを先頭《せんとう》にして、たくさんの人が行列《ぎょうれつ》をつくって、この祭場へやって来ました。

おばさんのお話によると、ハルピンの三十あまりもあるお寺から、みんな集まって来た信者《しんじゃ》たちで、二万人以上もいるだろうということでした。

ですから、そのへんは、この人たちでいっぱいになってしまいました。

私は、せいの高いロシヤ人の後に立って、見ていました。

やがてお坊さんのお祈りの声が、ひびいて来ました。

そうして、きれいな合唱がおこりました。そのあいだ信者たちは、みんなお祈りをします。

式がおわると、氷の池のそばに行って、その水をびんにくんでいる人がいます。

その水をひたいにぬっている人もいます。

私のおどろいたのは、池の中に、はだかになって、はいる人があることでした。

こうして、スンガリーの氷の上に立っているのでさえ足が痛むほどつめたいのに、氷の池の中に全身をひたすのです。

（中略）

そんな人が、あちらにも、こちらにもいました。

「おばさん。寒くないでしょうか、あの人たち。」

「寒いとか、寒くないとか、そんなことをとおりこしてしまったのでしょう。」

「強いね。」

「一心というものは、ほんとうに強いものですね。」

私は、この氷上洗礼祭を見てから、どんなことがあっても、つめたいとか、寒いということを、けっしていわないことにいたしました。（改訂版、二七五―二七八頁）

この綴り方は、改訂版の第Ⅲ章の「一心」という節に入っている。この題からも推測できるように、氷上洗礼祭の受けとめ方が初出版と違っている。初出版の手紙のなかでは「ロシヤじんはたいへん、しんじんぶかい（信心深い）人たちだとおもいました。」というように、氷水に入ることや、マルハの言葉や態度を、ロシア人の神への信仰の表れと見ているのであるが、改訂版では行事を詳しく述べる代わりに、キリスト教が抜け落ちて、「どんなに寒くても寒いといわない」というような心構えの問題にすり替えている。厳冬期に氷水に入ることを、「一心不乱」のような、日本的精神主義でとらえているのである。

これは石森の自発的な改訂であろうか、それとも何かの圧力に接してであろうか。これには初出版と改訂版の刊行時期が関係すると思われる。『スンガリーの朝』の初出版は、『幼年倶楽部』一九四二年三月号で終っている。雑誌の刊行は同年二月上旬と見られるから、最終回の原稿はそれよりかなり前に締め切りになっていただろう。初出版で一郎がロシア人の信仰のことを書いた個所は、一九四一年九月号に掲載されているから、未だ太平洋戦争の気配が感じられない頃である。それに対して改訂版は、太平洋戦争開戦後半年以上を経過して刊行されている。児童文化も締め付けが厳しくなっていた時期である。

さらにこの時期、「はじめに」で触れた、石森の編纂した「満洲文庫・発禁問題」が、或は影響したのかも知れない。石森は在満時期に平方久直の手になる「軍人の子」という物語を「満洲文庫」文学篇『新満洲童話集』（一九三五年三月）に収録している。作者平方によれば、

「かきかたがきがきいている」と、石森に褒められたという。その後二人とも日本に戻るのだが、やがて「軍人の子」が憲兵隊に問題視され、編集者の石森ともども厳しい「取り調べ」を受けることになる。「軍人の子がさびしがるなんてけしからん。……もっと、大いに子どもに軍人の家庭はたのしいものだ、ということを鼓吹すべきであるのに、もってのほかだ。……子どもに軍人をきらわせる――つまり、反軍思想をいだいているのであろう」と、とんでもない言いがかりをつけられて罵倒されたのである。平方はノイローゼになって、危うく反軍思想を「肯定」しそうになったが、石森に励まされて何とか乗り切ったという(平方久直「軍人の子」『石森先生の思い出』八五―八六頁)。これは一九四二年春のころと推定される。『幼年倶楽部』に連載された『スンガリーの朝』の初出版が終了し、改訂版に取り組むころであるから、この事件が何らかの意味で、改訂の方向に影響した可能性があろう。

キリスト教は以前から弾圧されていた。特に太平洋戦争開戦後は厳しかった。教会に神棚を設けることや靖国神社参拝を強制されたり、一九四三年にはホーリネス系教会が解散を命じられ、東京築地の聖路加病院が「大東亜中央病院」と改名させられ、屋上の十字架を撤去させられたりしたのである。敵視されていたキリスト教色を薄める改訂が出て来てもおかしくないであろう。しかも、石森自身は本書刊行の約一年後、一九四三年八月にキリスト教に入信している(「年譜」『石森先生の思い出』二一三頁)。それだけに、一層考えさせられるものがある。

さらに石森のキリスト教入信後、一九四四年三月に刊行された『大東亜子ども風土記　マーチョ』には、「はしがき」にロマノフカ村を訪れた時のことが出てくる。「満洲人」が開拓を諦めた跡地に、一九三六年ウラジオストック付近から逃れてきたロシア人により開かれた村で、ロシア正教の典礼改革を認めない「古儀式派」に属し、古風な服装を保持していることで知られていた。一九三六年六月に白系露人事務局を経て移住計画の申請をし、七月に許可されている。これは日本人の開拓地移民が定着するための参考になると注目されて、詳しい調査がなされ、藤山一雄編『旧ロシア人のロマノフカ村』（満日文化協会、一九四一年）が刊行されている。

ロマノフカ村は、ハルビンと牡丹江を結ぶ鉄道の道林という小さな駅から七キロほどのところで、比較的アクセスがよいこともあって、寒冷地開拓のモデルとして、多くの訪問団が訪れ、一時は観光地のようだったという。石森はその「観光客」の一人だったかのように、「白系露人が、四十戸ばかり住んでいて、衣食住すべて自分の力で、まにあわせていこうという元気のいい村」と、ありきたりのような紹介をしている。また寒中の夜明けの道を行く途上で、牛を牽いていた「満人」や、馬橇を走らせていた白系ロシア人の若者に助けてもらったという体験を述べて、お互いが助けあうことが今一番大切だ。まして日本と満洲とは「切っても切れない間柄」なのだから、というお説教で結んでいる。だが、参観したはずのロマノフカ村の生活の実際には一切触れていない。触れていれば当然、彼らを精神的に支えているキリスト教信仰が出てこないはずはないと思われる。

一方この改訂版では、既に見たように、一郎がハルビンの学校に転校した時の生徒たちの質問から、初出版にある軍国主義的・超国家主義的な臭いのする、靖国神社や宮城を「拝む」ことを削って、至極子どもらしい、「靖国神社の鳥居の高さ」だの「東京の国民学校の数」だの、ふざけたともとれる質問に替えてしまっている。キリスト教だけでなく、国家神道をもはずした感じである。この対応をどう考えたらよいだろうか。

11　日本人であることを忘れるな

「氷上洗礼祭」との関わりで前後したが、先の一郎の手紙はまだ続いている。

――先日ハルビンの町はずれで「志士の碑」を見た。日露戦争の始まる頃、蒙古人に化けた二人の日本人がロシヤ兵に捕まった。例の沖・横川の話だが、これを延々とお話風に書き綴っている。さらにハルビン駅頭での伊藤博文の遭難も書いている。そして「これは、みんなむかしのおはなしですけれども、じっさいそのばしょできくおはなしになると、むかしのこととはおもわれませんでした」と記し、あとは近況を簡単に綴って終っている。手紙の書き方からしても、長さからしても、小学三年生の子どもが書いたとは思われないような文章である（改訂版では四年生になっているけれども）。

一郎の書いた長い手紙に対して、母はすぐこれも長い返事を書いている。どこの国の人も、自然というものに包まれていること、ハルビンのりっぱなお話を大切にしておくこと、写真を写すことのむずかしさ、それからお父さんの偉さ、日本を離れて、日本が分っていくだろう、という内容である。また、母の手紙では、一郎の書いたロシア人の宗教行事（おまつり）を、最初から日本のそれになぞらえ、季節の移り行きと関連させている。

白系ロシアじんのおまつりのことも、おもしろいとおもいました。おまつりが、みんなそのきせつのたのしさ（季節の楽しさ）を　とり入れてあることが、おかあさんにはおもしろいとおもいました。

日本のおいわいごと（お祝い事）も、そのきせつと　はなれてはいませんね。たとえば、もものせっく（桃の節句）では、ももの花があり、五月のせっくといえば、しょうぶ（菖蒲）があるように、……どこのくにの人でも、大きな大きなこのしぜんというものに、だかれているのです。だからしぜんのふところの中で、たのしさを見つけるのでしょう。（初出版、一九四一年十月号）

確かに一郎の手紙には、お祭りと季節の楽しさを結びつけている個所もある。だが、それとは別にロシヤ人の日常生活を通じた「信心深さ」に感動しているのに対して、母の手紙はそのことに直接触れていない。宗教行事を皆季節ごとの楽しさと掏り換えてしまっている。キリスト教には全く関心を払っていない。

改訂版でも、「お手紙のなかにかいてあったロシヤ人のお祭のことが、めずらしくて、たいへんおもしろいとおもいました。パスハの日にお墓へ行くことも、日本のおぼんのこともすぐ思いあわされました。……どこの国のひとも……そのしぜんのうつりかわりを喜んで、それがお祭となったり、お祝となったりしたのでしょう」という調子である。

次に一郎の手紙の中で、母の心を打ったものは、蒙古人に化けて、勇ましい最期をとげた、二人の志士（沖と横川）の話だった。この話を一郎から、今また聞かせて貰おうとは思わなかった、といい、初出版では「それだけに、つよく心を打たれました」、改訂版では「一郎さんは、そんないいお話のあるところを見ただけでも、ハルピンに行ったかい（甲斐）がありましたね」と続く。そして日本の古戦場にも、勇ましい、立派なお話はあるが、日本人同士が戦ったのだからそれほど強く胸を打たないが、海外で伝えられている話は、日本人とよその国の人たちが、戦ったのだから、それだけに大きく心を打ってくる、というのである。そしてすぐ次のように続く。

たとえ、そのような　りっぱなおはなしのあるとちでも、なれっこになってしまってはいけませんよ。なれっこになってしまえば、りっぱだと　かんじたこころも、だんだんきえてなくなってしまいますよ。それはおそろしいことです。りっぱなおはなしであればあるほど、ありがたいおはなしであればあるほど、それをたいせつにしておくことです。（初出版、一九四一年十月号）

せっかくいい土地へ行っているのですから、そのいいところをよく心にとめてください。はじめは、たいへん心にうたれたお話や景色でも、どうかすると、しだいしだいになれっこになって、うすらいでいくものです。おしまいには、なんとも思わなくなってしまうことさえあるのです。これは、たいへんおそろしいことです。りっぱなお話であればあるほど、それをたいせつにしておくのですよ。（改訂版、一四一―一四二頁）

どちらも価値あることに「慣れっこになるな」という訓戒であるが、改訂版の方がやや強い調子である。これは、ハルビンの人たちが、スンガリーの解氷など慣れっこになっているのではないか、という気候に関する一郎の疑問に発しているが、一郎宛の母の手紙のなかでは、日本人がその血を捧げた場所を詣でることと結びつけている。一郎が素直に感じたこの土地の印象を、母はみな「日本人」の立場から、「日本のよさ」に読み替えさせようとしているのである。これは、自然環境の点では子どもを現地に適応させるべきだが、あくまでも日本帝国臣民でありつづけなければならないという、在満日本人教育の本音にも通ずるものではなかろうか。

この物語の終りに近い個所で、一郎に母からの手紙が来る。中には母が撮った花の写真が入っていた。梅と椿と水仙である。これを見て一郎がいう。

「おじさん、日本っていいところね。」
「なぜ……」
「なぜって、今ごろ、こんなきれいな花が、咲くんだもの。」（初出版、一九四二年三月号）

改訂版でも、水仙が福寿草に変っているだけで、ほとんど同じである。

「あら、もう、こんな花が、咲くのですね。」

「早いものだなあ。」

「おじさん、日本っていいところですね。」

「なぜ。」

「こんなにきれいな花が、今ごろ咲くんだもの。いいな。」（改訂版、二八三頁）

「なれっこになってしまってはいけない」という警告は、『日本に来て』の冒頭の「この童話をよむみなさんへ」にもあったが、それは日本のすぐれた景色や気候、さらには「日本のりっぱな国がら」など「日本のよさ」に関することであった。それがここでは、日本人と外国人との対決の場に及び、さらにはじぶんが日常的にしていること（例えば写真の撮影）のばあいにも当てはまるというふうに発展していくのである。

そのきもちは、おかあさんの　しゃしんのおべんきょうをする時にも、もっていなくてはならないことです。（中略）
おかあさんは、一郎さんと　はなれてくらす（離れて暮らす）ようになってから、一郎さんのことがよくわかるようになりました。……
一郎さんも、おかあさんと　はなれてはじめておかあさんのことも、おとうさんのことも、なつかしいとおもうのではないかとおもいます。
そのように、そばをはなれてみて、はじめてそのものが、よくわかってくるのですね。（初出版、一九四一年十月号）

これは『日本に来て』の「この童話をよむみなさんへ」の冒頭の箇所に通じている。

けしきのよいところに住んでいますと、つい、そのけしきを見なれてしまいます。／そうしてそのいいところに、気がつかなくなっていきます。／気候のいい、ながめのいい日本に住んでいるみなさんも、うっかりして、このいいところを忘れているのではないでしょうか。／けしきや気候だけではありません。／どうかすると、日本のりっぱな国がらのことさえも、ききなれてしまって、これがあたりまえのように思いこんではいないでしょうか。（以下略）

一郎宛の母の手紙は、まさにこのことを思い出させるためのように思われる。繰り返しになるが、『日本に来て』では、たまたま出会った中国人少年やアメリカ人の少年を見て、自分が何であるか自信を失いかけた主人公に自信を取り戻させたのは、国史の教科書の皇国史観と、東京に着いてすぐに行った靖国神社と宮城（皇居）の参拝だった。つまり日本精神＝「お国のため」に一身を捧げることで、自己が確立するということである。

いっぽう、『スンガリーの朝』では、主人公・一郎が日本を離れてしまうのであるが、これに相当することが出てくる。その一つは「日本を離れることによって日本の良さが分かる」ことの強調である。東京を離れる時、担任の先生は「こんど東京をはなれて、ほんとうに東京のことがわかりますよ」と一郎に言っている。また母からの手紙にも、「そばをはなれてみて、はじめてそのものが、よくわかってくるのですね」という箇所がある。一郎が素直に感じた土地の印象を、母はみな「日本人」の立場から、「日本のよさ」に読み替えさせようとしている。そして、価値あることに「慣れっこになるな」という訓戒が続くのである。だが「満洲を離れて初めて、ほんとうに満洲のことがわかる」とはどこでも言っていない。

石森は大連赴任当初から、「ロシヤ人、支那人などの外国人と多く接しなければならぬ満洲の人々は、内地の人々よりは、一層国際的に目ざめねばならない。（同時に）日本的精神を自覚していなければならない」と言っていた（石森延男「『満洲野郷土読本』を編みあげるまで」『南満教育』一九二八年一月号）。在満日本人教育で最後まで問題になった、満洲の風土に慣れさせる「現地適応主義」と、あくまで日本人であることを忘れてはならぬという「内地延長主義」の矛盾・対立を、『スンガリーの朝』はこのような形で解消させようとしたのだともいえよう。

12　夏のスンガリーでの遊び――大幅な加筆

『スンガリーの朝』の初出版と改訂版の形の上での一番大きな違いは、六〇ページ余りもの大幅な、まとまった加筆箇所があることである。初出版への加筆は至るところにある（時には削除もある）し、単独で加えられた節もあるのだが、大幅な加筆箇所は第二章「勝つ」の後半、八節から一五節までの全八節六四ページ分で、第二章の半分を占めるほどである。内容は初出版で触れられなかった、スンガリーでの遊びを中心にした夏のハルビンの生活である。しばらく思想や鍛錬などの問題を忘れた、夏休みらしいのどかな箇所となる。初出版では一郎が、母宛の手紙の中で、夏休みについて「スンガリーのなつは、私はすきです。ボートにものりました。つりもやりました、水およぎもしました。……日にやけてくろくなりました」とごく簡単に書いているだけであるが、改訂版で加筆された最初の節「水泳」の出だしは、これまでのもやもやを忘れて、いかにもすがすがしい。

かがやかしい夏がやって来ました。文字どおりかがやかしい夏です。大陸の太陽の光

というものは、こんなにも強いものかしら。こんなにもまぶしいものかしら、こんなにも暑いものかしら。（改訂版、一五〇頁）

ある日曜の朝、叔父さんが水泳に連れて行ってくれるというので、大喜びした一郎は、おばさんの勧めで、隣のマルハを誘ってみると、おばあさんも一緒に行きたいという。みんなで出ようとするとブローが鳴きたてるので、これも連れて行くことになった。

次の節「ゴムまり」では、みんなで泳ぎを楽しんでいるうちに、ブローも泳がせて、川の中に投げたゴムまりを取らせようとした。ところがゴムまりはどんどん流れて行って、ブローは追いつかない。そのうちに見えなくなってしまった。おじさんが助けようと泳いで行って、なんとかブローを抱きあげたところへ、マルハが頼んでくれた白系ロシア人の男性が、モーターボートで助けに来てくれる、というとんだ騒ぎになってしまった。その男性は教会のオルガニストで歌手だという。

次いで「夕立」の節では虹のことが話題に出る。おばさんは、小さい時、虹は本当に空にかかっているものと思っていた、一度あの虹の橋を渡ってみたいと思った、などというたわいのない話である。

そうこうしているうちに「早い秋」がやって来る。ある日偶然、神戸から大連に渡る時知り合いになった学生・小山さんと、その友人、大連からあじあ号で一緒になった女学生・佐竹さんの兄に出会う。家に招待したが、時間がないので、みんなで写真を撮って、旅順に帰る二人を駅まで送りながら、白夜とか、蜃気楼とか、逃げ水とかの話がはずむ。

次の「すもう」(相撲)では、毎朝のブローとの散歩で一郎の足は丈夫になったが、手や腰に力が入っていない、と思ったおじさんは、暇があれば一郎と相撲をとることにした。その成果があってか、学校で体操の時間に、全学級で東西に分かれて相撲を取ることになったが、組の中でも猛者として知られる「大瀬君」を、一郎が負かしてしまったという話である。

最後の「北満の若鷲」・「はつ飛行」・「航空日」の三節は、模型飛行機大会のことである。この当時は模型飛行機作りが子どもたちの間で盛んだったが、一郎は親友・児玉君が自分で設計したという大きな模型飛行機を作っているのを知る。近く航空記念日に、少年模型飛行機大会があるという。名前は児玉君の姉を始め、皆で考えたが、「北満の若鷲」と名付けることにした。草原に持って行って試験飛行をする。直線飛行や旋回飛行をさせるなど、結構レベルが高い。児玉君は細かく機体の状態を見て、手入れをしているのである。

ところが肝心の航空記念日に、児玉君は発熱して行けなくなってしまった。先日の相撲大会で負かされた大瀬君も出場するので、模型飛行機ではぜひ勝ちたいのだというあたり、いかにも子どもらしい。そこで児玉君は一郎に、自分に代わって模型飛行機を飛ばしに行ってくれないかと頼む。結果は一郎が飛ばした「北満の若鷲」号が、大瀬君の「かちどき号」を押さえて最後まで飛び続け、みごと賞状を得たということになる。

このように、結構づくめのことが続く、ハルビンの夏休みの記録ではあるが、ほとんど全部日本人同士の活動であって、他民族との交流は、マルハとおばあさんを水泳に誘ったことと、ブローの救助をロシア人が助けてくれたこと以外には見られない。他の加筆・修正箇所を含めて、改訂版は大幅に日本人中心になっており、全体的に白系ロシア人の登場する比率を下げている。

13 ことばの「ありがたさ」と「おそろしさ」――「悪いことば」の追求

『スンガリーの朝』（改訂版）の最後の三分の一、第三章は「ことば」と題されている。心を文字と直結させる一方で、「正しいことば」「悪いことば」という次元で言葉を問題にする。これは石森の、一種の言霊《ことだま》思想を現わした章である。全作品の約三分の一を「ことば」という章に含めているのだから、戦中期三部作の中では言葉の問題を一番考えている作といえよう。一つには、『スンガリーの朝』は、物語の筋や、出来事と並んで、母との手紙のやり取りが重要な意味を持っていることである。『咲きだす少年群』や『日本に来て』では、手紙が出てきてもずっと簡単である。

『スンガリーの朝』は、物語のすじや、出来事よりも、一郎と母との手紙のやり取りに示されるように、むしろ文字と心が重視されているのではないかと思われる面がある。初出版では、母から来た手紙を読んで、手紙の中に母の「ことば」が入っているということは、母の「こころ」が入っているということだと一郎は考える。

おかあさんのおてがみをよんでしまってから、一郎はこんなことをかんがえました。

おかあさんのいわれる「ことば」が、このおてがみの中に、ちゃんとはいっている。おかあさんのこころが、そのままこのおてがみに、はいっている。

してみると、このおてがみは、もじをかいたかみきれだけがはいっているのではなくて、おかあさんのこころが、はいっていることになるのだ。（初出版、一九四一年十一月号）

一郎はさらにもう一つ「ふしぎなこと」を思いつく。それは父や母を思い出す時に、顔や着物や声や歩き方などを思い出すよりも前に、先ず思い出されるものがある。それは「ことば」だということに気づく。母が目の前に現れる前にまず「しぐれが、ふってきましたね」とかいう母の「ことば」が、父の姿より前にまず「ひと雨ごとにさむさがましてくるな」とかいう父の口癖が思い出されるということだった。

「ことば」といふものは、なんのかたちもなく、おもさもなく、つかむこともできないのに、こうして、人のこころを、いろいろにうごかすちからをもっているということが一郎には、ふしぎになってきたのです。

それが、てがみのもじになることも、ふしぎだし、もじをよんで、おかあさんのこころが、じぶんにわかるということも、ふしぎでした。

ここまでかんがえてくると、もじは、ふしぎだというよりは、ありがたいものだなとおもいました。（初出版、一九四一年十一月号）

ことばはまず心であり、そして人なのだ。ことばというものは、何の形もなく、重さもなく、つかむことも出来ないのに、人の心をいろいろに動かす力を持っているということが、不思議になってきた。それが手紙の文字になることも不思議だし、文字を読んで母の心が分るということも不思議だ、と考えてくると、文字は不思議というよりは有難いものだ、と思うに至ったのである。以上は初出版である。

第五期国定国語教科書『初等科国語　五』（第五学年前期用、一九四三年）には、石森によるこういう課がある（旧仮名の原文で引用）。

七　ことばと文字

私たちが、うれしいなと感じたり、えらいなと感心したり、なにかすばらしいことを思ひついた時などは、そのことを、おとうさんや、おかあさんや、先生や、お友だちに早く知らせたいと思ひます。（中略）もし私たちの話すことばや、書く文字が、まつたくわからない外国人であつたら、いくら話してみても、どんなりつぱな手紙を書いてみても、決して心が通じ合ふやうなことはありません。「日本人である私たちは、いつもこのやうに、わが国のことばと文字のおかげをかうむつてゐるのです。（中略）ことばと文字は、いはば心の中を写し出す鏡であります。（中略）私たちは、文字を正しくきれいに書き、りつぱなことばを話すことを忘れてはなりません。

ところが、『スンガリーの朝』では、初出版のことばに人の心を動かす力がある、という箇所が、改訂版ではそっくり削除されて、文字と心が直結している。

……お手紙をよんでいると、おかあさんと向かいあって、お話をしているように思われました。

いや、お話をしているようなどころか、ほんとうに、お話をしているのだと考えました。おかあさんの思っていることが、一郎によくつたわるからです。

「思うことが、あいてにつたわる。」

これは、一郎にとって、一つのふしぎなことのように思われました。どうして、思うことがあいての人につたわるのだろう。

お手紙の中に書かれてある文字のおかげだ。文字の中に、おかあさんの心が、ちゃんとはいっているからなんだ。だから、文字は、おかあさんの心といってもいいのだ。（改訂版、一四七頁）

初出版では、心―ことば―文字なのだが、改訂版では、「ことば」を飛び越えて、心―文字と直結している。その有難いものを、粗末に書くことは出来ない。これから出来るだけ丁寧に文字を書くようにしようと一郎は思ったのである。また、初出版では、「それで満洲じんの子どもが、もじをたいへんていねいにかくことが、えらいとおもうようになりました」と、『スンガリーの朝』ではほとんど唯一の「満洲人」の評価が出てくるのだが、改訂版ではこれも削られている。あくまでも日本人中心になっているのである。

無論ことばが忘れさられたわけではなく、心を文字と直結させる一方で、物語はこの地で使われている「悪いことば」の糾明に大々的に発展する。言葉が心であり人であるからには、「正しいことば」と「悪いことば」の別に敏感にならざるをえないというのである。これはおばさんと一緒に歩いていると、人力車の「満洲人」が、「オイ、ノランカ」と言ったり、「ニーヤ、ノルカ」と言ったりしたことを指している。

……いちばを出て来ると、いちばのいり口にいた　じんりき車の満洲じんが、「オイ、ノランカ」と、おばさんにいいかけました。おばさんは、「のりませんよ」といって、手をふって見せました。するともうひとりの満洲じんの　しゃふが　ちかづいて来て、「ニーヤ、ノルカ」と、いいました、おばさんは、やはり手をふって、「のりませんよ」と、いいました。なんとわるい「ことば」を、つかうのだろうと一郎はおもいました。そうして、おばさんを　ばかにしているようで、はらがたってきました。そうしていかにもその満洲じんは、いやしい人のように見えました。（初出版、一九四一年十一月号）

これは彼らに「悪いことば」で接している日本人がいけないからだ、とおばさんは一郎に教える。相手を見下げた乱暴な日本語と、舌足らずな日満混用語である。「満洲じんの車ひき」に向って、「おい」とか、「のせんか」とか、「はしれ」とか、「とまれ」とか、随分ひどいことばを使うために、彼等はこれが正しい日本語かと思ってしまうのだ。日本の「ことば」をあんなに汚く使うのは、日本人に、半分は罪があるだろうとも言った。また「ニーヤ」と呼ぶのは、中国語で「あなた」を「ニー」というのに、日本語の「坊や」の「や」、「一郎や」などの「や」を付けたのだろうと云って、「まあ、満洲ご（語）と日本ご（語）の、あいの子のようなことばでしょうね。こんなのは、やはり日本のことばではありませんから、つかってはいけませんよ」と諭すのであった。これに通ずる場面が、既に見た『咲きだす少年群』の、洋の姉麻子の友人直枝と啓二のやりとりにある（『咲きだす少年群』二五二―二五三頁）。

この「悪いことば」の話は、二年後の一九四四年に刊行された、石森の満洲エッセイ集『マーチョ』にある「満洲のことば」にも、石森自身の体験の形で、ほとんどそのまま採録されている点に、彼のこだわりがうかがえる。言葉の問題に敏感な石森としては、どうにも放っておけない、と感じていたのであろう。

それから、私はマーチョの前を通ったり、ヤンチョの前を歩いて来たりすると、馬子や、

車夫がの満洲人たちが、口をそろえて、

「オイ、ニーヤ、ノランカ。」

というのです。ヤンチョというのは、人力車のことです。この言葉を聞いて、私は、気持が悪くなりました。なんだか、腹だたしくさえなってきました。なぜ、こんなにきたないことばを使うのだろうと思ったのです。(『大東亜こども風土記　マーチョ』一〇一―一〇二頁)

だがこれは自分が間違っていたと石森は気づく。満洲に住んでいる日本人たちが、彼等に向ってそんな言葉を使うからいけないのだ、ということである。おばさんが一郎に言ったのと同じことである。『スンガリーの朝』は低中学年用の長篇童話であるが、日本人として自覚を誘う契機や、言葉の本質についてなど、前の二作に出てきた問題を、このように一層掘りさげようとしている。また、人間にとっての「ことば」のもつ意義や、「正しい、きれいなことば」を使う必要は、石森の国語教育論に直結する問題なのである。

14　仲間はずし

おばさんが一郎に諭したあくる日のこと、「悪いことば」の使用をめぐって、一郎と級友との間にいさかいがおこる。まず「先生が来た来た」といった級友の長尾君に、「先生がいらっしゃった」というべきだと一郎がたしなめたことから、二人の間で言い争いが起った。初出版ではこうなっている。


「なんだ、ニーデは、東京から来たとおもって、いばってやがるな、オーデなんか、そんなこと、どうでもいいんだい。」

「いけないよ。だい一そのニーデ、オーデなんか、満洲ごと日本ごのあいの子みたいなことばじゃないか。それがいけないんだよ。わるいことばなんだよ。」

「ニーデは、いよいよなまいきだな。ようし、かえりに、やっつけてやるからそうおもえ。」

「なにが　なまいきなんだ。いいことばをつかったら　いいじゃないかといったことが、なぜなまいきなんだい。」（初出版、一九四一年十一月号）

「ニーデ」は「君、お前」、「オーデ」は「われわれ、僕等」の意味で言っていることは明らかである。『咲きだす少年群』で既に指摘したように、中国語の二人称代名詞「儞（簡体字では你)」や一人称代名詞「我」に「の」の意味の「的」をつけた「你的」(君の)、「我的」(私の)の混用(誤用)だが、多くの在満日本人はそれを平気で使っていたのである。

在満日本人用の、「初等支那語教科書(稿本)」巻一の教師用書(一九二八年)によれば、生徒は例外なく、多少とも「支那語」を聞きかじっているが、発音も語形も「甚シク不正確」であるからこれを矯正する必要がある。儞・我・他を儞的・我的・他的というがこれは「純正ナモノ」ではない。またよく中国人を指して「ニーヤ」という者があるが、これは呼びかけであって中国人の意味ではない、と注意している。しかし、あまり効き目がなかったのか、この種の注意は満洲・満洲国の最後の段階で発行された『国民科大陸事情及満語』の教師用書にまで見られる。いかにこれが在満日本人の、言語上の普遍的な問題であったかが知られよう。この種の悪習は日本の満洲支配の最後の段階まで収まらなかったようである。

これに関連して、野村章は次のような指摘をしている。

「困った時には漢字で書けば通じるさ」という尊大な態度と、武力に支えられた乱脈な中国語は、そのまま「満洲」に移住する日本人の間にひろまり、カタカナ発音と日本語をもこねあわせた珍妙な会話となって普及していった。(中略)その中には日清戦争以来の忘八蛋(ワンパータン ＊江戸時代の唐人言葉ではアンポンタン)のような兵隊支那語や、脳袋壊了（ノーテンホァイラ　＊ばかもの、ノーテンは日本語の脳天である）のような侮蔑語をはじめ、性的罵語が必ず含まれており、全体として日本人の中国人に対する民族差別、蔑視を誇示して反日感情を高める役割しか持たないものといってよかった。（前掲野村章『「満洲・満洲国」教育史研究序説・遺稿集』五七―五八頁）

筆者が野村から聞いた話では、例えば「你《ニー》的《デ》脳袋壊了《のうてんホァイラ》だから不行《プーシン》よ」（お前は頭が悪くて駄目だ）というような、日本語と中国語チャンポンの言い方が、実際にされていたという。構文全体は日本語のそれであり、中国語の「脳袋《ナオタイ》」を日本語の「脳天《のうてん》」に置き換え、そのうえ「だから」「よ」という日本語の助詞を交えている。啓二のいった「日本語でもない、支那語でもない、不愉快な会話」の典型であろう。石森の示しているような例は、普遍的だが、ほんの入り口だったともいえよう。

ところが、その日の帰り、長尾君が仲間を集めて待ちかまえ、「ニーデも、オーデたちの仲間のことばを使わないと、いっしょに遊ばない」と宣告し、一郎は仲間はずしにされてしまった。一郎は悲しく、口惜しかったが、自分たちが、いい言葉を使うことは、日本の心を高めていくことだ。よその国の人たちに、きれいな日本語を伝えることになるからだ。いや、それよりも、あれほど有難い「ことば」をたいせつに、きれいに、丁寧に使うことは、「ことば」への礼儀だと、一郎ははっきり考えていた、というのである

ところで、初出版ではこのように、一郎は単純に「悪いことばを使うな」「ことばへの礼儀だ」という主張を節の終りまで貫くのであるが、改訂版では、いじめっ子のリーダーを長尾ではなく大瀬と改名したうえ、「ニーデ、オーデなんか、満洲ごと日本ごとのあいの子みたいなことばじゃないか。それがいけないいんだよ。わるいことばなんだよ。」という一郎の理由付けを削除して単に「ニーデ、オーデなんかよくないよ」と単純化してしまう。その上単に言葉の上での対立だけではなく、学校からの帰りに、野原の川に掛けてある板橋を「悪いことば」を使う子どもたちが、取り外してしまおうとするのを、一郎が止めようとして、そのリーダーである大瀬と取っ組み合いになり、二人とも川に落ちて泥だらけになってしまうという展開になる。

この「口げんか」「仲間はずし」に発して、橋を外そうとするのを止めさせようとするところでの、取っ組み合いは、『咲きだす少年群』の雪合戦での、腕力（暴力）を含んだいさかいにも匹敵する。『咲きだす少年群』では、モンゴル人のチャクトが洋を助けてくれるというように、異民族間の交流があった（そのため、チャクトは日本人の子どもたちに手籠めにされてしまうのだが）。『スンガリーの朝』は、初出版では口喧嘩だけだが、一郎は孤立無援。改訂版では、肩を

持ってくれる友人・倉田がいるものの、直接の手助けにはなっていない。改訂版でも、最後には「いくら友だちと仲たがいをしても、日本の言葉を美しく守らねばならぬ」と考えることに一郎は落ちつくのだが、いささか関係のないことを割り込ませた感じである。

15　仲直り

ある日隣家のマルハがこの家に遊びに来た。マルハは外に出るときは厚い外套を着ているが、家の中ではそれを脱いで、ジャケツに下着だけになる。それで「寒くない」という。これは見習うべきだと叔母さんは一郎にさとす。これはかつて保々隆矣が、満洲での日本人の生活の仕方を批判したのにも通じるであろう。

マルハは初め日本の写真を見ていたが、そのうちに唱歌を歌いだした。一郎にはロシア語の歌詞はわからないが、マルハが歌いながら踊るような格好をするのを楽しんでいるうちに、ふと風邪を引いてもう十日も休んでいる級友の長尾君（改訂版では大瀬君だが、以下しばらく長尾君に統一する）を、マルハを連れて見舞に行くことを思い立つのである。長尾君は「ニーデ」「オーデ」など「悪い言葉」の使用をめぐって、一郎を仲間はずしにした張本人であるが、唱歌が大好きなのである。そこで、マルハのお祖母さんの許しを得て、二人で長尾君の家に向うことになる。何となく、「汝の敵を愛せよ」というキリストの言葉を想起させるが、マルハと一緒に、というところが注目される。一人では行く気になれなかった、ということであろう。

ここでも初出版と改訂版とでは多少の違いがある。初出版では、長尾君の家のベルを押すとお母さんが出て来て「まあ、一郎さん。よく来てくれましたね。（中略）このごろは、ちっとも、一郎さんが、あそびに来ないので、どうしたのかとおもっていましたよ」と親しげに語りかける。ということは、一郎と長尾はこれまですでにかなり親しかったことを想像させる。一郎が長尾に逢うと、しばらくの沈黙ののち、長尾は「ぼく、大村君に、あやまらないといけないことがあるんだ」という。そしていつか「ニーデ、オーデ」のことで口喧嘩をした結果、生意気だからと仲間はずしにしたといい、「一郎君、ごめんね」と謝る。すると一郎は「何をいっているの、ぼく、ちっともそんなこと気にしていなかったよ」と応じるのである。もともとそんなに大したことじゃなかったんだ、という感じである。

改訂版ではこれが少々込み入って来る（以下、一郎の相手を長尾ではなく大瀬と呼ぶ）。入り口に大瀬のお母さんが出て来ると、一郎は、

「ぼく、大瀬くんの友だちの大村っていうんです」

「まあ、そうですか。さあ、おはいり下さいな。」

と他人行儀な感じになる。これまで訪れたことがなかったことになる。一郎が大瀬に会うと、しばらく沈黙ののち、大瀬は、

「ぼく、大村君に、あやまらないといけないことがあるんだ」という。ここは初出版と同じである。次に「ニーデ、オーデ」のことで口喧嘩をして、生意気だと仲間はずしにしたことを告白するまでも同じだが、これに対して一郎の言うことが違う。

「いや、ぼくが悪いんです。とっくんだりして、大瀬君を川の水の中に落としてしまったりして。」

大瀬たちが橋を外そうとする悪事を止めるためにしたことだが、その結果大瀬が風邪を引いたのかもしれないから、一郎は自分に責任があると思った、ということだろうか。すると大瀬はこういう。

「大村くん。ごめんね。」

「なにをいっているんだい。ぼくこそ、ゆるしてくれたまえ。」

と全く違った展開になる。いわば喧嘩両成敗、といったところだろう。めでたしめでたし、といいたいところだが、「悪いことばを使うのは止めよう」という肝心の問題はどこかへ行ってしまった感じである。

それにしても、このお見舞いは大成功だった。一郎と長尾（大瀬）君は和解したうえ、マル

ハは得意の歌と踊りを披露して大いに盛り上がり、一郎はもうその当時は物不足で入手しにくかったスケート靴を一足、おみやげに貰って帰って来るのである。一郎はそれまでスケートをしたことがなかったが、やがて風邪の治った大瀬に滑り方を教えてもらって、めきめき上達することになる。

全体として『スンガリーの朝』は穏やか・静的で、人物の動きが少ないのだが、それがこういうところにも表れている。そうなったのは、一つには「離れて知るよさ」という心の問題と、いやしい日本語や間違った中国語のような「悪い言葉」を使わない、というように言葉を大切にすることを重んずる意識が石森にあったためであろう。それは児童文学を離れて、彼が編纂に携わった国語教科書の内容にまで関連を持っているのである。

16 がまんくらべ――言ったことは守る

『スンガリーの朝』の主人公一郎は、『咲きだす少年群』の洋以上に内向的ではないか、と思われる。交友がほとんど日本人に限定されているが、倉田君という友人はいるものの、『咲きだす少年群』の「真ちゃん」ほどには親しくなっていない。スケート仲間と「友達になりました」というのだが、スケートを離れた交流らしいものは書かれていない。スケート場には、大勢の子どもが集っている。一郎は一緒に遊んでいるうちに、半島人（朝鮮人）の李さんや満人の陳さんや、白系ロシヤ人のアレクセイさんとも友だちになった。みんな長尾（大瀬）君にまさるともおとらないスケート上手だった。なお、モンゴル人の子どもは出てこない。

やがて李さんの提案で、「がまんくらべ」をやろうということになる。「がまんくらべ」とはちいさな氷のかけらを手首の上にのせて、その冷たさを我慢する。いつまでも我慢した者が勝ちになる、という遊びである。一郎の内向的な性格は、この「がまんくらべ」にも現れている。

一郎は、そんな遊びをするのが、はじめてのことなので、なんでもないと思った。それですぐ、「やろう。負けないよ」といったのだが、始めて見るとこれは容易ではなかった。氷が融けて来ると、手首から先の方、手のひら、五本の指まで痛み出し、さらに腕の方まで痛くなってくる。そのうち真っ先に長尾君が棄権した。次いで言いだし屁の李さんも手を引っ込めた。一郎は「やろう」と言ったことを後悔した。しかも「負けないよ」と余計なことを言ったことが、一層心を苦しめた。だが一郎は、「『なあに、うでが、一本ぐらいなくなってもいい。』と考えました。じぶんのいったことばにたいして、いつわりのおこないは、しんでもいやだと思ったからです。」というのである。次いで陳さんと、アレクセイ君が同時に手を降ろして、一郎の勝ちとなった。

みんなから、ほめられると一郎は、うれしかったけれども、ほんとうは、自分のことばのために　たたかったようなものでありました。ほかのお友だちにかったといふ喜びよりは、自分のいったことを、ほんとうにおこないとおしたという、まんぞくがありました。

（初出版、一九四二年一月号）

改訂版では、途中の経過はほぼ同じだが、最後の反省が拡大されている。

……みんなからほめられて、一郎はうれしかったのでしたが、それよりも、自分は、べつのことを考えていたのでした。

それは、自分のいったことばにそむくということが、どんなにつらいかということでした。「負けやしないよ。」といったことばにたいして、どうしても勝たねばならないと思ったからです。いわば、自分のことばのために、自分が戦ったようなものでした。「がまんくらべ」は、ほかの人とやったのではなくて、自分のことばを、行いとおすために一つの戦いでもありました。それにしても、一郎は、自分のいったことばをさいごまで守りつづけたことを喜びました。それといっしょに、たとえわずかのことばでも、いいかげ

んなことは、いえないなと深くかんじたのであります。（改訂版、二六七—二六八頁）

くどいほど拡大している。こんなところにまで言葉が浸透しているのである。ところでこの物語では白系ロシア人が活躍するのだが、終末の直前に、ロシア人を日本人に替えてしまった箇所が一か所ある。一郎がおばさんと買い物に出て帰って来る時、たまたま後ろからがらがらと馬車が来たので、よけようとすると、「イチロークン」と声をかけられる。見ると初出版では、馭者をしていたアレクセイが呼び止めたのだった。アレクセイの家は馬車屋ではないが、隣の馬車屋のおじさんが風邪で寝ているので、アレクセイが代わってあげているのだという。一郎は、アレクセイの隣人への思いやりと同時に、子どもながら一人前に馬車の馭者が務まることにも感心する。

ところが改訂版では、同じ場面で「一郎くん」と呼びかけたのが、馬車に乗っていた担任の先生に替わっているのである。一週間ほど前から学校を休んでいる、同級生の大瀬君の見舞に行って来た所だという。大瀬君は一郎と取っ組み合いをして、いっしょに川に落ちた子どもである。ロシア人の子どもを評価する代わりに、先生の教え子への思いやりになっているのである。ちょっと印象的なロシア人との出会いを削って、どこでもありそうな平凡な出来事に変えてしまっている。改訂版ではこのように、ロシア正教と並んでロシア人の比重を下げようとしているかに思われる箇所がある。

17　一家で中国大陸へ写真報国に

『スンガリーの朝』の終末は、一郎の父が一時帰休で東京に帰る途上ハルビンに寄る。帰休は初出版では一ヶ月だが、改訂版と戦後版は二ヶ月になっており、ハルビン滞在も初出版は一日だけだが、改訂版と戦後版では二日になっている。一郎は念願の父との再会が果たせたのだが、父はまた「中支那」へ行くのだという。しかも今度は母も写真学校を修了するので一緒に連れていく。お前も「高等科」を終えたら、みっちり写真の技術をしこんでやるから「中支那」へ来いというのである。

物語の初めでは、母は二年間写真学校に在学することになっていたから、修業するということは、ハルビンに来てもう二年経ったということになる。途中の経過だけ見ていると、ちょうど一年経ったかのように見えるけれども。また、初出版では「一郎も大きくなれば、中学校にでも入れなければならない」と母は考えていた（初出版一九四一年四月号）。戦後一九四七年の学制改革までは、小学校（戦時下の国民学校）六年を終えた段階で、男子は中学校ないし各種実業学校、女子は高等女学校という、四〜五年制で男女別学のエリートコースと、小学校（国民学校）の高等科という二年制で男女共学のいわば庶民コースのどちらか進学先を選ばなければならなかった。エリートコースは授業料など経済的負担がかかるから、母は父が万一亡くなった時のことを心配していたわけである。ところが、改訂版ではこれがなくなっている。末尾では初出版も改訂版も、エリートコースを目指すのではなく、「高等科」という庶民コースを終えた後、写真技術での職域奉公・国策に殉ずる生き方を一郎もすることになって、物語が終わるのである。太平洋戦争開戦と同時に日本の児童文化は急速に変貌しているから、この辺の筋書きの展開には当然開戦の影響が及んでいるであろう。

この結末の部分は、初出版・改訂版・戦後版で一番違いのある個所である。初出版は次のようである。

その夜は、お父さんとねどこをならべてねました。

『一郎もよく一人で、ここに来てべんきょうしてくれた。国民学校がすむまで、ここでおせわになるんだよ。そうして、高等科がおえ（終え）たら、すぐおとうさんのところへやっておいで。』

『ぼく、それからどうするの。』

『それから、おとうさんが、みっちりとしゃしんじゅつ（写真術）をしこんでやる。しゃしんということが、これからどんなに国としてだいじなことになるか、おとうさんはよくわかっている。日本が、これからどんなに大きくのびていくかしれない。今までは支那大陸だけをあいてにしていたが、今度は、もっともっと南へ、進んで行かねばならない。大東亜戦争が、どうひろがっていくかしれない。たとえどうひろがっていっても、向こうの人たちと、日本の人たちとが、仲よくならねばならないということだけは、はっきりわかっている。その仲よくなるためには、おたがいの土地をよく知ることがまずたいせつなんだ。ところが、知るにしても、ことばも、ぶんしょう（文章）もはじめは、わからないから、しゃしんでおたがいが知りあうことが、一番早みちだと、おとうさんは考えている。その土地の家とか、たべ物とか、着物とか、花とか、何でもうつして、それを見ながら、その土地のことになじんでいくのだ。おとうさん一人では、とても手がたりないから、おかあさんに手つだってもらうのさ。おとうさんは一生そのしごとをするつもりだ。早くおまえにも、手つだってもらいたい。おまえの進む道は、はっきりきまっているんだ。大きな心で、しっかりべんきょうするんだよ。』

おとうさんのお話を聞いていると、だんだん目がさえてきました。たとえ小さな自分でも、国のおやくにたつことができる。おとうさんのしごとを手つだって、おかあさん

といっしょに、どこまでも進んで行くんだ。（後略）（初出版、一九四二年三月号）

『幼年倶楽部』連載中に起きた大東亜戦争（太平洋戦争）が反映しているのは明らかである。今や「東亜新秩序の建設」を超え、「八紘一宇」を旗印として、「大東亜共栄圏」を相手にせねばならなくなったということである。大東亜共栄圏が出てくるのは『スンガリーの朝』だけである。カメラマンとしては、戦線の広がりに応じて、ついていくというだけのことではあるけれども、民族同士互いに仲よくしたいために写真を活用するのだ、という点に辛うじて石森のヒューマニズムが見える。

「改訂版」でも父が一郎に話すことは、内容的にはほとんど変わらない。多少詳しくなったり、順序が変ったりする程度である。例えば、日本人が他民族と仲よくするにはお互いのことをよく知りあわねばならないが、それには「ことば」や「文字」が何よりも大事だ。だがことばや文字は一朝一夕にはわからない。絵も便利だがかくのに時間がかかるし、絵かきがなかなかいない。そこで写真が便利だ。写真ならば、写すのに時間がかからないし、同じものを、何枚でもつくれる。大きく引伸ばすこともできるし、材料もそんなにいらないし、うつす仕事も、それほどむずかしいものではない、などと。だが、それを「写真報国」というところに戦時色が濃厚に現れている。

おとうさんからいわれたいろいろなことば。

支那の人と日本の人とが知りあうためには、写真が一ばん手がるで、べんりであること、おとうさんは、一生この仕事をするということ。おかあさんもつれて、いっしょにこの仕事をすること。

「おまえも、国民学校を卒業するまで、ハルビンで勉強しているんだよ。そうしたら、そのあとは、おとうさんが、おまえに写真術をみっしりしこんでやる。親子三人で写真報国をやるんだ。

これから日本は、支那大陸だけではない。もっともっと南の方へのびていくことになったんだ。そこは、支那よりももっと、日本を知らないところが多いんだ。それだけ、日本のことを知らせたり、また南の国のことを、日本へつたえたりしなければならない。仕事は限りなくひろがっている。

われわれ親子三人だけでやったところで、どうしようもないくらいだ、一郎が大きくなって、その子どもの時代、いやその孫の時代になっても、この仕事はつづけなければなるまい、いいか。これからの日本人は、一つのことをしっかりと身につけて、それによって、お国のために、一生はたらきとほす（働き通す）ことが、何よりも大切なこころがけになるんだ。」

一郎は、心の中で、そんなことをいろいろ思い出していました。（改訂版、三〇一―三〇二頁）

戦後版は改訂版に手を入れた体裁になっている。特に「これから日本は、支那大陸だけではない」以下の父の言葉がそっくり削除されており、全体として簡略になっている。


おとうさんからいわれたいろいろなことば。

シナの人と日本の人とが知りあうためには、写真がいちばん手軽で、便利なこと。おとうさんは、一生この仕事をするといっていること。おかあさんもつれてきて仕事をいっしょにすること――。

『一郎、おまえは学校を卒業するまで、ハルビンで勉強しているんだよ。そうしたら、そのあとは、おとうさんが、おまえに写真術をみっちりしこんでやる。親子三人で写真屋になるんだ。』というおとうさんのことば――。」

など作文に書くことを、学校にいく道々、心に思いうかべたのです。（戦後版、三〇九頁）

戦後版では、当然のことながら、「お国のため」とか、「これから日本は、支那大陸だけではない、もっともっと南の方へのびていくことになったんだ。」以下の言葉は、そっくり削られている。また戦後版では、お父さんから言われた言葉の中身が簡略になっている。中でも「親子三人で写真報国をやるんだ」が「親子三人で写真屋になるんだ」に変ったこと、そしてその後の部分がそっくり削除されている点が大きな違いである。設定としては戦時下の話であるのに、「報国」とか「お国のため」とかいう、戦時中の決まり文句や思想を削除して、平和な時代にも通用しそうなことだけを残したということである。異民族同士が相互に知りあうのには、写真が一番だ、ということは平和な時代でこそ通用する言葉であろう。一方で、小さなことだが、戦時下の制度だった「国民学校」をただの「学校」に直してしまったので、一郎の進路のイメージがあいまいになっている。

初出版と改訂版の父の言葉は、啓二の言葉にも通ずるものがあるのではないか。啓二は洋に「大きくなったら北京に来て」東亜新秩序の建設に参加するように促しているのだが、一郎の父はそれから一歩進んで大東亜共栄圏の建設に参加させようとしている。啓二は日本語によって支那の民衆に愛をというのだが、父親は写真に依る相互理解の促進を志している。しかも啓二の場合は勧誘だが、父の方は有無を言わさぬ命令である。一方一郎は（『咲きだす少年群』の洋よりは、学年も下でまだ幼いためかもしれないが）父に対して疑問も反論もないようである。喜んで言われたとおりにしようとしているようにしか見えない。何よりも決定的なのは、次の言葉である。「これから日本は支那大陸だけではなくもっともっと南の方へのびていくことになったんだ。」

ここには大東亜共栄圏の構想に対する疑問や躊躇は全く見られない。その意味では『咲きだす少年群』と類似した構想になっているかに見える。だが、『咲きだす少年群』とちがって、『スンガリーの朝』には、出征とか戦死とか戦争に関わるような大人の問題が全く出て来ない。マルハとの交流を除き、異民族の子どもとの交流もほとんどない。大きくなったら何になりたいか、というような問題も途中では出てこない。末尾に至っていきなり宿命のように「写真でのご奉公」が出てくるのである。

一体何のために一郎はハルビンに来たのか。『日本に来て』の二郎は、満洲にいたことによって、日本に着いてから発見することが色々あったのだが、『スンガリーの朝』では、満洲に来て一郎が発見するのは、旅順の爾霊山やハルビンの志士の碑のように日露戦争の旧跡を訪ねることのほかは、もっぱら「日本のことを忘れるな」で終始している。そのためにハルビンならではの、白系ロシア人との接触さえ、改訂版では日本精神で解釈しようとしている。『咲きだす少年群』のユリヒーにあたると思われる、白系ロシア人の友人アレクセイとの路上の出会いまで、担任の先生とのそれに替えてしまっているのである。これは初出版の執筆中に起った、太平洋戦争＝大東共栄圏の影響かもしれない。

戦中三部作を対比してみると、『咲きだす少年群』では、「支那大陸を足場にして、東亜を立て直さなければ」と期待されている子どもたちだが、主人公は、「満洲人」やモンゴル人の友人はいるものの、中国語さえおぼつかないのをはじめ、白系ロシア人、モンゴル人、「満洲人」の誰に比べても、自分の方が優位に立っているとは思われない。挙句の果ては、「少年航空兵になるんだ」という、当時はやりの目標にたどり着いて、一時の安堵を得るのである。

『日本に来て』の主人公は、チョンイの実行力に圧倒され、「なかのいい満洲人も支那人もいなかった」ので、彼等のことが愚鈍に見えたのではないか、と反省して、外国語の出来ないことや古典など身についていないことを苦にしているが、結局皇国史観に逃げ込んでしまう。将来の具体的な目標は、洋のような一時的なものさえはっきりしない。

『スンガリーの朝』になると、中国語で苦しむようなことは全く出て来ない。日本語だけで生活していける環境なのである。『咲きだす少年群』で啓二のいう「いまに、東洋は、日本語を共通語にするようになろう」を先取りしているかのようである。これは当時の国語教科書の「『あじあ』に乗りて」や「大連から」で、「満洲人」もロシア人も当然のように日本語を話している世界にも通じよう。

『スンガリーの朝』の一郎は、「はしがき」にあるように、ふるさとを離れ、異質なものに接することを楽しんでいるが、同時にそれを通して、自己や日本の発見が強調されている。日本精神と言霊主義によって自立しているのであり、他民族との協和という点ではいささか心もとない。開放的なロシア人とは一応交流があるが、他の諸民族との交流は希薄である。「東亜を建て直す」と言った壮大な夢を抱くこともなく、「写真を通じて民族相互の融和を図る」という、ささやかだが実現可能な将来の見通しに落ちつくのである。

『スンガリーの朝』には、前の二作とちがって、一郎が「満洲語」（中国語）の出来ないことを悩む場面はないが、父を出迎えに行った時、父から最初に問われたのが、実はこのことだった。

「一郎は、どうだ、すこしは満洲語をおぼえたか。」

「ちっとも、まだ。」

「あんまり必要がなかったんだね。おとうさんは、もうたいていの支那語はつかえるようになったよ。つかわないでは、生きていられなかったからな。」

「ぼく、満洲語の歌なら知っているよ。」

「そうか。どんな歌だい。」

「満洲国の国歌。」

「なるほど。」

「ぼくが、大連から新京に来る途中に、教えてもらったのさ。」

「あじあ号」の中で佐竹さんに教えてもらった満洲国国歌が、一郎の「満洲語」（中国語）のすべてであるかのようである。「満洲語」は当時学校でも週一時間は教えられていたはずだし、『咲きだす少年群』の洋が聴いていたようなラジオの講座もあったと思われるが、そんなことは全く無視されている。日常生活で接する異民族はほとんど白系ロシア人で、彼等とは日本語が通じ、漢民族と接する場合と違って、日本人の側が「同化」されてしまうおそれも少ない。満洲にいて「日本人であることを忘れない」ために、ハルビンは大連に次ぐ最適の地だったのかもしれない。

だが、『スンガリーの朝』に至って、石森の長編児童文学作品はかなり成熟して来たように思われる。物語の展開が児童文学らしく自然になって来ている。これは戦中三部作を仕上げる過程での作家としての成長であろう。

石森はこのように、一九三九年三月～五月の『もんくーふおん』連載、一九三九年八月の『咲きだす少年群』刊行、一九四一年十二月の『日本に来る』刊行、一九四一年四月～

一九四二年三月『スンガリーの朝』連載、一九四二年八月『スンガリーの朝』刊行と、三年半にわたって立て続けに児童小説を書きあげている。しかもその間に、満洲に関わる「子どもよみもの」を多数刊行している。それを新しい国民学校制度における、国語教科書の編纂という激務と並行して行ったのである。これらの創作を通して作家としての石森が確立されたのだと思われる。

さらに戦後、これに続くものとして、『わかれ道』(一九四七年)・『秋の日』(一九四八年)という満洲帰還者を題材にした小説がある。その後しばらく間をおいて、大作『コタンの口笛』(一九五七年)の二年後、やはり満洲帰還者を題材とした『親子牛』(一九五九年)と続く。これらは戦後満洲三部作というべきであろう。しかもその間に童話やエッセイは多数出しているのである。石森の創作活動における、満洲の意義を改めて考えさせられるのである。

18　付録　加藤武雄『饒河の少年隊』

満洲児童文学には、満蒙開拓青少年義勇軍にかかわるものがかなりある。石森の作品に出てくるような、関東州や南満洲の恵まれた都会地ではなく、北満洲や東満洲など「満洲国」の辺地での、厳しい生活環境や治安状況との戦いが主題である。その一例として、加藤武雄『饒河の少年隊』を、『スンガリーの朝』と対比してみよう。

『饒河の少年隊』は、『スンガリーの朝』の改訂版が刊行された翌年、『少年倶楽部』（講談社）一九四三年一月号〜一九四三年十月号に連載された。連載終了後、一九四四年二月単行本として講談社から刊行されている。全体としてはそれほど加筆・改訂されていないが、末尾の部分（雑誌版では一九四三年十月号の部分）には、後に示すようにかなり重要な加筆がある。

満蒙開拓青少年義勇軍という制度は一九三八年（昭和十三年）に作られたが、少年のみの集団的武装移民の最初の試みは、一九三四年（昭和九年）に三江省饒河に創設された「大和北進寮」（「饒河の少年隊」と呼ばれた）であり、その「成績良好」だったことが、青少年義勇軍創設の動機だったとされている（上笙一郎『満蒙開拓義勇軍』中公新書、一九七三年、一一頁）。

そこに登場する少年たちは、農村部の、それも貧しい地域の出身である。またそういう地域の少年たちには義勇軍に憧れるものが多かったのも事実である。『満蒙開拓青少年義勇軍』の著者・上笙一郎は、埼玉県入間郡原市場村（現・飯能市）の出身だが、秩父山地の一部の山襞の村で、田んぼは皆無、山畑が少しあるばかりで、人々は林業や出稼ぎで暮しを立てて来た。一九三八年に義勇軍の制度が作られると、志願者は年を追って増え、この村の周辺は全国有数の義勇軍送出地になった。上笙一郎自身、農家の三男で、「大きくなったら義勇軍を志願して満洲へ渡ろう、それが日本人としての自分の使命でもあれば、貧家に生まれた自分の多少とも幸福に生きられる唯一の道である――と固く決心するようになっていた」という（上笙一郎、前掲書、五―六頁）。石森の戦中満洲三部作の主人公には見られない使命感である。

少年隊に参加することのできる年齢は、数え年十五歳とされていたから、現在なら中学二年卒ということになり、石森の三部作に登場する主人公や子どもたちとは、明らかに年齢が違っている。しかし『少年倶楽部』のような児童雑誌に掲載される分には、それはむしろ適切であったろう。読者の子どもたちに、自分も少しでその年齢になるのだと、参加を憧れさせるためであるのだから。

もっとも正真正銘の軍ではないのだから、「軍と呼ぶのは適当を欠く」という関東軍の申し入れにより、玄界灘を渡ると「満洲開拓青年義勇隊」という当たり障りのない名称に変えられていた。筆者は義勇軍参加者の一人から聞き取りをしたことがあるが、彼はいつも「義勇隊」と呼んでいた（以下「義勇軍」と略称する）。

義勇軍を描いた児童文学としては、その走りとなった三江省饒河の「大和北進寮」を対象とした、山田健二「饒河少年隊」『少年義勇隊』（満鉄社員会、一九三八年）、福田清人『日輪兵舎』（朝日新聞社、一九四一年）、加藤武雄『饒河の少年隊』（講談社、一九四四年）、などがある。また一九三七年（昭和十二年）になると、チチハルから北東へ二〇〇キロほど離れた嫩江《のんこう》に「伊拉哈《イラハ》少年隊」が創設された。田郷虎雄『亜細亜の柱』（『子供の科学』誠文堂新光社に連載、後単行本）はこれを描いたものと思われる。

それに対して石森はこの時期になっても依然として、開拓村や義勇軍文学とは対照的な、都市部のインテリや中間層を対象としたものを書いている。内容的には全く関係ないようでありながら、『スンガリーの朝』と比較対照できるような箇所もいくつかある。この点を指摘することは、石森の文学の性格を表すことになると思われる。

『饒河の少年隊』のあらましは次の通りである（引用は末尾の加筆箇所を除き雑誌版による）。「満洲国」が生まれると間もなく、二十九人の日本青少年隊が、移民の先がけとして、満ソ国境の饒河へ渡っている。これに参加する、群馬県赤城山麓の農村で、小学校高等科（現在の中学校二学年に相当）を卒業した、大宮栄次、木村友吉、酒井源太、森仙太の四人をめぐる物語である。義勇軍の「育ての親」と呼ばれた、陸軍少佐東宮鉄男《かねお》少佐も「大宮少佐」の名で出てくる。送り出す義勇軍を内原で訓練した加藤完治も香取三次の名で登場する。

冒頭でまず、「皇国のため満洲開拓に身をささげる雄々しい青少年義勇軍は、どうして生まれたか」を説いている。その目的は、同じく義勇軍を描いた『亜細亜の柱』では、「アジアのため」とされているのだが、『饒河の少年隊』では端的に、ソ連による侵略から日本を守るためだとしている。冒頭で「大宮少佐」は少年たちにこう語っている。

「ソ連にはいられたら大へんだ。満洲があぶなくなれば、日本があぶなくなる。満洲に移民を入れるのも、日本は土地がせまく、満洲にはたくさんあいた土地が残っているからというだけではない。そのようにして、日本の力で満洲を固めなければ、日本をまもることができないからなのだ。それで、日本の兵隊が相当満洲に行っているが、兵隊だけじゃ足りない。義勇軍をつくって、人垣で国境を守ろう……」（『少年倶楽部』一九四三年一月号）

つまり満洲を守るのは、アジアのためというような綺麗ごとではなく、露骨に日本を守るためなのだ、とされている。これは敗戦時に軍隊に代わってソ連軍の犠牲となった、義勇軍の運命を予示しているといえよう。

石森も『日本に来て』で満洲の「奥地」の青少年義勇軍に触れてはいる。しかし「畑を起したり、種をまいたり、家を作ったり」する「力仕事」と、「お勉強」のことしか取り上げていない。また、『マーチョ』の「開拓村の父」で、ごく簡単に開拓地＝義勇隊のことを取り上げ、東宮少佐のことにも触れている。書き出しは次のようである。

今でこそ、毎年毎年何万人という人が、どんどん日本から、満洲にわたっていきます。そうして、広々とした土地を耕し、りっぱな畑にしていっては、豊かな作物をとり入れるようになりました。／この満洲開拓民のおかげで、満洲はどれほど、栄えていくかわかりません。また、日本の農村では、人口の関係上、どれほど助かるかわかりません。(『マーチョ』一一六頁)

ここでも「雄々しい満蒙開拓義勇軍」という言葉は出てくるが、加藤武雄と違って、かれらが満洲国のためというより、ソ満国境で、日本を守るための盾の役目を果たすために渡って来たのだ、ということに触れていない。農業移民の問題に限定して、軍事的なことに全く関心のない平和な話である。これは『満洲史話』で、旅順や大連の歴史を語りながら、三国干渉等の歴史的経緯には全く触れていないのにも通ずるであろう。同書の「日露戦争前の大連」の冒頭は次のとおりである。

ロシヤが清国から遼東半島を借りたのは、明治三十一年で、租借すると直ぐ旅順の方では軍港を造ったり、山々には砲台を据え付けるという有様でたちまち堅固な要塞が築かれて、旅順は難攻不落の要塞となりました。（中略）

ロシヤは本国によい港を持たないし、東洋の方にも広大な国土を持っているので、どうかして立派な港を東洋に持ちたいと、昔から考えていました。すると幸い清国から、遼東半島を租借することが出来たので、さっそく立派な港をつくることにしました。それで明治三十一年浦鹽斯徳《ウラジオストック》に居ったサハロフという技師に命令して、大連市の設計案を作らせました。（石森延男編『東亜新満洲文庫』第二「歴史」篇、修文館、一九三九年、六三―六四頁）

これだけならまだ平和な話だが、実際の歴史はもう少し複雑である。帝政ロシアは三国干渉の直後、清国に東清鉄道建設とそれに伴う付属地設定を承認させている。一八九八年（明治三十一年）ロシアは遼東半島を租借、ハルビン・旅順・大連間の鉄道（後の満鉄本線）敷設を承認させている。そもそも三国干渉におけるロシアの意図は、大連に貿易港を、旅順に軍港を建設し、進んでは中国東北全土を支配することにあったのである。

『饒河の少年隊』では、石森が無視した三国干渉を、饒河に渡る途上ハルビンに向う列車の中で、少年たちを引率する「宮地先生」が説いている。

「みなも知っているだろう。この遼東半島は、明治二十七八年の日清戦争の結果、日本のものになった。それを、そばから、めちゃな苦情を持ち出し、一旦、日本のものとなった遼東半島を、支那へかえさせたのが、ロシヤ、フランス、ドイツの三国なのだ。……ところでどうだ、三国というちにも、その先立になったのは、ロシヤだったが、ロシヤは、日本からかえさせたこの遼東半島に手をのばし、弱い支那をおどかしつけて、この鉄道——今、われわれが走っているこの鉄道（満鉄本線＝引用者）をだよ——これもロシヤで敷いたのだ。そして、あの大連という港をこしらえるとともに、旅順に要塞を築き、満洲全体を勢力版図にしたばかりか、朝鮮にまでのさばり出したのだ。日本も、とうとう堪忍ぶくろの緒を切らし、そこではじまったのが、日露戦争だ。……戦争はおわり、この鉄道も、日本のものになったのだがね、それを横取りしようとかかったやつがいる。」（『少年倶楽部』一九四三年四月号）

その横取りしようとした「やつ」がアメリカだというのである。折しもアメリカと戦っている最中だから、これは訴える力があったろう。

義勇隊の一行はハルビンから船で饒河へ向かうのだが、ハルビンに着いたときの描写も、『スンガリーの朝』とは全く対照的である。

……ハルビンは松花江のほとりの美しい都会だ。満洲にはめずらしく樹の多い町、ヤソ教の寺の多い町、国を失った白系ロシヤ人（わるい考えに立つぃまのソ連政府に反対な人たち）が暗い目つきをしてさまよい歩いている町、大通りには石づくりのりっぱな建物がならび、ロシヤ人の町であった頃の名残りを店屋の看板のロシア文字に見せている町。しかし義勇隊の一行の胸をうったものは、町の中にはなく町の外にあった。それは、ハルビンの郊外に、高く高くそびえ立つ石の搭――横川省三、沖禎介の二人の志士の記念碑である。日露戦争の時、支那人の姿に身をやつして敵地深くしのび入り、敵兵を輸送するシベリヤ鉄道の鉄橋を爆破しようとして、おしいところで敵にとらわれ、そこで銃殺されたこの二人の志士の物語は、みんなも、知っていた。一同をその記念碑の前に立たせて、宮地先生はこういった。「いざという時になれば、君たちもそれをやらなきゃならんぞ。君たちのうち、第二の横川、第二の沖になる者は、だれだ。」

「僕だ。」「僕です。」と、ことばには出さないが、みんな、こう、心の中で叫んだ。（『少年倶楽部』一九四三年五月号）

「ハルピン」については、一足先に饒河に赴いた少年から大宮栄治にあてた手紙のなかにこうある。

「今日は、大宮大佐につれられて、横川、沖の二勇士の碑をおがみに行きました。（中略）ハルピンはきれいな町で、ロシヤ人もたくさんいます。白系ロシヤ人といって、今のロシヤ政府（ソ連政府）から、追い出されている人たちです。帰るべき国をなくしたかわいそうな人たちを見るにつけ、日本という世界一のりっぱな国を持っている僕らは、ほんとうにしあわせだと思います。」（『少年倶楽部』一九四三年二月号）

ハルビンの町の様子の描写には石森に通ずる点もある。白系ロシア人が反ソ連のロシア人であるとしている点は、この物語の後半にも出てくるが、石森には見られない。また、『スンガリーの朝』には、ハルビン神社や忠霊塔は出てこない。志士の碑や伊藤博文の遭難跡のことは、初出版・改訂版ともに出てくるが、「お参り」をするのではなく、学校の友だちが「志士の碑の写真を見せてあげる」とか「伊藤博文さんが撃たれた時のお話をしてあげる」とかいうのんびりした話で、受けとめ方が全く違っている。これは作品で主体となっている子どもたちの意識の違いであり、付属地文学と開拓地・義勇隊文学の思想の違いであるともいえようか。

饒河とは満洲東北部の当時のソ連との国境を北に流れるウスリー江が、黒龍江と合流する少し手前にある寒村で、主人公の義勇隊の少年たちは、十日以上もかけて、ハルビンから船に乗ってスンガリーを下り、黒龍江に入り、ソ連の監視艇にまとわりつかれながら、さらにウスリー江を遡ってやっと辿りついたのである。冬季には河が凍るから、飛行機以外の交通機関はなくなるという、それこそ満洲きっての大変な僻地である（上笙一郎は「牡丹江から図佳線で終点の虎頭へ出、そこから船でウスリー江を四〇里下る」と言っているが、図佳線は牡丹江から佳木斯に至る線で、途中の林口から虎林線で終点の虎頭に出るのである。しかも虎頭まで鉄道が開通したのは、一九三六年（昭和十一年）十一月だから、一九三四年に移住した少年隊は、ハルビンから饒河までずっと船で行くほかなかったのである）。

饒河に着くと、ウスリー河の向こう岸は、すぐソ連で、赤い屋根のソ連の兵営や、馬を走らせているソ連兵の姿などが、はっきりと見える。町はずれの丘の上に、歩哨に立っていると、時々「匪賊」の銃の音が聞こえたり、夜だと、狼の声が聞こえて来たりする。まさに「戦場と変わりない」ような風景である。

また、少年たちは「満洲人の空き家を少し手入」した「北進寮」に住むことになるのだが、上笙一郎によれば正式の寮名は「大和北進寮」だったという。そして彼らの隊には、何と「憂国前衛軍青少年突撃隊」という名がつけられていたのである。

「北進寮」は「学校でもあり、農場でもあり、兵営でもある」。つまり学科、作業、教練が日課である。学科は、満洲語、ロシヤ語、日本歴史などで、「満洲語（支那語＝中国語）」は、王《ワン》という満洲人の先生に、ロシヤ語は、ナターシヤという若い女の人に教えられている（二人共実名のようである）。ロシヤ語は、なかなか覚えにくかったが、「満洲語」は、すぐに覚えられた。なにしろ、町には「満洲人」が一ぱいいるので、否応なしに、「満洲語」を使わせられるから、一週間もするうちに、新しく来た三人も、店やで買物ができるようになったというのである。このあたりは、大連や付属地ではなく、一般地・僻地に住んだ日本人にも通ずるものがあるといえよう。また、対岸はソ連領で、ソ連の飛行機がいつも越境してくるし、近くの街ビギンにはソ連兵がかなりいる。中にはスパイもいる。そういう状況だから、ロシア語を覚えることは当然必須だったろう。

　これは石森の戦中三部作と全く対照的である。『咲きだす少年群』では、主人公洋は中国語が苦手である。文中に「儞把這拿回去（お前、これをもっていきなさい）とか、「在這兒哪（こ、だよう）」とかいう短い会話文は出てくるが、これは中国人兄妹・志泰と桂英の間で交わされる言葉で日本人の子どもには関係ない。『日本に来て』では、「言之不出《エンチーブーチュ》、恥躬之不逮也《チイクンチイブータイエ》」など、論語抄の中国語読みが出てくるが、これも中国人の少年チョンイが読んでいるのである。『スンガリーの朝』には「満洲国国歌」を歌う場面が出て来るが、歌詞は出てこない。これに対して饒河の少年たちは、実例は挙げていないが、中国語もロシア語も出来ることになっている。そんな僻地の饒河で、義勇隊の少年たちは白系ロシア人にめぐりあっている。ロシア語の先生のナターシアは、元陸軍の少将だったという歳老いた父親と暮らしているのだが、正月に少年たちがその家に遊びに行った時、こんな話が出てくる。

「君たちはうらやましい。ロシヤという国に生まれた自分は、ふしあわせだ。」

昔は、将官の軍服を着、胸にたくさんの勲章をつけていたらしいその老人は、こういってためいきをついた。

「ほんとうに父はかわいそうですよ。川ひとすじへだてて、自分の国を見ながら、父はそこへかえることができないのです。いいえ、今のロシヤは、もう私どもの国ではないのです。私どもの国は、もう消えてなくなったのです。」

ナタアシヤが、いたわるように父の横がおをながめて、こういった時、ナタアシヤの目は、涙にぬれていた。(『少年倶楽部』一九四三年九月号)

もと、陸軍の少将だったという「父」が何故ロシヤ(ソ連)に帰れないのか、理由は書かれていないが、当然ソ連政府に反抗する白系ロシヤ人ということになろう。前に挙げた、哈爾浜小学校の小嶋邦生「ワシリー先生のことども」で、「……然しその夜は、革命で祖国を追われたエミグラントの人たちの淋しさ、悲しみ、そして嘆きがせまってきてねつかれませんでした。」とあるのを思わせる。

このように、加藤武雄『饒河の少年隊』では、満洲における白系ロシア人やロシア社会の見方が、『スンガリーの朝』の場合と対照的に異なっている。ロシア人のおかれた境遇をつぶさに見ているが、いっぽう石森が重視したかれらの宗教には全く触れていない。

冬になると毎日零下三十度、四十度の寒さと戦いながら、少年たちは学科・教練・作業と、鍛えられていたのだが、ある日、四人組の班長・会津鷲男が、「匪賊」にねらわれ、ピストルで撃たれて「横腹をやられて重傷」になり、腹膜炎を起こして看護の甲斐もなく数日後に死んでしまった。「町の人たちは、義勇隊がはいってきたことを、よろこんでいる。……だのに、その中に、通匪がいたり、ほんものの匪賊もまじっている。そして、その匪賊は、たいてい、共産匪というやつで、川むこうからさしのばされたソ連の手であやつられている心得ちがいの連中なのだ」という。四人は、毎日敵をさがしているうち、「満人」で匪賊の手引きをしていた孫といふ男を引きとらえ、会津を撃った者を白状させて、その仲間全部で十六人を警備隊がとらえて、会津の無念を晴らした、という結末である。

だがこれはまさに創作であろう。上笙一郎によれば、実際には茨城県出身の相田寅男が、「昭和十年三月十八日の夕方、寮の窓辺で本を読んでいたところを何者かに狙撃されたのである。……満洲警察は半月後に、三人の中国人を検挙して銃殺刑を行った。その三人が本当に犯人であったか否かは、今となってはもはや確かめるすべもない。」という。さらにこの事件を指して、「北進寮の少年たちが饒河の中国人から歓迎されていなかった」証拠だと言っている。動かしがたい事実は、「相田を狙撃した者が日本人ではなくて中国人だという一事である。——ということは、饒河の中国人たちが北進寮の少年たちにたいして、表面的には好意を示していても、心の奥底では大きな反感を抱いていたということにほかならない。大和北進寮の少年たちが非道な行為を何ひとつしなかったとしても、被植民国の民衆としての中国人にとっては、彼らの存在それ自体が侵略を意味するものであり、許容することは出来なかったのである。」(上笙一郎『満蒙開拓義勇軍』、三三一—三四頁)。

そうだとすれば、話は飛ぶが、在満日本人にとって、白系ロシア人が一番付き合いやすかった理由も分るように思われる。彼等は祖国ロシアを追われた難民であり、日本人は彼らの侵略者ではなかった。むしろ望むらくは、彼らを難民にしたソ連を日本がつぶして、帝政ロシアを再生させてくれることを望んでいたのであるから。

最後に単行本版の末尾にある重要な加筆箇所を見よう（初出版の末尾は、『少年倶楽部』一九四三年十月号に掲載された部分であるが、この箇所は単行本版では一七六〜二〇三頁に当る。そのうち一七八〜一八〇頁と一八二頁末尾〜一九〇頁が加筆箇所である）。

最初の加筆箇所の冒頭には、冬の北進寮の様子が出てくる。雪で外に出られない時には室内で学課をやり、雪がやむと伐採をしたり、教練や柔道をしている。二月になるとまた匪賊の噂が立ったので、昼夜を問わず寮舎の入り口に歩哨を立てた。「寒い」とは言わない約束だった、などという箇所である。

やがて春になると、「満人」の農民の多くがしているように、蜜蜂を飼おうということになり、少年たちは近所の農家に出かけて行った。ここからが第二の加筆の箇所である。

おじいさんは、長い鬚の中にもぐりこんだ五ひきも六ひきもの蜂を、鬚をゆすって追い出しながらいった。そして、すぐそばにいる一人の少年をかえりみて、

「これは私の孫です。この子はこれで、蜜蜂を飼うことはなかなか上手です。みなさんのお手つだいをさせましょう」

少年は、にこにこ笑いながら、こちらを見あげていた。年は十四、名は鄭賢元《ていけんげん》、きり

りと引きしまった顔だち、賢そうな眼つきをした少年であった。

四人は、さっそく巣箱を造り、百姓仕事の片てまに蜜蜂飼いをはじめた。鄭少年は、先生ぶったようすで、何やかや教え手つだってもくれた。鄭少年は、まるで日本語がわからないが、四人の方では、もう大分満洲語をおぼえたので、簡単な話などできる。四人は、このことから鄭少年とすっかり仲よしになった。

鄭少年は友だちになれたのを喜んで、時々四人を家に招待すると、母親やおじいさんが喜んで迎えてくれた。家には皇居の写真と「満洲　皇帝陛下」の写真がかけられており、鄭少年と四人は相互に最敬礼をした。おじいさんの話では、もと山東省にいたのだが、30年ほど前に満洲へ移ってきた。大連・奉天と渡り歩き、この土地に来たのだが、ここも住みにくいところだった、という。

「また生れた土地にもどろうかとも思っていたところ、満洲事変が起って、それから満洲もすっかりかわった。まだ、匪賊もいるにはいるが、もとのような事はない。このぶんなら大丈夫。ようやく、ここの、土になる決心がついたのですよ。これというのも、みんな日本のおかげだ。日本は、まったくありがたい国だ。と、この子にも朝晩いいきかせていますのじゃ。」

「満洲の人たちが、みんなおじいさんのような気持でいてくれるといいのだけれどね。」

と、仙太が得意の満洲語でいった。

「そうです。――日本の　天子様の大きな御心、その心を心とした日本の人たちの心、それをよく知りさえしたら、匪賊になって日本人にたてつくような者はないはずだが、何しろ、まだもののわからぬ人間が多いのだからね。」


これが満洲国イデオロギーの宣伝であることはいうまでもない。雑誌『少年倶楽部』の初出版では控えていたのが、単行本で行った加筆で露骨に現れたのである。こんな交流が実際にありえたかどうか、ここでは問わないことにする。ただ一つはっきりしているのは、四人の日本少年がかなり「満洲語（中国語）」ができたので、満洲の農民と交流が深まったという視点である。鄭少年は日本語がわからないのだから、四人の日本少年と鄭少年との言語の上での関係は、『咲きだす少年群』の洋と志泰の関係とは全く逆である。さらに、『日本に来て』や『スンガリーの朝』では、そもそも中国語で交流すべき場自体が全く出てこないのである。

その上、偶然ながら鄭少年の父が四人の中の栄次の「部下」だったことを知って、鄭少年は栄次に「僕をあなたの部下にしてください」という。これに対して栄次は「部下なんて――。

君は僕の友だちじゃないか。ね、僕らと君と、これからもっともっと仲よくなろうよ」と答えるのである（一八七頁）。これも栄次は中国語ができて、鄭少年は日本語が分からないという関係でこそ意味があるだろう。日本側の意思を相手に押し付けるのではなく、相手の側を理解しようとしているというプロパガンダである。

極めつけは、その直後、「特急あじあ号」で一郎が歌わされた満洲国国歌が登場するのである。庭先の方で歌う声が聞こえたというのだから、「満洲人」たちが自然に歌いだしたということであろう。少年達もこれに合流し、さらに「君が代」をいっしょに歌ったことになっている。日満融合の象徴である。この加筆は極めて重要な意味を持つと思われる。

加筆部分が終ると、故郷との関係が出てくる。故郷では満洲へ志す人が増えているという手紙が来る。義勇隊の少年たちもいよいよ満洲に腰を下ろそうとしている。ある少年の父親が死んだという電報が届いたので、郷里に帰るように勧めたところ彼はこういった。

「家には兄がいますから帰らないでもいいのです。こちらへ来る時は、戦争に出るつもりで来たんですから、帰らなくてもかまいません。満洲へ行って、一生けんめいにやれ、それが何よりの孝行だと、父はいっていましたから、おとむらいに帰らないでも、父は許してくれるだろうと思います。（中略）……父はまずしい百姓で、一生、たがやす土地がたりないで苦しんでいました。僕は、満洲で一本だちの百姓になったら、父を呼んで、父といっしょに、広い土地で、思うぞんぶんに鍬をふりまわしてみたいと思っていました。それができなくなったのが、くやしくてたまりません。」（『少年倶楽部』一九四三年十月号）

「戦争に出るつもりで来た」というのだから、この少年には、満洲を「故郷」とする意識以上のものが芽生えつつあったと言えるだろう。これをきっかけに、義勇隊のある教師は、こんな話を少年たちにしているのである。

「親孝行というものは、親が生きているうちだけにするものではない。なくなった親にたいしての孝行も大切なのだ。……それはみんながからだをねり、心をきたへ、りっぱな国民になって、せい一ぱい、お国のために働くことだ。……孝をおしひろめて、忠とするのは、日本人だけのことだ。ほんとうの孝は、つまり、国のため大君のために、忠義をつくすことである。」（『少年倶楽部』一九四三年十月号）

満洲は日本のためにある、というより、満洲を日本にするのだということであろう。最後にこの北進寮の少年たちが見事にやりぬいたために、満洲へ大人の拓士だけでなく、青少年義勇軍をも送ることになったといういきさつを、やや詳しく示してこの物語は終る。

第Ⅳ部　戦後の石森児童文学における満洲

1　石森の戦後満洲児童文学三部作

石森には、戦中期に書かれた、主人公が満洲に関わる長編三部作『咲きだす少年群』・『日本に来て』・『スンガリーの朝』に対応するように、戦後にも主人公が満洲にかかわる三部作がある。『わかれ道』（初出一九四七年四月、光文社）・『秋の日』（初出一九四八年一一月、女子学生新書第1集、かすみ書苑）・『親子牛』（初出一九五九年一〇月講学館）の三作である。これらはみな主人公が満洲育ちの引き揚げ者で、『わかれ道』は小学五年生の兄と二年生の妹（作品の初めの方では一年生、最後の方で二年生になっている）、『秋の日』は中学三年の女の子、『親子牛』は小学六年生の男の子である。三作品とも『石森延男児童文学全集』（全一五巻、一九七一年、学習研究社）に収録されている。『わかれ道』と『秋の日』はほぼ同じ長さで、わりにこぢんまりしているが、『親子牛』は両作品の倍以上あり、『咲きだす少年群』（全集版では『モンクーフォン』）に匹敵する長さである。

全体としての特徴を見ると、『わかれ道』『秋の日』『親子牛』の主人公一家は、みな満洲引揚げ者であるから、親子ともども、いかほどか「故郷」としての満洲への思いを抱いている。しかしその内実は作品ごとにかなり異なっている。また、戦中三部作と違って、親しい異民族の友だちが出てこないのは、どの作品も共通している。

『わかれ道』は、慣れ親しんだ長春（「満洲国」時代の「新京」と表記）から、敗戦後、否応なしに日本内地へ引き揚げざるを得ない苦難の旅と、何とか無事全員日本に着いてからの状況を描いている。まず「故国日本」への感情が現れ、それについで強制的に引き離された「満洲」への思いが出てくる。さらに戦後日本の復興の課題を前に、移り住んだ日本の地を「故郷」とする志をかいまみせている。

『秋の日』の主人公は、「奉天」（原文に「遼寧省の省都の旧名」とあるが「瀋陽」とは書かれていない）を去ってもう二年目に入っているのだが、心情的な「満洲恋いしや」が全編を通じて現れている。その中心は、古都の面影を残す都市、しかも恵まれた環境での楽しい生活の回顧であるが、時には「満洲育ち」の意地も出てくる。また奉天だけに尽きず、ことあるごとに満洲が思い出される。これは親兄弟から切り離された、主人公の孤独な境遇にも関わりがある。

『親子牛』の主人公は、満洲最南部の、遼東半島に近い「ユウガクジョウ」（熊岳城）で果樹園を営んでいたのだが、今は北海道の石狩原野で酪農をしている農家の一人息子である。彼は単なる郷愁に留まらず、移住が可能になったら再び「郷里」の熊岳城に帰って営農したいという、「懐かしさ」を超えた、きわめて積極的な希望をいだいている。親しい中国人の友人はいないが、「チンさん」という、以前自家の果樹園の雇人で、今は自分の果樹園を営む中国人との交わりがある。お互いに労働生活をしているのであり、そのことが満洲への思いが甘い感傷的なものを超える基盤にもなっている。さらに、『わかれ道』と『秋の日』は戦後間もない頃の作であるが、『親子牛』はそれから十年ほど後の作である。この間に石森は『コタンの口笛』など多くの作品を出している。前二作との違いは、発表時期にも関係があるのではなかろうか。

なお戦中期三部作の主人公の居住地「満洲」は、大連にハルビンという日本人の多い大都市だったが、戦後の三部作は、長春・奉天(現・瀋陽)・熊岳城という、より「満洲色」の濃い地域になっていることが注目される。

2 『わかれ道』――日本喪失から満洲追憶を経て「故郷・新生日本」へ

(初出:『少年』(光文社)に連載、一九四八年四月光文社より単行本刊行、『石森延男児

童文学全集8』に所収）

この作品は、「満洲国」の首都として、新京と呼ばれた長春からの引き揚げ者・吉村一家三人の困難な道程と複雑な心境を描いている。戦後間もない頃、『少年』（光文社）の一九四六年一二月号から一九四七年八月号まで八回にわたり連載された後、一九四八年四月に単行本として刊行されている。「（この作品を）書きだしたのは、昭和二十年の夏、ちょうど終戦まもなくのころ、日本じゅうは、それこそ国がはじまってからの大さわぎのときです。（中略）このままほろびるか、それとも、これから立ちあがるか、日本はちょうどその『わかれ道』にさしかかっていました」と石森は、この作品を収めた『石森延男児童文学全集8』（以下「全集8」と略記）の「あとがき」でいう。戦後日本の「わかれ道」というテーマを満洲からの引き揚げ者にあてたところに、石森の満洲児童文学者としての独自性があるといえよう。

物語はまず、小学生の主人公吉村登（引き揚げ当時五年生）と妹ひで子（同二年生）、母の三人が長春を離れて南に向う列車に乗りにゆく場面から始まる。小学校教員だった父は、出征したきり、行方不明になっていた（日本に引き揚げ後再会できるのだが）。

もうあと、何分もたたないうちに、この町をたち去って、引きあげ列車に乗りこまな

ければならない。住みなれたこの長春の町を、これっきり別れてしまわなければならない。（「全集8」二三七頁）

登たち吉村一家が長春を離れるのは、敗戦から一年ほど後のことになっているが、これは当時の実態に即していると思われる。その間に登が痛感したのは、「満洲恋いしや」ではなく、まず「日本喪失」であった。登は敗戦後の一年間を省みてこう思う。

ああ、この一年というものは「日本」ということばにふれなかった。なにしろ、どうして、その日を生きていけばいいのか、どうして、身の安全を計ればいいのか、ただそればかりを気にしていたのだから。（中略）大きな会社がつぎつぎとくずれてしまい、役所も消えてしまい、軍隊までがすっかり無力になるというかわりかたの中にあって、おろおろしたのは登ばかりではあるまい。どこをさがしても、「日本」のしるしとなるようなものは、長春あたりに何一つ見あたらなくなった。学校で、あれほど聞かされてきた「日本」の話が、まるで火の消えたように、どこかへいってしまったではないか。（「全集8」二四九頁）

長春を、満洲を離れなければならなくなったこと以上に、まず「日本」がなくなってしまったことが大問題なのである。満洲国は異土だが、異郷ではなかった。言葉は日本語であり、天照大神を国の祭神としてあがめてきた。日本あってこその満洲国だった。その日本が、本国でも「このままほろびるか、これから立ちあがるか」の「わかれ道」に直面していたのである。いずれにせよ、日本に戻るめどの立たない限り、長春を離れるわけには行かないが、そこはもはや「ふるさと」ではありえなくなった。そこを懐かしむようになるのは、ずっと後のことである。

この小説では何も触れていないが、「この一年」の長春はどうだったのだろうか。登たちが長春を離れたのは敗戦後一年ほどのことになっているが、その間どんな生活を送っていたのだろうか。他の植民地台湾・朝鮮と異なり、満洲はほとんどその全域にわたってソ連軍の占領につづく国共内戦という動乱にまきこまれ、在住日本人の生活は、開拓団農民の悲惨な状況はもとより、都市部でも混乱の中におかれていたのである。

長春に近い公主嶺小学校の同窓会による『満洲公主嶺――過ぎし四十年の記録』（私家版、一九八七年）に比較的くわしい記録があるので、参考までに見てみよう。公主嶺は満鉄本線沿いに長春から約六〇キロ南にある街で、特急「あじあ」は停まらないが「はと」や急行は停車した。一九四一年（昭和十六年）以降「公主嶺在満国民学校」と呼ばれたこの学校の教師の回想によれば、一九四四年（昭和十九年）になると男の教員は次々と召集された。上級生や高等科の生徒は飛行場の草取り、道路の側溝掘り、学校農園、南方前線へ送る乾燥米飯の袋詰めなどの作業に、毎日のように狩りだされるようになった（『満洲公主嶺』五〇三頁）。敗戦の年、一九四五年（昭和二十年）八月九日未明、ソ連が参戦して以来公主嶺は大混乱に陥った。学校は閉鎖状態になった。当時約七千人いた在住日本人は八月十五日には四千五百人になっていた。内五百人は軍への応召で、約二千人が疎開で公主嶺を離れていたのである。疎開先は主に朝鮮だったようである。八月十五日が過ぎるとすべての機能が止り、教師たちは学校をどうすべきか途方に暮れた。新京（長春）の在満教務部や、吉林の視学からは何の指示も連絡もなかったという。御真影・詔書その他の重要書類を焼却処分するのがせいぜいだった。

八月二十三日ソ連軍が公主嶺に入り、九月からはソ連軍・中共軍の軍政下に入った。在満日本人の戦後と言えば、申し合わせたように筆舌に尽くしがたい苦難の体験が語られる。当事者にとってみれば、これはあまりにも当然のことであろう。ことに『大地の子』の舞台となったような開拓地では、まさに地獄そのものであったろう。

しかし公主嶺のように、戦火に巻き込まれずにすんだ、比較的恵まれた地域では、日本へ引き揚げるまでのしばらくの間、在満日本人教育が再開されている。ただし校舎は接収されて仮住まいを余儀なくされたり、備品は破壊され、教科書もノートもほとんどないような状況の中でのことであった。

日本人会の会長が中ソ当局に相談したところ、帝国主義の打破、教科書内容の監視を条件として、日本人会経営の「公主嶺日本人小学校」の開校を許可された。十一月十二日学校が再開したが、机・椅子・図書などはことごとく略奪されていた。しかも三日後には校舎を追われ、旧陸軍病院に移転を命ぜられた。教室には「親土地・親隣人・親科学」という教育方針が掲げられた。在満日本人は戦後になってようやく本当の「現地主義」に出会ったのではあるまいか。

公主嶺在住者の子どもたちだけでなく、近隣や奥地から避難して来た子どもも多いので、口コミで募集し、年齢別に分けて学年編成をしたが、三年生以下が極端に少なかった。それは避難の途中で病死したり、歩けなくなって足手まといになったなどの理由で「処分」されたためだという。開校当初は初等部（国民学校＝小学校初等科）だけで、高学年の組に国民学校卒業生も入っていたが、翌一九四六年四月からは中等部（旧制中学校、高等女学校、国民学校高等科に在学する、一、二、三年生）を併設、生徒数は七〇四名であった。

敗戦の翌年一九四六年四月にはソ連軍が撤退したが、その後中共軍と国府軍の入れ替わりが頻繁にあり、六月になると国府軍が校舎の旧陸軍病院を使用しはじめた。公主嶺在住日本人の引き揚げも決まったので、六月三〇日まで授業をして、七月一日に在学証明書を渡して、別れの式を行い、学校は閉鎖された。この在学証明書は手書きのガリ版で、「公主嶺日本人学校長」の名で、「民国三五年七月一日」付になっており、中等部の生徒にも渡されたという（『満洲公主嶺』四五五頁及び四七〇―四七五頁）。

こうした状況は満洲各地にあったようである。『わかれ道』の主人公・登のいたとされる長春では、混乱がようやくおさまり、治安も安定してきた年明けの頃（一九四六年）から、居留民会の肝いりで長春市内のあちこちに塾が開かれるようになった。天理教会が支援した小学生のための清明塾、男女中等学校生のための白菊塾、室町在満国民学校の空き教室で始められた敷島学塾などである。しかし日々の生活のために働かなければならない子どもたちが大半で、塾通いの出来る子どもたちは、ほんの一握りに過ぎなかったという（戸出武「昭和二〇年の新京、二一年の長春」『ぽぷら』第一六号）。

敷島学塾は一九四六年四月二九日に入学式を行ったが、間もなく校舎が接収され、西広場在満国民学校の空き教室に移転、室町・三笠・八島・西広場の各校生徒と高等科の生徒が一緒になって、午前午後の二部制で学んでいた。教育条件は公主嶺の場合と似たようなものであった。この塾も引き揚げのため七月末で閉鎖されている。せいぜい半年の間だが、父親が戻っていない登は、どこかの塾に通えたのだろうか？　と想像したくなる。

小説に戻ろう。登たちが長春の駅に着くと大混雑で、母は人波に揉まれて一時失神してしまう（脳貧血か）。乗りこんだ列車は屋根のない無蓋貨車だった。日本への船に乗りこむ「コロトウ」（葫蘆島。中国語読み「フールータオ」。瀋陽と山海関の間にある遼東湾に面した都市で、不凍港があり、戦後満洲の日本人引き揚げ者の乗船地となった。）までは十日もかかっている。その難儀な車中で登に最初に現れるのは、まだ見ぬ日本へのあこがれである。

ああなつかしい日本、よくおとうさんに話を聞かされた日本の土地、どんなだろう。自分もひで子も長春生れだから、日本という土地は、どんなか、見たこともないのだ。おとうさんの生まれ故郷（広島）に早くたどりつきたい。……（「全集8」二四二頁）

母にしても同じ思いだが、それだけではすまないものがあった。苦労して建てた家に愛着があり、「後ろ髪をひかれる」思いだったのである。

汽車は、かなりの速度で南へ走っています。一歩でも、南へ進むことは祖国日本に近づいていくことで、何よりもうれしい。いっときも早く日本の土をこの足でふみたい。ふたりの子どもらを、その土の上にのせてやりたい。……

けれどもおかあさんにしてみれば、また悲しい思いを起こさせることにもなりました。というのは自分たちの手でやっと建てた家からはなれることがその一つ、……それよりも、もっともっとつらいことは、なんといっても、おとうさんをそのままにして、帰らなければならないことでした。南へ南へ走って行けば行くほど、それだけおとうさんとかけはなれていくことになる。

（中略）

思えばいままでの長春の生活は、いかにもおだやかなくらしであった。おとうさんは、小学校の教師をしていたので、ふたりの子どもたちもその学校にかよっており、なんの心配するところもなくすごしてきた。となり近所のつきあいも、じつにたのしく、こまるということを、まずまず知らなかった。（「全集8」二四七―二五二頁）

典型的な満鉄付属地での恵まれた生活であったことが分かる。母にしてみれば、天国から地獄へとでも言おうか、それこそ身を裂かれる思いなのである。もっとも登にしても、いよいよ日本に向う船がコロトウを出る時となると、また感情が変ってくる。生まれ故郷の満洲を去るさびしさが表れてくるのである。

「いよいよ、コロトウとお別れだ。登くん、うれしいだろう」
うれしいにはちがいない。けれども、またあるさびしさもある。登にしては、生まれ故郷を去ることになるからだ。日本に向かうことは、なんとしても大きなよろこびにちがいない。だが長春の親しい友だちとふたたび会えなくなることは悲しいことでもあった。ことにおとうさんをあの地におきざりにしてきたんだから。（「全集8」二五六頁）

乗りこんだ船は、もとの日本の軍艦だという。船中では日本がどういう状態になっているのか心配する声や、コロトウまでたどり着く途中で子どもを置き去りにして来た人もある、などと話をしていた。日本までは八日ほどかかるということだった。途中で激しい風が吹き出し、船が揺れてみんなすっかり体が弱ってしまった。船中で亡くなった人もいた。

さまざまなことがあったが、やがて船が博多（と思われる）港に着いて、上陸すると、偶然にも母の女学校時代の友だちと出会い、とりあえずそこに一時泊めてもらうことになった。日本への第一歩を踏みだした時の登の感想はこうだった。

よく晴れた空に、まき毛雲がうかんでいました。登はそれを見あげながら、風がふいてくるかもしれないと思いました。こんなことを思って歩いていると、この土地も満洲のようで、長春の郊外でも散歩しているような気持ちでした。ひと月半もかかって、それも苦しい旅をつづけてきたことが、なんだか遠いむかしのことのように考えられるのは、どうしたことであろう。……祖国に帰ったということ、ふるさとの国を歩いていることが、こんなにわけもなく、気持ちをおだやかにほぐしてくれたり、安心させてくれるのであろうか。（「全集8」二六九頁）

満洲に名残惜しい気持ちはあるが、やはり日本が故郷なのだということであろうか。その家では、ゆっくりしていくようにと勧めてくれたのだが、母はひとまず父の故郷の広島までたどり着かねば安心できなかったので、一晩泊まっただけで翌日の夕方出発することになった。

広島の叔父の家に着くと、叔父の精二は原爆で亡くなっていた。ここで世話になることになり、登とひで子はここの学校に入学する。

登たち一家の日本での受け入れ先（父親の故郷）を、石森はなぜ原爆で壊滅的な被害を蒙った広島にしたのか。石森の年譜によれば、「広島で義兄良吉原爆のため死亡し姉春野助かる」とあるから、これになぞらえたのだろう。それにしても原爆のことも一応書かれてはいるが、その想像を絶する破壊力は示されていないし、深刻な放射能汚染の問題は全く出てこない。そのためほかの都市の爆撃による被害とあまり変わらないような印象を受ける。

だが、広島出身のある研究者の話によれば、「終戦後、しばらくの間、広島市民に自分たちが特別な被害者であるという意識はなかった」という。「日本全国どこもかしこも焼け野原で、何度も空襲された東京などと比べ、広島は原爆まで空襲をまぬかれていましたから、死者の数も際立って多いわけでもない。これが政治問題化したのは数年たってからのことなんです」というのである（坂本多加雄・秦郁彦・半藤一利・保坂正康『昭和史の論点』文春新書、二〇〇〇年、二〇六頁）。石森によれば、この作品は戦後間もなく書かれたというから、こうした状況を反映しているのであろう。また駐留軍の圧力で、放射能の問題が伏せられていたことも関係があるだろう。

登が学校に行くと、これも全く偶然ながら、長春で登と同じ学校で仲の良かった矢田という女の子がいた。彼女は今兄と二人きりで、父と母のことは「まだわからない」とのことだった。二人はさっそく打ち解けて、「こんなにして、教室のまどによりかかって、外を見ていると、なんだか長春のような気がするね」（二八八頁）などと話し合ったりする。日本と満洲との間で心が揺れ動くことは依然変りなかった。

午後の授業時間に、先生から「ひきあげについての感想を話してもらおう」ということになった。登は率直に「生まれ故郷を失ってしまったことのさびしさ」について語った。

……その故郷を、たとえどんなわけにしろ、鳥の飛びたつように、あわてふためいてたち去らなければならないのが、ふしぎに思われたことも話しました。

いまでも、あの土地、あの町がなつかしくてならないこと、帰りの旅は、なみたいていの苦しみでなかったこと、とちゅうであった学生のこと、そのおばあさんのこと、博多であった敏夫君のこと――。

話をはじめると、つぎつぎといろいろなことが思いだされたので、ゆっくりと語りつづけました。（『全集8』二八九頁）

ここでやっと、満洲が、長春が懐かしいということがはっきりと出てくる。日本の学校にも入れて、生活が一応安定したからであろうか。だがこれに対して、台湾から引き揚げて来た子どもが、かなり対照的な意見を述べる。

「……わたくしは、生まれ故郷は、台湾です。こんど、吉村さんとおなじように、ひきあげてきたのですが、そのことについては、悲しんではいないのです。……そのわけは、いつも故郷のことばかり考えていては、人間はのびないと思うからです。……ゆく先が、自分のほんとうの故郷と思って、仕事をしていかなければならないと思うのです。」

間髪をいれず、これを引きついで発言した子どもがいる。

「ぼくも、そう思います。ぼくのとなりの友だちは、カラフトで生れた人なのです。このほか朝鮮で生れた人もあります。琉球で生れた人もあります。そんな人が、こんどみんな日本にひきあげてきたのですから、ここが、これからの故郷と思わねばならぬと考えます。ここを出発点として、新しい仕事にとりかかる意気ごみがたいせつと思います。」

こういったのは、吉野くんでした。（「全集8」二九〇―二九一頁）

先生は、故郷については吉野くんと同じように考えるといい、生まれ故郷にこだわりすぎることを問題視し、さらに故郷を日本にまで拡大して、次のようにしめくくった。

「……日本人が、日本のものがいちばんいいと考えすごして、ほかの国のことを、すなおにとり入れなかったことが、どれほど日本をおくらせてしまったかしれない。

日本人は、みんななかのいい同郷人なのだ。が、もっと、大きな心になれないか。東洋全体が自分たちの同郷人（原文には「故郷人」とあるが「同郷人」の誤りであろう＝引用者）と考えられないか。さらに広げて世界じゅうが、ひとつの故郷であり、ここでは生まれた兄弟どうしであると思われないだろうか」(「全集8」二九一頁)

対等平等な民族協和の思想がここでようやく現れたというべきであろうか。ところが、この日の帰り道で、生徒の中に引き揚げ者~新入生を差別し、気に入らぬと石を投げつけたりする、五人の「不心得者」が現れる。この土地に愛着を持ちかけ、この土地のよさまで見つけ出していた登は、にわかに暗い気持ちになった。この問題は、やがて登の書いた作文を読み上げたことから、学級会で取り上げられ、討論のすえ一応解決する。

しかし些細なことから、「転入生のくせに生意気だ」といって、登や矢田さんに暴力を振うものが再び現れる。先生はすぐに何があったかさとったが、小さなことで争いをするこの頃の悪い空気、互いにとげとげして落ち着きを失っていることを感じていた。一歩街に出ればすぐその原因は分る。世の中の毒けが、いたいけな子どもたちを窒息させようとしている、と考えると子どもたちを叱る気にはなれない。まず明るい希望を子どもたちに持たせることだ。そう考えて子どもたちに、「ざっと今から百五十年ほど前、ヨーロッパにあった話」として、ドイツがナポレオン戦争で負けた時、「ひとりの学者が十四回にわたる長いお話をして、さかんにドイツ人の士気をはげましたのです」という前置きで、フィヒテの『ドイツ国民に告ぐ』についてこう語った。

……敗戦ドイツ国民がつとめなければならぬことは、占領軍からけいべつされないことだ。つまり、あなどられないことだ。そのためにこころえなければならないことが、ふたつある。

そのひとつは、ドイツ国民どうしが、おたがいに悪口をいいあわないこと。

もうひとつは、ドイツ国民の持っているよい気風をすてて、よその国風《こくふう》にへつらわないということである。

どうだみなさん、この学者の言葉をよく考えておこうではありませんか。いまの日本人にとって、よく考えてみなければならないことばだと思うね。（中略）

日本は戦争に、負けました。負けたからといって、なにも悪いということにはならない、悪かったことは、さっぱりとあらためて、いいところがあればそれをのばしていくべきです。ただ自分から自分をさげずんだり、みくびったり、不平不満ばかりいったりあらそっていては、日本は、もはや立つことはできないでしょう。……いわば、今が、日本が立ちなおるか、くずれてしまうかというたいせつな『わかれ道』にさしかかっているのです。

（「全集8」三〇七—三〇八頁）

ここまで話すと、子どもたちの中から、これまで美しいこととされていた、国のために命を捧げることや、万世一系の皇統や、楠公父子の話や伊勢神宮なども、見方がすっかり変わって来たのではないかという意見がでてくる。先生は、「みんなのいうことはよく分る。」「日本の生まれかわるときがやってきたのだ。……だから、小さなことで、組の学友どうしがあらそうなんて、どうだ、はずかしくないか。」というと、一同無言になる。そこで先生は次のように言って、話を切った。

日本は、いいものを持っていると、先生は、いまでも思っている。それはいったいなにか。国土自然の美しさだ。これはひとりよがりではない。

アメリカの人たちが、世界漫遊をするが、その人たちが、帰って来て、どこの国が、いちばん美しかったかということを投票したというのだ。その結果は、日本が第一だということになっている。(中略)きみたちは、このめぐまれた自然美の国に生れてきたのだ。自然にはじないようなたましいを持とうではないか。そうして、くずれかけようとしている日本をなんとかしてささえていこう。これは、先生がみなさんにたのむ一生の願いなんだよ。(『全集8』三〇九頁)

じっと聞いていた登は胸が重くなった。日本について心が熱してきた。「祖国」という言葉が新しく胸に響いて来た。この作品における石森の狙いは「満洲恋いしや」などではない、日本の国土再建への思いをこめていたことがわかる。

その夜、「一六ヒアサカエルチチ」という電報が登あてにきた。死んだかと思ったお父さんが生きていた。しかも、明後日ここへ帰って来る！　登の感激は言うまでもない。

早朝広島駅に迎えに行って、登たちが父と再会するところで、物語はめでたく終る。

3　『秋の日』——孤独な少女の満洲懐旧

（初出：かすみ書苑女子学生新書第1集、一九四八年七月。『石森延男児童文学全集14』に所収）

この作品は雑誌に連載されたことはなく、『わかれ道』のわずか三ヶ月後に刊行されている。「全集14」に収録されているが、その「あとがき」は、同じ巻に収録された『モンクーフォン』

のことでほとんど終わっており、『秋の日』のことはごく短い。石森は作品の内容については何も語らず、「『秋の日』という少女小説は、私の友だちのAくんが、終戦後すぐ、農業をやっていたが、もっと社会にすぐ役立つ仕事をと決心して、出版業をはじめたのです。そして『女子学生新書』というシリーズを刊行することになり、その一冊として書いたものです。」とだけ言っている。

『秋の日』は石森の戦後満洲三部作の中では一番短いが、一貫して感傷的な「満洲恋いしや」が現れている作品といえよう。主人公のしずえは中学一年まで「奉天」(現・瀋陽)で暮らしていたのであるから、それも当然と言えるが、複雑な家庭の事情がそれに拍車をかけている。

物語は、まず草原でノロ(枝角にこぶのある鹿の仲間。ノロジカともいう)をみかけたかと思ったら、父だったという夢から始まる。父は満洲で映画撮影の仕事をしていた。石森の国語教材にある「草原のオボ(遊牧民の築いた祭壇の石塚)」も撮影したという。父は「草原の湖」の撮影に出かけている最中に終戦となり、以後消息がわからない。しずえは母と弟のさとるといっしょに奉天(現・瀋陽)に踏みとどまったが、父に逢えず、最後の引き揚げ船で日本に着いた。今は北日本らしい漁港のK町の伯父の家で暮らしている。中学三年生である。伯父は父の兄だけに、「小さくなることは、いらないいんだよ」と言ってくれるのだが、ささいなことも大げさに言い立てる伯母に、しずえは気兼ねせねばならない。子どものない静かな家に、不意に自分が転がり込んできたのだから、「ほんとうにすまない」と思うのである。同じく子どものいない家庭ながら『スンガリーの朝』の「おばさん」が、一郎を優しく迎え入れてくれたのとは対照的である。

母は引き揚げ時の苦労が祟って精神を病み、九州で入院している。中学一年の弟のさとるはS市の祖父の家に引き取られている。母にも会いたいし、離れ離れになっている弟とも一緒に暮らしたいが、それにはまず自分が卒業したら働かなくてはと思っている。この当時中学校を卒業してすぐ就職する子どもが全国的に多かった。つまり、しずえは徹底して孤独で、経済的にも恵まれていない。そういう境遇だから以下のような回想が切実になるのだろう。

終戦とともに、いろいろなものを失った。愛読書も失い、友だちも失い、住んでいた家も、畑も、果樹も失った。両親とも別れてしまった。ことに、しずえにとって、さびしいと思うのは「生まれ故郷」を失ったことである。「奉天」といわれたあの町には、二度と住むことはできなくなった。これはなんとしてもさびしい。ふるさとの黄色っぽい春、ぬけたようにまっさおな天空、ラマ塔（仏塔）、ニレの木、二重にも三重にも脳裏にきざみつけられているかずかずの印象は、日がたつにしたがって、かえって鮮明になる。現像液につけた種板に、像がはっきりと浮かびでるように、しずえの心におさめられた「奉

天」はいま、現像液にひたされている。（「全集14」二一五頁）

「生まれ故郷を失った。もう二度と住むことはできない」という思いは、『わかれ道』の登と重なるところがある。ただ登は最後の方で変ってくるけれども、しずえには奉天、あるいは満洲の思い出が、最後までことあるごとに姿を現すのである。住んでいる町にしても、「気の遠くなるようなだだっぴろい『奉天』に生まれ、そこで育ったしずえの目には、K町の情景が、まるで箱庭のように小さく、子どもっぽく見えてしかたがない」。それでも、しずえは日本に来て二年目にもならないのに、「すっかりK町の気候風土になれ、四季おりおりのうつりかわりめに、それらしいたのしみと、こころよさを感じるようになっていた」のだが、それでも事あるごとに奉天が想いだされる。十月になったばかりなのにはく息が白いが、「奉天のことを思えば、ちっともおどろくことではない」という具合である（「全集14」二一六頁）。

奉天ばかりではない。満洲各地の思い出が次から次へと出てくる。大きなナシを剝いてもらうと、「小学生のころ、満洲のユウガクジョウ（熊岳城）の農場につれていってもらったことがある。あのときは、リンゴと西洋ナシをいくつも食べた。あの楽しさ以来のような気がする」といっている。友人の自宅、白壁の明るい別荘のような医院を訪ねると、「大連に修学旅行をしたとき、あの町の郊外から、旅順につうじるバス道路を歩いたことがある。アカシアの森の中に、こうした気のきいた洋館がいくつも並んでいた」のを思い出す、などときりがない。

ところで、しずえが一番気を使うのはピアノの稽古のことである。当時ピアノのある場所は乏しかった。学校の音楽会でしずえはたみ子とピアノの連弾をすることになっているが、練習しようにも学校のピアノはなかなか空かない。そこでたみ子の家のピアノで練習する約束をしたが、身分不相応な感じがして、それを伯母に言いだせないのである。以下ピアノをめぐって、女生徒間の陰湿ないがみあいが続く。

懐かしさを越えて、「満洲育ち」だからこその自負心が起ることもある。音楽の先生から「四つ葉のクローバー」を歌いたいので、伴奏して欲しいと頼まれた時のことだ。

「あなた、満洲からいらしたのね。ピアノやるでしょう。私のなかよしも、満洲に行っちゃったけど、あちらの人よくピアノをけいこするっていってたわ。わたしうたうから、ちょっと伴奏ひいてくださらない?」

こんなことをにわかにいわれて、しずえはどぎまぎした。けれど「満洲の人」といわれて、だまってはいられない。「満洲」はなつかしい故郷ではないか。この「四つ葉のクローバー」は、手にかけたこともある。なんとかひけないことはあるまい。自分でもお

かしいと思うほど、しずえは、りきんでいた。(「全集14」二三一頁)

このやりとりは、満洲――と言っても大連や奉天・ハルビンなど満鉄付属地のことだが、――内地より恵まれた家庭が多く、ピアノや絵画など稽古事が盛んだったことを反映している。そのため、ピアノをめぐってやや入り組んだいじめや嫌がらせが出てくる。こんな蔭口がかわされたこともある。

「どこか、ずうずうしいんじゃない」
「満洲っ子って、あんなのかしら」
「ほんとうは、ぼっとしているのよ、大陸的に」(「全集14」二七〇頁)

さらに、しずえの「故郷への思い」は、こんな時にも現れる。合唱歌「月下懐郷」を歌った時のことである。「照らすか月影　三国一の……/わがふるさと/こいしやふるさと　思えばいまも/かすかに　ひびく　やさしき母/みひざにねむりし　むかしの歌の……」という歌詞については こんな思いが出てくる。

「ふるさと」、このことばを耳にしたとき、はっと目がさめた。「ふるさと」わたしのふるさと「失われたふるさと」こいしいこいしい「ふるさと奉天」。よくもほかの人は、へいきでうたってておれるものだ。「ふるさと」にたいする愛着は、こんな平静なものでいいのだろうか。(『全集14』二九〇頁)

『わかれ道』と違って、こんなふうに、終始「ふるさと満洲」が現れるのだが、最後に心配な出来事が起こる。しずえの学校の音楽会に来るように、弟のさとるに連絡したのだが、一向現れる様子がない。気にしていると、さとるの学校の受け持ちの先生から厚い手紙がしずえ宛に来る。開いてみると、近頃さとる君の様子がおかしい。やはり母親の愛といったものに欠けているためではないか。母親に一番近いあなた(=しずえ)の協力以外になさそうだ、という内容である。しずえは急いでさとるに逢うため、連絡船に乗ってS市へと向かう。旅費などを心配してくれた友人や先生に見送られて、というところで物語は終わる。

『秋の日』は奉天(現・瀋陽)から帰ってきた女の子の物語であり、奉天を故郷のように思い、街のことを思い出す箇所はあるが、そこがどんな様子でどんな生活があったかははっきりしない。端的にいって、大連は日本人の街であり、ハルビンはロシア人の街だが、奉天は満洲きっての「満人」の街であった。石森は奉天を訪問はしているだろうが、定住したことはない。これに対して、一歳で渡満して二二歳で引き揚げるまで十七年間奉天で過ごした安部公房の「奉天——あの山あの川」には、次のような記述がある。

私が育った奉天というところは、あの殺風景な満州の中でも特に殺風景な町である。ある外国の旅行者が、世界で一番きたない都市だと折紙をつけたという話を聞いた記憶があるが、本当かも知れない。(中略)それでもその殺風景さにかえって心ひかれるとしたら、それはやはり故郷であるためであろうか。たしかに故郷に準ずる町ではある。しかし、故郷であると断言できないのはなぜだろう。私の父は個人的には平和な市民であった。しかし日本人の全体は武装した侵略移民だった。たぶん、そのせいで、私たちは奉天を故郷と名乗る資格をもたないのだ。そうかといって、ほかに故郷と呼ぶ場所もない。奉天にいるときは日本の夢を見、日本に帰ってきてからは奉天の夢を見る。(安部公房「奉天——あの山あの川」『安部公房全集 4』新潮社、一九九七年、四八四頁)

また、「瀋陽十七年」では次のような子ども時代の体験を語っている。

私たちはアオイ町二十六番地という、日本人街の、というより瀋陽市の東南のはずれに住むことになった。（中略）東側は荒地、三百メートルほど先に堤防のある大きな下水溝、その先は見わたすかぎりのコウリャン畠と煉瓦焼場とさらに荒地だった。満州事変の直後のことで、中国人の抵抗運動はまだつづいており、母が庭先をはいていると流れダマが飛んできたことがある。おかしなものだ。あの抵抗する人々を私たちは匪賊とよび狼のような存在と考え、心から憎み恐れた。無智はコッケイであると同時に、罪悪だと思う。（中略）

……堤防と鉄道が交錯するあたりだけは、なぜか不気味な湿地帯で、汚物捨場でもあり、いつもカラスが百羽以上も群れをなしていて、われわれ悪童も近づきにくかった。そしてここに、匪賊なるもののさらし首が、罪状をそえて、棒ぐいの先につきさしてあったことをおぼえている。白くふやけて、眼からウジがのぞいていた。

生れたばかりの赤ん坊の死体は、よくあちこちにころがっていた。砂山でかくれんぼをして遊んでいたとき――こんなところに行くことは、当時は親たちから厳重にとめられていたのだが――私がある灌木の根っこにはいこんで、ここならと得々としてふと見ると、鼻の先に腐敗してゴム風船のようにふくらんだ赤ん坊が静かにねむっているではないか。

（安部公房「瀋陽十七年」『安部公房全集　4』八七―八八頁）

しずえの「追憶」とはかなり対照的である。『咲きだす少年群』に出てくるような、大連での生活体験とは、さらにかけはなれている。「満洲きってのきたない都市」というだけでも、奉天が大連やハルビンとは対照的だったことがわかる。石森の満洲ものの童話や、在満日本人用の補充教科書の一つ、『満洲補充読本』の教材などからは、ちょっと考えられない世界である。石森が奉天を舞台に小説を書こうとしたら、安部公房並みの奉天在住体験が必要だったかもしれない。石森の作品に、十三年間も居住した大連を舞台にした話が多くなるのは当然のことであろう。戦後三部作では、大連・ハルビンよりは、ずっと「満洲らしい」地域が初めて出てくるのだが、戦後の引き揚げだから、その土地がどんな様子だったかは、ほとんど描かれていない。

ところで、石森の戦中三部作にしても、戦後三部作にしても、他の作品は舞台になっている場所がどこかはっきりしているのだが、『秋の日』のしずえの住んでいるK町はどのあたりか、見当がつかない。半農半漁の漁港のある町で、連絡船でT市に出て、汽車で三時間ほどでS市に着く。そこに弟がいるという。S市といえば札幌を、「連絡船」といえば青函連絡船を連想するが、K町が函館や青森のような大きな町でないことは明らかである。気候からして東北か北海道らしいが、そんな場所が何処にあるのだろうか。それに末尾に「五時出帆の船にまにあう。夜になるまでには、S市にだいじょうぶつく」というのだが、一〜二時間で船がS市に直接着くのでなければ、それはありえないだろう。この辺りややいい加減さが目立つ。物語の終末も何か宙ぶらりんな感じがする。

また気になるのは、しずえが音楽会で伴奏をするシューベルトの「アベ・マリア」の歌詞を、こう記していることである。

「アベ・マリア
わがきみ　野のはてになげかう
あわれと聞かせたまえ
みもとにやすらけくねむらしめたまえ」

堀内敬三訳の歌詞だが、三行目にある、「乙女が祈りを」が抜けている。しかも一ヶ所だけでなく、二ヶ所も同じ言葉が抜けているのである（「全集14」二七五頁および二八七頁）。

末尾で、しずえは、同級でなかよしのとし子から新約聖書の「マルコ伝」を手渡される。

「マルコってなあに？」

「いいから読んでごらん。あとでテストするわよ」(『全集14』三〇六頁)

これは『日本に来て』のロバート夫人が、ロバート家を去るチョンイに「マタイ伝」を渡したのを模したのであろう。ただロバート夫人は、慈善家でありキリスト教徒と思われる人だから、そういうことも自然に見えるが、とし子のしたことはやや突飛な感じがする。渡す時の言葉も、ロバート夫人の、「本は古いが、書かれていることは新しいの。なくさないようにしてね。」というように、しみじみと語りかけるのとはかなり異質である。全体として、この作品は走り書きだったのでは、という印象を受ける。

4 『親子牛』──親しい中国農民をつてに故郷・満洲で営農の再出発を夢みる

(初出:一九五九年一〇月、講学館日本の子ども文庫5。『石森延男児童文学全集8』に所収)

(1) この作品の独自性

この作品は、石森の戦後作としては満洲とのかかわりが最も深い作品といえよう。『わかれ道』と『秋の日』が戦後間もない頃に書かれ、刊行されているのに対し、『親子牛』の刊行はそれから約十年余り間が空いている。その間には数々の小品の他、大作『コタンの口笛』（一九五七年）、さらに『パトラとルミナ』（一九五九年）も刊行されている。この点わずか三年の間に立て続けに刊行された、戦中満洲三部作とは大きな違いがある。『親子牛』は、『秋の日』の三倍くらい長く、文章もリズミカルで詩的で、文学的な充実を感じさせるものがある。石森の戦後満洲三部作の代表作といえよう。

この作品は石森としては珍しく、農家（略農家）の物語である。一家は満洲南部の遼東半島の熊岳城《ゆうがくじょう》で果樹園を営んでいたが、敗戦後日本に引き揚げて、北海道の石狩原野の「月が村」という開拓村（略農開拓団）で酪農家になったのである。主人公ケンは、この家の一人息子で小学校六年生である。

ケンは、戦後満洲三部作の中に登場する子どもの中では、一番満洲を故郷と思っている。それも単なる「満洲恋いしや」という慕情や、「二度と住むことはできなくなった」という嘆きではなく、可能になったら再び元住んでいた地・熊岳城に一家で戻って仕事（略農）をしたいというように、積極的に満洲に思いを寄せている。日中国交回復以前ではあるが、戦後十年以上たって、日中関係が若干改善の兆しを見せていたことにも関係していよう。何よりもケン一家は、熊岳城では果樹園経営、引き揚げ後の日本では牧場経営をしている、本格的な農民であることにかかわりがある。

熊岳城には農事試験場があった。関東庁は一九〇六年大連に農事試験場を作ったが、満鉄は一九一三年に公主嶺、翌一九一四年に熊岳城に、それぞれ農事試験場を作っている（一九三八年治外法権撤廃とともに満洲国に移管された）。熊岳城では水田・果樹・蚕の品種改良を行い、付近の農民にも情報提供をしている。察するに、ケンの両親はそれに魅かれて熊岳城で果樹園を経営していたのであろう。熊岳城周辺は、果樹栽培に向いていたようで、特に林檎が有名だった。

そもそも一家が満洲から引き揚げて、北海道に来たのは、北海道が故郷だったのでも、親類縁者がいたためでもない。奉天（現・瀋陽）で生まれ育ち、満洲では最南部の熊岳城で果樹園を経営して一生を過すつもりだった父親には、日本内地に知人も身寄りもなかった。そこで日本のどこに落ちつくかを思案した際、「そうだ、北海道だ、……どうせ暮らすのなら、広々とした……すこしでもマンシュウくさいところがいい」という父親と、「同じ働くのなら、未開地がいい。……（北海道なら）きっとマンシュウ気分もするにちがいないし、ケンもよろこんでくれるでしょ。」という母親の意見で、北海道にしたのである。札幌に着くと、さいわい、引き揚げの人たちを対象とした「イシカリ酪農開拓団」の加入者を募っていたので、渡りに船とこれに乗ったのである。場所は江別から八キロほど南の石狩原野とされている（『全集8』一一一―一二頁）。今は、近くに野幌《のっぽろ》森林公園がある。作品では住民が鉄道を利用する時は江別駅、小学校を卒業した子どもは江別の中学校に通うことになっている。

この作品にはモデルがある。石森が大連弥生高等女学校教諭だった時の教え子、田中信子の一家である。この作品が収録されている『石森延男児童文学全集　8』の「しおり」に掲載された、田中信子（「親子牛」のモデル）「感激の混声四部合唱」によれば、石森は娘の七重といっしょに、彼女の家を訪ねている。作品の内容にも関わりがあるので要点を紹介しよう。（　）は筆者の挿入。

主人とふたりでリュックを背負い、見渡すかぎりヨシ一面はえている泥炭原野に入植した当時は、よもや石森先生のこの地に来ていただけるとは思いもよりませんでした。やっと（入植後）十年目にわが家に訪れてくださるというおたよりをいただき、夢かとばかりその日を待ちわびていました。

あいにくその日は台風十一号の接近で朝からどしゃぶり。雨具のかわりに、トレンチサイロ用の大きなビニールを用意して、主人は馬車で駅までお迎えにまいりました。（中略）

リンゴ箱でつくったいすやテーブル、南京袋でこしらえたカーテンのあるおへやへお迎えし、ずぶぬれになった先生の上着、ズボンなどかわかすため、ストーブの中に泥炭をどんどん入れてへやをあたためました。（中略）

気持ちがおちついてくるにつれて、牛の品評会で優勝したことなど、得意になってお話しました。先生はニコニコしてうなずきながら聞いてくださいました。（中略）

夜は、たった一つしかないランプの下で、一冊の讃美歌を四人で囲み、S（ソプラノ）・七重さん、A（アルト）・私、T（テノール）・主人、B（バス）・石森先生でまるでおあつらえむきのように混声四重唱ができました。引き揚げ後はじめて、讃美歌をこの草原の一軒家で四部で歌い感激でした。（中略）

翌日は昨日のあらしもうそのように晴れわたりました。先生ともうお別れかと思うと、私のまぶたは昨日の雨のように涙があふれそうでした。……「またあう日まで」を歌いました。胸がつまって思うように歌えませんでした。……今から十三年ほど前の思い出です。

感激のほどが思いやられる。「今から十三年ほど前」とあるが、しおりに挿入された訪問時の写真には「昭和三三年」（一九五八年）とある。この作品の初出は一九五九年一〇月だから、この訪問後間もなく書きあげたことになる。（『全集　8』の「あとがき」によれば石森はここを三度訪ねたといっているが、この「感激の混声四部合唱」の訪問が何度目になるのかはわからない）。また同じく田中が『石森先生の思い出』に寄稿した「しあわせ」によれば、「満洲生れのわたしは……縁もゆかりもない遠いところでよもや北海道に住むことなど思いもしなかった」とある。これは作品中のケン一家の移住の過程と一致している。

なお「またあう日まで」とあるのは、この訪問当時用いられていた、日本基督教団編の『讃美歌』（昭和二十九年改訂版）の四〇五番（送別・旅行）であろう。一番の歌詞は次の通り。

かみともにいまして／ゆくみちをまもり
あめのみかてもて／ちからをあたへませ
（折り返し）
またあふ日まで
またあふひ《ママ》まで
かみのまもり
ながみをはなれざれ

熊岳城は大連からさほど遠くない、遼東半島のつけ根あたりで、温泉もある。石森もここを訪れている。石狩原野との類似性は分らないが、風土の点で親近感が持ちやすかったのではなかろうか。こうした点が、これまでの満洲ものに出てくる、大連や、長春・奉天・ハルビンなど鉄道附属地のプチブル階級育ちの子どもたちの物語との大きな違いである。いわば石森初の農民物語である。

主人公のケンはしょっちゅう満洲のことを思いだしている。『秋の日』のしずえも時折満洲のことを思いだしているが、それは主として都会生活が中心なのに、ケンの場合は自然が中心であり、それも桁外れに多い。自然に囲まれて生活していたからであろう。ケンの満洲引揚げ時の年齢は幼いが、熊岳城の温泉川沿いの砂地を掘ってわき出てくる温水につかりながら、空を見上げるのが楽しみだったというように、その土地――というより「土」との関わりが、『秋の日』の主人公のような都会暮らしとは、比較にならぬほど密接なのである。

(2)『親子牛』の登場人物

この小説は人間関係に特徴があり、しかもかなり入り組んでいるので、以下登場人物を列挙する。

・主人公ケン　「月が村」という開拓村の私立小学校の六年生。全校生徒が二八人しかおらず、在校生全員が同じ教室で学ぶ、「単級学校」である。音楽の時間には全校生徒が同じ歌曲を歌う。ケンが初めて入学したのは、日本の小学校ではなく、熊岳城の小学校（在満国民学校）である。ようやく小学生になれてよろこんだが、たった一年で、日本に引き揚げねばならなくなったのである。

・ケンの両親　ともに奉天生れの「満洲二世」だから、満洲との関わりは一通りではない。しかも石森作品では珍しい農民である。彼等は熊岳城で営農していたのだが、「これからは、いよいよ有望なしごとになるというやさき、あせの結晶の果樹園をすてて、ひきあげねばならなかった」のである（「全集8」七―八頁）。母親は前述した石森の大連弥生高等女学校の教え子で、戦後石狩原野（江別市東野幌）に入植した田中信子をモデルにしている。

・西田久一　「ひきあげの人たちをむかえる酪農開拓団」の創始者・世話人。日曜学校で教えたこともある、キリスト教徒で、ギリシャ語の聖書が読める。祖父や父が開拓農家で、かなりの土地を所有していた。

・高野先生と田岡先生　開拓村の小学校の高齢教師と若い教師。単級学校だから教師は二名で十分なのであろう。高野先生は西田の師であり、田岡先生は西田の日曜学校の生徒だったというように密接な関係がある。田岡もキリスト教徒のようで、ヘブライ語を学んでいる。病身の西田に代わってイスラエルに出張する。

・ナナコ　ケンと親しい同学年の女の子。父は銀行員だったが、酪農開拓団の世話役・西田に共感して、獣医になって開拓村で働いている。

・ミヨ　高野先生の娘。幼稚園の教師をしていたが、年老いて来た父親の願いで開拓村に戻ってきた。田岡先生のイスラエル出張中、小学校で代役を務める。西田の臨終に際し、最後まで讃美歌を歌い続ける。

・チンさん　熊岳城のケンの家の果樹園で働いていた中国人。手紙の中でしか登場しないが、ケン一家と親密な交流のある中国人農民である。戦後は熊岳城で果樹園を営んでいる。ケン一家の再来を歓迎すると言ってきている。

(3) 開拓村の生活

モデルのあるせいかもしれないが、石森は開拓地の住民のきびしい生活や活動を丹念に描いている。この作品の内容は農業労働のことが中心で、学校生活はあまり出て来ないが、物語にはかなりの展開がある。

開拓村の生活条件は熾烈である。酪農開拓団で働くものは、一戸当たり十町歩（約十ヘクタール）の土地を貸してくれ、乳牛一頭をわけてもらえる。その代価は毎年返していく。十年後にこの土地を半分以上耕せたら、残りの土地全部がただで自分のものになる。だがそれが果されなければ、資格が取り消されるという規約である。

ケン一家は、まず借金して住まいを建てる。十坪（約三三平方メートル）の一間だけの平屋。それを仕切って台所と居間と寝室、それに乳牛の居場所とする。仕切りは壁でも板でもなく、ナンキン袋を開いてその生地を継ぎあわせて吊るす。夜具は分厚に敷いた乾草をナンキン袋で包んだもの。これに寝るとがさがさ音がし、干し草の匂いがするので、「なんだが、満洲の原っぱで寝転んでいるようだ」とケンはこれが大好きになった。食卓は先ほどの田中信子の文にあったように、リンゴ箱の積み重ね、椅子もリンゴ箱で、装飾はナンキン布張り。井戸はなく、掘る金もないが、家の東側を流れている小川の水が澄んでいるので、みんなで使った。西田さんはこの川を「ヨルダン」と名付けた。便所は作らず、野原で適当に、といった調子だった。

こうしてケン一家は、自然児そのもののような生活をはじめ、年をおってなれてゆき、都では得られないよさを発見し、よろこびさえ感じてきた。（「全集8」一七頁）

この土地は木らしい木も生えない不毛に近い泥炭地で、土地改良が容易ではない。耕作地にしようと思えば、深い大きな溝を掘って、地下に溜っている水を吐きださせ、よく肥えた土を運んできて、泥炭地にかぶせなければならない。これは大変な仕事である。その上冬は厳しい寒冷地である。西田さんの慰撫にもかかわらず、きびしい作業に耐えられず、開拓村からは脱落者が相次ぐ。父親は「でも、しがみついたこの土地だ。弱音を吐くなよ。みんなはなれるなよ。」とケンや母をはげましました。

ケンの家に初めて牛が来た。一年牛だ。母は「リラ」と名づけた。熊岳城に住んでいた頃、家のまわりにリラが何株も植えてあった。春になるとかたまって花が咲き、香水をふりまいたように、香りが漂ってくる。そんな季節に母が体調を崩して寝たきりになったことがあったが、リラの花に慰められていた。乳牛に「リラ」と名付けたのはその想い出からだろう。

やがてリラが子牛を生むことになる。その名づけはケンにまかされた。ケンは「ヤナギ」とつけることにした。これは熊岳城でヤナギのわた（柳絮）で遊んだことを思い出したからである。しかし「ヤナギのわた」では長すぎるので「ヤナギ」にしたのだ。母も気に入ってくれたので、牛小屋にいた父のところへ行って話すと、「やっぱりお前は満洲を忘れないんだな」とケンの頭を撫でた（後にリラが第二子を生んだとき、父が満洲の野に群がって咲く「ネジアヤメ」にちなんで「アヤメ」と名づけたので、ケンは「とうさんも、やっぱりマンシュウのことがわすれられないんだな」とつぶやいている）。やがて「ヤナギ」は「ギー」と呼ばれるようになった。ケン一家が開拓のきびしさに耐えられたのは、このように懐かしい熊岳城との風土的な連想があったからかもしれない。

その後手に入れた三歳駒の「初雪」（略してハツ）が病気になって死ぬ、というより生きているうちに屠った方が値がいいというので、生前に殺されることになった。ハツが檻の箱で屠り場に連れていかれるのをケンが付いて行こうとして、父にひどく打ちのめされる。ハツの病気が獣医のナナコの父にうつって、そのためナナコが学校を休むようなことも出てくる。ケンがナナコの父の見舞に行く。こんど来たら『パンドラの箱』の話をしてあげるというのを、ナナコがきいて、それなら私が知っているからとケンに話す。エピメテウスとパンドラが開けてしまった箱の中から、最後に現れた小人が、「わたしは『希望』というものです。どんな苦しい時でも、私を信じてください。」という。二人は小人の言うことを信じるようになり、この世の中に「希望の光」というものが生まれて、いまでも生きているという話だった。

「いい話だな。」ケンは心からそう思った。というのは自分たちが、こんな苦しい開拓の生活をしているけれども、「希望」だけは決して失いたくないと考えていたからだ。いつかは、生まれ故郷のユウガクジョウに帰って行きたいという望みも、すてていなかったからである。(「全集8」九四頁)

しかもこの作品には、石森の長編作品としてはほとんど唯一の、親しい大人の中国人「チンさん」が登場する。家で三人の会話が始まる。


「とうさん、チンさんたちいまどうしているだろうね。」

「ほんとにな。やっぱりリンゴ園をやっているだろう。あの土地は、果樹園には、とってもいいからな。」(中略)

「チンさんに手紙、出してみようかな。」

「書いたらいい。よろこぶだろう」

「うまくとどくかしら。」

「そりゃいくとも。」(中略)

「でも、中国には、いま自由に行ったり来たりできないんだろう?」

「郵便物は別だよ。」

「どうして人間は、行き来できないの?」

「いまに、行けるようになるだろう。」

「ぼく、大きくなったら、どうしても行く。」

かあさんが、横あいから話をとって、

「そのとき、かあさんも行くわ。ケンといっしょに。あの土地、いちばんすき。だいいち、おまえの生れ故郷だものね。」

「生まれたとこ、いちばんいいや。」

「おまえたちが出かけるというなら、わしも行くよ。つれていってくれるか?」

「特別をもって。」

ケンが、えらそうに胸をたたいた。三人は、笑いあった。(「全集8」一〇〇頁)

「チンさんに、手紙、出してみようかな」と言ったのを、ケンはさっそく実行する。まず「急に、手紙を書きたくなりました」と断って、熊岳城がとても好きだといい、今石狩原野で牛を飼っていることを告げる。名前も「リラ」「ヤナギ」など、熊岳城の思い出にちなんでおり、「うちの人はマンシュウのことをわすれることはできません」と告げた後、こう書いている。

ぼくのなりたいのは、牛飼いです。いい乳牛を二十頭も飼って、酪農家になる夢をもっています。それまでうでをしっかりみがきます。

ぼくは、中学校を終えたら、そのままうちで牛飼いのしごとをして働くつもりです。そうして、一人まえになってチンおじさんのところに行きたいのです。あのひろびろとした野原に、さくをまわして、牧場をつくりたいのです。牧草畑をふんだんに育て、それこそ西洋のお城みたいなでっかいサイロを築き、れんがだての牛舎を作ります――思っただけでもぞくぞくするんです。

ぼくが、大きくなったら、ユウガクジョウに行くんだといったら、おかあさんが、ついて行くといいました。とうさんも『わしもつれて行ってくれ。』なんていうのです。親子三人そろって、チンおじさんのそばに出かけますよ。待っててください。おじさん、一日も早く、あなたの国と日本とが自由に行き来できるようになればいいですね。（『全集8』一〇一―一〇二頁）

このあたり都会暮らしの満洲引き揚げ者とは全く発想が異なっているといえよう。ケンもよく農作業を手伝っており、親子三人のコミュニケーションが密接である。この作品が抜きんでているのは、この点にある。また石森の戦中三部作にも戦後三部作にも、チンさんのような信頼できる親しい中国人はほかに出てこない。チンさんからの返信は後で触れよう。

この頃獣医の人が「こんど乳牛品評会があるんだが、出してみないか。」と勧めにくる。やがて、彼らの育てている「ヤナギ」が、品評会で一位になるのだが、ケンはさっそく出すことに乗り気になったものの、両親は最初かなり躊躇していたのである。そのやりとりが結構間を取っている。いずれにせよ親子三人とも仕事熱心であることに変りはない。

(4) キリスト教やイスラエルとのかかわり

この作品の重要な特徴の一つは、キリスト教的色彩があちこちにあることである。それが登場人物の親密な人間関係を支えている。まずフランスから来て、この地で営農を始めたトラピスト修道院の「坊さん」(修道士)たちの話が出てくる。この当時から六〇年ほど前、函館の北にある紋別村でのことである。日本に帰化したフランス人の院長を頭に、かれらは四〇〇町歩ほどの土地を買い求めて、家を作り、道路を作って、荒れ地を畑にする耕作を始めた。ろくに草も生えない不毛の地だった。熱心な労作のおかげで少しずつ作物が獲れるようになった。小さな修道院だが、鳴らす鐘の音が遠くまで響いた。聴きなれない鐘の音を不審に思った村人の中には、修道士たちを変にあやしむ者が出て来た。「あんな土地にどうして外国人が住めるのか」「何か秘密があるのでは」「どこかの国のスパイか」「いや罪人たちが渡って来たんだ」などと。

彼らは修道士たちを追いだそうと嫌がらせを始めた。作物を荒らす。牧草に火をつける。大声ではやし立てる。だが修道士たちは一人もこの土地を離れなかった。きっと仕返しに来るだろうと、村人たちは鎌や鍬に鉄砲まで用意したが、修道士たちは黙々と畑仕事をつづけ、牛を育てていた。

そのうちオランダから仕入れてきたホルスタイン種の牛が、土地に慣れて質のいい乳を出すようになった。村人のうちに病人が出たと聞くと、その牛乳を持って行って、ただで分けてやった。その頃良質の牛乳はまだ日本になかったので、これが功を奏した。これをきっかけに修道院と村人との関係が大幅に改善する。村人たちは牛の種を分けてもらい、この村や周辺に、だんだんオランダ種の牛がひろまってきたのである。これは挿話であって、物語の進行とは直接関係ないが、作品全体の雰囲気とは関係があるように思われる。

この開拓村を創始した西田はキリスト教徒である。ケンの学校も、教師は二人ともキリスト教徒だから、自然とその色彩につつまれる。例えば、田岡先生は子どもたちに、旧約聖書にあ

る「ヨナ」の話をしたりする。魚に飲まれてしまったんだというと、子どもたちは、

「ぼく、知ってる。クジラにのまれて生きていた人だべ。」

「わたしだって知ってるわ。ピノチヨよ。」

「ピーターパンもそうだろ。」

などと大騒ぎになる。海がしけて船から海の中に投げ込まれてしまったんだ、という話から、オトタチバナヒメが出て来たり、さまざまな展開があった後、神さまがヨナの願いを聞き届けてくださった。魚は段々と陸に近づいて、ヨナをそっと吐き出した。ヨナは、助けられてから、神さまを信ずるようになって、神さまのいいつけをよく守っていたんだ、と導いていく。

そうかと思うと、子どもたちにイスラエルの農場の「回転噴水器」のことを話しながら、ユダヤ人が、科学的にも芸術的にもすぐれているという事例をたくさん出したのちにこういう。


「……望みは、うんと大きくな。しかしそれは、形の上のことじゃだめだよ、立身出世的ではだめだよ。」

「というと」

「人間として、いちばん高い望みは、このいのちを愛することだよ。人を愛することだ。そうして神に愛されることだ」

「ぼくが、日曜学校で西田さんから聞いたお話、まだわすれませんよ。ヨブの話、いま、あなたのことばを聞いて、想いだした」（「全集8」一二三頁）

『わかれ道』や『秋の日』と違って、開拓村の小規模校のせいもあろうが、ケンの学校には、子どもたちの喧嘩を先生が仲裁するとは言っているが、その喧嘩やいじめなどの実態は出てこない。だがこの学校の高野先生が娘のミヨにあてた手紙にはこういう箇所がある。

（この学校を）卒業する子どもは四人だけだ。……エベツの中学校に行くことになるが、よほど、子どもたちを見守ってやらないと、それていく。よくなるのはむずかしく、悪くなるのは、らくだからね。これは、こっちのいなかの中学校よりも、そちらのような都会の話だが——。

お前の相手は幼稚園の子だから、まだそんな心配はないと思うが、小学生、中学生、高校生と大きくなるにしたがって、子どもたちがまともな道からそれて落ちてゆくのは、いったいどうしたことだ。このごろ新聞に出ている少年や少女たちのことが、心にかかってならない。

これは手紙の中で断っているように、高野先生の学校のことではない。田舎ではなく都会の、小学校ではなく中学校で、「まともな道からそれて行く」子どもたちを扱った小説を、石森は後に書いている。末尾の「6　参考」で触れる『ふしぎなカーニバル』（一九六三年）と『太郎』（一九六九年）である。これらの作品の中の子どもたちは、戦後日本の生まれで、満洲を故郷とする子どもは出てこないが、満洲帰還者の大人たちが「まともな道からそれた」子どもの補導に重要な役目を果している。高野先生の手紙はその予告編のように見える。石森の作品群の、内的関連を示す一例であろう。

(5) 略農開拓地リーダーの死

高野さんと田岡さんとミヨが歓談しているところへ、西田さんが訪ねてきた。田岡さんに話があるという。イスラエルの友だちから、「世界宗教会議」が開かれるので出席しないかという招待が来た。「日本の宗教」について話してほしい。会議の討論の題目は「宗教と科学」だからこれについても意見を述べてほしいとのことで、ぜひ出席したいのだが、体調が悪く、医者に相談したが、心臓が弱っており、とても無理だというのである。

そこで西田さんに代わって田岡さんが、イスラエルに行くことになる（『全集8』一六三頁以下）。イスラエルだけではなく、その後ギリシャ・イタリア・ドイツなど廻った各地からのを含めて、途中十通もの手紙が次から次へと来る。あちこちでキリスト教を中心に宗教のことも語られているが、第五信は見学したキブツについて詳しく述べている。

　キブツという農業集団生活は、五十年ほど前にヨルダンの川岸で、たった九人のユダヤ人によってはじめられたものですが、この生活の仕方は、むだがなくて、たのしいものだということがわかり、今では、イスラエル全国に約二百二十もあって、この国の復興に、ひと役もふた役もかっているのです。わたしは、かねがねキブツのことを知っていましたが、これほどまでに成功しているとは思いませんでした。（中略）深い信仰によって、人間の生きるめあてを持ち、はじめて、このたくましい努力の根が育ったものだと、感じさせられました。
　世界じゅうの人たちが、日に日に進むイスラエルのめざましい復興ぶりにおどろいており、いったいどこまでのびるんだろうと目をみはっています。日本よりもはるかに小さな国が、こんなおどろくほどの底力をしめしているのはおもしろいでしょう。（「全集8」一八四頁）

キブツは独特の社会主義的農業共同体で、第二次世界大戦後ひろく知られるようになった。

日本でも例えば岩波寫眞文庫『イスラエル』（一九五四年）で詳しく紹介されている。ことによると西田さんはキブツを参考にして、酪農開拓村を組織したのかもしれない。

その間に西田さんの病気が重くなる。外遊中の田岡さんに「スグカエレ」と電報をうつ。親しい人たちが見舞に行くと、もはや臨終間近であった。讃美歌の「四〇四番をうたってくれんか」と西田さんに頼まれ、皆で歌いだす（「全集8」二〇〇頁以下）。

一　山路こえて　ひとりゆけど、／主《しゅ》の手にすがれる　身はやすけし。
二　松のあらし　谷のながれ、／みつかいの歌も　かくやありけん。
三　峰の雪と　心きよく、／雲なきみ空と　むねはすみぬ。

この讃美歌は石森が田中信子らと合唱した四〇五番と同じく「送別・旅行」の歌で、日本語の歌詞は一九〇三年（明治三十六年）に作られた。旋律は素朴な長調ヨナ抜き音階で、戦前期のキリスト教徒によく歌われたという。

「三」まで歌った時、帰国したばかりの田岡さんが病室に入ってくる。辛うじて西田さんの最期に間に合ったのだ。西田さんは田岡さんに「Take me for I come to thee!」（神さま、私を抱いて）とささやく。みんなは続きを歌いだす。

四　道けわしく、ゆくて遠し／こころざす方に　いつか着くらん。
五　されど主よ　われいのらじ／旅路のおわりの　近かれとは。

医者が西田さんの臨終を知らせると、みんなは声をのんで泣くように歌ったが、それも絶えた。ミヨひとりだけが、西田さんの魂を見送っているかのように歌い続けた。

六　日もくれなば　石のまくら／かりねのゆめにも　み国しのばん。

このようにこの作品は、キリスト教的な色彩に深く彩られている。この点が『わかれ道』や『秋の日』との違いでもある。石森の切支丹少年文学『千軒岳』（初出一九六九年東都書房、『石森延男児童文学全集　13』所収）の十年近く前に出されてはいるのだが、この作品は『千軒岳』にもつながるような、キリスト教文学的な面をもっているといえよう。ただし『千軒岳』は、主人公の少年太一が次第に切支丹に魅かれ、洗礼を受けていないにもかかわらず、最後に仲間とともに殉教するに至る、本格的なキリスト教文学だが、描かれているのは近世以前の切支丹の生きざまである。それに対して『親子牛』は、主人公ケン一家はクリスチャンではないが、まさに現代における生きた宗教社会を背景にしているのである。

(6) ケンの希望とチンさんからの手紙

もう一つ重要なことはこの作品が書かれた頃、ケンの希望がかなえられそうな気配が見えてきたことである。一九五〇年代後半政経分離の積み上げ方式で、日中の経済交流が行われるようになった。これは一九五八年の長崎国旗事件で一時中断されるが、やがて再開されるに至る。石森はこんな動向を見据えながら、この作品を書いていたのかもしれない。

この間にさまざまなことが起こったのだが、やがて熊岳城のチンさんから返事が来て、要点を抜粋すると、次のようなことが書かれてあった(「全集8」二一五—二一六頁)。

果樹園は、いよいよ成績がよくなって来て、人手が足りなくてこまっている。／もし、移住が許される日が来たら、ぜひわたってきてほしいこと、そうして、むかしのようなたのしい仕事をもう一度やりたい。……ケン一家を知っている人たちは、みなもどってくることを願っている。

手紙を読み終えての親子三人の会話。

「よかったわね。チンさん、元気で」

「ありがたい、こんなにわしらのことを案じていてくれてな」

と、とうさんは、しんみりした。

とうさんにとっては、マンシュウは、かけがえのない故郷だ。失われた故郷への愛着は、またかくべつなものである。

しかも、ここで妻をもらい、ひとりの男の子をもうけたところ、どうしてわすれよう。同じ仕事をいっしょにしていたチンさんといま、ひょっこり出会ったよろこびである。

……

「ケン、よかったな。おまえのゆめも実現できるぞ」

「前途に光ありさ」

「ケン、おとなくさいことというのね」

「かあさん、いやかい?」

「ハオ、ハオ（いいよ、いいよ）」

石森の作品中、日本人同士の会話でいきなり、簡単ではあるがまともな中国語が出てくるのは、おそらくここだけではなかろうか。その後乳牛の品評会で、ケンの家の「ヤナギ」が「一等」になるという芽出度い話が続くが、最後はケンと、学校で同学年生のナナコとのこんな会話で終る。


「ナナコのゆめの話、ぼくにうつっちゃったよ。ね、ナナコ――」

「トラクターの運転でしょう?」

「それから。」

「まだあるの。」

「ぼく、いま中国語、ならってるんだ」

「だれに?」

「とうさんに。とうさん、とてもうまいや。さすがはマンシュウ生れだけある。ちょっとしたことは、うちでみんな中国語でいうことにしたのさ」

「いいわね。」

「ぼく、大きくなったらユウガクジョウへ行って働くんだもん。」

「あら、つまんないわ。ここにいてよ。」

「ぼく、やっぱり生まれたところがなつかしいもん。」(「全集8」二三二頁)

単に生まれた所というだけでなく、チンさんという友人があり、周囲の人たちも歓迎すると言ってくれており、そして中国語が日常の言葉になっている。これで確かに概念としての満洲ではなく、熊岳城という土地が、自然だけでなく、人文の点でもケン一家の故郷となることができよう。

かつてのように植民地満洲の支配者ではなく、対等平等のアジア人として、現地の言葉にも通じて、事業に参加しようというのである。この作で初めて、日本人の子どもが、『咲きだす少年群』の志泰やユリヒーやチャクトに近づこうとしている、といえるのではなかろうか。それには言葉を含めて、親の生き方や態度が影響していることは明らかである。父親の中国語が「とてもうまい」のは、熊岳城にいたころチンさんと中国語で交流していたからではないだろうか。『咲きだす少年群』の洋は、中国語の出来ないことを恥じているが、洋の両親も中国語に関心があるようには見えない。異文化・異言語の世界に入ったら、子どもだけに任せないで、まず家族全体でこれと取り組むべきだということであろう。そういう在満日本人の家庭は少なかったのだ。この作品で石森は初めて、あるべき満洲児童文学を書くことができた、といえるのかもしれない。

（7）「農」に根ざすということ

満洲からの引き揚げ者を主人公の子どもとして描いた石森作品は、事実上この三篇である。しかもこの第三作が一番前向きで内容的にも傑出しているといえよう。その秘密は、主人公一家の職業＝農業にあるのではなかろうか。「満洲人」（満洲の漢民族系中国人）は大部分農民ではなかったか。在満日本人の主として居住した鉄道附属地などでは、農民に出会うこともなかったであろう。

戦中三部作にせよ、戦後三部作にせよ、この『親子牛』の外は、みな在満のプチブル・サラリーマン家庭を描いていた。『日本に来て』の絵かきのおじさんのいうように、貴賤の別とまでは考えないにしても、日本人は知的な職業、満洲人は肉体的な職業につくに決まっていたかのような観があった。「青少年義勇軍」のことは、ちょっと出てくるけれども、日本人が肉体労働をすることもあるというだけの話である。

この作に至って初めて、労働者＝農民の日本人が登場する。ケン一家は戦時下満洲でも農民（果樹園）であったし、戦後引き揚げてきた日本でも開拓農民（酪農）である。それではじめて中国人の親しい人・チンさんが出来、戦後も満洲とつながりがあり、再び満洲（熊岳城）へ行って農業（酪農）をしたいという希望を持つことができる。それをチンさんも、まわりの人たちも歓迎すると言っているのである。チンさんは、以前のように果樹園をやっているのだが、「牧場をやろうというのなら、いくらでも広い土地のあること、酪農は、まだあまりここで流行っていないから、大いに有望だと思う」とも言ってくれているのである。政治的な圧力でもなく、日本の過剰農民のはけ口としてでもなく、無論ソ連から日本を守る盾としてでもない、純粋に意欲的・開発的な農民としてである。

石森作品は現地民で一番重要な中国人とのかかわりが薄いことが批判されたが、それは大部分の中国人を代表する農民の立場に立っていなかったからではないか。もちろんチンさんのいうように、酪農をするなら土地はいくらもある、という条件が重要であって、満蒙開拓団のように、現地農民の土地を奪うようなことは論外である。そういう意味でこの『親子牛』になって、はじめて中国人とも、実質的に対等の立場で親交を持てる在満日本人になりうるのだといえよう。(そういう実例があったかどうかは知らないが)。またそうなれば、『わかれ道』で「先生」のいった言葉、「日本人は、みんななかのいい同郷人なのだ。が、もっと大きな心になれないか。東洋全体が自分たちの同郷人と考えられないか。」に通ずるものとなるであろう。

ここで想いあたるのは、石森とともに『満洲文庫』の発禁事件にかかわった平方忠直である。平方は同じく満洲児童文学者と言っても、石森とは対照的に、その作品には満洲の農民、それも中国人の子どもや農民が登場するのである。彼は童話集『王の家』を一九四〇年八月に刊行している。この書には石森も前書きを寄せているが、平方は「作者のことば」でこう言っている。

満洲の生活で、一番私の心をとらえたものは、百姓の姿でした。（中略）どんな困難にも不足にも耐えて、黙黙とはたらきつづける、ふるさとの人たちと、それはなんとよく似通ったものであったでしょう。私は、日本と満州・支那が、心から手を取り合う鍵はここにある、と、かたく信じないではいられませんでした。（前掲寺前君子博士論文『満洲児童文学研究』一七六―一七七頁より再引用）

平方は満洲の農民の姿に故郷の農民の姿を重ねあわせたわけであるが、それは彼が岐阜県揖斐郡徳山村（現・揖斐川町徳山。「徳山ダム」の建設により一九八六年閉村）という、山深い谷あいの集落からなる農村の出身だったからであろう。「日本と満洲・支那が手を取り合って」といっているのは、当時唱えられていた「東亜新秩序の建設」を意識してのことかもしれないが、平方は在満時期に暇さえあれば「支那部落」を歩きまわっていたという。彼の中国人農民や子ども描き方にここで言及する暇はないが、札幌という都会出身の石森が、主に大連をはじめとする満洲の都会を舞台にした作品を書いていたのとは対照的である。だが石森も戦後、かつての教え子の一人が石狩原野で農業を営んでいるのに出会ったことが契機になって、戦後の満洲児童文学三部作の最後の作・『親子牛』で、初めて開拓地の農民の姿を描いたのである。そこでまさに日本の農民（ケン）と満洲の農民（チンさん）が「心から手を取り合う鍵」を手に入れたのだといえよう。

第V部で詳述するが、満洲に渡って以来石森は、人文の点では日本人にとって満洲は郷土にふさわしくないにしても、自然を中心にして満洲を郷土とすることは可能だという「自然美による郷土論」を唱えてきた。しかしここに来てケンは、自然を中心とする郷土はもちろん、人文の点でも満洲を郷土することができるようになっているのではないか。また『咲きだす少年群』の洋以来、石森の描く在満日本人の子どもは、みな外国語や体力、生活力などの点で、白系ロシア人やモンゴル人、中国人の子どもに及ばないことを痛感しているのだが、ケンに至ってはじめてかれらと「肩を並べる」ことができるようになったのではないか。日本人の家庭で中国語によるコミュニケーションができるというのは、たとえ簡単な事柄であっても、画期的といえよう。さらに、洋は白系ロシア人の「ユリヒーの家庭を真昼の賑やかさにたとえるならば、自分の家は月夜だ」といっているのだが、ケンの家庭にはそれなりの「真昼の賑やかさ」があるのではないか。一九三九年の『咲きだす少年群』から二〇年後、一九五九年の『親子牛』で初めて、実質的にアジアの諸民族と伍していけるような力を持った子どもを、石森は創造することができたのだといえよう。

5　懐かしの満洲――戦後三部作の主人公の心情

石森満洲児童文学における満洲とのつながりが、戦中三部作では、最も日本的な大連と、「東のモスクワ」とも言われた、ロシア的な都市ハルビンだったのに対して、戦後三部作では、長春・奉天（現・瀋陽）・熊岳城という、より「満洲色」の強い都市ないし町になっている点が対照的である。ただしいずれも引揚げ者だから、現地での生活はほんのエピソード的にしか出てこない。作者の石森にしてみれば、十三年間暮した大連をはじめとして、度々訪れたことのある満洲全般に対する、単なる懐かしさを超えた思いも背後にあるであろう。

季頴は石森の戦後満洲児童文学について、次のように論じている。

石森延男が戦後に書いた小説の中に、満洲から引き揚げた日本人の子どもとその家族の家庭生活を描いた作品がある。『（少年小説）わかれ道』、『秋の日』、『親子牛』、『ふしぎなカーニバル』の四作がそれである。（中略）以上の四作では、かつての在満日本人が満洲に抱く故郷恋しさの思いが見える。それは、石森延男自身が満洲を懐かしく思っていたからであろう。（前掲季頴『日中児童文学交流史の研究』二一四―二一五頁）

季頴は『ふしぎなカーニバル』を、他の三作と同じように見ているようだが、この作品の父親は満洲、さらには、戦後のシベリヤ帰りであるけれども、主人公の少年は戦後日本の生れで、満洲からの帰還者ではない。従って満洲を懐かしむような場面は出て来ない。この点は末尾の「6　参考」で説明する。

他の三作（戦後三部作）の主人公は、その様相は作ごとにかなり異なっているけれど、みな満洲生れの満洲育ちであり、何らかの意味で満洲を懐かしがっている。ただこれを作者石森の感情移入のようには見ない方がいいだろう。実際に満洲を懐かしむ日本人は数多くいるからである。中には「満洲は私の第二の故郷、いやほんとうの故郷だとさえ思っている」という人もいる。日本の敗戦から故国引揚げまでの苦闘を忘れはしないが、「それでも満洲は懐かしい」というのである。

先に引用した、満鉄付属地・公主嶺の在満日本人小学校同窓会編『満洲公主嶺――過ぎし四十年の記録』は、同校同窓生の思い出の手記を時期順に掲載しているのだが、自分が公主嶺小学校に在学していた当時の満洲を懐かしく思わない例はほとんどない。もちろん過去は誰にとっても懐かしいものであろうが、それだけではない。体験の奥に、ある共通の下地が見えてくるのである。満洲には日本内地と異なる、独特の生活条件があった。それは特に日本人にとって、たいそう快適な環境であったということである。『親子牛』はやや事情が異なるが、『わかれ道』にも『秋の日』にもそれが垣間見えている。

公主嶺というところは、瀋陽と長春の中間で、長春寄りにあり、北満洲と南満洲の分水嶺にあたる。自然条件は大連などより厳しいが、北満ほどではない。住宅地や学校は日本内地よりレベルが高く、冬期も暖房完備でスケートも自由にでき、むしろ日本内地よりも快適な生活環境であった。満鉄附属地は日本人が集中して住んでおり、日本の軍隊も常駐していて安全だし、広大な自然に囲まれ、さらに中国人街と接していて異国情緒（＝中国の匂い）もたっぷりとある。付属地とはそういうコロニーであり、ある意味で理想的な生活・教育環境だった。満洲の風土自体にも、日本人を引き付ける要素があったかもしれないが、云うまでもなく植民地化による、日本人の優位性に基づく生活の快適さが、満洲の「懐かしさ」とは不可分の関係にあると言ってよいだろう。

もっともこれは附属地の恵まれた生活環境のことであって、農村―開拓地となると事情は全く異なる。北満や東満の開拓地ではなく、公主嶺の近郊にあった開拓地でさえ、使命感に燃えてそこの学校に赴任した教師の妻が、二月足らずで開拓地生活に耐えられなくなり、子どもを連れて、養母のいる朝鮮の釜山に帰ってしまった、という例が見える。夫は開拓地に戻るように説得したのだが、妻は「ランプ生活、零下二十度の寒さ、筵《むしろ》囲いのトイレ、夜の犬の遠吠えなどが恐ろしくて」どうしても帰る気になれなかったというのである（『満洲公主嶺――過ぎし四十年の記録』四二二頁）。

本来開拓地には、貧しい農民が過酷な生活条件に耐えられるように訓練を受けて入植するものだが、この人の場合、すでに釜山や公主嶺で数年間恵まれた生活に慣れていたので、とても耐えられなかったのであろう。生活の安定と快適さがあってこその「懐かしの満洲」なのである。確かに都市に居住する限り、日本人にとって満洲は「天国」であった。だが、周囲の他民族にとってそれだけ「地獄」だったのではなかったろうか。同書の編集者の一人は、「公主嶺のさまざまな思い出は今も懐かしい。しかし、あの公主嶺を思う時、私たちの生活は日本人以外の民族の痛みの上に築かれていたことを知る」と書いているが、こういう感想は例外的である。そもそも中国人を意識した感想文が非常に少ないのである。

こういうことを考慮すると、石森の戦後満洲三部作の内で、『親子牛』のケンの満洲の懐かしがり方は、やや異質である。既に見たように、ケンの「懐かしさ」は、満洲の土地――というより「土」との関わりであって、他の二作のような都会暮らしの快適さではない。ケンは現に「苦しい開拓の生活」の中で「希望」を失いたくないと考えている。しかも「生まれ故郷のユウガクジョウ」を、単に懐かしんでいるのではなく、そこに帰って農民になりたい（酪農をやりたい）というのである。さらに中国人の農民「チンさん」との親しい交わりがある。他の二作の「懐かしの満洲」とはおよそ違った次元にあるというべきであろう。他民族と手を取り合って、（もちろん日本人が指導するのではなく）、平和な共同体を築くという石森の念願は、本来ここに始まるのではなかったろうか。

6　参考『ふしぎなカーニバル』と『太郎』──満洲帰還者による救済

最後に、主人公は戦後日本の生まれで満洲帰還者ではないが、親や親類・知人に満洲帰還者がいて、主人公を救済する二作品について述べよう。戦後三部作に次いで刊行された『ふしぎなカーニバル』（初出一九六三年東都書房、『石森延男児童文学全集　9』所収）と『太郎』（初出一九六九年講談社、『石森延男児童文学全集　7』所収）は、戦後三部作よりはずっと希薄ながら、満洲に関係のある作品といえないことはない。この二作は、主人公の子ども自身は満洲体験がないけれども、親や近親者・知人に満洲引揚げ者がおり、しかも主人公とかなり重要な関係を持つ物語である。

『ふしぎなカーニバル』の主人公・土居平太は、戦後日本の青森県の生れの中学生で、満洲で暮らしたことはない。したがって「満洲恋いしや」とも、「再び大陸で働きたい」とも、思っていない。ただ父と知人の和田さんが満映で仕事をしていたうえ、ともにシベリヤに抑留されて苦難をなめたが、奇跡的に二人とも生き残って帰還したということが背景にある。父親は「和田さん」を「兄弟以上の兄弟」だといっている。平太は満洲体験がなく、満洲への思いもないから、冒頭を除き、満洲との関わりは一切出て来ないが、父親の満洲での知人、和田さんとの関係が平太の行動の支えになっている点が、満洲との唯一の関わりといえば関わりである。平太は父の要望で津軽平野の黒石から、東京の中学校に一学年の二学期転校して、和田さんの家から学校に通うのである。

物語の中心は平太の学校体験――なかんずく学校の「荒れ」である。喫煙や飲酒をし、教師を教師とも思わず、下級生に暴力をふるい、校内でわがもの顔に振舞う上級生（三年生）に、平太は始業式の日早速痛めつけられる。ここでは詳説を避けるが、学校の荒れをどのように修復していくかについての、子どもたちや教師たちの努力が現れる。この点は次の『太郎』とも共通する問題である。

『ふしぎなカーニバル』の刊行は一九六三年、『わかれ道』の刊行から十五年も経っている。

石森の関心は、当時の学校——特に大都市の——子どもたちの荒れ方に向いていたのだろう。その関心は、『親子牛』の高野先生が娘のミヨに宛てた手紙の中にすでに現れている。その背景として、東京人には「都民意識」、つまり郷土意識が欠けているのではないかということを、太郎の担任教師は問題視している。地方出身のものはみな出身地を「故郷」と思っている。しかし東京の子どもたちは「郷土」としての「なつかしさ」を持っているだろうか。「まるで植民地で生活しているような気持ちではないか」というのである。石森作品で「植民地」という言葉が、そのまま出てくるのはここだけかもしれないが、ひょっとするとこの点が、いちばん戦中期の満洲三部作に繋がるのかもしれない。

『太郎』の主人公・小学五年生の太郎は、父が証券会社の社長で、裕福なブルジョワ家庭の子である。家庭教師をやとって、有名中学を目指すなど、教育ママのもとにある。両親とも満洲帰りではないが、父の兄・草夫がハルビン帰りである。草夫は引き揚げの途上、妻が病気になって亡くなり、今は一人で八ヶ岳山麓の野辺山で高原野菜作りをしている。太郎は仲間に万引きを強制するような不良グループ「学校クラブ」に引き込まれるが、それから外されて、すっかりいやになり、なまけることすらつまらなくなり、やりきれなかったのが、夏休みに三週間この高原農村の伯父の元で過すことによって、心理的に回復したというのである。要するに、主人公が夏休みにこの満洲帰りの伯父の世話になって立ち直る点が、この作品唯一の満洲とのつながりといえばつながりであるが、主人公の太郎が満洲を意識しているわけでは全くない。『ふしぎなカーニバル』も『太郎』も、作品の主体は、どちらも主人公の学校の不良グループによる「荒れ」と、それに巻き込まれた主人公の立ち直りで、学校の荒れが大きな問題になっている。父親の友人あるいは兄が満洲帰りで、それが主人公を支えてくれる——いわば救済してくれる点が共通点である。しかしこれを「主人公と満洲とのかかわり」とはいえないであろう。石森の関心が、戦後の学校における子どもたちの育つ環境にあることは明らかであるが、これは作品が刊行された時期にも関係があるだろう。

「満洲懐かしや」という情緒的なものを主体とする石森の作品は、『わかれ道』と『秋の日』で終り、『親子牛』以後は、いかに満洲体験をプラスに活かすかという方向に転じたともいえよう。それは子どもより、むしろ満洲帰りの大人たちの問題であり、時間の経過、世相の変化ともかかわりがある。石森としては当然目指すべき方向であったのではないか。

以上参考までに取り上げたが、「満洲を故郷とする子どもたち」という本書の趣旨からすれば、この二作品についてこれ以上の言及は不要であろう。

第Ⅴ部　満洲児童文学の背景としての在満日本人の生活と教育

1　在満日本人の実態――永住の地ではない満洲

日露戦争に勝利することによって、日本は帝政ロシアから満洲におけるさまざまな権益を獲得した。その一つとして、経営権を得た南満洲鉄道（旅順―長春間）などの鉄道を守るための軍隊の駐屯権も得た（この軍隊は後に「関東軍」となる）。これによって満洲は、南下を狙うロシアに対する、いわば国防最前線となった。また満洲は石油を除く多くの資源の供給地となった。さらに当時問題となっていた過剰人口の流出先としても満洲は重視されるようになった（半藤利一『昭和史』平凡社、二〇〇四年、一二―一五頁）。もちろんこうしたことを中国（清国～中華民国）側が黙視していたわけではなく、はげしい排日運動を引き起こした。これが満洲児童文学における中国人（多くは「満洲人」ないし「満人」と表記される）の子どもや、在満日本人の子どもとの交流の描き方に影響があったであろうことは容易に想像できよう。

一九三二年（昭和七年）満洲国成立以前の在満日本人は、主として、大連や旅順を中心とした租借地・関東州か、奉天（現・瀋陽）・長春など、租界の一種である満鉄附属地に住んでおり、その他の「一般地」に住む日本人は少なかった。一九三〇年の在満日本人の総数は約二十二万八千人であったが、関東州と満鉄付属地に住む日本人の割合は九二％だったという。広大な満洲の一部分に、へばりつくようにして生活していたのである。石森が大連に赴任したのは一九二六年（大正十五年＝昭和元年）であるが、当時の在満日本人の状況は次のようであった。

在満日本人の職業構成は一九二〇年代においても四〇～五〇％は満鉄社員、関東庁の官吏とその家族であり、残りは日本国内企業の支店関係者、貿易業者、在満日本人を顧客にする商工業者・サービス業であったと考えられる。日本人が集中して住む大連や満鉄付属地では農林水産業を営める状況は乏しく、農林水産業に従事する人は非常に少なかった。また低賃金の中国人労働者が多数いたため労働者として働く日本人もほとんどいなく、全体として在満日本人の職業構成には偏りがあった。（塚瀬進『満洲の日本人』吉川弘文館、二〇〇四年、五〇頁）

こうした職業構成からして日本人は、大多数が農民や労働者である中国人とは、当然交流が乏しかったことになろう（それだけが理由ではないが）。石森の満洲戦中三部作の主人公の他民族の子どもとの交流が、白系ロシア人やモンゴル人に偏り、「満洲人」（中国人）との交流に乏しいのは、親の職業にも関係があると思われる。石森の満洲戦後三部作の『親子牛』の主人公だけが、唯一農民の子どもで、中国人の農民とも親しくなっているが、場所は関東州でも満鉄付属地でもなく、農事試験場のあった熊岳城である。満鉄付属地に住む日本人はどのように暮らしていたのであろうか。塚瀬は次のように言う。

満鉄付属地に住む日本人にとって、中国人の住む城市と関係を持つ必要はほとんどなかったようである。満鉄が精力的に付属地の整備をしたため、たいていの要件は附属地内ですますことができた。城市にある中国人商店で買い物しようにも、言葉は通じないし、通貨も違うし、何よりも日本人が欲しい物は並んでいなかった。満鉄社員として一九二〇年代後半に奉天の付属地で暮らした日本人は、付属地の外は日本人にとっては用のない場所なので行くことはなく、そのため毎日せまい付属地のなかで過ごしたので、退屈で味気ない生活であったと回顧している。（中略）

付属地の日本人は満鉄の影響力から自由であることは難しく、満鉄の言うことに従わなければならない状況下にあった。その反面、付属地の日本人には満鉄が何でも解決してくれるという、満鉄への依存心が生まれていたと考えられる。(塚瀬進前掲書、六六―六七頁)

当時満洲を訪れた日本人が、在満日本人の「ふがいなさ」を次のように指摘しているのは、こうした状況によるものであろう。

例えば一九二四年(大正十三年)に満洲を訪れた俳人の高浜虚子は、日本人は満鉄の利益に付随して生活しているに過ぎず、満鉄の経営が思わしくなくなれば、すぐにでも四散してしまうだろうと述べている。さらに日本人が中国人にかなわない原因は、生活レベルや賃金の差だけでなく、「生活の興味をその土地、その気候に見出す」ことに欠けている点にあるのではないかと指摘している。三一年五月に長野県から満洲視察に派遣された教師たちは、車窓から見る満洲の平原は広大だが、日本人は「奈良県大の満鉄附属地と鳥取県より未だ小さい関東州」に集中しており、「商工業関係の一時的滞在者が多く、如何に贔屓目に見ても実質的恒久性を欠いて」いると述べている。(塚瀬進前掲書、一六二―一六三頁)

虚子の満洲訪問は石森赴任の二年前だが、彼の指摘は、後で見る石森の「満洲郷土愛」の主張に通ずるものがありそうである。では当の在満日本人はどう見ていたのであろうか。開原の木村冬子という女性が、やはり同年の『南満教育』第三九号と四〇号（一九二四年）に、「在満邦人の欠陥と児童の品性」という、かなりの長文を寄せている。その目的は、満洲に長く居つきたいと思うのでその反省のためと、在満日本人の欠陥が「第二の国民」たる「児童の脳裏に印象されて、思わぬ損失をしてはいないか」という点からだと断ったうえで、以下の七点を挙げている。

第一　当満洲に居ます私共日本人は宗教心や哲学的信念に乏しいではないか
第二　在満邦人は文化の程度が低い
第三　外観美にして内容貧弱ではないか
第四　巧言令色鮮し仁
第五　持続性に乏しいこと
第六　日常生活が贅沢で緊張味が少ない
第七　猜疑心が強い

長文なので内容を要約すると、第一は、教会や神社のことではなく、「差別」の問題――日本人が中国人に対して威張り散らしたりしている様子が、丁寧に対応している英米人の人たちと対照的だという指摘が中心である。

第二は、在満日本人は比較的学歴が高いのに、読書欲が貧弱だということが書店の蔵書で分る。実用書はあるが、人間修養に関する文学哲学宗教に関する書籍が貧弱で、図書館もあまり利用されていない。家庭での話は「儲けたとか損した」とかが中心で、子どもは「常識」が欠けており、学力が低く、生活にしまりがない。

第三は、官庁・会社など建物の外観はすばらしいが、施設設備やそこでの活動は幼稚だということ。

第四は、日常生活での相互扶助の姿勢に欠けていること。

第五は、（関内から移住してくる中国人に比して）日本人は永住性に乏しいこと（したがって「郷土」になりにくいということであろう）。「満洲はやはり中国人が永住しつつある土地」で、日本人は本気で満洲に来ていない。点々と土地を換え職を変える人が多い。満洲の子どもに「好きやすの飽きやす」が多いのも、これが影響しているのではないか。

第六は、衣服や携帯品が、各種階級の区別なくほとんど一致していること。

第七は、他人が良いことをすればねたむ、褒められればやじる、というような態度が、内地より満洲の子どもに多いようだ、ということ。

これらの指摘に対して、『南満教育』編集者の「夢鳥」は、投稿文の冒頭に、「当地に最も忠実なる教育論評なり。読者諸賢も又之を首肯せらるるならむ。……婦人の評言としては、恐らくは何人も其優者たるを覚らむ。社会人として記者として深く之を謝す」と評して、特に重要と思われる箇所に圏点を付けている。当時心ある日本人は、上に指摘されたような在満日本人の振る舞いを憂えていたということであろう。要は「満洲は永住の地ではなかった」ということではなかろうか。

ところで、大人の生活がこのようであったのなら、在満日本人の子どもたちはどうだったのだろう。「満洲は故郷」と意識させるような教育があったのだろうか。

2　在満日本人の教育における「現地適応主義」と「内地延長主義」

石森延男はその生涯を通じて「童話作家」であったが、同時に生涯を通じて国語教育研究者・教科書編集者でもあった。石森は東京高等師範在学中から児童文学に携わっていたが、満洲における彼の童話は、初め教科書編集の中から生まれたものであり、戦後における童話創作も教科書編集など国語教育の仕事と並行して行われていたのである。その彼の児童文学が生まれたのが満洲、具体的には満鉄付属地と関東州の日本人学校のための補充教科書編纂だった。まずその背景を考察しておきたい。

戦前の日本の小学校は国民教育——「大日本帝国ノ忠良ナル臣民」を育成すること——が主要な教育目的だった。国民教育の柱となるのが「教育勅語」と国定「修身教科書」、次いで「国語」「国史」「地理」などの国定教科書である。これは戦前期日本の植民地だった朝鮮・台湾・満洲などの日本人（内地人）小学校の場合でも同じであった。ただ満洲の日本人小学校だけは、独特のプラス・アルファがあった。

第一のプラスアルファは、ある時期から満洲の日本人小学校では居住地の主要な言語——中国語（時期により「清語」・「支那語」・「満洲語」・「満語」と呼び方が変わる）——を教えたことである。これに対し植民地朝鮮や植民地台湾の日本人小学校で、朝鮮語とか台湾語を教えたことはなかった。それどころか朝鮮人や台湾人の子どもたちにさえ、学校では日本語だけ学ぶことを強要し、朝鮮語や台湾語を話すことを禁ずるようになった。つまり日本人の子どもにとっては、言語生活の点で日本内地と基本的に変らないということである。この点で満洲は他の植民地と違っていた。

第二のプラス・アルファは、これもある時期から満洲の日本人小学校では、国定教科書だけでなく、国語・国史・地理などは、国定教科書の外に副教科書（補充教科書）を使用するようになったことである。『満洲補充読本』・『満洲補充歴史教科書』・『満洲補充地理教科書』などが編纂されるようになった。さらに唱歌や理科では、副教科書ではなく『満洲唱歌集』・『満洲理科学習帖』という正教科書が編纂されている。『満洲補充教科書』は満洲児童文学の成立と関係が深いので、以下それに至る過程を考察しよう。

満洲における教育経営は、関東州では関東都督府（のちに関東庁・関東局）、附属地では満鉄の役割であった。関東州の学校は関東都督府が設立する「官制」の学校だったのに対し、附属地の学校の経営者・満鉄は国策会社とはいえ一企業体だったから、私学的な教育経営を行っていた。関東州の教育が日本内地のそれの直輸入だったのに対し、附属地の教育の特徴は一口に言って「適地主義」「適応主義」にあった。満鉄は当初より将来満鉄に役立つ人物の養成を教育に期待する傾向があった。当時の会社の当局者は草創期から「会社ノ教育方針ハ一言ニシテ之ヲ謂ヘハ適応主義ニアリト云ヒ得ル」といい、「満洲ノ土地ニ適応スル方法ヲ学校経営者ハ考究セヨ」としばしば訓令していた（『満鉄教育沿革史・草稿』南満州鉄道株式会社地方部学務課、一九三七年、二一一四頁）。附属地の教育には文部省の支配が直接には及ばないものの、教育方針として「教育勅語を奉戴」し「国体観念の涵養を重視する」という点では、日本内地や関東州と変わりなかった。しかし附属地の教育はさらに「他日植民地における業務に従事して国家発展の任に当たらんとする人物の陶冶」をめざしていたのである。

現地適応主義教育の端的な現われが、小学校における「清語」（後に「支那語」、さらに「満語」）と言われた中国語の教育だった。既に述べたように、植民地に在住する日本内地人の子どもに現地語を教えることは、満洲だけの特色であって、台湾や朝鮮などでは行っていない。学校現場ではさらに満洲の地理・歴史や満洲にふさわしい唱歌などを教えることなども模索されていた。一方関東州は日本領土並みの感覚で運営されていたため内地延長主義の傾向が強く、日本人小学校における中国語教育の実施も、附属地よりはるかに遅れていた。

つまり一口に「満洲」といっても、関東州と満鉄附属地とでは違いがあった。大ざっぱに言えば、関東州は「日本の社会のあり方をそのまま持ち込もうとした拠点」だったのに対し、満鉄付属地は、満洲の地で「日本人がどう生きるかを考えた人々の拠点」であり、付属地を支配した「満鉄の関係者は東北（満洲）独自のあり方を強調していた」。そして、「『現地を知らない』内地の役人の指示に反発し」、満洲の事情を知ろうとしない関東庁の役人の発想を「苦々しく思って」いたという（槻木瑞生「『満洲』教育史の時代区分について」『「満洲国」教育史研究』No.1、東海教育研究所、一九九三年、三七―三八頁）。同じ在満日本人の学校といっても、大連の学校は、奉天や長春など満鉄附属地の学校よりは、ずっと日本的だったのではなかろうか。

これには理由があった。当時の日本側指導層は、在満日本人の子どもが中国側に同化される恐れを感じていたのである。一九一四（大正三）年に渡満した幣原坦は、満洲では尋常第五学年以上に、随意科として「支那語」があることを指して、「支那語の教授は、さし当り大いなる便宜を与えるから、これを教えるのはよいが、之を授けて支那人を我等の方へ引きつける助けになれば頗る面白いけれども、其の反対に、支那の方へ引きつけられる様な傾向があってはならぬ」といい、さらに「支那語」を教えることは、「時々支那人に対する心得の一班を説くことによって、始めて価がつくと思う。而してその心得は、単に喧嘩をするなとか、いじめてはならぬという様な、消極的方面に止まらずして、如何に支那人を支配すべきかという様な、積極的方面に及びたいものと思う。」と注意を促している（幣原但『満洲観』東京寶文館、一九一六年、六四―六五頁）。「ミイラ取りがミイラになってしまう」ことを恐れたものであろう。石森の戦中期三部作で中国語学習の場面が出てくるのは、『咲きだす少年群』の洋だけだが、彼の中国語学習の様子を見ると、「この程度の中国語学習なら、ミイラになってしまう恐れはあるまい」と思われそうである。

こういう状況下に「内地恋シヤノ教育」を打破し、「満蒙ヲ背景トシ満蒙ニ活躍シ得ル人間」の養成を強調し実行させたのが、新任の満鉄地方部学務課長の保々《ほぼ》隆矣《たかし》（一八八三〜一九五〇）だった。保々は東京帝国大学卒業後、内務官僚の道を歩んできたのだが、満鉄総裁野村龍太郎に招聘されて、一九二〇年一月学務課長に就任するや、厳冬の満洲を大連からハルビンまで視察旅行を行って、満洲の日本人は大人も子どもも衣食住のあらゆる面で内地式の生活や思考から抜け出ていないことに気が付いた。中国人の子どもは零下三〇度でも戸外で遊んでいるのに、日本人の子どもは姿を見せない。日本人は「内地」に比べると病弱の子どもが多い。これでは満洲に永住できる子どもは育たないと、次々に斬新な提案をした。多くの子どもが防寒着を持っていないので、外遊びを促すためオーバーに補助金を支出し、戸外スポーツ特にアイススケートの奨励を呼びかけた（竹中憲一『大連歴史散歩』、皓星社、二〇〇八年、三二一―三二二頁）。また中国語を選択でなく必須科目にすることを提案するなど現地適応主義の教育の論議をまきおこした。

保々はさらに満鉄附属の教育研究所を充実し、各教科ごとに満洲特殊教材を調査研究させ、各種の満洲補充教科書を編纂することによって、附属地の教育における「満洲特有のX」を実現させようとした。最初に編纂されたのは五年生用の地理と算術の補充教科書と四五年用の理科教科書で一九二一年（大正十年）から使用された。次いで『満州補充教科書尋常六年用　歴史地理算術ノ部』、一九二四年からは『満洲補充読本』『満州唱歌集』など、満洲独自の正・副教科書が続々刊行された。これらの教科書は関東州でも使用されたので、一九二二年一月関東庁・満鉄の合同経営による教科書編輯部が南満洲教育会の中に設置され、一九二四年度から南満洲教育会教科書編輯部という名称になった（以下、「教科書編輯部」と略称）。石森はまさにこの時期に赴任して来たのである。

朝鮮・台湾など他の植民地では、日本が支配した現地民族には「日本語」の教科書を始め現地編纂教科書を使用させたが、そこに移り住んだ日本内地人の子どもには原則として内地と同じ教科目で内地の教科書を使用させていた。これに対し満洲では国定教科書だけでなく、現地で編纂された副教科書を多数使用したのが著しい特色である。附属地教育における現地主義の展開を最も具体的に示すのは、これらの満洲で編纂された日本人用補充教科書である（ただし戦前の教育で最も重視された修身は補充教科書が作られなかった）。また唱歌と理科は国定の唱歌教科書や理科教科書を使わず、現地で編纂された『満洲唱歌集』・『満洲理科学習帖』という教科書だけで授業するようになった。唱歌教材としては北原白秋作詞・山田耕筰作曲の「マチボウケ」「ペチカ」などが知られている。また図画は教科書を全く使わなかったという。理科・算術と地理の補充教科書が出来た時、保々は次のようにいっている。

苟《いやしく》も日本人が満洲に発展せむとするならば満洲に最も適合したる生活を為し満洲に関する知識を出来る丈多くせねばならぬ、此の見地よりして……日本人小学校補充教科書を編纂し……講習会を開くことになったのであります。此等の教科書は内地の国定教科書以上に重視して貰いたい。（島田道弥『満洲教育史』文教社、一九三五年、二七八―二七九頁）

中国側からすれば、このような現地主義的教育は、帝国主義的侵略の一端に見えるかもしれない。しかし日本人の側から見れば、これらの補充教科書を国定教科書より重視せよというのは、堅苦しい日本の教育制度の束縛から解放されることであり、まさに「自由教育」の実現でもあった。保々は「日本は世界に稀なる国定教科書制度を採用して……北海道の児童も琉球（沖縄）、台湾の（日本内地人の）子供も同一時季に同一の事柄」を教えられているが、「同一教材のみを以て教育することは人の特異性を没却する欠陥でもある」といっている（保々隆矣「満洲の教育」『岩波講座教育科学』第十冊、一九三二年、八頁）。

いっぽう、子どもたちにとっては、自分たちの日常生活とほど遠い日本内地のことを中心とした国定教科書よりも、自分たちの生活環境や地域に直結した教材を載せた、これら補充教科書の方が、親しみやすく面白いので必然的に好まれる結果となった。昭和初期に満洲の公主嶺小学校でこれらの補充教科書を学び、四学年の二学期から東京の小学校に転校した人が、次のような感想を寄せている。

楽しい満洲の教科書

当時、新進気鋭の満鉄マンの教育への情熱が、新天地で結実したと思われるのが教科書だった。

理科の本は口絵の満洲特産の蝶類の天然色写真が載っていた。厚さ一センチくらいで、横書きの楽しい本だった。おかげで、その後、昆虫や植物に興味をもつようになった。国語の副読本（「満洲補充読本」のこと＝引用者）は満洲の民話を主体にしていた。唱歌の本も満洲の風物を歌い、柳のわた、大豆の屯積、高脚踊りなど、いまだに忘れられない。（中略）

かねてより聞いていた内地は余程よいところだろうと、昭和六年九月、期待を胸に転校してきた杉並の小学校で出会った理科の本は、黄色い表紙の、縦書きの薄っぺらな無味乾燥なものだった。そのうえ、木造の校舎は冬になるとストーブがくすぶり、隙間風が寒かった。

担任の先生に「満洲は寒かったろうナ」と問われてつい「いや、東京の方が寒いです」と答えて、教室を白けさせてしまった。（公主嶺小学校同窓会編『満洲公主嶺――過ぎし

四十年』一九八七年、二一八頁）

3 『満洲補充読本』の内容と性格

補充教科書のうちで最も人気のあったのは、『満洲補充読本』だった。この補充教科書は一九二四年（大正十三年）にまず一学年用の「一の巻」が完成し、以下毎年学年を追って「高二の巻」まで全八巻が刊行された（当時小学校には、二年制の高等科があった）。一九三一年（昭和六年）から改訂版が刊行されている（磯田一雄・槻木瑞生・竹中憲一・金美花編『在満日本人用教科書集成』柏書房、二〇〇〇年、一・二巻に、改訂版を含む『満洲補充読本』の全巻が収録されている）。この教科書は、教材が身近な満洲のことや中国の話などが中心で、堅苦しい国定教科書より親しみやすかったこと、学校での扱いも自由で「ただ読めばいい」「試験もしない」という点でも、子どもたちに好評だった。教科書というよりむしろ「児童読物」に近かったと言えよう。石森はこの教科書の初版が「三の巻」まで刊行された時点で、編纂に従事するために大連に赴任したのである。

石森が編纂に加わる以前に刊行された『満洲補充教科書』初版の「一の巻」を見ると、当時の中国の教科書と同じサイズの四六版の三七ページという小型の教科書で、その体裁がまさに満洲的（＝中国的）である。内容を見ると次のようである。各課とも満洲色をよく現しており、文と一体化した挿絵がある。

一　デムカヘ……満洲独特の汽車の鐘の音ではじまり、挿絵には父を迎えに行った兄妹と、ホームに中国服を着た人が歩いている。

二　ハタケ……満洲特産のカオリヤン（高粱の中国語読み）と大豆を身近に見た感じの挿絵がある。

三　レングワ……畑の中の窯で焼いた煉瓦を一輪車で運ぶ、満洲郊外でよく見られた風景。

四　ユフヒ……「満洲」の長い夕焼けは印象的である。「一の巻」表紙の絵はこの情景と思われる。

五　ユフガタ……島木赤彦の作。「カオリヤン」と「ヒロイ」で「満洲色」を出している。

「二　ハタケ」「三　レングワ（煉瓦）」「五　ユフガタ（夕方）」の本文を見てみよう（教科書教材のタイトルと本文は旧仮名の原文通り）。

二　ハタケ

カオリヤン　ノ　ホ　ガ、モウ　アンナニ　デマシタ。マメ　ノ　サヤ　モ　フクレマシタ。
ソラ　ハ　アヲアヲ　ト　ハレテ、スズシイ　カゼ　ガ　フイテ　キマス。
アレ、ドコ　カ　デ　キリギリス　ガ　ナイテ　ヰマス。

三　レングワ

ハタケ　ノ　ナカ　ニ、コヤマ　ノ　ヤウ　ナ　モノ　ガ　ミエマス。クロイ　ケムリ　ガ　デテ　ヰマス。アレ　ハ　レングワ　ヲ　ヤク　トコロ　デス。
キイコ　キイコ　一リンシヤ　ガ　キマシタ。クロイ　レングワ　ヲ　タクサン　ツンデ　ヰマス。アソコ　デ　ヤイタ　ノ　ヲ　マチ　ヘ　ハコンデ　イク　ノ　デス。

五　ユフガタ

ニシ　ハ　ユフヤケ／アカイ　クモ。
ヒガシ　ハ　マルイ／オツキサマ。
カオリヤン　カツテ／ヒロイ　ナア。

ドッチ　ヲ　ミテ　モ／ヒロイ　ナア。

「ユフガタ」はもっともよく知られた教材で、満洲を訪問した島木赤彦の作である。赤彦はアララギ派の歌人だが、晩年には童謡をたくさん作っていた。満鉄は多くの文化人を招待した。夏目漱石を招いたのはよく知られている。赤彦が満鉄に招かれて、満洲を訪れたのは一九二三年秋だったから、ちょうど『満洲唱歌集』の「一の巻」を編集している最中で、しかも高粱の刈入時だった。石森もこの「ユフヤケ」が大好きで、彼が日本に帰国後編纂した国定第五期国語教科書（通称『アサヒ読本』）の一学年後期用『ヨミカタ　二』（一九四一年＝昭和十六年）に、「マンシウ　ノ　ヲヂサン」に送って貰った本の中にあった「ウタ」として取り入れたほどである。筆者は習わなかったが、妹が家でこの教科書を朗読するのを聴いた記憶がある。「ドッチヲミテモ　ヒロイナア」等の表現が、国語の教科書としては珍しい、という印象を受けたためであろう。

以下、「六　マント」、「七　マド　ノコホリ（氷）」、「八　シヤシン」、「九　バクチク（爆竹）」、「十　コトリ」、「十一　シロイコブタ」（民話）とどれも満洲色の濃い内容になっている。「二の巻」以下もほぼ同様である。先に引用した公主嶺小学校で学んだ生徒は、『満洲補充読本』の初版の「四の巻」まで読んだことになるが、「満洲の民話」が主体だったという印象を述べている。民話に該当すると思われる課は、「一の巻」では「シロイ　コブタ」だけだが、「二の巻」（二学年用）には「ろば　と　かささぎ」「まちぼうけ（一）及び（二）」、「三の巻」（三学年用）には「望小山《ぼうしょうざん》」「春聯」「張良」「杜子春」「ふしぎな玉」、「四の巻」（四学年用）には「桃花源」「からたちの花」「黄鶴楼」などがあった。数の上では「民話を主体」としているとは必ずしも言えないが、初版の『満洲補充読本』は積極的に中国大陸の教材を取り入れているので、民話的なものが主体だった、という印象を持ったのではないか。

しかしこうした現地適応主義の教育には、内地延長主義の強い関東州だけでなく、当の満鉄内部にも根強い反対論があった。満鉄秘書役であった上田恭輔は次のような意見を寄せている。

近年在満邦人間の教育当局の意向は、日本の児童には出来うるだけ満洲の事情を教習せしめねばならぬとして、この主義方針の許に、教科書編纂機関を創設し、専ら満洲日本人小学校特種の教科書を刊行し之を使用される傾向があり、言論界も亦之に賛同を表し、この挙を奨励して居る。／……南満州教育会の意図必ずしも悪くない。その主張にも一理の存するを認めねばならぬ。然し必ずしも達観とは申し兼ねる。蓋し在満邦人は、布哇、亜米利加で産れ日本の国籍を脱して外国人となる日本人とはワケが違う。飽くまでも忠良なる帝国臣民であり、母国の同胞と一分一点の相違の無い日本人に育て上げなければならない大責任を担うものは即ち南満州教育当局である。（上田恭輔（満鉄秘書役）「満洲日本人小学校使用の教科書編纂に就て」『南満教育』、一九二六年七月号、二〇頁。傍線引用者）

これが掲載されたのは、石森の教科書編輯部就任後間もなくのことだが、こういう論調は、『満洲補充読本』はじめ各種の補充教科書の編纂、特に改訂に際して何らかの影響を与えたのではないか。以後現地適応主義と内地延長主義の対立が、教科書のみならず、児童文学にも関係して来る。石森の満洲児童文学も、戦中期の「三部作」に至るまで、結局は現地適応主義と内地延長主義との兼ね合いにほかならない。

4　石森の『満洲補充読本』編纂への参加と満洲児童文学の誕生

石森はこの『満洲補充読本』の編纂に参加することになった当時について、「わたしが渡満したのは、大正十五年（一九二六年）三月、南満洲教科書編集部《ママ》（正確には「南満洲教育会教科書編輯部」）に転任を命ぜられて出かけたのである」と述べている（石森延男「満洲児童文学回想」『児童文学研究』No.2、一九七二年)。公的な記録では四月二十六日に着任したことになっている。また石森は『満洲補充読本』復刻版の解説では「五月」と言っており、若干のずれがあるが、いずれにせよ先の上田恭輔の現地主義批判の出る直前ということになる。『満洲補充読本』はすでに初版の「三の巻」まで刊行されていたから、石森の手になる教材が載るのは、「四の巻」以降の巻になる。

仕事の内容について、石森は同文書で次のように回想している。

わたしは、国語科の副読本編集の仕事にたずさわった。部長は津久井徳三郎、主査は大出正篤、副主査は、赤塚吉次郎であった。(中略)

原案はみな私にまかせられることになった。これは事を急ぐためであるが、仕事はし易い代りにそれだけ責任の重さを感じた。原案ができたときに、編集委員会というもので審議する。関東庁及び満鉄学務課当局の人たちはじめ、編集部の部長、主事、副主事はいうまでもなく、南満洲鉄道沿線の小中学校教師でその道にくわしい人たちが数人選ばれて参加し、そのまとめ役は主事がつとめる。国語科の主事は矢沢邦彦がなった。(中略)

……教材作成に当っては、まず満洲各地に出かけて行っては調査をつづけ、できるだけ実地と《ママ》見聞をし、現実の生活に密着したものを記述することにつとめた。
数篇の教材原案が出来あがるたびに編集委員会が開かれ、十人ほどの委員が出席する。矢沢主査は、もともと詩人であるので、文学的感覚は鋭く、教材原案に対する批評はまことにこまかく正確、当否の判断は群れを抜いていた。文章というものに対するわたしの開眼は、矢沢主査のことばにあるといっても過言ではない。矢沢主査は、歌は前田翠渓と学友であり、上田敏に親しく師事していたことも思い出す。（石森延男「満洲児童文学回想」『児童文学研究』No.2、三〇頁）

矢沢邦彦は、石森の母校・東京高等師範学校の先輩だった。石森は戦後『満洲補充読本』の一部が、復刻・刊行された時、次のように回想している。矢沢の影響がうかがわれる（石森延男「満洲補充読本の誕生」、『満洲補充読本復刻版内容見本』パンフレット、国書刊行会、一九七九年）。

満洲のあちこちを見ていると　その風土といい　その環境といい　その歴史など　日本とはかなり異なっているのに気がついた　国語教科書ではやはり学習が不十分であることを痛感し　このような事業を開始することになったいきさつがわかってきた
一例をあげると　大陸生まれの子どもたちは縁側を知らない　井戸を知らない　たん

ぼも　田うえ　ゆかた　縁日　竹林―季節も　風物も知っていない　生活に根をはっていない教材では　子どもたちの感性知性を育てることは難しい（中略）『満洲補充読本』は　すべて　満洲の風土に根ざしたものを選び　その伝統　その物その服装　その歌声習慣　みな興味がわいてきた
気のむくままに書いては矢沢さんに見てもらった　矢沢さんがうなずいてくれたので自信がつき　暇があれば教材探しの旅をした「ぎょしゃのむち」「ンのつく町」「慰安車」「やなぎのわた」「娘々祭」「カササギ」――いずれも忘れがたい教材となる　満洲をふるさとにした子どもたちは　こうした身近な教材にひかれて心から迎えてくれた

これは保々をはじめ、当時「満洲」で在満日本人小学校教育の関係者が口々に言っていたことに通ずるように思われる。昭和十年代前半に関東州の小学校に在学していたある女性は、次のように語っている（一九八九年六月、成城学園での研究会で聴き取り）。

『満洲補充読本』は皆さん（友人たち）に聞いても印象の深い面白いものでした。（中略）これは割に気楽に使われたわけなんです、先生も。これは読めばいいんだ。漢字も別に覚えなくていい。気楽に好きなところを読んで、全部読んだわけじゃない。（中略）中身もこちらの方が（国定国語教科書よりずっとおもしろい）。――私の記憶では国語の時間には必ず両方持ってくるように。すると先生は、その時によって「今日はこちらをやる」。（割合としては）「国語（読本）」が主。時間が余ったようなときにこちら（『満洲補充読本』）にも触れて。（そうすると）みんな喜んで。

石森は「満洲児童文学回想」で、さらに次のように書いている。

……現地に行ってみて、始めて日本人子弟の精神生活を観察して、その浮草的不安定さの深いのに驚いた。よくもいままでこのような日本内地延長の旧態依然たる考え方で生きておれたものとつい嘆息を洩らした。これではこの地を故郷として成長、活動するこどもたちはあまりにもみじめだと感じたのはわたし一人ではあるまいが、だれもいまだ手をつけていなかったのだ。それでどうしても郷土満洲を肌で理解させ愛着をもたせなければということを痛感し、公の機関でこの情熱を具体化したのが満洲補充読本である。

（傍線引用者）

在満日本人の子どもの精神生活に「浮草的不安定さ」が深いとは、先に見た、木村冬子の

「永住性のなさ」という観察に通ずるようなものを、大連着任早々石森が気付いたということであろう。日本人にとっては「異郷」の満洲を「郷土」としてとらえさせることが、その克服に不可欠だと考えたのではないか。これは、日本人の意気の上らないのは「生活の興味をその土地その土地、その気候に見出すこと」に欠けているためだという高浜虚子の観察にも通ずるであろう。ただ、在満日本人の子どもの抱えている問題は確かに存在したが、その対策に「だれもいまだ手をつけていなかった」などというと、まるで「満洲補充読本」を創始したのは石森だったかのように誤解されるおそれがある。既に見たように、保々隆矣が唱えた、現地適応主義の教育の具体化の一つが、「満洲補充読本」をはじめとする、種々の満洲独自の補充教科書なのである。石森の大連入りする数年前から、「手をつけられていた」のである。

むしろ石森の功績は、『満洲補充読本』の発展としての、満洲児童文学の創始であろう。石森は、「この（満洲補充読本の）編集事業というものが、いわば満洲児童文学の源泉をなしたように思う」と言い、同じく「満洲児童文学回想」で次のように回想している。

といっても教科書はもともと一定の分量に抑えられるものであり、一たび編集が完了すれば数年間はそのまま使用される運命をもっている。このような形式上固定した読物では、とうてい子どもたちの心情を満足させ郷土愛など耕し得べくもない。そこではじめて教科書以外の児童読物というものをこの土地から育てなければならないと痛感し、志を同じうする連中と語り合う機運が到来してきた。（石森延男「満洲児童文学回想」三二頁）

これは石森に限らず、満洲児童文学研究において見逃すことのできない重要な事実である。この点は、次々節「6　石森延男の満洲児童文学と自然美中心の満洲郷土論」で概観することにしたい。

5　『満洲補充読本』の改訂と満洲郷土論

『満洲補充読本』は一九三〇年（昭和五年）に「高二の巻」まで全八巻が完成し、翌一九三一年から改訂版が出されることになった（第一次改訂版）。そこで、石森が携わった「一の巻」の改訂版を、初版と比べて見てみよう。この改訂版は、当時の日本の雑誌や教科書と同じ菊版となり、「一の巻」の冒頭の教材は次のように変わっている。

一　マンシウ　　満洲の自然美と子どもとを対比している。（カラー挿絵）

二　サカミチ　都会ならどこにもありそうな風景だが、大連のヤマトホテル（現・大連賓館）から南に伸びるサカミチの上に満鉄の大連病院（現・鉄路局大連医院）がある。（カラー挿絵）

三　アソビゴト　日本の子どもがどこでもやっていた遊び。

四　ハタケ　初版の「二」と同文。高粱が「コウリヤン」と「高」だけが日本語読みに変る。

五　エンソク　段差のある表記に特色があるが、満洲らしいところは見られない。

冒頭の「一　マンシウ」「二　サカミチ」「三　アソビゴト」を見てみよう（教科書教材のタイトルと本文は原文通り）。

一　マンシウ

ソラ　ノ　ウツクシイ　マンシウ。
ヒロビロ　ト　シタ　マンシウ。
ワタクシ　ドモ　ハ
マンシウ　ノ　コドモ　デス。

二　サカミチ

モヤ　ノ／サカミチ／ノボツテ／イク　ヨ。
サカ　ノ／ムカフ　ハ／オホキナ／ビヤウヰン　ヨ。
ミヅ　ノ　ヤウ　ナ／ソラ　ダ　ヨ。
ア、／ツキ　ガ／デテル　ヨ。

三　アソビゴト

サクラ　サクラ。
カゴメ　カゴメ。
ポストアソビ。
グンカンアソビ。
マルケントビ。
ラカンサンアソビ。
トランプ、カルタ、
ブランコ、ワナゲ、

ベース、スケート、
スベリダイ。
ジヤン　ケン　ポイ、
アヒコ　デ　ホイ、
アヒコ　デ　ホイ　ヨ。

初版「一の巻」の「二　ハタケ」「五　ユフガタ」は、それぞれ改訂版にも四課と九課として再録されているが、目に付くのは、どちらも「カオリヤン」が「コウリヤン」になっていることである。「高粱」は中国語読みでは「カオリャン」だが、日本語読みなら「コウリョウ」である。日露戦争期の軍歌「橘中佐」に「霧たちこむる高粱《こうりょう》の」という箇所がある。「コウリヤン」は日本語読みと中国語読みとのチャンポンだが、この方が日本人には発音しやすかったのであろう。高の旧仮名表記は「カウ」だから正しくは「カウリヤン」のはずである。実際一九四二年に満洲で発行された『マンシウ　一』（『満洲補充読本　一の巻』の後身）や、内地で発行された『ヨミカタ　二』では「カウリヤン」になっている。だが、「コウリヤン」のほうが日本人には読みやすくなじみやすいので、一時的にこうしたのかもしれない。小さなことだが、これは「満洲の日本化」の象徴ではなかろうか。

全体としてみると、この改訂版「一の巻」は、課数が一一課から二〇課と倍増、石森の執筆とみられる教材が大幅に増加すると同時に、質的にも大きな変化をしている。初版本は最初の五課を見ただけでも愚直なまでに満洲の土の匂いを盛り込もうとしていることが分る。だがこの改訂版では、満洲の現地を思わす教材の外に、さりげなく日本人が中心となり、進んでは日本の国家意識ないし国威発揚を狙ったような教材が出て来ている。現地の教材はかなりあるのだが、現地の民族色を薄めると同時に、大連や満鉄附属地の、日本内地とあまり変わらない日常生活や、現地と関わりのない一般的な話題、さらには明確に日本的なものを打ち出した教材まで入れられているのである。まさに「満洲の日本化」である。

また、教材の数が培増したにもかかわらず「レングワ」のような土着性の強い教材が省かれ、「シロイコブタ」というういかにも中国的な民話が、日本の子どもたちにもよく知られた「キコリトオノ」という寓話に替えられている。挿絵でも現地民（中国人）らしい人物が大幅に減っているのである。

既に見たように石森は、折に触れ「満洲をふるさとにした子どもたち」とか、「郷土満洲を肌で理解させ愛着をもたせなければ」とかいっているのであるが、この「一の巻」の第一次改訂版について大連奨学会で編纂趣旨を次のように説明し、その中で彼独自の「満洲郷土論」を展開している（石森延男「改訂満洲補充読本一の巻について」『南満教育』一九三一年九月号～一九三二年一月号に連載）。

文部省編纂にかかる国語読本は、主として日本内地の風物事情を記述してあるので、在満児童には、理会上困難なものが少くない。満蒙に関する材料はあるにはあるが、極めて概念的で分量も少ない。この国語学習上の不便を補わんがために、満洲補充読本は編纂されたのである。これで満洲補充読本は、なるべく満蒙の風物事情を記することにつとめ、在満児童の生活に親密な新鮮な材料を蒐集し、主として満蒙支那を諒解せしめ且つ郷土観念を培い、なお満洲初等国語教育をして一層充実せしめんことを目的としたものである。

このように一般的な趣旨を説明した上で、「経には郷土愛着の精神を織り、緯には読み方科（の）本質の流をくみ入れた」ところにこの改訂の狙いがあるという（石森延男「改訂満洲補充読本「一の巻」について（一）」、『南満教育』昭和六年九月号、一九三一年、二二頁）。その趣旨がもっとも明白に出ているのが冒頭の教材「マンシウ」と、それに続く石森の説明であろう。

われわれの住む土地、生まれた土地の自然をおもい、自然を愛することが、郷土教育の初めであり、終りであると考えます。この課は、郷土愛着からさらにわれわれの希望、覚悟、反省にいたる道を示しているのです。

「ソラノ　ウツクシイ」は、空気の乾燥によって、埃及と同じような現象なのです。夜の空、星、曙、昼の高い空、夕やけの空、見わたしのきく空なのです。……

「ヒロビロ　ト　シタ」は、野原をさしていったのです。野原、畑、どこを見てもさえぎるもののない平野。

一は天上の美をたたえ、一は、地上の宏を暗示しています。「ワタクシドモ　ハ　マンシウ　ノ　コドモ」とうけてきますと、当然どんな子供だろうという推理がはたらくのです。これを満洲のものは、すべて美しい。私共は満洲の子供だ。だから私たちは美しい。こんな三段論法風な推理が働きはしないでしょうか。……

「マンシウ　ノ　コドモ」できってしまったら、おちつかない文になります。……「コドモ　デス」これで自覚観念を鮮明にひゞかせます。（傍線引用者）

そして短い文の中に「マンシウ」を三度もくり返したのは「親熟せしむる上に効果的」だからという。「満洲」を「郷土として愛する」点を強調するところが重要である（石森延男「改訂満洲補充読本「一の巻」について（一）」二三―二四頁）。ただしその満洲は、自然愛の対象としての郷土、つまり「人文抜きの自然」である。かつて人間の住んだことがなく、人文的遺跡や風俗・習慣・民謡・民話などが皆無な土地であるかのようにみなして、そこに自分たち日本人のものをこれから形成して行こうというのである。

先の「ユフヤケ」もこの「一の巻」に残ってはいるが、「ユフヤケ」が始めて見た満洲の素朴な印象を詠っているのに対し、この「マンシウ」は、改訂された『満洲補充読本』の基本的な性格、あえて言えば「イデオロギー」を象徴しているのではないかと思われる。川村湊は、ここでいう「満洲の子供」は…あくまでも「満洲の（日本人の）子供である。…「ワタクシドモ」の中から日本人以外は巧みに排除されている（＝日本人だけである）と思わざるをえない」といっている（川村湊『海を渡った日本語』青土社、一九九四年初版、一六六―一六七頁）。つまりこの「マンシウノコドモ」とは「大日本帝国ノ忠良ナル臣民」の子どもだけで、異民族の子どもは含まれていない。あくまで日本（人）にとっての満洲が関心の的なのである。

さらに「二の巻」の改訂版（一九三二年四月）には、石森の作ではないが、「ぼくたちは」という題の詩が登場する。

十九　ぼくたち　は

さけ　よ
さくら、
日本　の　花　よ。
　日本　の　子ども　だ、
　ぼくたち、は、
　きれいな　こころ　の
　子ども　に　なれ。

のぼれ、
朝日、
東　の　空　に。
　朝日　に　向って
　ぼくたち　は、
　ただしい　こころ　の
　子ども　に　なれ。

ここ　は
まんしう、
だいじな　ところ。
　ここ　の　子ども　だ、
　ぼくたち　は、
　ををしい　こころ　の
　子ども　に　なれ。

これを見ると、「一の巻」の「マンシウ」の「ワタクシドモ」が、実は日本の子どもだということを確認しているように見える。「日本の子ども」であって同時に「満洲の子ども」でもあると。しかも「雄々しい心の子ども」にならなければ、「大事な満洲」を護れない（＝支配できない）と言うのであろう。

実際に改訂された『満洲補充読本』八冊を通して見ると、初版に比べて満洲の異郷性が薄らぎ、何となく日本人中心の感じで、時には日本の存在を強調するような教材が多くなっているように見える。教科書の大きさ（四六版が菊版に）から教材の内容まで、「中国の満洲」から

「日本の満洲」へと移行していったような感じがする。

次にこの改訂版では、大連や満鉄附属地の中の日本内地とそれほど変わらないような日常生活や、さらに満洲の現地と直接関わりのない一般的な教材が多くなっている。初版では「コトリ」くらいだったが、改訂版では「アソビゴト」「エンソク」「ランニング」「ガクカウアソビ」「クダモノ」などかなり多くなっている。さらに明確に日本的なものが打ち出された教材としては、「ラヂオ」では「トウキャウノコヱガトンデクル」（東京の声が飛んでくる）というように、直接日本内地とのつながっていることを意識させる教材が入っている。

総じてこの改訂では、「一の巻」に限らず、初版に強かった「異郷に住んでいる」という感じをかなり弱めているといえよう。つまり初版本より「支那教材」を減らして、むしろ日本的な教材が増加している。改訂版で教材が倍増したのは、この異郷性を感じさせない、付属地的日常生活教材の増加が最大の原因である。依然「現地適応主義」に立ってはいるのだが、「満洲的なもの」が後退しているのである。

『満洲補充読本』の改訂にはこうした態度が一貫して反映しているが、それと同時に見られるもう一つの特徴は、中国（漢民族）的色彩の弱化に対して、ロシアの比重がかなり大きく、むしろ強化されたような印象を受けることである。例えば、挿絵から中国人らしい人物を消したり、爆竹を鳴らす場面で「シナノオシャウガツ」という説明を省いたり、中国的民話を削除したりしている反面、中国系の現地民と交流する教材はないのに、第Ⅲ部で触れた「マーシヤさん」という、隣のロシア人母子と交流する教材が「三の巻」にずっと残っており、新たに「ロシャパン」という、ロシア人が大連の街角でパンを売っている風景の教材が「一の巻」に入っている。だが中国人との親しい交流の場面を描いた教材は見当たらない。そもそも冬の満洲に不可欠な暖房装置にしても、ロシア式のペチカは出てくるが、オンドルは出てこない。これは石森の戦中三部作、特に『スンガリーの朝』にそっくり現れている傾向でもある。

さらに重要なのは、『満洲補充読本』の改訂が満洲事変の起った一九三一年に始まったことに対応するかのように、軍国主義的・超国家主義的な教材が現れ始めたことである。初めは若干という程度であったが、日中戦争勃発後は、特に小学校四・五・六学年用の「四の巻」「五の巻」「六の巻」を中心に顕著な増加が見られるのである。中でも象徴的なのは、「四の巻」の巻頭の口絵である。改訂前はいかにも大陸的な灌漑用の風車の絵だったのが、忠霊塔の写真に替わったのである。

また満洲の小学校では、唱歌は『満洲唱歌集』という独自の教科書を使用していた。この教科書も『満洲補充読本』と同じように、満洲色の強い教材が多く、子どもたちに愛されていたが、やはり満洲事変後、軍国主義的・超国家主義的教材が特に四学年以上で出現し増加している。満洲でのこうした変化は、日本内地の教科書の軍国主義化・超国家主義化に一歩先んじて起きているのである（詳しくは、磯田一雄『「皇国の姿」を追って』（皓星社、一九九九年）の第一部の「第三章『満洲補充読本』の廃止と「国民科大陸事情」の教科書の誕生」、磯田一雄・槻木瑞生・竹中憲一・金美花編『在満日本人用教科書集成』柏書房、二〇〇〇年、磯田一雄「在満日本人の音楽教育と教科書」『教育における民族的相克』東方書店、二〇〇〇年などをご覧いただきたい）。

ところで、「満洲」を「郷土」にせよという論議は、当時「満洲」に生まれ育った日本人の世代が、自分の故郷がどこなのかわからなくなっている、という深刻な問題がその後提起されていたことを予想していたかのようである。作家・秋原勝二は『満洲日日新聞』一九三七年七月二九〜三一日付に、「故郷喪失」という文を掲載して、「満洲」における教育が、「教科書は文部省発行の内地のものそのまゝ」など日本一辺倒であることを批判して、「満洲にいて満洲知らず日本人にして日本知らず、一体私らは何なのか、その無性格ぶりにはおどろいてしまう。」と訴えている。

これに応えるように江原鉄平は「満洲文学と満洲生れのこと」を同年八月一八〜二一日付の同紙夕刊に掲載して、やはり次のように自分の受けた教育を批判している（ともに橋本雄一「「満洲」の日本人作家による「故郷喪失」論」『越境する視線——とらえ直すアジア・太平洋』せらび書房、一九九六年、七五—七六頁より再引用）。

我々の先輩達は、（中略）無責任にもわれわれに日本内地の教育ばかり授けて置いて、今になってもうそろそろ満洲に愛着を持っている筈の第二世が満洲文学を生んでもよい頃だという。私もその第二世の一人だが、満洲に対して一向に愛着を感じて居らぬのである。

秋原は一九一三年（大正二年）生れ、江原は一九〇九年（明治四十二年）生まれだから、まだ現地主義が実施に移される前、『満洲補充読本』などが編纂される前に（あるいは編纂されつつあったが間に合わない時期に）在満日本人小学校を卒業したことになる。『満洲補充読本』は子どもたちに歓迎されていたというから、もし出会っていたら「故郷喪失」感が多少とも救われたのかもしれない。もっとも、「文部省発行の内地のものそのまま」の国定教科書を使用することは最後まで変わらなかったし、そもそも圧倒的に多数の中国人の先住している土地に、あたかも無主の土地であるかの如く、自然のみを郷土にしようとすること自体、根本的に矛盾しているのだけれども。

6　石森延男の満洲児童文学と自然美中心の満洲郷土論

大連に渡った石森は、補充教科書の編纂の仕事のかたわら、様々な雑誌や新聞に精力的に投稿を開始した。主な投稿先は南満洲教育会機関誌『南満教育』と満鉄社員会機関誌『協和』、『満洲日日新聞』・『満洲日報』『愛児と家庭』などである。重要なのはこれらのほかに、石森が在満日本人の子どもたちのための児童文学雑誌を自力で創刊し、あるいは文藝同人誌を主宰していたことである。

大連での石森の満洲児童文学活動の大略をたどると、まず中学生程度を対象とした読み物雑誌として『帆』を刊行している。これは中学進学を計画している尋常小学校の子どもにとっても進学のための準備になると言っている。石森は一九二六年四月教科書編輯部に着任してからわずか半年ほど後に、早くも満洲の中等学校生徒のための読物雑誌として刊行することを思い立ったのである。『満洲補充読本』の中学生版を目指したのであろう。『満洲補充読本』は小学校高等科用の「高一の巻」・「高二の巻」もあったが、満洲では日本内地より進学率が高く、圧倒的に多数の子どもが中学校や高等女学校に進学していたから、『満洲補充読本』の中等学校版も必要だと思ったのであろう。

以下「満洲児童文学資料（その二）」に掲載されているものを列挙する（『児童文学研究』No.4、

一九七五年。なお「その二」とあるが「その三」のはずである)。

・満洲中等学生読物『帆』、石森延男の個人雑誌として、学期ごとに年三回発行、一九二七年一月から一九二八年一二月までに全六冊刊行されている。第四巻は『満洲野郷土読本』としている。

・小学生よみもの『満洲野』季刊。上学年用と下学年用があり、一九二八年六月~一九二九年二月までに全一一冊が刊行されている。

・『ます野』小学生用リーフレット、月刊、第4号から初級用・中級用・上級用の三分冊。一九二九年五月~一九三〇年三月。全二四冊。

・『童心行』文藝同人誌。月刊。一九三〇年一月~一九三四年六月。全四四冊。

・『新童話』童話同人誌。月刊。一九三〇年五月創刊。一九三一年九月『郷土満洲』と改題するが同年十一月終刊。

・『童話作品』(童話同人誌)。上の『郷土満洲』の流れを継いだもので、一九三五年四月~一九三六年七月までに一六号を刊行している。

・『まんちゅりあ』(単行本)「春夏の巻」「秋冬の巻」の二冊。一九三〇年五月。「ます野」に掲載された作品三〇冊分を収録。

・『第二まんちゅりあ』（単行本）「小学一二三年生用」「小学四五六年生用」の二巻。一九三三年三月。

以上の外に、石森は東京で発行されていた千葉省三らを同人とする童話雑誌『童話文学』（月刊）に参加、一九二九年十一月初投稿、一九三〇年十一月同人となる。一九三一年十一月同誌休刊、三五年十一月『児童文学』と改題して復刊される。また童話集『どんつき』を一九三一年に刊行している。

石森はこうした読み物（副読本）の編纂をした理由としてこういう。教科書（正読本）による国語科が、本質から遠のいた形骸や末梢にばかり力を注いでいる。これでは何年国語を学んでも、読文力は培はれない。『帆』（満洲野郷土読本）のような副読本を用意したのは、「この末梢より本質へ逆戻りをさせて、迷わない国語科の明快なる華園に導こうと計画」したのであるという（石森延男「『満洲野郷土読本』を編みあげるまで」、『南満教育』一九二八年一月号）。その後石森は『満洲新史』（南満洲教育会編纂、一九三四年）、『新撰満洲事情』（南満洲中等教育会、一九三六年）、等の刊行に関わった。さらに一九三四年には、『満蒙の風物』・『満洲の美しい話』（ともに大連・東洋児童協会）を刊行している。

大連に渡った直後から、このように比類のないほど活発な創作活動をしているのであるが、石森にしてみれば「国語教師になるからには、子どもの喜ぶような作品ぐらいは書けなくてはと、発心して書きはじめた」のであり、創作活動はいわば国語教師にとっての「けいこ」であって、「わたし自身は作家などとはちっとも思っていない」と戦後いっている。さらに、「大人の文学と子どもの文学とを本質的に区別しない立場に立つ」ともいっているのである（石森延男「戦前・戦中・戦後の国語教育を歩む」『近代国語教育の歩み　2』新光閣、一九七〇年、一四五頁）。

石森独特の「郷土愛」は、満洲について間もなく思い浮かんだことである。石森は前述した『帆』を三巻まで編纂して一年経た後、第四巻を『満洲野郷土読本』という題で編纂した折に、その刊行の意義を「国語学習の道を縦に、郷土愛の培養を横にして織りあげた」と言っている。『満洲補充読本　一の巻』の改訂より三年前のことである。石森によれば、満洲は郷土といっても日本内地でいうのとは「その心持ちはちがう」。それは満洲は異民族・異文化の地で、（日本人にとっては）伝説や口碑などの点では「寂しい」からである。でも満洲で生まれ育つ子どもに親にもやはり「郷土」は必要だ。幸い満洲には「内地に見られない自然美……天然愛がある」。これは民族や人種を越えた「力」であって、「ここに住むべき郷土は暖かく広い」というのである（石森延男「『満洲野郷土読本』を編みあげるまで」『南満教育』一九二八年一月号、六七頁）。

ここで満洲が「寂しい」とは伝説や口碑（あるいは民謡）などが現地民族のものばかりで日本

人にとっては寂しいということである。つまり日本人（の子ども）にとって満洲は、人文の点では異郷だが自然の点では郷土だということになる。現地土着の中国人や中国文化・社会とは一定の距離をおくが、その風物や自然には大いに親しみを感ずるというのである。さらにさかのぼれば、石森の満洲の自然賛美は渡満以来のものである。初めて満洲の土を踏んだ時の印象を、石森はこう述べている（『満洲日日新聞』一九二六年一一月九日、前掲寺前君子博論『満洲児童文学の研究』より再引用）。

満洲の自然は殺風景だと人はいう。そこに住む人々はすさんでいるという。…しかし、一たび、この満洲に足をおろした時、この言葉は何の力もない空虚なことを知って、まあよかったと思った。どうだ。透明な空気を透してひろげられた曠野　雲の影をうけて紫紅色（パープル）に輝く山の肌。河か路、どちらともつかない遠白き路、鷹揚にかけまわる群雀　内地ではみられない快明と晴朗と広濶とがただよっている。

石森の作品中にそういう例があるか、見てみよう。『咲きだす少年群』の南先生は満洲の動植物を愛している。春先の蒙古風《モンクーフォン》になりたいとまで言っているのだが、洋にはそういう面がみられない。むしろ飛行機でこれに対抗しようとしている。『日本に来て』の二郎は、日本の山河を見て感動しているが、満洲の自然については、川にはふだん水が流れておらず、雨が降ると泥水になるというように、むしろ否定的に見ている。『スンガリーの朝』では、スンガリーを中心とした郷土観が現れてもよさそうだが、実際にいつもスンガリーに慰められているのはおばさんであって、一郎ではない。しかも母が送って来た梅や椿などの花の写真を見て「日本っていいところだね。……今ごろ、こんなきれいな花が、咲くんだもの」と日本の自然に憧れているのである。『秋の日』のしずえは、満洲の自然というより満洲の遺跡や独自の居住環境にひかれている。日本に来ても満洲の自然に憧れているのは、『親子牛』のケンだけだろう。

さらに自然中心の郷土論には、「自然」はあるけれども、そこに住んで営々と歴史を作って来た先住民（主として中国人）への視点が抜け落ちている。植民地性の郷土論たるゆえんだといえよう。だが、これは石森だけではない。満洲は「自然」としては郷土であっても、「人文」の点では郷土ではない、あるいは郷土にしてはならないというのが当時の満洲郷土論の共通項と言っていい。

7　観念としての満洲郷土論

だが自然郷土論にしても、はたしてどこまで在満日本人に受け入れられたか、多分に疑問がある。というのは石森のいう満洲の自然は、大連周辺か、そこからほど遠からぬ南満洲のことのように思われるからである。塚瀬進はこう指摘する。

『満州日日新聞』には在満日本人婦人に対して行ったアンケートが掲載されている。開原で二〇年暮らした佐竹ひで子は、「満洲は内地と異なり天然の風景により慰安《いあん》」されることはないので、家庭で主人が心休まるように配慮していると答えている。筆者も（吉林市に）留学中に体験したが、満洲に四季の変化はあるといえばあるが、その変化は日本のようにおだやかではない。秋になったのかと思うとすぐに雪が舞い、あたり一面が白い世界に変わってしまう。日本に比べるならば吹く風も、降る雪も強烈に感じる。こうした場所で、自然に「うるおい」や「なぐさみ」を求めるのは難しい。（塚瀬進『満洲の日本人』、一八七頁）

内陸部の自然はやはり荒々しいのである。自然が郷土になれないのなら、あとは個々の地域ではなく、「満洲」という観念を郷土にするしかない。それを代表するのが、石森の郷土論に比較的近い時期に満洲の郷土性を論じた、嶋田道弥『満洲教育史』に収録された満洲郷土論である（嶋田道弥『満洲教育史』文教社、一九三五年。この書は収録された所論の原資料が明示されていないとの批判があるし、ここに収録された郷土論も嶋田の自論か否か明らかでないが、それ自体は当時の代表的な郷土論の一つとして、検討に値すると思われる）。

この満洲郷土論は、「自然」さえも超越して、観念としての満洲を「郷土」とせよという論である。著者は、満洲においては「家に対する観念が内地のそれと全然異なること」「土地そのもの（石森のいう自然に相当）が児童に親近すべく余りに無味乾燥なること」「経済を中心に発達せる満洲各地の風物は児童の情操を破壊することはあっても之を陶治すべき資材となるものが僅少であること」などが致命的であるという。

具体的にいうと、まず夫婦別姓など家族のあり方が日本内地と異なる。こういうものに日本人が染まってほしくない。第二に高温多湿で緑豊かな日本と寒暖の差が激しく乾燥した黄土地帯との差が、それに触れる児童の情操まで伝統的な日本人のそれとは異なったものにしてしまうのではないか、という恐れがある（この点は石森の「内地に見られない自然美」という視点とはかなり異なっている）。第三に植民地化による社会環境が、人間の情操陶治にとって悪い影響を与えている、という点もあるといっている。つまり満洲という土地そのものがほとんど「郷土」としての資格を持たないということになる。

そこでこの論の著者は「満洲では何よりも各地方地方に分かれた郷土を持たすことは不可であり、全満洲を郷土として意識せしむることが必要」なのだという。郷土を自分が生まれ育った「一定の土地に限定すべきではなく、精神生活が郷土の範囲を自ずから限定し来たることを思うならば、満洲は全体として児童の郷土になることが可能である」というのである。

つまり観念の枠組みとしての満洲全体が郷土なのだということである。満洲の個々の土地は日本と一体化することは不可能だが、観念としての「満洲・満洲国」なら日本と「一体不可分」のものといっても差し支えない。だから「大連っ子」や「長春育ち」ではなく、「私ドモハ満洲ノ子ドモデス」というべきなのである。それはあくまで「児童を日本人として大和民族として」育てなければならないからである。その「満洲」の内実は、「空が美しく、土地が広々としている」といった、どこでもあてはまる、特定の土地のにおいを感じさせない、蒸留水のような満洲（という観念）でなければならないのである。具体的な土地を持ち出すと、さっそく日本との文化的・社会的な差異が浮き彫りになって、日本精神の習得の妨げになる。日本人は「満洲国」の中核を担うのだから、それだけに「大和」という郷土を忘れてはならないと同時に、「夫婦別姓」のような、大和文化を毒する要素が満洲の「人文」にはあるとされ、こういう毒素に感染すると、「ミイラ取りがミイラに」なってしまうことが恐れられたのである。

塚瀬進は「満洲国に住んだ日本人は周囲に暮らす中国人などの異民族に対しては無関心か蔑視する態度で接しており、満洲国政府も民族間の相違を埋める努力はせず、民族協和が達成できる状況は存在しなかった」と指摘している。しかもそういう「周囲の異民族との共生を考えず、蔑視したり無視する日本人は、満洲国の建国により生まれたわけではない」という。「満洲国下での日本人の独善がりな行動は、満洲権益にしがみついて生きていた満洲国以前の在満日本人の影響を強く受けていたと考えられる。……中国人や中国社会に目を向ける日本人はほとんどいなかった」というのである（塚瀬進、前掲書、二〇六頁）。この点は石森の戦中「三部作」にも反映しているように思われる。要するに在満日本人の生き方は「内向き」だった。いつも日本を思いながら生きていたのである。

もっとも、二世となると若干変わってきたのではないかと思われることもある。例えばある満洲帰還者の座談会での発言だが、中等学校用唱歌集に「母国を懐ふ」という歌がある。「父生まれし国母生まれし国、ああ懐かし…」というのだが、「私たちはそれを歌って、（そんなもの）《懐かしくなんかないよね》」と笑うのである。また『満洲唱歌集・第五学年』の「柳の春」に「日本のお祭り思ひ出す」という歌詞がある。こういう日本を懐かしむような歌は決して多くはないが、時たま出てくるのは満洲の子どもよりも大人の意識を反映しているのであろう。

こういう歌は満洲で歌われた歌の一部に過ぎなかったが、在満日本人の内地指向性を示すものであると見られる。それは付属地的、あるいは大連的であったとも言えよう。満鉄付属地は関東州に比べれば異文化の地であったが、それでも附属地は都市化され、中国人とは日常的に出会うことなく生活できる環境だった。それに対して、さらに「もっと沿線の奥地へ行けば中国人と混在し乍ら生活した人がたくさんいて、そちらから転校してきた人は、中国語もできるし、生活も違います」という証言もある（『歴史教育研究』80、法政第二高校育友会歴史教育研究所、二〇〇三年三月、一九―二〇頁）。

ところで石森は、「ロシア人、支那人などの外国人と多く接しなければならぬ満洲の人々は、内地の人々よりは、一層に国際的思想に目ざめねばならない。日本的精神を自覚していなければならない」といっている（石森延男「『満洲野郷土読本』を編みあげるまで」『南満教育』一九二八年一月号、七〇頁）。さらに満洲における多くの民族のうち人口比で九〇％以上を占める中国人をさておき、一％にも満たない（白系）ロシア人を先に立てているのである（康徳三年（一九三六年）一一月の満洲国『民政部第二次統計年報』によれば、一九三五年の時点で、満洲国総人口三四、二九三、七〇八人に対して、いわゆる「満人」は三三、二五三、四七五人、白系ロシア人は四二、三三五人で、〇・一三％もなかった。ドミトリエヴァ・エレーナ前掲論文）。『満洲補充読本』でも初版では「支那教材」が多かったが、改訂版以後はむしろロシア人の出て来る教材の方が目立つ。帰国後に刊行された満洲を対象とした児童文学『咲きだす少年群』『日本に来て』『スンガリーの朝』『マーチョ』のどれにもロシア人ないしロシア文化に対する思い入れが強く表れている。

これは石森が常時大連に居住していたことと関係があるかもしれない。大連は日本への窓口でもあり、行政的にも日本の領土感覚があったが、もともとロシアが基礎を築いた都市で、主要な建築物は日本がこの地を掌握してから建てたものの、ロシア的風情のある街が残っていた。さらに石森は帰国後ハルビンを舞台にした児童小説『スンガリーの朝』を当時人気の高かった児童雑誌『幼年倶楽部』に発表しているが、ハルビンはまさにロシア人の建設した町で、当時白系ロシア人が多数住んでいた。主としてロシア革命後移住してきた人たちだが、満洲の白系ロシア人は日本語の通ずる人が多く、高学歴者の率が高く、また倫理性も高かったと言われている。

自然は満洲だが、人文はロシアと日本精神だというのは、まさに日本人にとっての満洲のおかれた位置を反映するにふさわしい。満洲の自然には大いに引き込まれてもいい。しかし人文（特に漢民族の）に引き込まれてはならない。異民族としては白系ロシア人ならいい。在満ロシア人は少数の上、一種の難民でもともと満洲の主人にはなりえないのだから、親しみを感じても実害はない（支配の妨げにはならない）、ということかもしれない。さらにロシアは白色人種であり、「野蛮」に対する「文明」の側にあった。また関東軍にとってロシア人は「利用価値」もあった。

一口に在満日本人といっても、その中には大連とハルビンで過ごした人がかなり多い。特に大連やハルビンの日本人の体験は、「中国体験」よりはむしろ「ロシア体験」だったとさえいえるかもしれない。特に「東のモスクワ」ともいわれる、三万人ものロシア人がいたハルビンではそうだったであろう。しかし、小峰和夫によれば、圧倒的多数の漢民族で充たされた満洲全体で見れば「ひとにぎりのロシア人などは大海の藻屑にすぎなかった」のである（小峰和夫『満洲――起源・植民・覇権――』お茶の水書房、一九九一年、二八二頁）。

石森の満洲児童文学は、在満日本人社会を背景に書かれている。まず戦中期三部作の『咲きだす少年群』と『日本に来て』は関東州の大連、『スンガリーの朝』はハルビン、戦後三部作では、『わかれ道』が長春（旧・新京）、『秋の日』が奉天（現・瀋陽）であり、『親子牛』だけが熊岳城の農園経営という異質な社会を背景としている。そういう社会環境が個々の作品にどのように反映しているか。登場する子どもたちがどんな郷土意識をもっているかが、重要な視点となろう。

8　大連は「満洲の日本」か

ところでいまさら妙な話だが、大連ははたして満洲であろうか。塚瀬進はこういう。

　多数の中国人が住んでいたとはいえ、大連は中国的色彩の弱い都市であった。ある日本人は、「大連にいるとあまり支那のにおい」はせず、「大連はハイカラな臭いが分量において優っているように思われる」と述べていた。内陸部の奉天（現・瀋陽）や長春では大陸性の荒々しい風が吹きよせ、ほこりっぽさを感じることが多い。しかしながら大連は海が近いこともあり、吹き抜ける風は心地よい。何より日本人にとってうれしいのは、新鮮な魚介類が食べられることである。これは戦前の奉天や長春では絶対に無理であった。（中略）大連に暮らした日本人が抱いた満洲の印象と、奉天や長春に暮らす日本人が感じた満洲の印象は違っていたと思われる。内陸部の過酷な気候、風土のなかで、さらに付属地という閉鎖的な場所で暮らした日本人は、大連の日本人が味わう必要のない苦しみを経験していた。（塚瀬進『満洲の日本人』、五七頁）

筆者も戦時期任地の新京（現・長春）に滞在していた人が、所用で月に一回「大連に来ると日本的なのでほっとするんですよ」と言うのを聞いたことがある。気候的にも大連は恵まれていた。大連でも春先には「蒙古風《モンクーフォン》」という激しい埃風が吹くことが、『咲きだす少年群』に出てくるが、西は渤海、東は黄海にはさまれた遼東半島は比較的温暖な半海洋性の気候で、その最南端にある大連は海に面しているせいか、冬二月の平均気温は北海道の旭川ぐらい、夏八月は東北の福島ぐらいで、桜も咲く。しかも日本内地よりモダンな環境で、生活は快適だったと思われる。

関東州の中心都市大連は、ロシアがパリを模した都市計画に日本が耐火建築で造成した、当時日本人が接しうる最も近代化された都市だった。ロシア時代につくられた街は「ここはロシアか」と思われるようだが、日本の統治下に入ってからは、欧米の都市に比肩できるような洋風の立派な建築物を次々と造成していった。今でも残っている代表的な建物に、満鉄大連病院・大連ヤマトホテル（現・大連賓館）・大連駅などがある。こうして大連は当時の日本人が接しうる最も近代化された都市になった。一九四〇年の統計では、大連の日本人の人口比率は二九・七％に達している。

また、関東州は租借権が中国から満洲国に移って以降、法治的には満洲国の租借地だったのであるが、最後まで日本領土のように振る舞っていた。大連の学校の生徒が、租借の期限が終ると大連は「支那」に戻り、自分たちはここにいられなくなるのではないかと心配した時、先生は「大丈夫。そんなことにはなりませんから、安心して勉強しなさい」と諭したという話がある。

満洲きっての日本色の強い都市・大連では、中国人の経営する商店の中で彼らの姓を屋号に使用している店は一軒もないであろう、という。極めつけは、石森の名所紹介の中の次の一節であろう。

……この連鎖商店は、大連の名物となるばかりでなくて、満洲の誇りともなるでしょう。私は日本人だけの集まった、唯一のこの買物街が、日に日に栄えてゆくことを願わずにはいられません。（石森延男「大連連鎖商店」『まんちゅりあ　秋冬の巻』、一九三〇年四月、傍線引用者）

大連は「満洲の日本」ではなかったろうか。こういう土地にずっと住んでいて本当に「満洲」が分ったのだろうか？　第Ⅰ部で示したように、石森は十三年間大連にいながら、北満洲の限りなく広大な土地のことを、帰国寸前の旅で初めて知って驚愕したようなことを、帰国後「日本の子どもと大陸」で書いている。大連に着いて間もなく北満を訪れたようなことを戦後書いているから、これはちょっとおかしいのではないかという意味のことを述べておいたが、案外実感がこもっているのかもしれない。いずれにせよ、石森の大連滞在期間を、普通「在満時代」と呼んでいるが、果たして大連をストレートに「満洲」と呼んでいいのだろうか。これは彼の植民地意識にもかかわることと思われる。

石森に「満洲は植民地だ」という明確な意識があったのだろうか。彼はこの点に関して戦後反省めいたことを『全集7』の「あとがき」に書いている。

マンシュウという新しい国は、マンシュウ人が自分で建設させたというよりは、日本人が、こしらえたといったほうがいいでしょう。いろいろこみいったむずかしいわけがあったとは思いますが、日本人が作りあげ、日本のためにやくにたてようとしたと思われます。

いまでこそ、このようにはっきりいえることですが、その当時は、国として大きく流れ動いていた日本でしたので、それこそ朱にまじわればで、流れの色にそまってしまい、これにさからってぬけだすということは、よういにできませんでした。国のねらっている目あてをふみにじることになるからです。わたしは関東州の大連に住んではいました。

この土地は、日本が中国から百年間かりることになっているんだから、わるいことをしているとは思っていませんでした。（『全集7』三一四頁）

石森は満洲国が日本の傀儡国家だったということを一応認めているかに見える。また国策には逆らえなかったことをはっきり認識している。だが迎合したとまでは言えないだろう。時に反戦ないし厭戦的とも取れる箇所が作品中にあることからして、中立的と見ていいのではないか。子どもの描き方にそれが表れているように思われる。社会状況や大人の態度に影響はされているが、加藤武雄『饒河の少年隊』のように、上のものの言うことに絶対服従する――ためらったり疑ったりしない、さらに言われるまでもなく進んで期待されるような発言や行動をする――ような点は見られない。

植民地意識の有無以上に、石森は歴史的社会的な概念が曖昧なことが一番問題であろう。関東州について、九九年間の租借地なのに「中国から百年間かりることになっているんだから、わるいことをしているとは思っていませんでした」といっている。石森が大連に居住していたというささやかなことを「悪いこと」と思っていないと正当化しているかに見えるが、むろんそんなことを超えた大きな問題がある。満洲の植民地化は、実は関東州、さらには満鉄附属地が拠点になっていたのだが、そういうことには思いが及んでいないようである。小林英夫によれば、関東州と満鉄附属地は、満洲国とは全く異なる歴史を歩んできたのである（小林英夫『満洲国を産んだ蛇――関東州と満鉄附属地』二〇二三年、ＫＡＤＯＫＡＷＡ）。

おわりに

植民地満洲は、それ以前の、米英などの政治的・経済的な庇護のもとに獲得された植民地、台湾・朝鮮などと異なり、日本がファシズム国家としてアジア支配に踏み出した第一歩となったものであり、直接的には対ソ軍事拠点、中国民族運動の防波堤という役割を担ったばかりでなく、アジア民族支配の壮大な実験場であり、その後に引きつづいて展開される「大東亜共栄圏」構想の原点という位置づけをもっていた（野村章『「満洲・満洲国」教育史研究序説・遺稿集』エムティ出版、一九九五年、二〇頁）。

『咲きだす少年群』以下の石森の児童小説は、こうした植民地化の下で成長する子ども、あるいは成長してきた子どもたちを描いている。植民地化は子どもたちの責任ではないが、子どもたちはその中で生きていかなければならない。植民地化が子どもたちにどのような影響を及ぼすのか、石森はつぶさに観察していたように思われる。だが、植民地化のもとにある子どもたちの「郷土」意識はどうだったのか。異郷にいながら、内地にいるのとかわらぬ「日本帝国臣民」としてあることを強制されて、満洲を郷土と思えたであろうか。

満洲では一般的に、自分の両親の日本での出身地を「故郷」としていた子が多かったようである。これは木村冬子の指摘するように、在満日本人は定住性が乏しく、出身地に両親ほか親族がおり、時には一時「帰郷」することもあることが関わっていたであろう。一例を挙げると、かわな静『桜花《インホア》を夢見て――ある満州育ちの物語』（てらぃんく、二〇〇二年）には、祖父が病気になったので、居住地ハルビンから父親の出身地鹿児島に子どもを連れて一時「帰郷」する場面があるが、この節の表示は「鹿児島に帰って」となっており、手続きは「一時帰国」とされている。一方満洲に「帰って」ではなく「満州にもどってわかったこと」となっている。満洲（ハルビン）はあくまで出張先、寄留の地であり、本国日本こそが故郷だということであろう。

石森は在満中に「郷土満洲を肌で理解させ愛着を持たせなければということを痛感」して、『満洲補充読本』や各種の児童よみものを産出することに努力したのだが、戦中期三部作の子どもたちにそれが表れているようには見えない。以前からあったことだが、満洲事変後、特に日中戦争開戦後、強まった「内地延長主義」、さらには日本中心主義に圧倒されてしまったのであろう。『わかれ道』の主人公が嘆くように、敗戦になった途端に「あれほど聞かされてきた『日本』の話が、まるで火の消えたように、どこかへいってしまった」とはこれを裏書きしている。かえって戦後の作品に郷土満洲への愛着が感じられるのは、こういう政治的干渉がなくなったためであろう。

これと密接に関わると思われる問題は、「日本内地の日本人と満洲に渡った日本人は違う」ということである。塚瀬進は、南満中学堂の中国人学生が日本に旅行した時、「満洲の日本人は中国人に対して『鬼の如《ごと》き』だが、国内の日本人はみな親切なので、国内の日本人と在満日本人は同じ日本人とはいえ別人のように感じたと述べている」ことを挙げている。

筆者も旧・満洲で教育を受けた中国人たちの聞き取りをしている間にこういうことを聞いたことがある。端的にいうと、同じ日本人が「玄界灘を渡ると人間が違ってしまう」というのである。日本内地ではみんな親切で「満人」（中国人）を差別するような人はいない、しかし同じ日本人が一たび海を渡ってしまうと差別を何とも思わなくなるということである。戦時下に満洲から日本内地に留学して広島高等師範学校（現・広島大学）に学んだ、遼寧大学日本研究所の元教授・張玉祥は次のように語っている（一九九七年八月三〇日、瀋陽にて聴き取り）。

（内地の日本人は）一般的には友好（的）です。想像以上にいい友達です。満洲の日本人と違います。満洲に来たらすぐ態度が変ります。……植民地だから直ちに威張って。そういう人も見たことがあります。（中略）（夏休みに帰省する時）同じ汽車に乗って広島から下関まで話をするときはこういうふうに（対等に）……しかし関釜連絡船に乗ったら態度が変ります。また釜山で汽車に乗って満洲に行ったら威張った。そういうことは確かにあった。

これもまた「日本人が中国人に対して威張り散らしていて、丁寧に対応している英米人とは対照的」という、木村冬子の指摘に相当するであろう。これは植民地という「磁場」がなせるわざであろうか。「郷土満洲に対する愛着」を妨げたのは、この「磁場」だったのではなかろうか。石森はそれを忠実に描いてみせたとも言えるであろう。石森に対する季顒の評言「人間性に富んでいるが、植民地性を免れない」とはこういうことにも通ずるのではあるまいか。だがそれは、石森の満洲児童文学の分析概念に留まらず、植民地における人間性や人間関係を貫く基本的な問題ではないかと思われる。

これと密接にかかわる問題として、教育の場での戦時下の軍国主義的圧力に、石森がどのように対応したかを最後に述べておこう。第Ⅲ部で平方直之の「軍人の子」が反軍的ではないか、という嫌疑を受けて、一九四二年の春ごろ、この作品を掲載した石森も平方とともに憲兵隊の取り調べを受けたことを述べたが、文部省図書監修官だった石森は、前の年に似たような嫌疑を教科書編纂でも受けている。藤冨康子『サクラ読本追想』（国土社、一九八五年）によればおよそ次のようである。

一九四一年（昭和十六年）に小学校が国民学校となり、教科書も全科目新しくなることになったが、同年二月、軍部は「国民学校教科書ニ対スル陸軍要望事項」を教育総監部の名をもって文部省に突きつけて来た。冒頭には「国民学校教科書ノ教材ハ皇国ノ道ニ則リ国民ノ国防ニ関スル基礎的錬成ヲナスタメ……特ニ国防ノ本義ヲ本トシ戦陣道義並ビニ旺盛ナル体力気力ノ根柢ニ培イ国防科学ヲ振興セシムルヲ重点トシテ取材スルヲ要ス」と、まるで全科目軍事教科書にせよといわんばかりである。文部省の関係者はこの対応に苦慮したのだが、特に石森が関わったのは、自分が作詞した「野菊」という唱歌である。戦後一部の検定音楽教科書にも取り入れられている。歌詞は三番まであり、一番は次のようである。

野菊

遠い山から吹いて來る
こ寒い風にゆれながら、
けだかく、きよくにほふ花。
きれいな野菊、
うすむらさきよ。（『初等科音楽　二』一九四二年、三学年用）

乗り込んできた軍の関係者はこの歌を指して、「軟弱な歌詞の唱歌を歌わせてはならぬ。これは何だ。なぜこのような歌がこの国家危急の時局下に教えられねばならぬのか判断に苦しむ」と難癖をつけた。石森は次のように応えたという。

「私が作詞した石森延男です。軟弱とのご指摘ですが、日本人の精神構造には古来荒事をなす心と柔らぎを求める心とあって、この荒みたまと和《にぎ》みたまの両者の調和の上にこそ真の日本精神はまっとうされるのでして、勇壮活発な軍歌が数多く歌われる今日だからこそ、この花の美を学校教育で歌わせて調和をさせたいとおもっているのです。」

この「荒みたまと和《にぎ》みたまの調和」という論法は効果があったようだ。この論法は国語教科書で「文学など軟弱なものを教えるな」という攻撃に対する反撃にも使われたようである。(藤富康子『サクラ読本追想』一八八—一九六頁)。全く部分的な反撃に過ぎないかもしれないが、いずれにせよ、「軍人の子」の場合と同じように、自己の課題に相当の覚悟と見通しをもっていなければ対応できなかったであろう。同時に建て前と本音の使い分けのような機知を感じさせるものがある。

きびしい戦時下の状況への石森の対応に限界がなかったとは思わない。だが教科書の場合でも児童文学の場合でも、石森の作品の限界は当時の良心的な日本人の限界だったといえよう。

だからこそ石森の作品は日本で幅広く受け入れられてきたのではなかろうか。

参考文献

参考にした文献を、各部ごとに著者名あるいは書名の五十音順に掲載した。二部以上にわたる場合は初出の部にのみ掲載した。

はじめに

磯田一雄『「皇国《みくに》の姿」を追って――教科書に見る植民地教育文化』、皓星社、一九九九年

磯田一雄「『のらくろ探検隊』と『スンガリーの朝』――戦時下の児童文化における『満洲』」『成城文藝』一六六号、一九九九年三月

磯田一雄「『満洲補充読本』と満洲児童文学の誕生――最近の石森延男研究をめぐって」『日本研究』二三集、韓国高麗大学校日本研究センター、二〇一五年

河野孝之「発禁処分の行方――石森延男編『満洲文庫』と『新満洲文庫』」『児童文学研究』三五号、日本児童文学学会、二〇〇二年

河野孝之「植民地と児童文化～「満洲」研究から――石森延男の満洲児童文学活動を中心に」『植民地と児童文化 植民地教育史研究年報13』日本植民地教育史研究会、皓星社、二〇一一年

季頴『日中児童文学交流史の研究――日本における中国児童文学及び日本児童文学における中国』風間書房、二〇一〇年

魏晨『「満洲」をめぐる児童文学と綴方活動』ミネルヴァ書房、二〇二三年
寺前君子「植民地満洲における児童文学活動について――石森延男を中心に」『児童文学研究』四九号、日本児童文学学会、二〇一六年
日本児童文学会編『児童文学事典』東京書籍、一九八八年

第Ⅰ部

石森延男『まんしうの子ども――東亜「新満洲文庫」尋常一・二・三学年用』修文館、一九三九年
石森延男「日本の子どもと大陸」『文部時報』六六一号、一九三九年七月
石森延男『少年少女よみもの　ひろがる雲』三省堂、一九四〇年
石森延男『大東亜こども風土記　マーチョ』成徳書院、一九四四年
石森延男「戦前・戦中・戦後の国語教育を歩む」『近代国語教育の歩み　2』新光閣、一九七〇年
石森延男『石森延男児童文学全集』学習研究社、一九七一年～一九七六年
石森延男「あのころの満洲」『椎人間讃歌』二号、一九七四年
伊豆井啓治「満鉄附属地に於ける日本語学校の創設」『満鉄教育たより』特輯・満人教育、一九三六年
磯田一雄「『満洲・満洲国』日本語教科書の一断面」『成城大学大学院コミュニケーション紀要』一二輯、一九九八年
磯田一雄「在満日本人小学校の中国語教科書――教材の社会的性格を中心に」『成城文藝』一八三号二〇〇三年
長田暁二編『戦時歌謡全集　銃後のうた』野ばら社、一九七一年
音楽の友愛唱歌シリーズ7『軍歌集』音楽之友社、一九六三年

川村湊『海を渡った日本語』、青土社、二〇〇四年
在満教務部・関東局官房学務課『昭和十六年度　在満日本人教育施設概要』一九四二年
白川今朝晴「満洲国に於ける現代の教育」『教育思潮研究――海外教育の動向』一九四一年七月
植民地文化研究会『植民地文化研究』一号、特集「満洲国」文化と台湾、二〇〇二年
周郷虎雄『亜細亜《アジヤ》の柱《はしら》』（『子供の科学』、誠文堂新光社、一九四一年一月号―一二月号
鈴木慎一「旧満洲での植民地教育体験」、日本国際教育学会課題研究（一九九八年度）報告、宮崎公立大学
田河水泡『のらくろ探検隊』講談社、初版一九三九年、戦後再版一九六九年
竹中憲一『「満州」における中国語教育』柏書房、二〇〇四年
田中寛「〈東亜新秩序〉と〈日本語の大陸進出〉――宣撫工作としての日本語教育」『植民地教育史研究年報 05』皓星社、二〇〇二年
寺前君子「石森延男と『満洲文庫』」『梅花児童文学』一八号、二〇一〇年
寺前君子『満洲児童文学研究』梅花女子大学大学院博士論文、二〇一四年、及び同論文「資料編」
寺前君子「旧植民地満洲の児童文学研究――石森延男在満十三年の軌跡」『中国児童文学』二三号、二〇一五年
寺前君子「石森延男の『満洲観』を探る――「もんくーふぉん」から「咲きだす少年群」へ」、『梅花児童文学』第二八号、梅花女子大学大学院児童文学会、二〇二一年
滕健「反満抗日教育運動の展開」『「満洲国」教育史研究』一号、東海教育研究所、一九九三年
遠山茂樹・今井清一・藤原彰『昭和史』岩波新書、一九五九年
西原慶一「石森児童文学のいかにもすぐれた二面性」『石森延男児童文学全集 12』（学研）「第12巻のしおり」、一九七一年
「特集：日中の体験者が語る『満洲国』教育」『「満洲国」教育史研究』二号、東海教育研究所、一九九四年

日本近代教育史編集委員会編『日本近代教育史』平凡社、一九七一年
野村章『植民地そだちの少国民』岩波ブックレット186、岩波書店、一九九一年
原田勝正『満鉄』岩波新書、一九八一年第一刷
半藤一利『昭和史』平凡社、二〇〇四年
満洲教育専門学校同窓会・陵南会編『満洲忘じがたし』一九七二年
『満洲日日新聞』満洲日日新聞社、一九三五年―一九四四年
森かをる「『咲きだす少年群』と『コタンの口笛』における日本語・種族」『名古屋近代文学研究』一五号、二〇〇七年。
山室信一「(インタビュー) 満洲・満洲国をいかに捉えるべきか」『環』一〇号、二〇〇二年夏
山室信一『キメラ――満洲国の肖像　増補版』中央公論新社、二〇〇四年

第Ⅱ部

井上寿一『戦前昭和の社会　1926―1945』講談社現代新書、二〇一一年
川村彦男「親善への教育」『南満教育』一九二七年一月号
川村湊『満洲鉄道まぼろし旅行』ネスコ、一九九八年
公主嶺小学校同窓会『満洲公主嶺――過ぎし四十年の記録』自家版、一九八七年
幣原担『満洲観』宝文館、一九一六年
竹中憲一『「満州」における教育の基礎的研究・第4巻・日本人教育』柏書房、二〇〇〇年
「年譜」『石森先生の思い出』石森延男先生教育文学碑建設賛助会、一九六七年
「満洲児童文学資料」『児童文学研究』三号、一九七三秋季。

文部省内文政研究会『文教維新の綱領』新紀元社、一九四四年
山中恒『ボクラ少国民』勁草書房、一九七四年

第Ⅲ部

石森延男『満洲史話――東亜新満洲文庫　尋常四・五・六学年用』修文館、一九三九年
井上赳「要説」、国語教育学会編『小学国語読本綜合研究・巻十（上巻）』岩波書店、一九三七年
宇賀神一『石森延男研究序説』風間書房、二〇二一年
加藤武雄『饒河の少年隊』講談社、一九四四年
上笙一郎『満蒙開拓義勇軍』中公新書、一九七三年初版
小嶋邦生「ワシリー先生のことども」『哈爾浜桃山小学校創立七五年記念誌』一九八四年
小森陽一「国語教科書における植民地教材」『成城学園教育研究所年報・第八集』、一九八五年
周秋利「『満洲国』における白系ロシア人の信仰と現実――竹内正一『夏の日の恋』『復活祭』を中心に」『跨境　日本語文学研究』十二巻、韓国高麗大学校ＧＬＯＢＡＬ日本研究院、二〇二一年
竹中憲一『大連歴史散歩』皓星社、二〇〇八年改訂版
ドミトリエヴァ・エレーナ「『満洲国』と『白系ロシア人社会』――教育政策、技術者教育政策に見る五族協和の実態――」岡山大学大学院社会文化科学研究科学位論文、二〇一八年
鳥居鶴美「旅に拾ふ話題」『満鉄教育たより』三三号、一九三七年
野村章『「満洲・満洲国」教育史研究序説・遺稿集』エムティ出版、一九九五年
源元一郎『ロシア旧教徒の村　ロマノフカ』鳥影社、二〇一七年
ヤキメンコ・レギーナ「１９２０－１９４０年代の満洲におけるロシア人と日本人の「満洲経験」に関する思